DAMIT WIR NICHT VERGEBEN

DETEKTIVIN LIZ MOORLAND
BUCH 1

PHILLIPA NEFRI CLARK

EINE KURZE NOTIZ

Die Detective Liz Moorland-Serie spielt in Australien und verwendet australische Terminologie und Referenzen für ein authentisches Leseerlebnis. Bitte viel Spaß!

AUCH IN DER DETECTIVE LIZ MOORLAND-SERIE

Damit Brücken nicht brennen

Damit die Gezeiten nicht drehen

Damit niemand überlebt

EINS

In dieser engen Straße gibt es keinen Parkplatz, also fahre ich den Transporter rückwärts in die Einfahrt eines dunklen Hauses. Kein Licht brennt. Niemand schaut aus dem Fenster. Ich stelle den Motor ab.

Diese Neubausiedlungen sind Mist. Überall Sackgassen. Schwellen. Winzige Kreisverkehre. Überdimensionierte Häuser mit Vorgärten kleiner als mein Taschentuch. Mickrige junge Bäume ersetzen die alten Eichen oder die Gummibäume, die plattgewalzt wurden, damit sich die Familien in Kisten quetschen können. Für mich sehen sie alle gleich aus.

Aber nur einer ist wichtig.

Nummer zehn.

Ich stehe zwei Häuser weiter auf der anderen Straßenseite, so dass ich die Bewohner gut sehen kann, wenn sie zur Tür kommen. Ihr Auto steht in der Einfahrt. Rot. Mittelklasse. Es braucht nicht viel, um ihn von der Straße zu drängen ... falls es dazu kommt.

Ich zünde mir eine Zigarette an, ziehe den schmutzigen Teer ein, bis es in den Lungen schmerzt, und puste den Rauch aus. Die Sicht wird dadurch nicht besser, also öffne ich das Fenster einen Spalt. Die Luft ist schon bitterkalt, und es ist erst früher Abend.

Das Kind stürmt aus dem Haus zum Auto. Sie trägt ein kurzes

Kleid, Strumpfhosen und eine Daunenjacke. Das macht keinen Sinn. Eine Hose würde sie wärmer halten.

„Beeil dich, Papa! Mir ist kalt!"

Wie gesagt. Eine Hose würde dich wärmer halten.

Sie ist acht Jahre alt. Blond wie ihre Mutter. Sie hüpft im Kreis und stößt weiße Atemwölkchen aus. Auf halbem Weg bleibt sie stehen und starrt mich an.

Ich lasse die Zigarette fallen und drücke sie in einer leeren Limodose aus.

Sie kann mich nicht sehen. Nicht durch den Beschlag und die getönten Scheiben. Starr, kleines Mädchen.

„Melanie, du hast deinen Rucksack vergessen."

Susie Weaver öffnet das Auto mit der Fernbedienung, die Handtasche über der Schulter, den Rucksack des Kindes in der anderen Hand.

Melanie reißt die Tür auf und springt hinein. „Ich wäre fast ein Schneemann geworden, Mama."

„Dazu bräuchten wir erst einmal Schnee."

„Ich habe noch nie Schnee gesehen."

„Doch, das hast du. Wir waren mit dir in der Schweiz, als du drei Jahre alt warst."

„Da war ich noch ein Baby. Können wir jetzt hinfahren?"

Ein richtiges kleines Plappermaul.

Ihr Vater fummelt an der Haustür herum. Überprüft, ob sie abgeschlossen ist. Sucht in seinem Mantel nach etwas, das er vergessen haben könnte.

„Wir müssen los, David." Susie sitzt schon halb auf dem Beifahrersitz.

Ja. Ihr kommt zu spät, wenn ihr nicht losfahrt. Es wäre nicht gut, wenn ihr über die glatten Straßen hetzen müsstet. Noch nicht.

Eine Minute später fährt die Limousine rückwärts aus der Einfahrt, die perfekte kleine Familie an Bord.

Bald werden sie die Folgen einer falschen Entscheidung zu spüren bekommen.

Als ihre Rücklichter hinter einer Kurve verschwinden, drehe ich den Zündschlüssel.

ZWEI

„Ich will sehen, wie du eine ganze Schüssel Linguine *und* Nachtisch isst, Melanie Weaver!"

Melanie kicherte, als Carla Pickering versuchte, ernst zu schauen. Es funktionierte nicht, und sie brach ebenfalls in Lachen aus. Susie liebte das an ihrer besten Freundin. Seit Melanies Geburt war Carla mehr als nur ihre Patentante gewesen. Sie war wie eine zweite Mutter.

„Mami, darf ich bitte mein eigenes Essen bestellen, wenn der Kellner kommt?"

„Du darfst, und sogar meins, wenn du wirklich willst."

Spironis war freitags abends immer voll, und sie saßen an ihrem Stammtisch nahe dem Fenster. David war nach draußen gegangen, um einen Anruf entgegenzunehmen, also warteten sie auf ihn. Und auf Carlas Mann.

„Wo ist Bradley, Schatz?"

Carla zuckte mit den Schultern. „Du weißt ja, wie die beiden sind. Immer kommt kurzfristig etwas auf der Arbeit dazwischen. Er hat versprochen, nur für eine Minute ins Lager zu gehen. Und er sollte besser auftauchen, weil ich kein Taxi nach Hause nehmen will."

„Wir bringen dich heim, falls es dazu kommt."

„Wozu kommt es? Tut mir leid, dass ich zu spät bin." Bradley Pickering beugte sich über Carlas Schulter, um sie auf die Wange zu küssen. „Ihr hättet ohne mich anfangen sollen."

„Beim nächsten Mal machen wir einen Mädelsabend draus", sagte Susie. Durchs Fenster sah sie, dass David – mit dem Rücken zu ihnen – nicht glücklich mit demjenigen am anderen Ende der Leitung war. Seine Schultern waren angespannt, und seine freie Hand fuhr durch sein Haar. Es war nicht das erste Mal diese Woche, dass er so während eines Telefonats dastand.

Wer bringt dich so aus der Fassung?

„Hallo, Kleine." Bradley grinste Melanie an, als er sich neben sie setzte.

„Oh, du bist da!", rief Melanie und setzte sich kerzengerade auf. „Ich werde mein Essen bestellen. Und Mamis."

„Sehr richtig. Ich sollte mir die Karte ansehen. Bin am Verhungern." Bradley lehnte sich zurück, um den Blick eines Kellners zu fangen. „Hab das Mittagessen verpasst."

„Dann lass uns bestellen. Ich rate für David", sagte Susie.

Sie musste es nicht. David kam zurück, als ihr Kellner eintraf, und ließ sich auf den Platz zwischen Bradley und Susie gleiten. Er machte eine Show daraus, sein Handy auszuschalten und einzustecken, und zwinkerte Melanie zu. Sie versuchte zurückzuzwinkern, aber beide Augen öffneten und schlossen sich gleichzeitig. Sobald der Kellner fragte, ob sie bereit seien zu bestellen, hörte sie auf zu üben und hob ihre Hand.

„Ich möchte bitte bestellen."

Alle lachten. Es war unmöglich, nicht zu lachen, aber Melanie runzelte die Stirn, bis sie aufhörten. Als sie die gewünschte Ruhe hatte, bestellte sie präzise und höflich und verschränkte dann die Arme.

Carla flüsterte ihr etwas zu, und Melanies Lippen zuckten zu einem Lächeln.

David füllte die Gläser mit Rotwein nach.

„Nicht für mich." Carla bedeckte ihr Glas mit einer Hand.

Bradley beeilte sich, ihr Glas mit Wasser aus einer Flasche in der Mitte des Tisches zu füllen, und sie hob das Glas mit einem kurzen Blick und murmelte „Danke".

Die Männer begannen ein leises Gespräch. Melanie hatte das Notizbuch, das sie überall mit sich trug, und kritzelte darin. Susie lehnte sich näher zu Carla. „Kein Wein? Bist du...?"

„Ich weiß es nicht. Vielleicht. Ich mache morgen einen Heimtest."

„Es wird klappen. Und du wirst die beste Mutter aller Zeiten sein." Susie drückte ihren Arm.

„Ich wünschte nur..."

„Was, Schatz?"

„Bradley und ich haben zu lange gewartet. Ich dachte immer... erwartete..."

„Du bist nicht zu alt, Carla."

Carla lächelte. Ein trauriges Lächeln, das an Susies Herz zerrte. Es lagen ein paar Jahre zwischen ihnen, und als Susie innerhalb eines Jahres nach der Hochzeit mit David schwanger geworden war, hatte Carla sie damit aufgezogen, eine junge Mutter zu sein. Aber Carla hatte nie in ihrer Unterstützung für Susie geschwankt und sich auf den ersten Blick in Melanie verliebt.

„Tante Carla, würdest du bitte für mich lächeln, damit ich dich zeichnen kann?"

Als die Hauptgerichte kamen, war Melanie mit dem Porträt zufrieden, weigerte sich aber, es jemandem zu zeigen, bis sie es zu Hause ausgemalt hatte.

Trotz des Essens vor ihm hatte Bradley sein Handy herausgeholt und zeigte David etwas. Ihre Köpfe waren nah beieinander, aber die Körpersprache war seltsam. Je mehr Bradley sich vorbeugte, desto weiter lehnte sich David in seinem Stuhl zurück, bis sein Hals sich streckte, um den Bildschirm zu sehen.

„Wie wäre es, wenn wir essen? Wisst ihr, anstatt Geschäfte zu machen? David?" Susie hielt ihre Gabel in die Höhe, um zu verdeutlichen, dass sie nicht anfangen würde zu essen, bis sie aufhörten, Arbeitsprobleme am Tisch zu besprechen. Beide

Männer entschuldigten sich, und der Tisch verfiel in eine gemütliche Stille, während sie das genossen, was immer ein köstliches Essen war. Sie aßen seit Jahren fast jeden Freitag- oder Samstagabend gemeinsam aus, oft hier, wo das Essen großartig und die Atmosphäre für sie alle passend war.

Auf der anderen Seite des Tisches versuchte Melanie, ihren Vater nachzuahmen, wie er Spaghetti um seine Gabel gegen einen Löffel wickelte. Tomatenstückchen sprenkelten ihre Finger, aber sie gab nicht auf, bis sich ein kleines Band um die Zinken wickelte, und sie schob es hastig in ihren Mund.

„Du hast so ein Glück, Susie. Du hast alles", sagte Carla.

Klar, wenn du einen Ehemann meinst, der plötzlich Geheimnisse hat.

Susie warf David einen stirnrunzelnden Blick zu und griff nach ihrem Wein.

Carla sah wieder zu Susie und nickte. „Du *hast* es, Schätzchen. So eine perfekte Familie, und jetzt, mit den neuen Deals, die die Jungs für das Geschäft aushandeln, werdet ihr in der Lage sein, näher zu uns zu ziehen. Etwas Größeres. Für Mel."

„Ich mag unser Haus."

„Nun, Mel mag unseren Garten. Sie liebt unsere Obstbäume und den Pool. Ein bisschen mehr Platz."

Wie ich ihn einmal hatte.

Platz zum Rennen und Lautsein und Albern-Sein und auf dem Rücken liegen, um in den Himmel zu starren. Keine Obstbäume oder Pool, aber besser als das. Ein Pony. Ihr Pony. Und ein Vater, der ihre Welt war...

Sie griff nach ihrem Wein und trank mehr, als sie beabsichtigt hatte.

„Mami? Ich muss auf die Damentoilette."

Melanie hatte ihren Platz verlassen und stand neben Susie.

„Oh. Okay, wir gehen-"

„Mutter. Ich weiß, wo sie ist. Ich bin ein großes Mädchen."

Susie lächelte und küsste Melanies Stirn. „Das bist du wirklich. Aber du darfst nur zwei Minuten aus meinem Blickfeld sein, sonst denke ich, du spielst Verstecken, also bleib nicht zu lange weg."

Melanie verdrehte die Augen und huschte in Richtung der Rückseite des Restaurants. Sie war hier sicher. Das Personal kannte sie alle, und sie würde für ein paar Minuten allein zurechtkommen.

———

Sie liebte den zitronigen Duft der Handseife, also wusch Melanie ihre Hände zweimal und sang dabei. Eines Tages würde sie eine Sängerin sein, die um die Welt reist. Oder eine berühmte Künstlerin. Vielleicht beides.

Kurz bevor sie den großen Knopf am Händetrockner drücken wollte, hielt sie ein Geräusch auf der anderen Seite der Tür zurück. War das Papa? Sie lauschte. Ja, das war er. Und Onkel Bradley klang verärgert. Richtig verärgert.

„Letzte Chance, David. Das meine ich ernst."

„Und zum letzten Mal, ich stimme dem nicht zu."

„Das ist dein letztes Wort?"

„Letztes Wort, Brad."

„Du Idiot!"

Melanie schlug mit der Hand auf den Trocknerknopf und stellte sich dicht davor, um die wütenden Stimmen zu übertönen. Sie zählte bis fünfzig und schaltete den Trockner zweimal wieder ein.

Doch als sie schließlich durch die Tür spähte, waren sie immer noch ein Stück den Flur hinunter. Nicht nur Onkel Brad und Papa, sondern auch noch ein anderer Mann mit wütendem Gesicht. Sie schloss die Tür und stellte sich auf die Zehenspitzen, um in den Spiegel zu schauen.

Ihre Finger berührten das Glas und tippten im Takt. „Beste. Freunde. Sollten. Nicht. Streiten."

———

Susie prüfte, wie lange Melanie schon weg war. Zu lange. Gerade als sie losgehen wollte, um sie zu suchen, schlüpfte Melanie zurück auf ihren Platz, den Blick gesenkt.

„Schätzchen? Du siehst bedrückt aus."

„Vielleicht ein bisschen."

„Magst du mir sagen warum?"

Melanie blickte in die Richtung zurück, aus der sie gekommen war.

David und Bradley waren kurz nach Melanie in dieselbe Richtung verschwunden. Susie war mit ihrer Geduld für diesen Cloak-and-Dagger-Mist am Ende, besonders wenn es ihren Abend beeinträchtigte.

„Hast du Papa gesehen?"

Mit einem Nicken wandte Melanie traurige Augen zu Susie. „Onkel Bradley ist sauer auf ihn."

Susie tauschte einen Blick mit Carla, deren Stirn gerunzelt war. Offensichtlich hatte sie auch keine Ahnung, was los war.

„Ich bin sicher, es geht nur um Geschäftliches. Ich gehe und erinnere sie daran, dass sie noch Dessert bestellen müssen."

Nachdem ich ihnen einen Tritt in den Hintern verpasst habe.

Carla griff nach einer Speisekarte. „Was nimmst du zum Nachtisch, Mel? Ich dachte, ich probiere..."

Dankbar für die automatische Reaktion ihrer Freundin, Melanie abzulenken, machte sich Susie auf den Weg zum hinteren Teil des Restaurants. Sie bog in den Flur zu den Toiletten ein und stieß dabei fast mit ihrem Kellner zusammen.

„Entschuldigung, Marco. Ich habe nicht aufgepasst. Weißt du, wo David ist?"

„Er spricht mit Mr. Bradley. In der Nähe des Hinterausgangs."

„Danke."

Sie hörte ihren Streit, bevor sie sie sehen konnte.

„Alter, wir müssen beide diesen Vertrag unterschreiben. Wenn du das nicht tust, bin ich am Arsch. Du machst den größten Fehler deines Lebens. Unseres ganzen Lebens."

Wovon zum Teufel redet Brad da?

Hinter den Männern – die sich Auge in Auge gegenüberstanden – klickte die Ausgangstür zu. Davids Gesicht war versteinert. Bradleys Hände flogen wild um ihn herum, während er weiter faselte, bis er Susie bemerkte. Seine Arme fielen herab.

„Glückwunsch an euch beide. Melanie ist aufgebracht und denkt, ihr hasst euch, und ich kann verstehen warum. Das ist ein geselliges Abendessen. Kein verdammtes Business. Okay?"

———

Nach dem Dessert verkündete Bradley, er müsse noch eine Weile arbeiten, und bevor Carla Einwände erheben konnte, bestand David darauf, sie nach Hause zu fahren.

Bei Carlas Haus stieg Susie aus, um sie zu umarmen.

„Ich weiß nicht, was mit den beiden los ist", flüsterte Carla. „Dumme Jungs."

Susie verdrehte die Augen. „Sehr." Sie zog sich mit einem Lächeln zurück. „Aber danke, dass du immer für mich da bist. Ich wüsste nicht, was ich ohne dich machen würde."

„Ich liebe dich."

„Für immer und ewig, Carla."

Wenige Minuten nach dem Aufbruch nach Hause war Melanie eingeschlafen. Als sie auf die lange offene Strecke einbogen, die sie als Abkürzung zwischen den beiden Häusern nutzten, wandte sich Susie an David. „Was war das alles? Du und Bradley?"

Er warf einen Blick in den Rückspiegel auf Melanie.

„Es tut mir so leid. Ich wollte nicht, dass sie uns belauscht."

„Nun, das hat sie aber. Worüber ist Bradley so wütend?"

„Wir haben unterschiedliche Meinungen über die Ausrichtung des Unternehmens. Du weißt, wie viel ihm Geld bedeutet, und ich habe eine Vereinbarung abgelehnt, von der ich denke, dass sie uns in Schwierigkeiten bringen würde. Er sieht das anders."

„Ich habe gehört, wie er sagte, du müsstest einen Vertrag unterschreiben."

„Der erste Schritt auf einem rutschigen Abhang."

„Etwas Illegales?"

„Sagen wir einfach, ich vertraue den Leuten nicht, mit denen er zusammenarbeiten wollte."

Susie runzelte die Stirn. „Sollte ich mir Sorgen machen?"

David griff hinüber und drückte ihre Hand. „Natürlich nicht. Jedenfalls freue ich mich auf unsere Fahrt morgen. Ich kann es kaum erwarten, dir zu zeigen, was ich gefunden habe, und vielleicht können wir an der Küste zum Mittagessen anhalten."

„Oh, das wäre toll! Melanie wird es lieben!"

Ein blendender Lichtblitz erfüllte den Innenraum, als Scheinwerfer – mit Fernlicht – wie aus dem Nichts hinter ihnen auftauchten.

Susie drehte sich um, um zu schauen. Irgendein Idiot klebte direkt an ihrer Stoßstange.

„David?"

„Was zum Teufel? Ich kann die Straße nicht sehen."

Susie wandte sich wieder nach vorne und griff nach dem Haltegriff über der Tür, als ihr Auto über die Mittellinie driftete.

Die Scheinwerfer verschwanden.

Sie waren auf der falschen Spur.

Gott sei Dank ist die Straße leer.

Bevor David zurück auf seine Spur wechseln konnte, brüllte ein Motor auf und etwas Großes – ein Van – passte sich ihrer Geschwindigkeit an, dicht an Susies Fenster.

„David!"

Er trat mit voller Wucht auf die Bremse.

Der Van fuhr vor.

Sie rutschten.

Drehten sich.

Reifen kreischten.

Melanie. Oh mein Gott, Melanie.

DREI

„Zwei Kaffees werden jetzt kalt an einem Tresen zurück am Foodtruck, weil du mich weggezerrt hast. Zwei Minuten mehr hätten auch nicht geschadet." Detective Pete McNamara grollte vom Beifahrersitz aus.

Detective Liz Moorland antwortete nicht, während sie sich auf der eisigen Straße vorwärts bewegte. Die Beschwerde ihres Partners über Luxusprobleme half nicht gerade. Sie umklammerte das Lenkrad, bis ihre Knöchel weiß wurden.

Es kann nicht wahr sein.

„So wie es sich anhört, war das nur ein Unfall. Wir können sowieso nichts tun."

Sie warf ihm einen Blick zu, von dem sie hoffte, dass er ihn zum Schweigen bringen würde. Pete war ein ausgezeichneter Polizist, aber eine echte Plage.

Blinkende blaue und rote Lichter kündigten einen herannahenden Krankenwagen an, und sie verlangsamte die Fahrt und wich so weit aus, wie sie es auf dieser schmalen Straße wagte. Er rauschte vorbei, und sie murmelte ein kleines Gebet für den Insassen. Sie musste nicht an einen Gott glauben, um ihren inneren Hilferuf zu äußern. Pete behielt seine Gedanken für sich.

Vielleicht hielt der Ernst eines rasenden Krankenwagens seine Zunge im Zaum.

Die Szene vor ihnen war das reinste Chaos.

Streifenwagen blockierten die Straße an beiden Enden einer etwa fünfzig Meter langen Strecke, uniformierte Beamte regelten den Verkehr. Eine kleine Schlange von Autos stand am anderen Ende, und ein paar Leute waren ausgestiegen, um Fotos zu machen. Ein Krankenwagen und zwei Feuerwehrautos parkten in einem Winkel näher am Unfallort.

Tragbare Flutlichter beleuchteten Rettungskräfte, die mit der Rettungsschere an der Beifahrertür eines zerbeulten roten Sedans arbeiteten. Seine Motorhaube war um den Stamm eines großen Gummibaums auf dem breiten, überwucherten Grasstreifen gewickelt.

Liz fuhr zur Seite, wobei sie den Gedanken verdrängte, dass niemand diesen Aufprall überleben könnte. Der Krankenwagen hatte seine Sirenen eingeschaltet. Jemand war am Leben.

Pete war zuerst aus dem Auto. „Ich werde mal ein Wörtchen mit diesem Beamten reden. Ihn dazu bringen, seinen Job zu machen. Verdammte Schmarotzer, die das hier fotografieren.“

Seine Abwesenheit gab Liz die Chance, sich zu sammeln. Ihre Gefühle beiseite zu schieben. Mit dem umzugehen, was um sie herum geschah, ohne es in ihren Kopf zu lassen.

Aussichtslos.

„Liz. Tut mir leid, dich unter diesen Umständen zu sehen.“ Senior Constable Annette Benski kam ihr auf halbem Weg entgegen. Sie hatten kürzlich in einem Fall zusammengearbeitet.

„Besteht irgendeine Chance, dass du dich irrst, Annette?“

„Hätte dich nicht angerufen, wenn dem so wäre. Verdammte Schande.“

Ein eisernes Band zog sich um ihre Brust zusammen, als sie sich dem Auto näherten.

Bleib professionell.

„Irgendwelche ersten Ideen, was die Ursache war? Unfall mit nur einem Fahrzeug?“

„Kein Anzeichen für ein anderes Fahrzeug. Die Unfalluntersuchung wird bald hier sein, und oberflächlich betrachtet sieht es danach aus. Die Straße ist vereist. Der Fahrer könnte etwas zu schnell gefahren und ins Schleudern geraten sein. Könnte auch drogen- oder alkoholbedingt sein... tut mir leid. Kein Grund zu spekulieren."

Mit einem Ächzen zwang die Maschine das Metall auseinander, und die Beifahrertür fiel mit einem dumpfen Schlag ab.

Die Windschutzscheibe war nur Zentimeter vom Beifahrersitz entfernt. Ein entleerter Airbag hing schlaff herab.

Und Susie Weaver war tot.

Liz schluckte den Kloß in ihrem Hals herunter.

Sie schaute an Susie vorbei zu David und zuckte vor den Verletzungen in seinem Gesicht zurück.

„Melanie? War sie bei ihnen?"

„Der Krankenwagen hat sie gerade mitgenommen. Hauptsächlich Schmerzen von einem gebrochenen Arm, so wie es aussah. Aber Liz. Sie hat ihre Eltern gesehen. Die Sanitäter haben ihr einen grünen Inhalator gegeben, aber ich weiß, dass sie verstanden hat, dass sie verstorben sind."

Liz berührte Susies Arm.

Ich werde auf Melanie aufpassen. Und auf deinen Vater.

„Liz? Vielleicht bleibst du besser nicht hier, während sie die... Leichen bergen."

„Wer sagt es Vince?"

„Ein paar Uniformierte. Dachten, es wäre das Beste, wenn er es sofort erfährt."

Mit einem letzten Blick auf Susie machte sich Liz auf die Suche nach Pete. Er las den neugierigen Umstehenden die Leviten. Als er sie bemerkte, kam er herüber. „Alles in Ordnung bei dir?"

Ihr Herz schlug nicht einmal mehr. Da war sie sich sicher.

„Es ist nicht fair. Nicht schon wieder."

———

Vince Carter arbeitete an einem kleinen Stück Holz, ein Schnitzmesser formte in schnellen, fachmännischen Bewegungen die Züge eines Vogels heraus. Dieser gefiel ihm. Ein Mynah-Vogel, im echten Leben eher ein Schädling, aber ein interessanter Vogel zum Schnitzen. Sein Bauch ruhte auf seinen Oberschenkeln, als er sich über die Werkbank beugte, um das Meiste aus dem schmalen Lichtstrahl der Schreibtischlampe herauszuholen, dem einzigen Licht im Raum neben dem stumm geschalteten Fernseher.

Scheinwerfer schwenkten über die Wand, der Vince zugewandt war, und er zuckte zusammen und schnitt zu tief in den Hals des Vogels. Er warf ihn beiseite und stemmte sich mit einem Grunzen auf die Füße, brauchte einen Moment, um sich aufzurichten.

„Was zum Teufel."

Niemand kam je zu Besuch. Schon gar nicht mitten in der Nacht.

Er warf einen Blick auf die Uhr auf dem Kaminsims, die von den Scheinwerfern eines herangefahrenen Autos beleuchtet wurde. Es war kurz vor Mitternacht.

Das Licht fiel auf die Fotos neben der Uhr. Er in Polizeiuniform, breitschultrig und mit flachem Bauch. Sein Hochzeitstag mit einer süß aussehenden Frau, die seine Hand hielt und zu ihm aufblickte. Marion. Und ein weiteres, beide sitzend, sie hält ein kleines Mädchen, das Melanie ähnelt. Nur dass es Jahre her war. Susie.

Sein Magen drehte sich um, als er zur Haustür ging und sie aufriss.

Zwei uniformierte Polizisten stiegen gerade die paar Stufen zur Veranda hoch. Kinder. Ihre Nervosität zeigte sich in schnellen Atemstößen, die in der Kälte dampften.

„Wachtmeister?"

„Ähm... Sergeant Vincent Carter?"

„Ex. Ex-Sergeant Carter. Was ist passiert?"

„Sir, ich bin Constable McNeill. Das ist Constable Lovett. Wir sind hier wegen Ihrer... Ihrer Tochter. Susan Weaver.“

Als seine Beine nachzugeben begannen, griff Vince nach dem Türrahmen, um sich aufrecht zu halten.

„Sir. Wir müssen Ihnen leider mitteilen, dass es heute Abend einen tödlichen Autounfall gab. Susan Weaver und ihr Mann David Weaver waren mit ihrer Tochter auf dem Heimweg-“

„Melanie... bitte nicht.“

„Melanie Weaver wurde ins Krankenhaus gebracht. Wir verstehen, dass sie in einem stabilen Zustand ist. Es tut uns sehr leid wegen Ihrer Tochter und Ihres Schwiegersohns.“ Sie standen da. Zu jung, um mit dieser schrecklichen Aufgabe betraut zu werden. Gefangen zwischen Pflicht und Mitgefühl.

Vince sackte nach vorne, nur sein Griff am Türrahmen hielt ihn auf den Füßen.

Ich hatte nie die Chance, die Dinge in Ordnung zu bringen. Jetzt werde ich es nie können.

Constable McNeill streckte eine Hand aus. Eine feste Berührung an seiner Schulter. Vince hob den Kopf.

„Wir bringen Sie ins Krankenhaus, Sir.“

„Ich kann selbst fahren.“ Er trat zurück ins Haus, um seine Schlüssel und Brieftasche vom Flurtisch zu holen.

„Wir kommen schneller durch.“

Seine Hände zitterten so stark, dass er kaum seine Schlüssel greifen konnte. Er nickte.

———

Es waren keine Tränen mehr übrig. Nur ein dumpfer Schmerz hinter ihren Augen und ein Eisklumpen, wo ihr Herz sein sollte. Carla stellte sich vor, dass ihr Gesicht eine Mischung aus verschmierter Wimperntusche und Schwellungen war, aber es war ihr egal. Nichts spielte eine Rolle.

Wie soll ich das durchstehen, Susie?

Ihre Finger spielten mit dem Rosenkranz, den sie von ihrer

Großmutter geerbt hatte, aber kein Gebet formte sich auf ihren Lippen.

Sie saß mit Bradley in einem kleinen Wartezimmer, das eher eine Nische mit einer Reihe von Sitzen war - in Sichtweite einer zentralen Schwesternstation. Jemand hatte Brad angerufen... ein Freund von der Polizei, hatte er ihr erzählt. Seit ihrer Ankunft hatten sie fast nichts gehört, aber Melanie lebte, und heute Abend war das ein Segen.

Wenn David und Susie sie doch nur nicht nach Hause gefahren hätten. Wenn Bradley doch nur nicht zur Arbeit zurückgegangen wäre. Carla rutschte auf ihrem Sitz hin und her und schuf etwas Abstand zwischen ihnen beiden.

Er bemerkte es nicht. Wieder einmal war er mit seinem Handy beschäftigt, aber diesmal schrieb er, anstatt zu telefonieren.

Die Aufzugtüren öffneten sich und Vince Carter stürmte heraus. Er hielt inne, um sich umzusehen, bevor er zur zentralen Station stapfte. Sie war nicht besetzt, und er schaute sich um, bis sein Blick den ihren traf. Falls er sie erkannte, ließ er es sich nicht anmerken und drehte sich um, um mit einer Krankenschwester zu sprechen, die hinter den Tresen trat.

Du hast dich nicht um deine Tochter gekümmert, warum bist du also hier?

Ein Pfleger schob ein Bett vorbei, und Vince folgte ihm.

„Sie ist zurück." Carla stand auf und griff nach ihrer Handtasche.

„Das sind gute Nachrichten." Bradley nahm ihre Hand. „Wir müssen warten, bis wir die Erlaubnis bekommen, sie zu sehen, Baby."

„Er sollte nicht hier sein."

„Carter? Er ist ihr Opa, aber ja. Wahrscheinlich nicht." Bradley erhob sich und zog Carla sanft an sich. „Das ist weder der richtige Ort noch die richtige Zeit. Wir werden so lange warten, wie es nötig ist. Okay?"

Sie lehnte sich an ihn, als der Kummer wieder hochkam.

Vince wartete im Flur, bis der Pfleger gegangen war.

Im Zimmer beendete eine Krankenschwester gerade das Richten der Decken und blickte auf, als er eintrat. Er hielt beim Anblick des kleinen Körpers im Bett inne. Winzig. Allein.

Melanies Augen waren geschlossen. An einem Arm war ein Tropf angeschlossen und an einem ihrer Finger war irgendein Gerät befestigt. Es überwachte irgendetwas. Der Unterarm ihres linken Arms steckte in einer Art Schiene. Sie war so klein. So verletzlich.

„Nur nächste Angehörige, mein Lieber." Die Krankenschwester überprüfte ein Klemmbrett am Fußende des Bettes.

„Ich bin ihr Großvater. Vince Carter. Wird sie... geht es ihr gut?"

„Der Bruch in ihrem Unterarm wurde noch nicht gerichtet. Sie ist sediert, aber Sie können bei ihr sitzen. Ich komme in ein paar Minuten wieder. Aber lassen Sie sie ruhen."

„Danke." In der Ecke stand ein Stuhl, und er stellte ihn zwischen das Bett und das Fenster.

Die Krankenschwester eilte hinaus, wurde aber von Carla und Bradley aufgehalten. Was auch immer sie hier zu suchen glaubten, es war nicht ihr Platz. Vince setzte sich nicht, sondern verschränkte die Arme und starrte sie an.

„Können wir reingehen?" Bradley trug einen Anzug mit Krawatte, und kein Haar auf seinem Kopf war außer Platz.

„Tut mir leid, aber nein. Nur ein Besucher zur Zeit und nur Familie-"

„Wir sind Familie. Ihre Paten." Carla versuchte, an der Krankenschwester vorbeizuschlüpfen, die einen kleinen Schritt machte, um die Lücke zu schließen. „Bitte. Bitte, kann ich sie nicht sehen?"

„Warum gehen Sie nicht zurück in den Wartebereich, meine Liebe. Gleich um die Ecke gibt es einen Kaffeeautomaten." Die Krankenschwester schloss die Tür hinter sich, und was auch immer Carla sonst noch zu sagen hatte, wurde zu einem gedämpften Geräusch im Hintergrund.

Vince sank auf den Stuhl. Er strich Melanie die Haare aus der Stirn und legte einen blauen Fleck frei. Seine Hand hob sich und ballte sich zur Faust.

„Opa?"

Ihre Stimme war so leise. So zerbrechlich.

Sie schaute ihn an.

Er nahm ihre Hand. „Hallo, Melly-Bärchen."

Eine Träne lief aus dem Augenwinkel des kleinen Mädchens. „Mama? Papa?"

Er drückte ihre Hand sanft. „Ich bin hier, Schätzchen. Ich werde immer für dich da sein."

Ein Hauch von Erleichterung huschte über ihre Züge, bevor ihre Augen wieder zufielen.

———

Der Wartebereich war besetzt, aber Vince kümmerte es nicht mehr, ob er ihn mit zwei Menschen teilen musste, für die er keine Zeit hatte. Sein Bedürfnis, für Melanie da zu sein, überwog sein Bedürfnis, ihre Paten zu meiden.

Carla starrte ihn wortlos an. Er hatte sie noch nie weniger als perfekt aussehen sehen, aber ihr Gesicht war mit Make-up verschmiert, Wimperntusche und Lidschatten von Tränen und Taschentüchern vermischt. Sie war lange Zeit Susies beste Freundin gewesen, so unterschiedlich sie auch waren.

„Wie geht es ihr? Wirklich", sagte Bradley.

Vince zuckte mit den Schultern.

„Bitte. Wir sitzen seit Stunden hier und haben keine Neuigkeiten."

Er fand einige Worte durch einen vor Trauer dicken Hals. „Den Umständen entsprechend geht es ihr gut. Sie ist für einen Moment aufgewacht und wusste, dass ich da war."

„Ich sollte bei ihr sein", schnappte Carla. „Susie hätte das gewollt."

Nicht jetzt.

„Du weißt, dass sie gewollt hätte, dass ich bei Melanie bin. Sie würde es hassen, dass du hier bist, nach dem, was du an diesem Tag gesagt hast. Susie wollte dich nicht mehr in ihrem Leben, warum glaubst du also, dass sie dich in der Nähe ihrer Tochter haben wollte?"

Ihre Worte stachen in ihn hinein. Vince schloss die Augen und lehnte sich in seinem Sitz zurück.

———

„Herr Carter?"

Vince schreckte aus einem Halbschlaf hoch und blinzelte, um seine Augen zu fokussieren.

Krankenhaus.

Melanie.

Susie.

„Entschuldigung. Ich wollte Sie nur auf den neuesten Stand bringen." Ein Mann ließ sich neben ihm auf den Sitz fallen. Weißer Kittel. Namensschild. Erschöpft. „Ich bin Doktor Lennard."

„Geht es ihr gut?"

„Melanie schlägt sich gut, alles in allem. Sie hat einige Prellungen von den Autogurten. Eine Beule am Kopf. Und einen einfachen Bruch ihres linken Unterarms."

„Wird sie sich wieder erholen?"

Der Arzt nickte. „Körperlich."

„Weiß sie es? Über ... Susie. Und David?"

„Sie war am Unfallort bei Bewusstsein und hat es sich zusammengereimt", sagte Doktor Lennard. „Wir werden morgen früh, wenn sie wach ist, einen Therapeuten zu ihr schicken. Und wir werden regelmäßige Termine mit demjenigen vereinbaren, der das Sorgerecht für sie bekommt-"

„Ich."

„Oh. Sie werden sie aufnehmen?"

„Es gibt sonst niemanden. Und sie ist meine Enkelin."

„Keine Familie auf beiden Seiten?"

„Davids Mutter lebt noch, ist aber krank. Susie und Mel waren die Einzigen, die auf meiner Seite übrig waren."

Alle sind weg.

Der Arzt stand auf. „Nun, dieses kleine Mädchen hat großes Glück, Sie zu haben. Wir werden uns unterhalten, bevor Melanie entlassen wird. Sie ist eine tapfere junge Dame."

Während Vince dem Mann nachsah, der sich eilig entfernte, umklammerten seine Hände seine Knie, und er musste sich daran erinnern zu atmen.

Natürlich würde er Melanie bei sich aufnehmen.

VIER

Als die Morgendämmerung einen trübseligen Versuch unternahm, durch die neblige Dunkelheit des Mittwinters zu brechen, stand Vince auf der Türschwelle von Susies Haus, einen Schlüsselbund in der einen Hand und einen kleinen Koffer in der anderen. Für eine scheinbar endlose Zeit starrte er auf die Tür, seine Schultern hängend. Er lehnte sich nach vorn, bis seine Stirn das Holz berührte, und holte einen langen, zittrigen Atemzug. Die Luft kam weiß und neblig heraus und schwebte um seinen Kopf. Ein Schleier der Trauer.

Ein Auto fuhr vorbei und er schreckte hoch.

Unter den vielen Schlüsseln fand er den richtigen. Sofern Susie die Schlösser nicht ausgetauscht hatte.

Das Eingangslicht war an, aber der Rest des Hauses war dunkel, abgesehen von einem Schein oben an der Treppe in Richtung Susies und Davids Schlafzimmer.

Vince drehte sich abrupt um und griff nach dem Türgriff der Tür, die er gerade hinter sich geschlossen hatte.

„Verdammt. Verdammt nochmal."

Aber weggehen würde nichts ändern. Es gab Dinge für Melanie zu holen.

Er zog einen handgeschriebenen Zettel aus der Tasche und

überprüfte ihn. Konzentriert stieg er die Treppe hinauf. Melanies Zimmer war genau wie Melanie. Hübsch – mit seiner niedlichen Einrichtung und den Akzenten; klug – mit einem Regal voller Bücher, die über ihr Alter hinausgingen; und picobello aufgeräumt, abgesehen von einem braunen Teddybär auf dem Boden neben einem unvollendeten Puzzlespiel. Er ließ den Koffer aufs Bett fallen und öffnete systematisch Schubladen und Schranktüren, um eine Auswahl an Kleidung, Socken, Hausschuhen und ihrem Bademantel zusammenzustellen. Ein Buch und ein paar Spielsachen. Nur das, was in den Koffer passte. Es würde später Zeit geben, den Rest zu holen.

Das Licht im Ensuite-Bad auf der anderen Seite von Susies und Davids Schlafzimmer war an, und er zwang sich, hineinzugehen, um es auszuschalten.

Vorbei an ihrem Bett.

Vorbei an ihrem Schmuck und ihrer Kleidung.

Vorbei an ihrem Lesesessel mit ihrem aktuellen Buch, aufgeschlagen mit den Seiten nach unten.

Den Blick auf den Boden gerichtet, schaltete er das Licht aus und flüchtete aus dem Zimmer. Im Erdgeschoss ging er am Wohnzimmer vorbei und trat einen Schritt zurück, angezogen von dem großen Familienfoto an der Hauptwand. David. Melanie. Susie.

Sein kleines Mädchen.

Mit ihrem kleinen Mädchen.

Der Koffer glitt ihm aus den Fingern und fiel mit einem dumpfen Aufprall auf den dicken Teppich. Vince stolperte in den Flur und dann weiter an der Treppe vorbei in die Küche, zum Schrank, in dem Susie die Trinkgläser aufbewahrte. Eine Hand am Spülbecken, drehte er den Wasserhahn auf und hielt das Glas darunter, dann trank er den Inhalt in einem Zug und füllte es wieder.

Als sich sein Herzschlag beruhigte, warf er einen Blick in den Kühlschrank und die Speisekammer. Konnte er überhaupt

Snacks ins Krankenhaus mitnehmen? Er stellte das Glas ab, zog die Liste wieder heraus und schrieb darauf.

Einkaufen gehen. Essen. Kissen. Bettwäsche.

Er hatte nicht die Kraft, heute noch mehr aus dem Haus mitzunehmen. Nicht heute.

Das Telefon auf der Arbeitsplatte blinkte rot mit einer Nachricht.

Er drückte auf Abspielen und Susies fröhliche Stimme schwebte durch die Küche.

Ihr habt David, Susie und Mel erreicht! Hinterlasst uns eine Nachricht.

Vince legte die Hände über seine Ohren, als sich sein Magen zusammenzog. Er stürzte zum Spülbecken und erbrach sich. Egal wie fest er seine Augenlider zusammenkniff, sie konnten die Tränen nicht zurückhalten, und er ließ sie fließen, bis das Würgen aufhörte. Die ekelerregenden Spuren der Trauer zu beseitigen, zwang ihn, sich zusammenzureißen.

Das Ende der Nachricht hatte gepiept. Er hatte es verpasst.

Seine Hände zitterten, als er das Glas nahm und trank, bis es leer war. Dann drückte er erneut auf Abspielen.

Ihr habt David, Susie und Mel erreicht! Hinterlasst uns eine Nachricht.

Nachricht empfangen um neunzehn Uhr.

Eine männliche Stimme. Wütend.

Geh ran, verdammt nochmal.

Eine kurze Stille.

Erst ignorierst du meine Nachrichten auf deinem Handy. Jetzt das. Du hast dir dein Bett gemacht, Sonnenschein. Die Zeit ist um, Weaver.

„Was zum Teufel?" Vince knallte das Glas hin und es zersprang.

Er drückte erneut auf Abspielen, vor Wut blind für die Scherben, und als er nach einem Notizblock in der Nähe des Telefons griff, schnitt er sich in die Hand. Bevor sich Blut auf der Arbeitsplatte sammeln konnte, griff Vince nach einer Handvoll Taschentücher aus einer Box und drückte sie auf die Wunde.

Dann drückte er noch einmal auf Abspielen.

———

Liz schleppte sich in das reguläre morgendliche Briefing. Der Raum war fast voll, einige Detectives saßen auf Schreibtischen oder Stühlen, andere standen plaudernd herum. Ausnahmslos alle sahen sie mit unterschiedlichen Graden von Mitgefühl an ... oder Mitleid. Jemand schob ihr einen Stuhl zu und sie war nicht in der Lage, abzulehnen.

Ich will nie wieder so eine Nacht erleben.

Pete folgte eine Minute später mit zwei Kaffeebechern zum Mitnehmen – große. „Ich hab ihnen gesagt, du brauchst einen Extra-Shot." Er reichte ihr einen und lehnte sich in der Nähe an die Wand. „Hast du überhaupt geschlafen?"

„Natürlich hab ich das."

Sie hatte nicht.

Ihre Schicht hatte nur noch zwei Stunden – Stunden, die eigentlich für den Hardy-Fall gedacht waren, aber als der Anruf wegen des Autounfalls kam, hatte sie ihn angeschrien, er solle einsteigen. Trotz Petes anfänglichem Protest und anhaltenden Beschwerden hatte er sich nützlich gemacht und war unterstützend gewesen, ohne weitere freche Kommentare. Sie hatten den Unfallort verlassen, als der Gerichtsmediziner eintraf.

Nachdem sie Pete nach Hause gebracht hatte, war sie zu Vinces Hütte mitten im Nirgendwo gefahren. Er war nicht da, und sie ärgerte sich über sich selbst. Er wäre im Krankenhaus bei der kleinen Melanie gewesen. Und ihr Auftauchen dort wäre wahrscheinlich nicht das, was er gewollt hätte. Er würde nie Mitgefühl wollen.

Eine Stunde lang hatte sie in seinem Auto in der Einfahrt gesessen und mehr Tränen vergossen, als sie wusste, dass sie in sich hatte.

Die Tränen fielen für Vince. Er war ihr Partner gewesen, bevor sie zur Mordkommission kam, als sie gerade anfing und er zehn Jahre vor der Pensionierung stand. Sie war dabei gewesen und hatte gesehen, was er durchgemacht hatte, als er seine Frau am selben Tag verlor, an dem er unschuldige Menschen vor einem Schützen bei einer Anzac-Parade gerettet hatte. Seine Trauer und Schuldgefühle verließen ihn nie, obwohl er nicht an zwei Orten gleichzeitig hätte sein können. Er war nicht der Typ für Beratung, abgesehen von den vom Ministerium angeordneten Besuchen.

Und Liz hatte um Susie geweint. Für das kleine Mädchen, das seine Mutter verloren hatte und von einem Vater aufgezogen wurde, der sie liebte, es aber wahrscheinlich nie sagte. Susie kam damals oft zur Wache, erledigte ihre Hausaufgaben, während sie auf Vince wartete. Alle liebten das Kind.

Aber vor allem war es für Melanie.

„Liz? Alles okay?"

Sie schreckte in die Gegenwart zurück. Es war unwirklich, hier im Besprechungsraum zu sein, der eigentlich ein übergroßes Büro war, in dem sich die Detectives zusammendrängten, während Renovierungsarbeiten im Gange waren. Wieder einmal starrten alle sie an. Sie nippte an ihrem Kaffee, anstatt zu antworten.

„Es geht ihr gut, Terry", sagte Pete.

Detective Senior Sergeant Terry Hall sah nicht überzeugt aus, wandte sich aber der Tafel zu. „Keine größeren Neuigkeiten über Nacht zu aktiven Fällen." Er kreiste einen Namen mit einem Marker ein und drehte sich wieder zum Raum. „Und ein deutlicher Mangel an Fortschritten bei der erneuten Festnahme von Malcolm Hardy. Er ist seit zwei Tagen auf der Flucht, Leute. Zwei Tage. Ein verurteilter Mörder. Ein gewalttätiger und intelligenter Verbrecher. Und niemand weiß, wo er ist."

Pete warf den Kaffeebecher, den er im Eiltempo geleert hatte, in einen offenen Mülleimer. „Das Problem ist, Chef, wir haben ihn nicht verloren. Die Idioten, die ihn zu seiner neuen Gerichtsverhandlung brachten, taten es, also warum ist es unser Job, ihn zu finden?"

Es gab ein zustimmendes Murmeln. Jeder Detective ohne aktiven Fall hatte nach Hardy oder seinen Komplizen gesucht.

„Bietest du dich an, die Führung zu übernehmen, wenn er wieder tötet? Der Familie seines Opfers zu erklären?", fragte Terry.

„Er tötet nur, wenn er eine Botschaft senden will."

„Halt die Klappe, Pete", flüsterte Liz. Sie brauchte nicht noch mehr auf ihrem Teller.

„Guter Rat, Liz. Aber zu spät. McNamara? Geh runter nach Footscray und such seine alten Reviere auf."

Selbst als Pete stöhnte, lachte der Rest des Raums.

„Ich auch, Chef?", fragte Liz.

„Geh für eine Weile nach Hause. Schlaf etwas."

„Ich dachte, wir könnten etwas Geld in etwas für Vince stecken. Oder für Melanie." Liz stand auf. „Ich weiß nicht was."

Terry nickte. „Wir werden uns etwas einfallen lassen." Er blickte im Raum umher. „Für alle, die es noch nicht gehört haben, ein Autounfall gestern Nacht hat das Leben von Vince Carters Tochter und Schwiegersohn gefordert. Ihre kleine Tochter hat überlebt."

Die Tür vom Flur öffnete sich abrupt und Vince stürmte herein. Mit allen Augen auf sich gerichtet, blieb er ein paar Schritte weit stehen, sein Blick streifte den Raum, bis er auf Liz ruhte. Er schien erleichtert, sie zu finden.

„Brennen dir die Ohren, Kumpel?", Terry streckte Vince die Hand entgegen, der sie ansah und dann schüttelte. „Wir möchten unser tiefstes Beileid aussprechen. Wir werden Susie alle vermissen."

„Ja. Äh, danke."

„Du solltest aber nicht hier sein."

„Konnte Liz nicht finden. Oder dich."

„Ich bin hier. Lass uns einen Spaziergang machen." Liz erreichte seine Seite. Aus der Nähe war seine Haut fast grau und die Linien in seinem Gesicht tief eingegraben. Er sah hohl aus.

„Wo steht ihr mit den Ermittlungen, Terry?", forderte Vince.

Mit einem überraschten Blick schüttelte Terry den Kopf. „Unfallermittlung, Kumpel. Ihr Bereich, nicht unserer."

„Du machst Witze." Er spuckte die Worte fast aus.

„Eisige Bedingungen auf der Straße. Keine vorläufigen Anzeichen für etwas anderes als einen Unfall, Vince. Kein Verbrechen."

„Geh zurück auf die Farm." Pete kicherte über seinen eigenen Kommentar, bis Liz ihm einen warnenden Blick zuwarf.

Bevor Vince die Chance hatte, hinzugehen und Pete zu verprügeln, was er wahrscheinlich verdient hatte, berührte Liz seinen Arm. „Es war ein Unfall."

„Bist du dir so sicher?" Vince zog ein gefaltetes Stück Papier aus seiner oberen Tasche und drückte es ihr in die Hand. So schnell wie er hereingekommen war, ging er wieder.

Liz entfaltete und las die wenigen Zeilen von Vinces Handschrift und ihr Herz sank.

„Was ist es?", fragte Terry.

„Er könnte Recht haben." Sie reichte Terry das Papier. „Ich bin gleich zurück."

———

Er hätte es besser wissen müssen, als hierher zu kommen. Ein Anruf hätte genügt. Ein anonymer Tipp. Er hätte behaupten können, er hätte jemanden belauscht, der einen bedrohlichen Anruf im Haus der Weavers machte. Diese Station war nicht mehr sein Revier. Längst vorbei waren die Tage, an denen er mit Wärme begrüßt wurde. Gebraucht für seine Erfahrung. Geschätzt für sein Wissen.

„Vince, warte!"

Liz war die Einzige, der er noch etwas bedeutete. Sie war wie eine zweite Tochter für ihn gewesen, als sie Partner waren. Und Terry könnte es interessieren. Aber Terry musste die Linie einhalten. Neutral sein.

Er blieb mitten im Flur stehen, als sie aufholte.

„Die Notiz?", ihre Worte kamen heraus, als würde sie keuchen.

„Seit wann bringt dich ein Hundert-Meter-Lauf außer Atem?"

In den mehr als zwanzig Jahren, die er Liz kannte, war sie schlank und durchtrainiert gewesen, dank ihrer Laufbesessenheit. Halbmarathons waren ihr Ding und sie hatte ihren Anteil gewonnen.

„Tut es nicht. Was hat es mit der Notiz auf sich?"

„Das war Wort für Wort aus einer Nachricht auf Susies Anrufbeantworter. Es gab eine Drohung gegen David, die er offensichtlich ignoriert hat."

„Eine geschäftliche Drohung, Vince? Oder persönlich?"

„Entweder. Beides. Seit er die Partnerschaft mit Pickering eingegangen ist, bewegte er sich immer gerade so am Rande der Legalität, aber ich konnte ihn nie erwischen. Jemand wollte ihn tot und nahm Susie mit."

„Irgendjemand Bestimmtes?", fragte Liz.

„Falls du es nicht bemerkt hast, ich arbeite nicht hier. Es ist dein Job, das herauszufinden."

„Bist du sicher, dass es auf David gerichtet war?"

Sein Mund öffnete sich, um die Andeutung zu widerlegen. Dann schloss er sich.

Susie würde nie in Schwierigkeiten geraten. Nie die Aufmerksamkeit der falschen Leute auf sich ziehen.

Außer, er glaubte nicht an Niemals.

„Ich kam, um dich zu finden. Am Cottage", sagte Liz.

„Hast du?"

„Und mir wurde klar, wo du sein würdest. Wollte im Krankenhaus nicht stören."

Ein lächerliches Prickeln hinter seinen Augen drohte, seinen Entschluss, stark zu bleiben, zunichte zu machen. Dies war weder der Ort noch die Zeit zusammenzubrechen. Aber er konnte ihr nicht in die Augen sehen.

„Wie geht es Melanie? Ich hörte, sie ist nicht in kritischem Zustand, Gott sei Dank."

„Gebrochener Arm. Prellungen. Schock."

Liz berührte wieder seinen Arm. „Was wird mit ihr geschehen?"

„Sie wird mit der Zeit in Ordnung kommen. Der Arzt meint, sie kann bald das Krankenhaus verlassen. Ich gehe nach Hause zum Duschen und Umziehen und dann fahre ich zurück. Sie braucht mich dort."

Pete McNamara schlenderte in ihre Richtung. Jemand musste dieses ewige Grinsen aus seinem Gesicht wischen.

„Wird sie bei dir leben?", fragte Liz.

Etwas an der Art, wie sie fragte, reizte ihn. „Klingt nicht so überrascht."

„Vince, bin ich nicht. Ich mache mir nur Sorgen um dich."

Er ging wieder los. Zu viele Leute starrten. Urteilten. Zeigten mit Fingern auf ihn.

Liz holte auf. „Was, wenn ich später vorbeikomme, wenn sie bei dir zu Hause ist?"

„Ich habe Susie so gut wie alleine großgezogen."

„Ja, ich weiß, und deshalb... Vince?"

Er hatte genug. Er verlängerte seine Schritte.

Liz musste stehen geblieben sein. Ihre Stimme folgte ihm. „Vince, komm schon."

Danke für das verdammte Vertrauensvotum.

„Warum bist du noch hier?"

„Ich geh gleich." Liz ließ sich auf den Sitz gegenüber von Terry fallen. „Ich wollte aufschreiben, was ich letzte Nacht... früh heute Morgen gesehen habe. Es festhalten, solange ich mich noch erinnere."

Terry hob beide Augenbrauen. „Du denkst, da steckt mehr dahinter als nur ein Unfall."

„Vielleicht. Als ich am Unfallort war, kam es mir wie ein seltsamer Ort vor, um die Kontrolle zu verlieren. Die Straße ist einen Kilometer lang gerade. Offene Felder auf beiden Seiten und keine anderen Straßen oder Einfahrten in der Nähe. Trotzdem ist das Auto ins Schleudern geraten und auf der falschen Straßenseite in einem Baumstamm gelandet."

„Kängurus? Irgendein anderes Tier auf der Straße?"

„Immer eine Möglichkeit, aber trotzdem..." Sie war zu müde, um es zu ergründen.

„Kommt Vince damit klar?", fragte Terry.

„Nein. Er denkt, er tut es. Aber wie viel muss ein Mensch in seinem Leben ertragen, Terry? Ich glaube, dieses kleine Mädchen ist alles, was ihm noch geblieben ist."

„Tut mir leid für ihn. Wirklich. Hör zu, Liz? Die Unfalluntersuchung wird heute nicht zum Auto kommen, also geh nach Hause und schlaf. Ich brauche dich für den Hardy-Fall, aber sprich auch mit Jim. Hör, was er über den Unfall zu sagen hat. Morgen."

Sie rappelte sich auf die Füße. „Und die Nachricht vom Anrufbeantworter?"

„Ja, nicht wirklich eine große Bedrohung. Könnte ein Scherzanruf oder sonst was sein. Lass uns erst mal sehen, was Jim berichtet. Ich bezweifle, dass der Anrufbeantworter irgendwohin verschwindet."

FÜNF

Alles, was Vince wollte, war Schlaf. Richtiger Schlaf in seinem eigenen Bett, statt unruhiger Nickerchen auf einem Krankenhausstuhl und dem Hochschrecken seines Herzens jedes Mal, wenn er sich erinnerte. Aber das würde nicht so bald passieren. Er fuhr seine lange Auffahrt hinauf und wendete das Auto, sodass es wieder nach draußen zeigte. Dies würde kein langer Halt werden.

Jemand hatte Blumen in der Nähe der Haustür hinterlassen. Ein wunderschöner Strauß Winterblumen in einem Wasserglas. Ein weißes Band war um das Glas gebunden und eine Karte darin gesteckt.

Keine Worte. Bin für dich da. L.

Er stieg die Stufen hinunter, ging um die Ecke und blickte den Hügel zu seinem Nachbarhaus hinauf. Da oben war keine Bewegung zu sehen.

Die Nachricht hatte sich schnell herumgesprochen.

Lyndall kannte ihn lange genug, um die Blumen ins Wasser zu stellen, sonst würde er es vergessen. Und dass er nichts Ausgefallenes mochte. Aber diese Auswahl aus ihrem Garten war Lyndalls Art, ihm zu zeigen, dass sie Bescheid wusste. Und dass es ihr nicht egal war. Das war sie schon immer als enge Freundin seiner Frau gewesen. Diejenige, die da war, wenn Vince es nicht war.

Vince unterdrückte eine aufsteigende Übelkeit. Er konnte diesen Tag nicht noch einmal durchleben. Nicht jetzt. Seine Frau zu verlieren war das Schlimmste in seinem Leben gewesen.

Bis jetzt.

Er schloss die Tür auf, nahm das Glas mit und ging hinein. Das Cottage war fast so kalt wie draußen. Er hatte es vorher nie bemerkt, aber aus irgendeinem Grund war es jetzt wichtig. Als er am Wohnzimmer vorbeiging, warf er einen Blick auf den Kamin. Fast nie benutzt. Die Blumen stellte er auf den Küchentisch und setzte den Wasserkocher auf. Vielleicht würde sich sein Magen mit etwas Tee und Toast beruhigen.

Zuerst aber duschte und rasierte er sich.

Der Tee verbrannte seinen Hals und er verbrannte den Toast. Aber er aß ihn, dick mit Butter bestrichen, um den Geschmack zu überdecken. Es half ein bisschen und er verließ das Cottage mit einem klareren Kopf, als er ihn seit Stunden gehabt hatte.

Zurück im Krankenhaus verbrachte er ein paar Minuten bei Melanie, bevor sie weggebracht wurde, um ihren Unterarm zu richten. Sie war noch benommen von den Schmerzmitteln, schaffte aber ein kleines Lächeln, als er ihre Stirn küsste. Als sie hinausgefahren wurde, stand er am Fenster, verloren.

„Herr Carter?"

Eine Krankenschwester steckte ihren Kopf herein.

„Doktor Raju hat gefragt, ob Sie ein paar Minuten Zeit hätten. Er ist einer unserer Psychologen hier und war schon bei Melanie. Ich zeige Ihnen den Weg."

Vince hatte geschworen, nie wieder einen Fuß in die Tür eines Psychologen zu setzen, aber hier ging es nicht um ihn. Er wurde von einer Empfangsdame direkt ins Büro geführt.

„Ah, Herr Carter. Ich bin Doktor Raju, bitte kommen Sie und nehmen Sie Platz." Groß und viel älter als Vince erwartet hatte – basierend auf seiner begrenzten Erfahrung mit Seelenklempnern

– schüttelte der Psychologe ihm die Hand und deutete dann auf einen von drei Sesseln, die um einen Couchtisch standen. Eine Frau erhob sich von ihrem Sitz, Mitte vierzig, ernst blickend. „Das ist Frau Dawn Burrows und sie bat darum, dabei zu sein."

„Herr Carter, ich bin Sozialarbeiterin beim Jugendamt."

Der Vorgang, sich in den Sessel zu setzen, gab Vince einen dringend benötigten Moment, um sich zu sammeln. Natürlich würde es Fragen zu Melanies Zukunft geben, sowohl kurz- als auch langfristig. Er hatte im Laufe seiner Karriere genug Situationen erlebt, in denen verschiedene Behörden zum Wohl eines Kindes oder einer Familie zusammenkamen.

„Ich höre, Melanie bekommt gerade ihren Bruch gerichtet?", fragte der Doktor.

„Ja. Eine der Krankenschwestern sagte, Sie hätten sie früher schon gesehen."

„Ich habe ein paar Minuten mit ihr verbracht. Ihre Schmerzmittel machten sie schläfrig, aber sie sprach kurz mit mir. Sie ist ein tapferes und intelligentes junges Mädchen."

„Was hat sie... ähm, hat sie über den Unfall gesprochen?" Er wollte es eigentlich gar nicht wissen.

„Nein. Aber sie sagte, ihr Opa sei zu Besuch gekommen." Doktor Raju lächelte.

Ein kleines warmes Glühen begann irgendwo tief in Vinces Herz.

Und wurde ausgelöscht, als Frau Burrows sprach. „Ich verstehe, dass dies erst der Anfang ist und alles ein schrecklicher Schock, aber meine Sorge gilt den nächsten Schritten mit Melanie. Sobald sie entlassen werden kann."

„Sie wird mit mir nach Hause kommen", sagte Vince.

„Ich verstehe. Was ist mit anderen Familienmitgliedern?"

Suchen Sie nach einer besseren Option?

Er ließ sich Zeit und zwang seine Hände, flach auf seinen Beinen zu liegen, anstatt sich wie gewollt zu Fäusten zu ballen.

„Ich bin ihr letzter Verwandter von Susies Seite. Sowohl meine Frau als auch ich waren Einzelkinder und Susie war auch ein Einzelkind. Keine Cousins und dergleichen. Bei David ist es ähnlich. Keine Familie, von der ich wüsste, abgesehen von seiner Mutter, die vor Jahren einen schlimmen Unfall hatte und eine Vollzeitpflegerin hat. Es könnte einen Cousin in England geben. Bin mir nicht sicher."

Frau Burrows schrieb auf einem Tablet mit, während er sprach, und blickte auf, als er fertig war.

„Und wissen Sie von einem bestehenden Testament oder anderen rechtlichen Dokumenten bezüglich Melanie?"

„Ein Testament wurde aufgesetzt, nachdem sie geboren wurde. Aber ich erinnere mich auch an eine beiläufige Bemerkung von Susie, dass es aktualisiert werden müsste."

„Wie lange ist das her?"

„Ein paar Jahre."

„Ich verstehe." Sie starrte Vince an. „Und was waren die Wünsche für Melanie... für den Fall der jetzigen Umstände?"

Wer plant dafür? Wer tut das wirklich?

Er hatte keine Antwort und sie drängte weiter.

„Gab es die Erwartung, dass Sie einspringen würden?"

„Kinder sollen ihre Eltern eigentlich überleben." Er bereute die Härte seines Tons, sobald die Worte seinen Mund verlassen hatten. „Entschuldigung. Ich bin erschöpft."

Doktor Raju lehnte sich ein wenig vor. „Bitte nehmen Sie sich Zeit, Herr Carter. Niemand wird Sie drängen, Entscheidungen über Melanie zu treffen."

Die Sozialarbeiterin schien seine Meinung nicht zu teilen. „Wenn keine andere Familie, dann Paten?"

Über meine Leiche.

„Es gibt Paten, aber Sie wissen besser als jeder andere, dass sie nicht automatisch Anspruch auf das Sorgerecht für ein Kind haben. Melanie kommt mit mir nach Hause. Ich habe ein Gästezimmer, das ich für sie herrichten werde." Vince wollte gehen. Das war zu viel obendrauf auf alles andere.

„Natürlich, aber wenn Sie sich außerstande fühlen, eine angemessene häusliche Umgebung zu bieten-", begann sie.

„Das habe ich nicht gesagt."

Doktor Raju rutschte auf seinem Sitz herum. „Es ist natürlich, sich zögerlich zu fühlen, ein junges Kind in sein Leben aufzunehmen."

„Ich zögere nicht."

„Herr Carter, wenn ich darf... Ich glaube, Sie leben allein, in einiger Entfernung von allem, was Melanie vertraut ist. Sie haben keine öffentlichen Verkehrsmittel in der Nähe. Und eine Achtjährige bedeutet viel Arbeit. Grundschule. Außerschulische Aktivitäten. Freunde", sagte Frau Burrows.

Wie konnte sie schon so viel über ihn annehmen? Was wollte sie, dass er sagt? Er starrte auf seine Hände, die jetzt seine Knie umklammerten.

„Melanie braucht jetzt Vertrautheit." Doktor Raju hatte eine beruhigende Stimme. Angenehm zuzuhören.

Vince hob seinen Blick, um dem des Arztes zu begegnen. „Sie wird es haben. Mel kennt mich. Liebt mich."

Ms Burrows stand auf. „Wir werden die nächsten Schritte weiter besprechen, aber ich stimme zu, dass Melanie in diesem Stadium am besten mit Ihnen nach Hause geht. Aber es wird noch viel Wasser den Bach runterfließen, bevor dies dauerhaft wird, also würde ich Ihnen raten, darüber nachzudenken. Denken Sie gründlich darüber nach, was langfristig das Beste für Sie und für Melanie ist."

Nachdem sie gegangen war, lächelte Doktor Raju plötzlich. „Melanie hat Glück, Sie zu haben."

Ihm fiel keine Antwort ein.

„Eine schwierige Zeit für sie. Aber auch für Sie."

„Ich brauche keinen Seelenklempner." Vince schaffte es, seine Stimme neutral zu halten.

„Sie haben Ihre Frau verloren, als Melanies Mutter jung war."

„Und ich brauche keine Geschichtsstunde."

„Trauer hat die Angewohnheit, zu uns zurückzukommen. Trauer und Selbstvorwürfe. Wenn Sie das Bedürfnis haben zu reden..."

„Nee, mir gehts gut. Was soll ich Mel über alles erzählen?"

„Dass Sie sie lieben."

„Das kann ich machen." Vince stand auf.

„Darf ich Ihnen einen Rat geben?"

Der Arzt stand auf, machte aber keine Anstalten, zur Tür zu gehen. „Denken Sie darüber nach, sich eine Trauerberatung zu holen."

„Das wars?", fragte Vince.

„Ich beiße nicht."

Er vielleicht nicht, aber alte Wunden taten es und wurden am besten begraben.

———

Carla lag zusammengesunken an der Rückenlehne eines modischen Ledersofas, ein Schwangerschaftstest baumelte aus ihren Fingern und getrocknete Tränen hinterließen erneut Spuren in ihrem Make-up. Ihre Aufmerksamkeit galt einem großen Fenster, das zur Straße zeigte und von Vorhängen eingerahmt war, die sie nach ihren genauen Vorgaben hatte anfertigen lassen. Bradley lief auf und ab in der Einfahrt und kam immer wieder in und aus ihrem Blickfeld, während er an seinem Telefon sprach. Sein Arm fuchtelte herum. Immer öfter nahm er keine Anrufe mehr im Haus entgegen und Carla hatte keine Ahnung, warum nicht.

Er blieb abrupt stehen und hielt das Telefon von sich weg, um darauf zu schauen, dann fluchte er. Sie zog die Augenbrauen hoch, als sie den Fluch von seinen Lippen las, aber als er es in seine Tasche schob und auf die Haustür zusteuerte, griff Carla nach einer Handvoll Taschentücher und säuberte ihr Gesicht. Als er zu ihr stieß und sich mit einem Grunzen ans andere Ende des Sofas warf, saß sie aufrecht da, das Bündel Taschentücher in einer Tasche versteckt.

„Was ist los, Brad?"

„Die Arbeit. Nur die Arbeit."

„Du bist sauer auf jemanden."

„Verdammt richtig. Wenn die Leute einfach ihren Job machen würden...", er sah sie zum ersten Mal an. „Hast du geweint?"

Sie hielt den Schwangerschaftstest hoch und er rutschte rüber, um sie in die Arme zu schließen.

„Es wird passieren, Carla. Wir werden es weiter versuchen."

„Ich werde zu alt für ein Wunder."

„Wir werden nicht aufgeben."

„Aber warum ist es so unfair? Melanie ist ganz allein ohne Eltern." Sie löste sich aus seiner Umarmung und nahm eine seiner Hände. „Und wir sind ganz allein ohne Kinder. Wo ist da der Sinn drin?"

„Es gibt keinen."

„Ich habe nicht nur wegen des Tests geweint. Ich meine, ja, es ist schon traurig, aber dann erinnerte ich mich daran, dass Susie mich gestern gefragt hat, ob ich schwanger sei. Und wenn ich es wäre, könnte ich es ihr nie erzählen...", sie holte tief und zitternd Luft. „Und ich mache mir solche Sorgen, wo Melanie hingehen wird, wenn sie entlassen wird. Ich könnte es nicht ertragen, wenn er das Sorgerecht bekäme."

„Vince Carter?", fragte Bradley.

„Ja, er. Sicher wird derjenige, der diese Entscheidungen trifft, über seinen einen heroischen Moment hinwegsehen und all den Schaden erkennen, den er angerichtet hat? Er war ein schrecklicher Vater für Susie, und ich schaudere bei dem Gedanken, wie Melanies Leben mit ihm wäre."

Bradley nickte. Was genau bedeutete das? Stimmte er ihr zu oder wollte er nur, dass sie sich beruhigte?

„Ich weiß, ich klinge aufgebracht, Schatz. Was denkst du, sollten wir tun, um unserem kleinen Mädchen zu helfen?", sagte sie.

Sein Telefon klingelte und er runzelte die Stirn.

Carla ließ seine Hand los. „Geh ran."

„Ich werde sie loswerden. Was hältst du davon, wenn wir ein bisschen in die Kirche gehen?" Er stand auf und griff nach dem Telefon. „Etwas Zeit damit verbringen, für Melanie zu beten."

„Das würde ich gerne."

Aber er hatte den Anruf bereits angenommen und war auf halbem Weg zur Tür.

„Und für Susie und David beten", murmelte sie.

SECHS

Es war spät. Vince lag zusammengesunken auf dem Holzboden der Veranda des Häuschens, eine halb leere Flasche Whisky in der einen Hand und ein leeres Glas in der anderen. Er starrte in die Dunkelheit. In der Kälte regte sich kaum etwas, doch in der Ferne hallte von Zeit zu Zeit das klagende Heulen eines einsamen Hundes wider.

In den paar Stunden, die er hier gesessen hatte, waren eine Handvoll Autos vorbeigefahren, und jedes Mal war er zusammengezuckt. Aber es gab keine schlechten Nachrichten mehr. Melanie war in Sicherheit und erholte sich. Ihre körperlichen Verletzungen würden heilen. Und im Krankenhaus würde ihr nichts zustoßen. Er hatte die ganze Nacht bleiben wollen, wurde aber von Krankenschwestern hinausgeschickt, die ihm zu Recht sagten, dass Melanie ihn am Morgen brauchen würde, wenn die Medikamente nachließen.

Nach dem Verlassen der Polizeistation hatte er Susies und Davids Leichen identifiziert. Dann hatte er mit dem Bestattungsunternehmen gesprochen.

Und er hatte die Fassung bewahrt. Nicht die geringste Gefühlsregung gezeigt, weil er keine empfand.

Bis er heute Abend nach Hause kam.

Ein weiterer Laut driftete durch die stille Luft. Das Wiehern eines Ponys.

Habe ich ihre Decke aufgelegt? Habe ich sie gefüttert?

Mit einem Stöhnen rollte er sich auf die Knie und benutzte die Wand, um sich aufzurichten. Er war in Ordnung. Nichts, was ein weiterer Drink nicht beheben würde. Er umklammerte den Flaschenhals. Die Stufen waren rutschig, und er griff nach dem Geländer, ließ aber sofort wieder los. Es war wie ein Eiszapfen.

„Kein Eis nötig für meinen Drink."

Er kicherte über seinen geistreichen Kommentar.

Noch ein Wiehern.

„Bin schon unterwegs."

Er öffnete das Tor und ging hindurch, darauf bedacht, es zu schließen. Nicht dass Apple weglaufen würde. Sie war an seinen Taschen und schnupperte nach Leckereien. Ihre Decke war aufgelegt. Vielleicht hatte er vergessen, sie heute Morgen abzunehmen. Egal bei dem kalten Wetter. Sie hatte frisches Heu. Lyndall musste nach ihr gesehen haben.

„Willst du was trinken, Mädchen?"

Vince nahm einen langen Schluck und rülpste, während er sich mit der Hand über den Mund wischte.

„'tschuldigung."

Er bot dem Pony das offene Ende der Flasche an, und sie nahm es ins Maul, prustete aber fast sofort vor Missfallen und ließ es los.

„Nein? Macht nichts ... niemand trinkt sowieso mit mir."

Da war ein Baumstumpf, und er ließ sich darauf sinken.

„Weißt du, wir sind beide über unseren Zenit hinaus? Zumindest dich lieben die Leute."

Das Pony wanderte davon und er starrte in den Himmel. Er hatte die perfekte Klarheit von Winternächten, komplett mit Clustern brillanter Sterne. Irgendwo da oben war ein Stern mit Susies Namen drauf. Zu früh. Lange vor ihrer Zeit genommen.

Sie ist weg. Mein Baby ist weg.

Er stand auf und zeigte auf den hellsten Stern, stieß im Takt mit seinen Worten zu.

„Du. Verdammter. Bastard."

Jemand musste dafür bezahlen. Jemand hätte das verhindern müssen.

„Jetzt zufrieden?", schrie er zum Himmel. „Verdammter Bastard!"

Die Erde drehte und hob sich und er fiel auf die Knie. Die Flasche rollte weg und er hämmerte mit den Fäusten auf den gefrorenen Boden, bis Schmerz durch seine Arme schoss. Mit einem Schrei fiel Vince auf die Seite und zog die Beine an, die Arme um sie geschlungen.

Er schloss die Augen und flüsterte: „Du hättest sie beschützen sollen. Verdammter Bastard."

Niemand hörte ihn. Niemand kümmerte sich darum.

———

Es gab nichts mehr, was Liz heute Abend im Fall Hardy tun konnte. Sie hatte Pete gerade am Revier abgesetzt, damit er sein eigenes Auto holen und nach Hause fahren konnte, und jetzt wünschte sie, sie wäre reingegangen, um Papierkram zu erledigen. Die paar Stunden, die sie sich heute Morgen zum Schlafen gegönnt hatte, hatten ihre Müdigkeit zwar gemildert, aber jede Chance zunichte gemacht, so früh zur Ruhe zu kommen.

Die Uhr in ihrem Auto verspottete sie. Nach zehn. Gar nicht so früh.

Noch eine Stunde und dann gehe ich nach Hause.

Die Suche nach Malcolm Hardy hatte sich von einer allumfassenden, polizeiweiten Durchsuchung des Gebiets, in dem er zuletzt gesehen worden war, verlagert. Obwohl es keinen Polizisten im Bundesstaat gab, der nicht zweimal hinsah, wenn er an einem etwa 50-jährigen, stämmigen Mann vorbeiging, gab es einfach nicht genug Polizisten, um mit der Intensität weiterzumachen, mit der sie begonnen hatten, zumal der Verbrecher so leicht verschwunden war. Jetzt ging es darum, sich auf seine Kontakte zu konzentrieren. Pete blühte bei dieser Art von Polizeiarbeit auf und es machte ihm nichts aus, dass er zu den unwahrscheinlichsten Personen in Hardys altem Vorort Footscray geschickt worden war. Nicht, dass er bisher viel gefunden hatte, aber er war wie ein Bluthund, wenn etwas sein Interesse geweckt hatte.

Sie wollte Vince sehen. Bei ihm sitzen. Ihn reden lassen, wenn er wollte. Die Chancen standen aber gut, dass er im Krankenhaus oder am Schlafen war, und die ganze Strecke wieder rauszufahren, wäre wahrscheinlich eine Zeitverschwendung. Stattdessen bog Liz auf die Straße nach Laverton ein.

Um diese Uhrzeit war der Vorort relativ ruhig. Ein paar Speditionsfirmen waren so geschäftig wie tagsüber, Lastwagen wurden entladen und Arbeiter riefen einander zu. Die meisten Geschäfte waren geschlossen und hielten normale Geschäftszeiten ein. Eines davon war das Lagerhaus von Bradley Pickering und David Weaver.

Es nahm ein schmales Grundstück in einer Sackgasse ein. Umgeben von ähnlichen Gebäuden, befand sich das Büro wenige Schritte vom Bürgersteig entfernt, der Rest des Gebäudes dahinter. Zwei Tore – mit einer schweren Kette und einem Vorhängeschloss zusammengeschlossen – erstreckten sich von der Seite des Büros bis zum Zaun des Nachbargebäudes, gerade breit genug für einen Sattelschlepper zum Rückwärtseinfahren.

Sie fuhr im Schritttempo vorbei. Nichts bewegte sich und der Ort lag im Dunkeln, als sie ein Stück weiter die Straße runter parkte. Die einzige funktionierende Straßenlaterne war oben an der Ecke, und nur wenige der Gebäude hatten Außenbeleuchtung. Sie kannte die Gegend gut. Die Nähe des Vororts zu Melbournes Docks machte ihn beliebt für Speditionen und verwandte Unternehmen, und sie hatte hier schon mehr als einmal an Fällen gearbeitet.

Mit eingeschalteter Taschenlampe schlenderte sie zur Vorderseite des Lagerhauses. Das Licht erfasste den Namen des Unternehmens über der Bürotür.

PickerPack Holdings Pty Ltd.

„Niedlich. Wette, du hast es geliebt, deinen Namen da reinzuschieben."

Sie war nie drin gewesen, aber sie kannte Bradley von früher. Nach seinem damaligen Haus, seinen maßgeschneiderten Anzügen und seinem teuren Auto zu urteilen, hätte sie erwartet, dass sein Geschäft boomte und in einer eindrucksvolleren Immobilie untergebracht wäre.

Stattdessen gab es eine trostlose Fassade ohne Durchgangsverkehr. Was genau ging hier vor sich?

Spinnweben bedeckten das einzige Fenster neben der Eingangstür, und es war so schmutzig, dass die Taschenlampe kaum durchdrang. Die Tür selbst wurde nicht benutzt und hatte ein Schild, das die Leute aufforderte, um die Seite herumzugehen. Niemand war in der Nähe. Sie überprüfte es, indem sie die Straße in beide Richtungen entlangblickte, bevor sie die Taschenlampe fest gegen das Glas drückte. Ihre Nase berührte fast das Fenster.

Augen starrten zurück.

Liz stolperte rückwärts, während ihr Herz hämmerte.

War es ein Gesicht gewesen? Oder ein Trick des Lichts?

Sie zog ihre Waffe.

Zurück am Fenster bewegte sie die Taschenlampe herum, aber wenn eben noch jemand da gewesen war, war er nun verschwunden.

Dies war kein Büro mehr, sondern ein provisorischer Personalraum mit Stühlen, Tischen, Spüle und Kühlschrank. Dahinter befand sich ein Torbogen, der zum dunklen Lagerhaus führte. Am hinteren Ende ragten die Schatten von Frachtcontainern auf.

Sie versuchte, die Tür zu öffnen. Abgeschlossen.

Etwas fühlte sich seltsam an. Die Haare in ihrem Nacken stellten sich auf.

Am Tor rüttelte sie an der Kette. Das Vorhängeschloss war

schwer und gab nicht nach. Am Ende der Einfahrt war der Umriss eines Lieferwagens zu erkennen, aber es waren keine anderen Fahrzeuge in Sicht. Sie nahm ihr Handy heraus, und obwohl die Details aufgrund der Entfernung und des mangelnden Lichts schlecht waren, verbrachte sie ein paar Minuten damit, Fotos zu machen, und kehrte dann zum Fenster zurück, um dasselbe zu tun.

Zurück im Auto verriegelte sie die Türen und atmete langsam aus.

SIEBEN

Ich bin meilenweit vom Schuss. Dumme Polizistin, die ihre Nase in Dinge steckt, wo sie nicht willkommen ist. Wenn sie nur das Videomaterial von ihrem Gesicht durchs Fenster sehen könnte. Zum Totlachen.

Es bleibt keine andere Wahl, als dieses Ding loszuwerden – es wird einem neuen Zweck dienen.

Es ist ermüdend, andere Leute rauszuhauen. Wenn sie ihren Job machen würden, wäre mein Leben einfacher. Und ich mag es einfacher.

Das GPS auf meinem Handy sagt, dass eine Abzweigung voraus liegt. Ohne Straßenbeleuchtung ist es fast unmöglich zu sehen. Ich bin vor ein paar Minuten am Bahnhof vorbeigefahren. Kein Zug bis zum Morgengrauen, aber der Rückweg dorthin wird die Zeit füllen. Ich biege auf einen Feldweg ein.

Wenn ich fertig bin, sollte niemand das Fahrzeug finden, aber falls jemand zufällig darauf stößt, wird der Standort die Bullen in die Irre führen. Wenn man das Spiel nicht kontrolliert, hat es keinen Sinn zu spielen. Was als Nächstes passieren muss, ist Kooperation. Anders als der dumme David Weaver. Das ist eine Lektion, die die anderen beherzigen sollten.

Ein Känguru springt über den Weg, und ich bremse. Das ist ihr Revier, nicht meins.

Das GPS ist jetzt nutzlos. Verbindet sich und bricht ab, dank der miesen ländlichen Netze. Aber ich habe mir den Rest des Weges gemerkt. Dem Van gefällt das Gelände nicht. Nicht für Landstraßen gebaut.

Hoffentlich bleibt er nicht liegen.

Ich atme erleichtert aus, als wir den Gipfel des Hügels erreichen. Das Schlimmste der Fahrt ist vorbei.

Die Straße ist jetzt kaum mehr als ein einzelner Pfad. Ich krieche, um Schlaglöcher zu vermeiden und nicht im Graben zu landen. Als nichts mehr vor mir liegt außer einer Sackgasse, schalte ich in den ersten Gang und manövriere mich vorsichtig in eine Lücke zwischen den Büschen. Äste kratzen über das Dach und die Seiten. Das Quietschen, wenn sie den Lack zerkratzen, ist Musik in meinen Ohren.

Ich stelle den Motor ab und beginne zu putzen. Sobald der Innenraum blitzsauber ist, steige ich aus und schalte die Scheinwerfer aus. Ich wische den Schalter ab, schließe die Tür und säubere auch die.

Mit kaum Platz zum Aussteigen schramme ich mir den Arm an Dornen auf. Sobald ich frei von den Büschen bin, reinige ich die Wunde. Nichts weiter als ein paar Kratzer. Vom Weg aus ist keine Spur vom Fahrzeug zu sehen.

Befriedigend.

Ich zünde mir eine Zigarette an und beginne den langen Marsch zum Bahnhof.

ACHT

Wie er zurück ins Cottage gekommen war, die Haustür abgeschlossen und sich in sein eigenes Bett gelegt hatte, war rätselhaft. Aber als Vince kurz nach Tagesanbruch aufgewacht war, war ihm warm und er hatte nur eine vage Erinnerung daran, auf der Koppel gelegen zu haben.

„Idiot." Seine Hände schmerzten.

Geduscht und angezogen ging er nach draußen und fütterte das Pony. Die Flasche Scotch war leer, der restliche Inhalt war ausgelaufen, als er sie fallen gelassen hatte. Wahrscheinlich war das auch besser so. Mit etwas Glück würde Melanie heute nach Hause kommen, und er hatte nicht vor, sein Verhalten von letzter Nacht zu wiederholen, wenn sie im Haus war.

Bei Kaffee und Toast, glücklicherweise nicht verbrannt, hörte er die Nachrichten.

Die Polizei steht weiterhin vor einem Rätsel angesichts des Verschwindens des verurteilten Mörders Malcolm Hardy. Der 50-jährige Hardy entkam auf dem Weg zu einer Anhörung aus dem Polizeigewahrsam, was eine Großfahndung in ganz Melbourne auslöste. Diese wurde über Nacht reduziert.

„Man kann nicht alle dransetzen."

Hardys Anwaltsteam hat es abgelehnt, eine Stellungnahme abzuge-

ben, aber es gibt wachsende Spekulationen, dass die Polizei Richard Roscoe befragen wird, um festzustellen, ob der Anwalt bei der Lokalisierung des gewalttätigen Straftäters behilflich sein kann.

„Er wird seinen Mandanten nicht verraten."

Vince bezweifelte, dass Hardys Hauptanwalt etwas mit der Flucht des Mannes zu tun hatte. Hardy hatte eine Sicherheitslücke ausgenutzt, einen Fehler, der ihm die kleinste Gelegenheit gab, sich von seinen Wächtern zu befreien. Wahrscheinlicher war, dass Roscoe wusste, wo Hardy sich aufhielt. Der Mann war in Handschellen geflohen und tat einen guten Job darin, seiner Wiederergreifung zu entgehen. Die Medien hatten einen Feldtag mit der Polizei.

Eine Werbung für ein Bestattungsunternehmen kam, und Vince zog den Stecker des Radios aus der Wand. Gestern Nachmittag hatte er die Beerdigung seiner Tochter arrangiert – zumindest in die Wege geleitet, bis der Gerichtsmediziner sie freigab. Das Bestattungsunternehmen hatte ihn mit Mitgefühl und Respekt behandelt. Sie hatten ihm Särge gezeigt. Blumenarrangements. Musikvorschläge. Er wusste größtenteils nicht, was er tun sollte, und ließ sich von der freundlichen Frau in seinen Entscheidungen leiten. Er hatte seine Frau vor so vielen Jahren beerdigt, und die Dinge hatten sich geändert. Manche Dinge. Nicht die Qual.

Er stand auf und schüttelte den Kopf, als würde er den Schmerz abschütteln. Heute war ein Neuanfang. Ein wunderbares kleines Mädchen würde bald einziehen, und er hatte viel Arbeit vor sich.

Bis zum späten Vormittag war das Cottage so gut hergerichtet, wie er es unter den gegebenen Umständen machen konnte.

Melanies Bett war frisch bezogen mit nagelneuen Laken und Kissen, und obenauf hatte er eine Patchworkdecke gelegt. Er hatte vergessen, dass sie da war, gefaltet auf dem obersten Regal des Flurschranks, und immer noch so schön wie damals, als Susie sie auf ihrem eigenen Bett hatte. Marion hatte die Decke für ihre Tochter gemacht.

Er hatte eine verstaubte Lampe ausgegraben, sie gereinigt und eine neue Glühbirne eingesetzt. Jetzt stand sie auf ihrem Nachttisch. Sie hatte eine hübsche rosa in ihrem anderen Schlafzimmer, und er würde sehen, ob sie die gerne hier hätte oder lieber eine neue aussuchen würde.

Wenn sie sich erholt hatte und bereit war, würden sie einkaufen gehen und modernere Möbel besorgen.

Das einzige Badezimmer hatte er von oben bis unten geputzt. Nicht, dass es in schlechtem Zustand gewesen wäre, aber nicht gut genug für eine junge Dame, die es gewohnt war, eins ganz für sich allein zu haben. Er hatte die besten Handtücher herausgelegt. Sogar eine Blume in einem Glas aus dem Sträußchen, das Lyndall dagelassen hatte, hinzugefügt.

Ist es okay? Habe ich etwas vergessen?

Alles war so sauber und einladend, wie er es zu machen wusste. Er ging von Raum zu Raum und landete im Wohnzimmer, in der Hoffnung, er hätte genug getan, aber alles, was er sehen konnte, waren abgenutzte Teppiche und alte Vorhänge.

Wenn sie es hier hassen würde, dann würde er verkaufen. Etwas für sie in der Nähe ihrer Schule finden.

Was ist mit Apple? Sie müsste irgendwo in Pension gegeben werden.

Er schloss die Augen. Von hier wegzugehen war nichts, worüber er nachdenken konnte. Nicht zusätzlich zu allem... wenn er nur die letzten paar Tage zurückdrehen könnte. Susie sagen, sie solle zu Hause bei Melanie bleiben. Sich von wem auch immer fernhalten, der ihren Mann tot sehen wollte und dem es egal war, wer mit ihm ging.

Er zwang sich, die Augen zu öffnen, nahm sein Handy und wählte.

Es ging auf Liz Mailbox, und er hinterließ keine Nachricht. Sie steckte wahrscheinlich knietief in der Suche nach Hardy.

Terrys Handynummer war noch in seinen Kontakten.

„Vince? Alles okay?"

„Hoffe, Mel heute nach Hause zu holen."

„Das sind gute Nachrichten. Geht es ihr gut?"

Er ließ sich aufs Sofa fallen. „Was ist mit dem Fall?"

Terrys Seufzen war durch das Telefon hörbar. „Sieht immer noch nach einem Unfall aus, Kumpel. Der Bericht über das Auto ist noch nicht da, aber-"

„Aber was, Terry? Die Nachricht auf dem Anrufbeantworter war eine Drohung."

„Oder ein frustrierter Geschäftskontakt von David."

„Du hast den Tonfall nicht gehört", sagte Vince. „Ich werde hingehen und es für dich aufnehmen. Oder das Gerät mitbringen."

Warum habe ich das nicht gleich gemacht?

Er erhob sich.

„Mach eine Kopie auf deinem Handy und schick sie rüber. Ich ignoriere dich nicht, Vince. Habe nur viel um die Ohren."

„Malcolm Hardy", sagte Vince.

„Jap. Sollte nicht unser Problem sein, ist es aber. Schick mir die Nachricht, okay?"

Nachdem er aufgelegt hatte, holte Vince seine Brieftasche und Schlüssel. Er sah sich noch einmal um. Wenn er das nächste Mal hier sein würde, wäre Melanie bei ihm. Alles würde sich ändern. Wieder einmal.

———

Zurück an Susies Haus zögerte Vince an der Haustür. Aber diesmal war es, weil etwas nicht stimmte. Oberflächlich hatte sich in etwas mehr als einem Tag nichts verändert, außer dass sich die Fußmatte etwas verschoben hatte. Er trat zurück und machte Fotos mit seinem Handy. Die Ecke war ein paar Zentimeter von der Türschwelle entfernt und hinterließ eine schwache Spur von pulvrigem Schmutz, als ob sie angehoben und fallengelassen worden wäre.

Zu beiden Seiten der Tür standen Topfpflanzen. Beide hatten farbige Zierkiesel als Mulch, und beide waren aufgewühlt worden. Susie war penibel mit den Pflanzen gewesen, aber jetzt war Erde zwischen den Kieseln.

Jemand hatte nach einem Hausschlüssel gesucht.

Er griff nach einem Holster, das nicht mehr da war.

War seit Jahren nicht mehr da.

Macht der Gewohnheit.

Er sollte die örtliche Polizei rufen, aber was würde er sagen?

Schickt einen Streifenwagen mit Sirenen her. Ich hab so ein Bauchgefühl. Dinge sind leicht verschoben.

Vince schloss die Tür auf und stieß sie auf. Er spähte hinein und trat dann vorsichtig, um die Fußmatte nicht zu stören, ein. Es war kalt. Als ob irgendwo ein Fenster offen wäre.

Das Wohnzimmer sah in Ordnung aus. Und die Küche. Esszimmer gut.

Aber was er in der Waschküche fand, war genug, um die örtliche Polizei zu rufen. Und dann eine Nachricht an Terry zu schicken.

Waschküchentür steht offen. Fenster eingeschlagen.

Es war schlimmer als ein einfacher Einbruch.

Da er es besser wusste, als irgendetwas mit bloßen Händen anzufassen, fand Vince eine Plastiktüte in einem Schrank und drückte durch sie hindurch auf „Play" am Anrufbeantworter.

Es gibt keine neuen Nachrichten. Es gibt keine gespeicherten Nachrichten.

Er hatte mit der Faust auf die Theke geschlagen.

Wenn er gestern eine Kopie gemacht hätte... wenn er den Apparat mitgenommen hätte...

Terry kam vor den Uniformierten an. Vince war draußen, nachdem er weitere Fotos von allem gemacht hatte, was er für relevant hielt. Vierzig Minuten und kein Anzeichen der örtlichen Polizei für einen Einbruch im Haus eines Mordopfers.

„Bin ich die Kavallerie?", Terry sah erschöpft aus.

Er war nur ein paar Jahre jünger als Vince, hatte aber alles richtig gemacht mit seinem Job und eine anständige Karriere für sich aufgebaut. Er musste längst fällig sein für den Ruhestand, hatte aber immer noch diese Leidenschaft für den Job, die Vince vor langer Zeit verloren hatte.

„Ich hab um Blaulicht und Sirenen gebeten", sagte Vince.

„Soll ich meine anmachen?", grinste Terry.

„Heb sie dir auf, um Hardy zu fangen. Jemand hat die Nachricht gelöscht."

„Auf dem Anrufbeantworter? Mist."

„Ich hab vorsichtig alles durchgesehen und oberflächlich fehlt nichts und ist nichts im Haus gestört." Vince zeigte auf die Garage. „War noch nicht drin. Trotzdem, wer auch immer eingebrochen ist, tat es, um die Beweise zu beseitigen."

„Von der Sprachnachricht? Bisschen extrem."

„Wenn derjenige, der in dieser Nacht angerufen hat, für den... Unfall verantwortlich war, dann hatte er vielleicht einen schweren Fall von Nachrichtenreue. Sie wollen alles zerstören, was sie damit in Verbindung bringt."

Ein Streifenwagen fuhr quer über die Einfahrt.

„Wir lassen es untersuchen." Terry tippte auf seinem Handy. „Ich sehe nach, ob jemand Schlaueres als ich die Nachricht wiederherstellen kann."

Während Terry telefonierte, ging Vince zurück zum Haus. Erleichterung war ein seltsames Gefühl, aber Terrys Unterstützung, auch wenn nur, um ihn zu beruhigen, half. Die uniformierten Beamten holten ihn ein, und er wies auf die Fußmatte und die Topfpflanzen hin, dann führte er sie zur Waschküche. Er würde das zerbrochene Fenster sichern müssen, bevor er ging. Keine Zeit, es heute ersetzen zu lassen, wenn er sich bald mit Melanies Arzt treffen musste.

„Lass uns den Apparat überprüfen." Terry spürte ihn auf. „Meg von der Vermisstenstelle ist eine brillante Cyber-Forensikerin. Sie wird einen Blick darauf werfen, hat aber Rückstand."

Nichts hat sich seit meiner Zeit geändert.

Die Nachricht war nicht magisch zurückgekehrt, und Terry beschlagnahmte ihn in einem großen Beweis-Beutel. „Muss los, Kumpel. Ich werde Liz da mit reinziehen und sie dich auf dem

Laufenden halten lassen. Hast du sie gesehen? Ich meine seit gestern auf der Wache."

Dafür bin ich noch nicht bereit.

„Unsere Wege haben sich nicht gekreuzt."

„Dann lass sie sich kreuzen." Terry starrte ihn an. „Sie hat sich neulich am Tatort das Herz gebrochen, und ich vergleiche es nicht mit deinem Verlust, also guck nicht so, aber Liz steht auf deiner Seite. Immer. Wenn es irgendwelche Beweise gibt, dass der Unfall inszeniert war, dann wird sie sie finden."

„Also ist es doch eine Mordermittlung?"

„Nein. Aber du gehörst immer noch zu uns, und jeder liebte Susie. Was Liz in ihrer Freizeit macht, ist ihre Sache." Terry klopfte Vince auf die Schulter. „Gib uns ein paar Tage damit." Er hob den Anrufbeantworter leicht an. „Verschwinde von hier, so bald du kannst."

———

Die Fahrt nach Hause vom Krankenhaus war ruhig, und Vince ließ sich Zeit, fuhr besonders vorsichtig um Ecken und über Bodenschwellen. Melanie saß neben ihm und starrte aus dem Fenster. Sie sah so zerbrechlich und klein aus.

Der Arzt hatte gesagt, es ginge ihr gut. Sie brauchte Ruhe und ihre Medikamente und viel Liebe. Er hatte für den nächsten Tag einen Termin beim Psychiater vereinbart und vorgeschlagen, dass es sich lohnen würde, die Besuche eine Weile fortzusetzen. Der Bruch ihres Unterarms würde in den kommenden Wochen voraussichtlich heilen, ebenso wie die blauen Flecken und Beulen. Es waren ihr Herz und ihr Verstand, die länger brauchen würden, um einen Weg nach vorn zu finden.

„Erinnerst du dich an mein Haus, Mel?"

Sie nickte, ihre Augen irgendwo in der vorbeiziehenden Landschaft.

„Wie gehts dem Arm?"

Mensch, Vince. Ist das das Beste, was du drauf hast?

Sie antwortete nicht.

„Nicht mehr weit."

Es gab einen kurzen Blick in seine Richtung, und Vinces Herz sank bei der Unsicherheit in ihren Augen, aber er lächelte, bis sie wieder wegschaute.

Der Rest der Fahrt verlief schweigend, und er war erleichtert, in die Einfahrt einzubiegen. Sie setzte sich ein bisschen auf, um besser nach vorne sehen zu können.

Siehst du das so wie ich?

Jahre des Alleinlebens hatten ihn an den Verfall gewöhnt.

Die Einfahrt war ein langer Feldweg zwischen spärlich bewachsenen Flächen, die weder Koppel noch Garten waren. Es gab einen Garten – oder hatte vor Jahren einen gegeben – um das Cottage herum, aber kaum mehr als die traurigen Überreste kämpften auf sich allein gestellt. Das Cottage selbst brauchte mehr als Farbe und einen Hammer. Es war alt, aber nicht auf eine denkmalgeschützte Art. Manche hatten gesagt, ein Bulldozer wäre ein gnädigerer Tod gewesen als das qualvolle Verrotten der Wetterschutzbretter und Vordächer.

Auf einer Seite des Cottages war ein leicht schräger Carport, und Vince fuhr darunter. Direkt davor war eine Reihe von Schuppen und ein Unterstand, wo sein Vorrat an Winterbrennholz lagerte.

Er stieg aus und öffnete die Beifahrertür, aber Melanie bewegte sich nicht. Ihre Augen waren weit aufgerissen. Besorgt. Er löste den Sicherheitsgurt. „Ich war gestern einkaufen. Hab viel Essen und so gekauft."

Ihre Lippen zitterten.

„Kann mich nicht erinnern, wann du das letzte Mal zu Besuch warst. Ich meine, ich erinnere mich, dass ich zu dir nach Hause gekommen bin, aber es müssen drei Jahre her sein, seit du hier warst. Du warst klein, kein großes Mädchen wie jetzt. Und ich bin sehr froh, dass du hier bei mir bist. Hast du Hunger?"

Sie nickte und ließ zu, dass er ihr heraus half. Ihr Arm war in einer Schlinge, bis sie sich sicher genug fühlte, darauf zu verzichten. Sie wartete, während er den Koffer mit ihren Sachen holte, dann nahm er ihre gesunde Hand und führte sie.

Auf halbem Weg zur Haustür brüllte eine Kuh in der Koppel nebenan und Melanie quietschte und sprang.

„Mama Kuh ruft nur nach ihrem Baby." Nachdem er den Koffer abgestellt hatte, hob Vince Melanie mit einem Arm hoch und zeigte mit dem anderen. „Siehst du. Da drüben?" Ein Kalb lief in der Ferne zu seiner Mutter. „Und kannst du das große Haus da oben sehen? Das gehört Lyndall, die viel gruseliger ist als die Kühe. Sie hat auch Esel. Magst du Esel? Lange Ohren. Laut."

Das kleine Mädchen drückte ihr Gesicht gegen seinen Mantel.

———

Regentropfen prasselten gegen das Blechdach. Die Temperatur sank.

Melanie lag auf dem Sofa im Wohnzimmer, eine Decke bedeckte alles bis auf ihren Kopf, während sie eine Kindersendung im Fernsehen anschaute. Ab und zu kräuselten sich ihre Lippen als Reaktion auf etwas auf dem Bildschirm. Vince wollte ihre Flucht aus der Realität nicht stören, aber sie bemerkte ihn, wie er in der Tür stand.

„Ich habe etwas Mittagessen für dich." Er trug ein Tablett und sie setzte sich auf, ordnete die Decke, um Platz zu machen. „Tut mir leid, dass es so spät ist. Ich hoffe, du magst Erdbeermarmelade. Ich habe ein Sandwich damit gemacht und eins mit Erdnussbutter."

„Marmelade ist schlecht für meine Zähne. Mami mag es nicht, wenn ich das esse ..."

„Na ja, ähm, nur als besondere Leckerei? Du kannst dir danach die Zähne putzen und schau, da ist ein Glas Milch, das ist gut für sie. Calcium."

Sie nahm das Erdnussbutter-Sandwich und biss hinein, während ihre Augen zum Fernseher zurückkehrten.

Es war zu kalt hier drinnen. Vince stocherte mit einem Schürhaken in den Überresten eines längst erloschenen Feuers im Kamin herum.

„Ich geh mal ein bisschen Holz hacken, um das Feuer in Gang zu bringen. Die Sache aufwärmen. Bist du ein paar Minuten okay?"

Sie machte ein Geräusch mit vollem Mund, das er als Ja deutete.

Hartholzklötze waren unter dem Schleppdach gestapelt. Vince griff sich eine langstielige Axt aus dem Schuppen und machte sich an die Arbeit. Holzsplitter flogen, als er Schlag um Schlag auf die Blöcke einschlug. Ab und zu hielt er lange genug inne, um den Griff und seine Augen vom stärker werdenden Regen zu wischen, dann begann er von Neuem, ungeachtet dessen, dass sein Hemd an seiner Haut klebte.

Melanie brauchte Wärme. Das Cottage war zu kalt für ein kleines Mädchen.

Wie konnte ich den Ort so verfallen lassen? Marion würde es hassen.

Sie würde mehr als das hassen.

Hack. Die Axt schnitt ins Holz.

Ich habe meine Beziehung zu Susie zerstört.

Hack. Stücke splitterten ab und flogen davon.

Ich kann das jetzt nie wieder gutmachen.

Marion lange weg. Susie weg.

Als er den Regen wieder von seinen Augen wischte, wurde ihm klar.

Das waren Tränen.

NEUN

Bradley starrte auf den Bildschirm seines Laptops. Er hatte denselben Satz zwanzig Mal gelesen und konnte sich an kein einziges Wort erinnern. Sein Rücken schmerzte, weil er eine halbe Stunde lang bewegungslos an derselben Stelle gesessen hatte. Hier in seinem Büro im Lagerhaus zu sein, war nur eine Ausrede, um sich eine Pause von Carlas Gefühlsausbrüchen zu gönnen. Er liebte sie über alles, aber seit dem Autounfall weinte oder trank sie nur noch. Manchmal beides. Und er verstand es ja. Sie hatte noch nie einen Verlust wie den von Susie erlebt, und Trauern brauchte Zeit und all das, aber er brauchte einfach für eine Weile seinen eigenen Raum.

„Chef?"

„Heilige..." Bradley sprang fast von seinem Stuhl auf. „Was zum Teufel machst du hier?"

„Das Lagerhaus ist sonntags normalerweise verlassen. Dachte, ich arbeite weiter am Container-Ausbau."

Groß und knochig, mit kurzem weißem Haar, war Abel Farrelly Bradleys Vorarbeiter. Eigentlich mehr als das. Er beaufsichtigte die Angestellten und sorgte für einen reibungslosen Ablauf auf der Lagerfläche und hatte nichts gegen den einen oder anderen Nebenjob einzuwenden, wenn Bradley etwas

Zusätzliches für ihn hatte. Wie zum Beispiel an einem Schiffscontainer zu arbeiten, um ihn für spezielle Fracht vorzubereiten.

Bradley schob seinen Stuhl zurück, stand auf und streckte sich. „Brauchst du Hilfe?"

„Danke. Nein. Du siehst sowieso beschäftigt aus."

„Nicht wirklich. Werde aber trotzdem wohl gehen."

„Ich schließe ab, wenn ich gehe." Abel drehte sich um, um zu gehen.

„Das erinnert mich daran. Das Tor war offen."

Abel drehte sich ruckartig um. „Was? Wurde hier eingebrochen?"

„Das Lagerhaus war noch abgeschlossen."

„Ja, aber hast du das Vorhängeschloss am Tor überprüft?"

Abel verschwand und mit einem Seufzer folgte Bradley ihm über den halbdunklen Lagerboden zum Seiteneingang. Als Bradley aufholte, hielt Abel die schwere Kette in einer Hand und das Vorhängeschloss in der anderen.

„Bolzenschneider", sagte Abel angewidert.

„Habs gar nicht bemerkt."

„Es ist genug Kette da, damit ich es heute Nacht sichern kann. Morgen finde ich eine dauerhaftere Lösung." Abel starrte Bradley an. „Wie konntest du das nicht sehen?"

Bradley blickte die Einfahrt hinauf zu seinem Auto, zu dem sich nun ein Pritschenwagen gesellt hatte. Abel wechselte zwischen diesem und dem Lieferwagen. „Hab viel im Kopf. Wo ist der Lieferwagen?"

„Hast du ihn nicht?" Abel ließ die Kette zu einem Knäuel neben dem Tor fallen. „Ich dachte, du hättest ihn mit nach Hause genommen, als ich dein Auto hier sah."

„Hat ihn sich sonst niemand ausgeliehen? Sag mir bitte, dass niemand Zugang zu den Schlüsseln hatte?"

Ohne auf eine Antwort zu warten, stürmte Bradley zurück ins Innere. Das war doch ein Witz. Wo zum Teufel war sein Lieferwagen? Es gab Ersatz- und Notfallschlüssel für alles im

Safe in seinem Büro. Er tippte den Code ein und öffnete ihn. Alle waren da. Zusammen mit einem Bündel Bargeld und einer Handfeuerwaffe.

„Hast du deinen persönlichen Satz, Chef?" Abel war ihm gefolgt und starrte in den Safe.

Bradley schloss ihn mit einem Klicken. „Auf dem Schreibtisch. Deiner?"

Abel griff in eine Tasche und zog ein paar Schlüsselbunde heraus. „Ja. Der vom Lieferwagen ist an diesem hier."

„Du meldest es. Ich gehe nach Hause." Bradley schloss seinen Laptop.

„Klar. Hast du in letzter Zeit von Duncan Chandler gehört? So seit Davids Tod?" Abel lehnte sich gegen den Türrahmen. „Da geht eine Chance verloren."

Bradley wollte Abel gerade anfahren, dass es im Leben um mehr ginge als den Transport billiger Spielzeuge zu erleichtern, biss sich aber auf die Lippe. Es war nicht Abels Schuld. Eine Vereinbarung mit dem Mann, der als „Discount-Spielzeugkönig" bekannt war, würde ihr aller Leben verändern. Schade, dass David nicht mehr davon profitieren konnte.

Er nahm seine Schlüssel und Brieftasche. „Weißt du was. Du kümmerst dich um den Container und sprichst mit der Polizei. Ich werde mich bei Duncan melden. Oh, und vielleicht schließt du den Container ab, bevor du die Polizei reinlässt?"

———

In einer unterirdischen Polizeianlage stand Davids zertrümmertes Auto ungeschickt auf einer erhöhten Plattform. Die Front war eingedrückt und das Dach von der Mitte des Autos nach vorne zerquetscht.

„Wie hast du überlebt, Melanie?", murmelte Liz.

„Das kleine Mädchen? Für mich auch ein Rätsel." Jim Joyce trug einen Ordner von einem Büro an der Seite der Anlage herüber. „Hab schon halb erwartet, dass einer von euch vorbeischaut."

„Einer von uns?"

Jim verschränkte die Arme. „Terry. Du. Jemand, der sich noch um Vince sorgt."

„Er ist ein guter Mann. War ein guter Polizist."

„Hab nie was anderes geglaubt, Lizzie."

Beide wandten sich wieder dem Wrack zu.

Die Vorderseite – mehr auf der Fahrerseite – des Autos hatte die volle Wucht des Aufpralls mit dem Baum abbekommen, die Airbags waren zwar ausgelöst worden, aber der Aufprallkraft nicht gewachsen gewesen. Im Vergleich dazu war der Rücksitz kaum beschädigt.

Wenigstens hat Melanie überlebt.

„Ich kann dir nicht viel sagen", meinte Jim.

„Kannst nicht? Oder habt ihr noch nicht angefangen?"

„Letzteres. Hab nur einen kurzen Blick drauf geworfen, aber es gibt Fragen. Ich versuche, es nach oben zu drücken, um früher dranzukommen."

„Vince sieht etwas Finsteres, wo es möglicherweise gar nicht existiert." Liz starrte auf die Beifahrerseite mit der fehlenden Tür. „Oh, Susie. Scheiße."

„Es ging schnell."

„Was wurde bestätigt?", fragte Liz und riss ihren Blick vom Auto los.

„Alle Straßenmessungen sind abgeschlossen. Sie fuhren mit achtundsiebzig Stundenkilometern in einer Achtzig-Zone. Kein Verkehr in der Nähe, den wir finden konnten. Sicher keiner, der anhielt, um zu helfen. Irgendetwas brachte David dazu, seine Spur zu verlassen."

„Ein Hund auf der Straße?"

Jim schüttelte den Kopf und öffnete den Ordner. „Müsste ein verdammt großer Hund sein." Er ging eine Reihe von Fotos vom Tatort durch und hielt bei einem mit deutlichen Reifenspuren und Polizeimarkierungen inne.

„Wenn es etwas wie ein streunender Hund oder ein Hindernis in der Straßenmitte gewesen wäre, hätte David in seiner Spur gebremst. Und als die Reifen den Grip verloren und das Auto auf die andere Straßenseite rutschte, gäbe es mehr Anzeichen für starkes Bremsen." Er fuhr die Reifenspuren im Foto nach. „In diesem Fall bewegte sich das Auto auf die andere Straßenseite, die falsche Seite der Straße, aber mit der gleichen Geschwindigkeit. Keine Bremsspuren, bis David vermutlich die Kontrolle über das Auto verlor."

Liz betrachtete das Foto genauer. „Er fuhr in den Gegenverkehr?"

„Das Auto war auf dem Weg zum Seitenstreifen der Gegenfahrbahn. Wahrscheinlich war er nicht länger als ein paar Sekunden auf der falschen Spur, als er bremste."

Das nächste Foto war eine Nahaufnahme von Susie im Wrack und Liz zuckte zurück.

„Tut mir leid." Jim klappte den Ordner schnell zu.

Sie atmete tief durch, um das Bild zu verdrängen. Den Schock. „Willst du damit sagen, dass etwas David auf die andere Straßenseite gezwungen hat?"

Jim zuckte mit den Schultern. „Lass uns weitermachen. Der Bericht wird in den nächsten vierundzwanzig Stunden oben sein."

Liz wusste, was Jim wirklich meinte. Es steckte mehr dahinter als ein Fahrer, der vielleicht ein bisschen zu viel getrunken und vergessen hatte, auf welcher Straßenseite er sich befand.

———

Ihr nächster Halt war zurück auf der Wache. Sie hatte bald ein Treffen mit Pete und Terry, eilte aber zuerst zur Vermisstenstelle, um Meg zu finden. Die Forensikerin arbeitete an zwei Laptops – eine Hand an jedem – und warf Liz einen Blick zu mit einem „Nein. Ich schaue später drauf. Wenn ich kann."

Liz hatte die junge Frau selten ohne ein Gerät oder zwei gesehen. Sie war eine Workaholic und außergewöhnlich gut in dem, was sie tat. Terry hatte sie über den Einbruch in Susies Haus auf den neuesten Stand gebracht, aber sie hätte keine Antwort oder auch nur einen Anfang erwarten sollen, wenn es um die gelöschte Nachricht ging.

„Danke." Sie ließ Meg in Ruhe und machte sich auf den Weg zurück zur Mordkommission.

Es war immer noch Indizienbeweise. Abhängig von Vinces Genauigkeit. Bis jemand mit Beweisen aufwartete, würde es eine Theorie von einer verletzten Partei bleiben. Oberflächlich betrachtet war der Unfall eine Tragödie, verursacht durch eine vereiste Straße und möglicherweise einen Fahrer über der Alkoholgrenze. Das war Spekulation, bis der Bericht des Gerichtsmediziners eintraf. Aber es war auch allzu üblich bei Autofahrern, die den Abend in einem Restaurant verbracht hatten.

Und David mochte seinen Wein.

Sie drückte den Aufzugknopf und lehnte sich an die Wand, während sie wartete.

Es hatte eine Party in Vinces Haus gegeben. Wer weiß, wie viele Jahre es her war ... zwölf? Susie hatte gerade die Uni abgeschlossen. Es war ihr Geburtstag und irgendwie hatte sie ihren zurückgezogenen Vater überredet, sie ein Treffen veranstalten zu lassen. Sie hatte die Musik, das Essen und die meisten Gäste ausgewählt. Die Party war draußen aufgebaut und Vince hatte ein Zelt und sogar Außentoiletten gemietet. Das Essen war vegan und wurde von einem von Susies Freunden serviert, der ins Catering-Geschäft eingestiegen war. Und es war außergewöhnlich.

Aber zwei Männer waren in der Küche des Häuschens gelandet und brieten sich gefrorene Hamburger-Patties, um sie zu ihren Mahlzeiten hinzuzufügen. Vince und David, der damals wie ein Kind gewirkt hatte. Nicht wirklich ein Kind, aber in Susies Alter und offensichtlich in sie verliebt. Er und Vince hatten an diesem Abend ein bisschen rumgehangen, soweit Liz sich erinnern konnte. Sie hatte es für strategisch von beiden Seiten gehalten, da jeder versuchte, den anderen einzuschätzen. Sie hatten angefangen, verschiedene Weine zu trinken, bis sie ein bisschen zu „fröhlich" wurden und Susie von beiden genervt war.

Die Aufzugtüren öffneten sich. Er war voll. Sie winkte ab und machte sich auf die Suche nach der Treppe. Sowieso besser für ihre Kondition.

Pete war in Terrys Büro, als sie anklopfte.

„Nimm Platz, Liz. Irgendwelche Fortschritte bei der Unfalluntersuchung?", fragte Terry.

„Zu früh, um das zu sagen."

„Weil es nichts zu sagen gibt", meinte Pete. „Der Fahrer konnte mit den eisigen Bedingungen nicht umgehen und verlor die Kontrolle. Ganz einfach."

Anstatt ihm die Genugtuung zu geben, den Punkt zu diskutieren, sah Liz Terry an. „Es ist überall in den Nachrichten, dass wir die Chance verpasst haben, Malcolm Hardy zu fassen. Was tun wir, um zu beweisen, dass sie falsch liegen?"

Terry verzog das Gesicht. „Ich gehe gleich in ein Meeting, um das zu besprechen. Hardy ist nicht allein da draußen. Er hat genug Freunde, um sich zu verstecken, bis es ihm zu heiß wird, was unsere Aufgabe ist, dafür zu sorgen. Ich möchte, dass ihr beide anfangt, seine zehn oder so bekannten Kontakte wieder zu besuchen. Rüttelt an ein paar Käfigen. Macht die Andeutung, dass jeder, der mit ihm erwischt wird, hart bestraft wird ... es sei denn, sie spielen nett mit und helfen."

Pete knackte mit den Knöcheln und grinste breit.

„Haltet mich auf dem Laufenden." Terry blickte auf seine Uhr. „Ich gehe jetzt. Habt ihr eine aktualisierte Liste von Hardys Kontakten?"

„Kenne sie auswendig." Pete stand auf. „Fast freundschaftlich genug, um Weihnachtskarten auszutauschen."

———————

Die Weihnachtskarten würden warten müssen. Nach nur einem Stopp – einer Sackgasse – hatte Terry angerufen und ihnen gesagt, sie sollten nach Hause gehen. Ein Briefing war für morgen früh angesetzt und er wollte, dass alle frisch waren. Pete hatte die Chance ergriffen und Liz gebeten, ihn in der Nähe einer Straßenbahnhaltestelle in Carlton abzusetzen, nachdem er in letzter Minute ein Date arrangiert hatte.

Hunger und Gelegenheit sahen Liz kurz vor acht an einem Tisch in Spironis sitzen.

Der Tisch war für zwei und ans Fenster gerückt. Trotz der Kälte draußen war der Gehweg recht belebt. Entlang der gesamten Restaurantmeile der Lygon Street wurden potenzielle Gäste von konkurrierenden Anpreisern umworben.

Sie spielte mit dem Stiel eines Glases Rotwein, ihre Augen wanderten von Tisch zu Tisch. Sie war die einzige Einzelesserin. Es gab ein oder zwei Paare, aber der Rest waren Gruppen von vier bis acht Personen. Kellner in weißen Schürzen schlängelten sich mit großen Tabletts voller Essen zwischen den Stühlen hindurch. Der Geruch von Tomaten, Brot und Kräutern ließ ihren Magen knurren.

Ihr Kellner – ein Mann um die vierzig mit einem freundlichen Lächeln – brachte ihr Gnocchi und stellte sie mit einer Flourish vor sie hin.

„Danke ... Mike?", las sie von der gestickten oberen Tasche seiner Schürze.

„Gern geschehen. Möchten Sie noch ein Glas Wein?"

„Nein, danke. Ich habe mich gefragt, ob Sie freitags arbeiten?"

Mike warf ihr einen vorsichtigen Blick zu. Liz zeigte kurz ihre Marke.

„Oh. Beamtin. Ich bin einer der Besitzer. Ein bestimmter Freitag?"

„Der letzte. Erinnern Sie sich an eine Gruppe von zwei Paaren und einem jungen Mädchen?"

Sein Gesicht fiel in sich zusammen. „Die Weavers und Pickerings. Fast jede Woche hier. Schrecklich, was passiert ist. Nicht das, was man erwartet."

War es nie.

„Ist Ihnen etwas Ungewöhnliches aufgefallen?"

„Ich habe sie nur platziert. Marco war ihr Kellner, aber er hat heute frei. Möchten Sie, dass ich eine Nachricht hinterlasse?"

„Nicht nötig. Ich kann immer vorbeikommen, wenn ich muss."

„Ich erinnere mich, dass Marco sagte, die Männer – Herr Pickering und Herr Weaver – hätten sich gestritten. Hinten in der Nähe der Hintertür, hinter den Toiletten."

„Hat er gehört, worum es ging?"

„Das fragen Sie ihn am besten selbst."

„Gibt es zufällig Kameras in diesem Teil des Gebäudes?"

„Leider nicht."

„Danke, Mike."

Worüber hatten sie sich gestritten? Und hatte noch jemand anderes es mitgehört?

Etwas stimmte nicht. Zwei Freunde, die sich am selben Abend stritten, an dem einer von ihnen eine kryptische Nachricht erhielt. Warnung oder Drohung? So oder so, sie musste es herausfinden.

ZEHN

„Mami!"

Vince schreckte kerzengerade hoch, aus einem Traum gerissen.

„Wo *bist* du, Mami?"

„Ich komme, Susie. Oh. Scheiße. Melanie." Er rollte aus dem Bett und griff nach einem Bademantel, der sich sträubte, angezogen zu werden. Sein Arm ging durch das falsche Loch, und er musste von vorn anfangen.

„Mami! Papi!"

Melanie stand auf ihrem Bett, Tränen liefen ihr übers Gesicht. Vince machte das Licht an. Mit ausgestrecktem Arm zeigte sie auf ihn und rief: „Ich will nach Hause. Ich will sie zurück."

„Melly..."

Ihr Gesicht verzog sich verzweifelt, und sie plumpste auf ihren Po. Er setzte sich neben sie, ratlos. Nichts, was er tun oder sagen konnte, machte es besser.

„Ich will nicht, dass sie tot sind", sagte sie wimmernd.

„Ich weiß, Schätzchen. Ich will auch nicht, dass sie tot sind."

Sie warf sich in seine Arme und für eine gefühlte Ewigkeit ließ er sie weinen, wiegte sie beide und streichelte ihr Haar. Sein Herz war leer. Eiskalt.

Das Schluchzen wurde zu einem Schniefen.

„Warte kurz. Lass mich ein Taschentuch holen." Er holte welche vom Nachttisch und sie ließ ihn die Tränen abtupfen, bevor sie übernahm und sich die Nase putzte.

„Wo ist Raymond?", fragte sie.

„Wer ist Raymond?"

„Raymond Bär. Er schläft immer bei mir im Bett."

Der Teddy in deinem alten Schlafzimmer? Warum hab ich ihn nicht mitgebracht, anstatt ihn auf deinem anderen Bett zu lassen? Idiot.

„Ich finde ihn morgen früh. Okay?"

„Aber..." Sie legte ihre Hand über den Mund, als ihre Augen wieder feucht wurden.

„Warte mal, Mel. Ich habe eine Idee, wenn du mir eine Minute gibst. Hüpf wieder ins Bett und ich schaue, ob ich einen Ersatz für heute Nacht finde."

Sie kletterte ins Bett und er schaltete die Nachttischlampe ein.

Auf dem Weg hinaus machte er das Hauptlicht aus.

Im Flurschrank wühlte er in der hintersten Ecke und holte eine staubige alte Schachtel hervor. Unter dem Deckel lag ein abgenutzter, rosa Teddybär auf Fotoalben, Papieren und Andenken. Er ließ die Schachtel stehen und brachte den Teddy zu Mels Zimmer. Sie setzte sich halb auf, ihre Augen neugierig.

„Das ist Topsy, und sie war lange Zeit in einer Schachtel im Schrank. Ich glaube, sie braucht ganz viele Kuscheleinheiten."

Melanie nahm den Bären und musterte ihn, drehte ihn herum. „War das dein Bär?"

„Topsy gehörte deiner Mutter."

Ihr Mund formte ein „O" und sie schaute vom Bären zu Vince und wieder zurück. War die Wahrheit zu viel? Er hätte darüber lügen können, aber Lügen halfen niemandem.

„Denkst du, Topsy könnte heute Nacht als Ersatz für Raymond Bär dienen?"

Melanie rutschte zurück ins Bett und drückte den Teddy an sich. Die Tränen mochten weg sein, aber wie sehr ihr kleines

Herz schmerzen musste. Vince zog die Decken höher und glättete sie.

„Ich bleibe noch ein bisschen hier sitzen, wenn das okay ist."

Mit dem kleinsten Nicken kniff Melanie die Augen zu.

Er hatte das vergessen. Die Tränen und die Panik mitten in der Nacht. Susie, die aufwachte und nach ihrer Mutter rief. Nächte, in denen er hier gesessen und sich immer wieder gehasst hatte, weil er an diesem Tag nicht rechtzeitig nach Hause gekommen war, um Marions Leben zu retten. Oder zumindest Susie davor zu bewahren, sie sterben zu sehen.

Und dann hatte er für Susie gesungen. Es beruhigte sie immer und manchmal beruhigte es auch ihn.

„Der Mond schaut zu...", begann er, so leise er konnte. „Die Sterne tanzen..."

Melanies Augen öffneten sich ein wenig.

„Und hoch oben denkt jemand Besonderes an dich..."

Ich kann nicht glauben, dass ich mich an den Text erinnere.

„Sie lieben dich immer... du bist ihr kostbares Geschenk..."

Mels Hand griff nach seiner und sie schenkte ihm ein schwaches Lächeln.

„Und der Mond und die Sterne bewundern auch dich..."

Sie war in den Schlaf gedriftet und er hatte ihre Stirn geküsst.

Er fand sich im Wohnzimmer wieder. Er hatte die Schachtel aus dem Schrank geholt und wusste nicht, was er damit anfangen sollte, also ließ er sie auf das Sofa fallen. Sein Herz war jetzt weder leer noch kalt. Es hämmerte schwer, als er versuchte, die schreckliche Traurigkeit zu unterdrücken. Es war der gleiche Albtraum noch einmal.

Sie hatten es durchgestanden, er und Susie.

Ich kann das nicht noch einmal durchmachen.

———

Er starrte auf die Werkbank, die er zum Holzschnitzen benutzte. Der Vogel war dort, wo er ihn gelassen hatte, der, den er bei der

Ankunft der Polizei zu tief eingeschnitten hatte. Er hob ihn auf und brach mit einer schnellen Bewegung den Hals ab und warf die Stücke in einen Abfallkorb unter der Werkbank.

Am hinteren Ende der Werkbank stand eine fertige Schnitzerei eines exquisiten Leierschwanzes, dessen Schwanz nach oben gebogen war und bei dem jede Feder perfekt definiert war. Vince griff danach und hielt ihn über den Abfallkorb.

Dann zog er zitternd Luft ein und trug ihn zum Kaminsims. Zwischen Fotografien und anderen Vögeln fand er einen Platz dafür.

Seine Beine zitterten. In seinen Ohren war ein Rauschen.

Er nahm das Foto von sich mit Susie und Marion, drückte es an seine Brust und stolperte zum Sofa. Er wiegte sich vor und zurück, während er das Bild seiner Tochter und Frau anstarrte.

Tränen stiegen in seine Augen, bis sie überquollen und seine Wangen hinunterliefen, als er in die Schachtel griff und ein Babyalbum herauszog. Auf der ersten Seite war Marion, hochschwanger mit einem strahlenden Lächeln, das mit einem leichten Ausdruck von Panik konkurrierte.

Auf der nächsten Seite war die neugeborene Susie. Susan Marie.

Ein rosa Teddybär lag in der Ecke der Krippe.

Seite um Seite voller Erinnerungen.

Eine Locke von Susies Haar.

Bilder von ihr beim Krabbeln, dann beim Laufen.

Ihr erstes Wort. „Pa-pa."

Vince schloss es abrupt und wischte sich die Tränen aus dem Gesicht.

In dunklem Holz gerahmt war ihre Heiratsurkunde. Vincent John Carter und Marion Leigh McLean. Sein Finger fuhr Marions Unterschrift nach. Sie hatte sich über die Jahre nie verändert, die Art, wie sie so ordentlich schrieb, im Gegensatz zu seiner unordentlichen Kritzelei.

Es gab eine Handvoll Briefe, die Marion aufbewahrt hatte, als sie verlobt waren und er wochenlang weg sein musste. Sowohl an sie als auch von ihr, und eines Tages würde er sie wieder lesen, aber er hatte noch nicht den Mut dazu.

Ganz unten war eine kleine Schachtel und darin eine goldene Medaille mit verschlungenen „V" und „A" in der Mitte. Die Tapferkeitsauszeichnung der Polizei für Mut. Er schloss das Etui mit einem Schnappen.

Sein Mut bedeutete nichts.

Vergilbt und gefaltet fiel ihm ein Zeitungsartikel ins Auge. Er hatte vergessen, dass er ihn hatte. Warum er ihn aufbewahrt hatte ... vielleicht hatte ihm jemand den Artikel gegeben, und er hatte ihn hier zu den anderen Erinnerungsstücken gesteckt. Das Hauptfoto zeigte einen uniformierten Polizisten, der einer älteren Dame auf die Beine half. Sie befanden sich auf einer Straße, wo Menschen umherwimmelten und Absperrgitter zu beiden Seiten standen. Sie trug eine Militäruniform und Medaillen.

Ein weiteres Foto zeigte ein Leichentuch über einem Körper oben auf einer Treppe, die auf dieselbe Straße hinunterführte.

Und eines von einem Sanitäter, der sich um eine andere Polizistin kümmerte, deren Gesicht blutete.

Liz.

Eine Schlagzeile.

Tragödie bei regionalem Anzac-Day-Marsch verhindert.

Seine Augen schlossen sich, als Erinnerungen auf ihn einprasselten.

Ein kahlköpfiger junger Mann, der sich hinter einer Statue oben auf der Treppe versteckte. Das Aufblitzen von etwas in seiner Hand ließ Vince die Stufen hinaufstürmen, gerade als eine Waffe auf die Menge unten gerichtet wurde. Ein Warnruf über seine Schulter hinweg hatte möglicherweise die Menge alarmiert, aber auch den Schützen, der einen schlecht gezielten Schuss abfeuerte, der Liz Gesicht streifte.

Er hatte sich in die Schusslinie gestellt und den Mann mit zwei Schüssen niedergestreckt.

Niemand sonst wurde ernsthaft verletzt. Der Mann hatte einen Zettel hinterlassen. Er beabsichtigte, an diesem Tag so viele

Menschen wie möglich zu töten. Es war der halbgare Plan von jemandem, der gegen Kaution auf freiem Fuß war, nachdem er seinen entfremdeten Großvater, einen Veteranen, der einer von nur wenigen bei diesem Marsch in einer Stadt zwei Stunden von der Großstadt entfernt war, bedroht hatte.

Vince öffnete die Augen, faltete die Zeitung wieder zusammen und legte sie zurück in die Kiste. Er war an diesem Tag kurzfristig dort gewesen und mit Liz hochgefahren. Er konnte sich nicht erinnern, warum ausgerechnet sie. Oder warum die örtliche Polizei eine stärkere Präsenz wollte.

„Es war mein freier Tag."

Die Medaillenbox fiel auf den Zeitungsausschnitt.

Marion war über Nacht wegen Asthma krank gewesen. Aber er hatte sie trotzdem allein gelassen. Sie und Susie.

Er legte das Babybuch in die Kiste.

Als die Panik der Schießerei abgeklungen war, als sein eigener Adrenalinspiegel endlich abgestürzt war, kam ein Anruf. Man sagte ihm, er solle nach Hause kommen.

Der Krankenwagen stand noch vor seinem Haus, als er mit heulenden Sirenen in seine Einfahrt bog. Lyndall hatte Susie in der Küche. Marion lag auf dem Sofa im Wohnzimmer. Er war zu spät gekommen.

Er hielt einen großen Umschlag eine Weile an seine Brust gedrückt, den Blick in die Ferne gerichtet. Es war lange her, dass jemand diesen berührt hatte. Mit einem Seufzer, der aus seiner Seele kam, öffnete er den Umschlag. Zwei Eheringe. Seiner. Und Marions. Und ihre Sterbeurkunde.

ELF

Vince trug eine Tasse Kaffee nach draußen und schloss leise die Haustür mit der Absicht, sich auf die Veranda zu setzen und den Sonnenaufgang zu beobachten. Es war zu kalt, um stillzusitzen, also wanderte er umher, um nach dem Pony zu sehen. Es wieherte zur Begrüßung und stupste ihn an, bis er die Tasse abstellte und ihm ein frühes Frühstück gab. Das Pony wurde älter. Es war Susies, von vor etwa zwanzig Jahren. Trotzdem war es fit, und wenn Melanie Lust hätte, würde es wahrscheinlich bereit sein, wieder ein Zaumzeug zu tragen.

„Morgen, Vincent."

Er hatte bemerkt, dass Lyndall Vieh in einer ihrer Koppeln umhertrieb, aber sie nicht ihre Auffahrt überqueren sehen. Seine erste Reaktion war, zu grunzen und wieder hineinzugehen, aber die Manieren übernahmen. Manieren und ein plötzlicher Gedanke.

Er gesellte sich zu ihr am Zaun. „Danke für die Blumen. Das war nett von dir."

Sie stützte ihre Arme auf die oberste Zaunlatte und schaute ihn unter der breiten Krempe des Ölhuts hervor an, den sie fast immer trug. „Deine kleine Enkelin ist zu dir gezogen."

Entgeht dir irgendetwas?

„Ich erinnere mich, Melanie vor ein paar Jahren kennengelernt zu haben. Susie hat sie zum Haus gebracht."

„Sie ist ein gutes Mädchen." Er wusste nicht, was er sonst sagen sollte.

„Natürlich ist sie das. Sieh dir ihre Mutter an. Und ihren Großvater."

Eine Stille breitete sich zwischen ihnen aus. Sie waren seit Jahrzehnten Nachbarn. Sie war mit Marion befreundet gewesen. Hatte geholfen, als Susie aufwuchs. Aber sie hatten sich kaum noch wahrgenommen seit seiner Entfremdung von seiner Tochter. Sie hatte irgendeine Grenze in stiller Missbilligung gezogen.

Lyndall richtete sich auf. „Na ja, die Kühe treiben sich nicht von selbst."

Frag sie.

„Okay. Nun, nochmals danke", sagte er.

Lyndall ging ein paar Schritte weg, bevor sie zurückblickte. „Falls du jemals etwas brauchst. Oder einen Babysitter, dann-"

„Ähm, ja. Bist du sicher?"

Ihr Lächeln war verdächtig wissend. „Wann?"

„Muss ein paar ihrer Sachen aus Susies Haus holen. Ich kann mich noch nicht dazu durchringen, sie dorthin mitzunehmen."

„Um zehn? Ich bringe Melanie etwas zum Frühstück mit."

„Ich weiß das zu schätzen."

Sie winkte, als sie über die Auffahrt zurückging und durch den Zaun auf ihre Koppel kletterte.

Er hasste es zu fragen.

Aber nur dieses eine Mal.

Er würde jemanden aus der Gegend finden, den er bezahlen konnte, um auszuhelfen, wenn es dazu käme. Alles war besser, als Forderungen an eine Frau zu stellen, die ihn in seinen schlimmsten Momenten gesehen hatte. Die ihn wahrscheinlich immer noch für Marions Tod verurteilte.

Er bereute das Gespräch bereits.

———

Die Kühlschranktüren standen in der Weaver-Küche offen. Bradley lehnte an einer Küchentheke und trank direkt aus einem Krug Orangensaft – von Susie aus Carlas geliebtem Orangenbaum gemacht. Er hatte bereits die Hälfte eines Tellers mit selbstgemachten Cupcakes vernichtet. Alles war noch frisch. Köstlich. Gut, dass Susie Carla Schlüssel gegeben hatte, falls sie nach der Schule mit Melanie helfen würde und so.

Hier war etwas passiert. Fingerabdruckreste markierten Oberflächen von den Topfpflanzen nahe der Haustür bis zu den Theken. Es ergab keinen Sinn. Warum sollte die Polizei den Ort abstauben, wenn der Autounfall genau das war? Ein Unfall.

Der Kühlschrank piepste protestierend, weil er so lange offen gelassen wurde, und er stellte den Krug zurück und schloss die Türen. Es gab Kühltaschen in der begehbaren Speisekammer, und er legte sie auf die Theke, um sich daran zu erinnern, sie zu füllen, bevor er ging. Es hatte keinen Sinn, den Inhalt des Kühl- und Gefrierschranks verkommen zu lassen.

Er beäugte die Kaffeemaschine, aber ein schneller Blick auf seine Uhr genügte, um ihn in Davids Büro zu treiben. In einer Stunde hatte er ein Treffen, und wenn es irgendeine Chance gab, dieses Wrack einer Woche zu retten, musste er etwas Munition sammeln.

Wie erwartet war der Schreibtisch makellos. Seine Schubladen waren ordentlich und leider war er zu modern, um geheime Fächer zu haben. Ein Aktenschrank aus Holz war verschlossen, was kein Problem darstellte. David bewahrte die wichtigen Sachen in einem Wandsafe im begehbaren Kleiderschrank des Hauptschlafzimmers auf. Gut, dass sie ihre Kombinationen miteinander teilten, für den Fall eines Notfalls. Ja, nun, dies qualifizierte sich dafür.

Er streifte einen von Davids Anzügen und hielt inne, berührte das Revers. Die Male, die er im Laufe der Jahre Davids Krawatte zurechtgerückt hatte. Ihn für Meetings herausgeputzt hatte.

„Ich vermisse dich, Kumpel.“

David zu verlieren, war auf vielen Ebenen ein Schlag. Freund. Geschäftspartner. Vertrauter. Aber er würde zu seiner Zeit trauern. Für jetzt musste er sicherstellen, dass das Geschäft voranschritt, denn Melanie brauchte, was rechtmäßig ihr gehörte.

Die Schlüssel für den Aktenschrank waren im Safe und wanderten in seine Tasche. Er durchsuchte systematisch den restlichen Inhalt. Pässe. Geburtsurkunden und dergleichen. Ein Bündel Bargeld. Es gab einen dicken, versiegelten Umschlag. Interessant. Er griff danach.

Klick.

Er zuckte zusammen bei einem Geräusch von unten und griff nach dem einen Ding, für das er gekommen war – einem Ordner.

Aus Angst, hier erwischt zu werden, schloss Bradley den Safe und stellte die Kombination auf etwas um, das von niemand anderem erraten werden konnte. Er würde später wiederkommen.

Von der Treppe aus war das Haus ruhig. Niemand bewegte sich. Offensichtlich machte dieses ganze Versteckspiel seine Nerven verrückt.

Der Schlüssel zum Aktenschrank tat seinen Dienst und Bradley bediente sich an einem Arm voll Ordner, die er in einen Aktenkoffer schob, den er mitgebracht hatte. Er öffnete Davids Laptop und durchsuchte den Verlauf, schrieb eine Kontonummer auf ein Stück Papier, das er von einem Notizblock riss. Er würde den Laptop sowieso mitnehmen, aber brauchte diese Nummer für das Treffen.

Bradley faltete das Papier, um es in seine Tasche zu stecken.

„Was zum Teufel machst du hier?"

Das Papier fiel ihm aus den Fingern, als er zusammenzuckte.

„Du hast mir einen Scheiß-Schreck eingejagt, Vince!"

Vince trug einen kleinen Koffer.

„Warum bist du im Haus, Pickering? Dies ist Privatbesitz."

„Willst du die Polizei rufen, Ex-Officer Carter?" Er konnte die

Verachtung in seiner Stimme nicht verbergen, aber das war ihm egal. Vince Carter war schon damals, als er Polizist war, eine Verschwendung von Raum und heutzutage kaum mehr als ein Hindernis für seinen und Carlas Zugang zu Melanie. Als Vince auf ihn zukam, hob er beide Hände, um die Situation zu entschärfen. „Ganz ruhig. Du hast mich erschreckt. Ich sammle nur Firmenunterlagen ein, die David ins Büro zurückbringen wollte. Ich brauche sie."

Er hob das gefallene Papier auf und griff dann nach dem Laptop.

„Lass ihn liegen", schnappte Vince.

„Gehört der Firma."

„Gestern ist jemand eingebrochen. Hast du eine Ahnung, wonach sie gesucht haben?"

„Ah, das erklärt die Rückstände. Hier eingebrochen?" Bradley blickte sich im Büro um. Nichts schien aus der Ordnung zu sein. „Wurde etwas gestohlen?"

„Nicht gestohlen. Noch nicht, dass wir wüssten. Aber die Polizei hat massenweise Fingerabdrücke und andere Spuren genommen."

Mit einem Lächeln schloss Bradley den Aktenkoffer. „Meine werden überall sein. Carlas auch."

„Ich bring dich raus."

Ich brauche diesen Laptop.

Das war jetzt nicht wichtig. Er musste zum Meeting und stürmte an Vince vorbei, der ihm folgte. „Wo ist Melanie? Du hast sie doch nicht allein im Auto gelassen?"

„Wo sie ist, geht dich nichts an." Vince war dicht hinter ihm, als sie die Treppe hinuntergingen.

„Wir sind ihre Paten, Vince." Er öffnete die Haustür und drehte sich zu dem anderen Mann um. „Carla wird verrückt vor Sehnsucht, sie zu sehen. Wir wollen, dass sie uns besucht."

Vince stellte den Koffer ab und für einen Moment raste Bradleys Herz in Erwartung, physisch aus dem Haus gedrängt zu werden. Aber Vince verschränkte die Arme und starrte ihn an. „In was war David verwickelt?"

„Ich verstehe nicht-"

„Vielleicht steckst du genauso tief in der Scheiße wie David."

„Unser Geschäft ist sauber."

„Dieser Unfall war kein Zufall", sagte Vince.

„Nun, die Polizei sagte, die Straße war vereist."

„Und was sagst du, Bradley?"

Nichts, was ihm keine Prügel einbringen würde.

„Ich nehme die Hausschlüssel. Es gibt keinen Grund, warum du sie haben solltest."

Bradley übergab sie. „Brauche trotzdem den Laptop und viele weitere Unterlagen."

„Dann regele das über Davids und Susies Anwalt."

„Vielleicht sollte Melanie eine Weile bei uns einziehen. Du brauchst offensichtlich Zeit zum Trauern."

Vince Arme fielen herab und er trat auf Bradley zu. „Vielleicht solltest du jetzt verschwinden."

Sobald Bradley draußen war, schlug die Tür hinter ihm zu.

———

Vince wartete, bis Bradley weggefahren war, bevor er sich von der Haustür wegbewegte. Er traute dem anderen Mann nicht zu, keinen zweiten Schlüsselsatz zu haben. Er hatte keinen Grund, Bradley so sehr zu misstrauen, aber er hatte es immer getan. Die Tatsache, dass er mit Susies bester Freundin verheiratet war, hatte für Unbehagen bei allen Veranstaltungen gesorgt, bei denen sie zusammen waren, aber er war immer höflich geblieben. Ihretwegen.

Liz hatte mit ihnen zu tun.

Warum ihm das in den Sinn kam, war ein Rätsel, aber seine alte Partnerin war vor Jahren in einen Fall um Carla verwickelt gewesen, und er konnte sich weder an den Grund noch an das

Ergebnis erinnern. Er musste sie fragen. Was bedeutete, sich mit hundert besorgten Fragen von ihr auseinanderzusetzen.

Kopfschüttelnd ging Vince hoch zu Melanies Schlafzimmer.

Raymond Bär kam als Erstes in den Koffer, gefolgt von mehr ihrer Kleidung. Er hatte sie gefragt, was sie dieses Mal mitbringen sollte, und alles, woran sie denken konnte, war Raymond. Sie war sehr still geworden, und er hatte sie nicht nach weiteren Ideen gedrängt.

Er fand Hausschuhe, mehr Schuhe und Pyjamas, ein paar Pullover und andere wärmere Sachen. Da war eine niedliche, gestrickte Mütze und einige kleine Töpfchen mit Handcreme oder so, also kamen die mit ein paar Büchern auch hinein. Er konnte nur hoffen, dass er genug für sie für eine Weile hatte. Bis nach der Beerdigung.

Raum für Raum überprüfte er das Haus. Jedes Fenster war verschlossen. Hintertür abgeschlossen. Die Waschküchentür hatte eine Holzplatte anstelle von Glas angenagelt und wäre schwer zu durchbrechen.

Er hielt beim Anblick der Kühltaschen in der Küche inne. Die waren am Vortag nicht da gewesen. Bradley musste vorgehabt haben, den Ort auszuräumen.

„Kleiner Scheißer."

Der Kühlschrank war gut gefüllt. Er packte, was er gebrauchen konnte, in eine Kühltasche. Käse. Cupcakes. Obst. Joghurt. Den Rest sollte er verschenken. Oder wegwerfen, was zu alt wurde. Oder so was.

Das musste warten. Er musste sich mit Susies Anwalt treffen, ein kurzfristiger Termin dank Lyndalls Verfügbarkeit heute Morgen.

An der Haustür stellte er den Koffer und die Kühltasche ab, um die Schlüssel zu suchen.

Er hatte schon einmal hier gestanden. Etwas mehr als ein Jahr zuvor. Mit seiner Tochter.

„Susie, du verstehst nicht, was er euch beiden antut."

„Ich habe gesagt, du sollst gehen, Dad."

Sie war wütend. Ihre Hände waren in die Hüften gestemmt und ihr Gesicht war rot vor Zorn. Vince hatte gerade erfahren, dass David zum Aufenthaltsstatus einiger seiner Mitarbeiter befragt worden war. Es war nicht das erste Mal.

„Schätzchen, du musst an Melanie denken."

„Das tue ich."

„Dass sie dieser Art von–"

„Was für einer Art?" Susie schüttelte den Kopf. „Wenn es ein Problem mit den Mitarbeitern gibt, wird David es lösen. Er ist anständig und war es immer. Die Person, vor der ich Melanie schützen muss, bist du."

Als hätte man ihm in den Magen getreten, war Vince zurückgewichen.

„Du lebst in der Vergangenheit, Dad. Was ich will, ist, dass du dir Hilfe holst. Verarbeite Mums Tod und den ganzen anderen Mist. Fang an, der Großvater zu sein, den Melanie verdient."

„Ich brauche keine Hilfe."

All die Wut war aus ihr gewichen, ersetzt durch Traurigkeit. Ihr Tonfall war flach geworden. „Siehst du? Geh einfach, Dad. Komm wieder, wenn du bereit bist, dich zu bessern."

Das waren die letzten Worte, die sie gewechselt hatten.

Er war weggegangen und hatte geschmollt, anstatt sich zu ändern und ihre Beziehung zu reparieren.

Jetzt war er gezwungen, sich zu bessern.

Zu spät.

ZWÖLF

Lyndall war nett. Überhaupt nicht gruselig, wie Opa gesagt hatte. Sie hatte lächelnde Augen mit Fältchen und interessante Linien im Gesicht, und sie mochte es zu zeichnen.

Melanie liebte es zu zeichnen und hoffte, dass Opa ihr Malbuch von zu Hause mitbringen würde. Lyndall hatte eins mitgebracht und Buntstifte, und sie hatten sich abgewechselt, verschiedene Dinge zu zeichnen.

Blumen in der Vase, von denen Lyndall sagte, sie seien aus ihrem eigenen Garten.

Einen von Opas geschnitzten Holzvögeln.

Eine Zeichnung voneinander.

Und dann einige aus der Fantasie.

Als Opa nach Hause kam, sah er wieder traurig aus. Aber er stellte den Koffer auf ihr Bett und sagte, sie solle hineinschauen, und da war Raymond Bear. Und nachdem sie Raymond geknuddelt hatte, umarmte sie Opa und dann lächelte er.

Eines ihrer Malbücher war da, aber keine Stifte.

„Was ist los, Liebes?", fragte Lyndall, während sie ihren Mantel anzog, um zu gehen.

Sie wollte nicht, dass Opa wieder traurig aussah, falls er sich schlecht fühlte, weil er die Stifte vergessen hatte. „Ach, nichts Besonderes."

„Weißt du, ich würde gerne, dass du diese Stifte und das Skizzenbuch behältst, bis wir wieder eine Zeichensitzung haben. Und benutze sie in der Zwischenzeit, wenn du Lust hast. Okay?"

Das war es! Melanie machte sich an die Arbeit für eine neue Zeichnung. Sie würde wieder ihre Fantasie benutzen.

„Macht es dir etwas aus, wenn ich Lyndall zum Zaun begleite?", fragte Opa. „Bin gleich wieder da."

„Hm mm."

Sie würde etwas Wunderschönes erschaffen.

———

„Tut mir leid, dass es etwas länger gedauert hat als erwartet."

Vince und Lyndall schlenderten vom Cottage in Richtung ihrer Auffahrt.

„Melanie ist etwas ganz Besonderes. Sie ist ein bisschen ruhig, was zu erwarten ist, aber diese sprudelnde kleine Persönlichkeit, an die ich mich erinnere, liegt nur knapp unter der Oberfläche und wartet darauf, dass die Sonne wieder scheint."

Nach Hause zu kommen und bunte Skizzen über den ganzen Wohnzimmerboden verteilt zu sehen, hatte er nicht erwartet. Und es hatte sogar ein paar Lächeln von Mel gegeben.

„Sie hat dich ins Herz geschlossen, Lyndall. Danke."

„Ich mag sie auch. Du sahst bedrückt aus, als du zurückkamst. Schlechte Nachrichten?"

„Ich habe Bradley Pickering dabei erwischt, wie er in Davids Heimbüro in Sachen herumgewühlt hat."

„Hast ihn hoffentlich hochkant rausgeworfen?"

Er lächelte. Es war ein angenehmer Gedanke.

„So weit kam es nicht, aber ich habe ihm seinen Schlüsselsatz abgenommen. Carla hatte sie, als sie früher mit Melanie ausgeholfen hat."

„Wert, es der Polizei zu melden?"

„Ich denke darüber nach."

Sie hielten am Zaun an und Lyndall hatte einen seltsamen Gesichtsausdruck. Seltsam, selbst für sie.

„Was?", fragte Vince. Er wollte es lieber wissen.

„Mel erwähnte, dass sie Carla vermisst."

Das war ein Problem für einen anderen Tag. Er blickte zum Zaun. „Warum sind wir hier und nicht bei meinem Auto? Ich kann dich zurückfahren."

Sie verdrehte die Augen und in einer fließenden Bewegung kletterte sie über die Zaunlatten und war auf der anderen Seite. „Nicht schlecht für einen alten Vogel. Was hat der Anwalt gesagt?"

Er schaute zurück zum Cottage. „Susie und David haben ein Testament, aber es ist alt, von kurz nach Mels Geburt. Seitdem ist David in das Geschäft mit Bradley eingestiegen und es gibt nichts darüber, wie sein Anteil zu verwalten ist. Während es an Melanie gehen sollte, gibt es immer Komplikationen und Bradley könnte irgendeine Vereinbarung haben, die sich darauf auswirkt. Sie besaßen ihr Haus schuldenfrei und ich muss sagen, Lyndall," er wandte sich wieder ihr zu, sie hatte sich nicht bewegt, ihre Augen waren auf ihn gerichtet, „das hat mich überrascht. Sie sind jung... sie *waren* jung... um so früh eine Hypothek abgezahlt zu haben."

Es machte ihn stutzig. Susie hatte seit ein paar Jahren nicht gearbeitet, obwohl sie in Wohltätigkeitsorganisationen involviert war. Das Einkommen kam, soweit er wusste, aus Davids Geschäft. Muss besser laufen, als der Eindruck vermittelte, den das schlecht gepflegte Lagerhaus machte.

Und das war ein Schlamassel.

„Sie haben das Testament bezüglich Melanie nie geändert... wohin sie unter solchen Umständen kommen sollte?", fragte sie mit der sanftesten Stimme, die er je von ihr gehört hatte.

„Nie geändert. Es war immer klar, dass sie zu mir kommen würde. Aber der Anwalt warnte mich, dass das nicht automatisch passieren wird - das rechtliche Sorgerecht. Ich muss ein paar Hürden nehmen."

Mit einem Grinsen klopfte Lyndall ihm auf die Schulter. „Dann fang besser an, fit zu werden. Du hast gerade gesehen, wie eine Fünfundsechzigjährige in einer halben Sekunde über einen Zaun klettert. Stell dir vor, was du könntest, wenn du es versuchst." Bevor er antworten konnte, joggte sie los. Dann hob sie den Arm zum Winken, ohne sich umzudrehen.

„Angeberin", murmelte er.

„Mein Gehör ist noch gut, Vincent", rief sie.

Er tätschelte seinen Bauch. Ein bisschen Gewicht zu verlieren würde nicht schaden. Hürden hin oder her.

———

Carla stand am Wohnzimmerfenster; den Vorhang zur Seite geschoben, während sie auf die Straße starrte.

Bradley tippte auf einem Laptop vom Sofa aus, wobei er sie ab und zu ansah. Es beunruhigte ihn, sie so hoffnungsvoll zu sehen. Sie musste ihre Erwartungen niedrig halten. Zumindest für den Moment. „Schatz, ich bin nicht sicher, ob das der beste Schritt ist."

Sie drehte sich nicht um. „Sie muss die Wahrheit wissen. Wie kann das Jugendamt richtige Entscheidungen treffen, ohne sie? Oh, sie ist da!"

Bradley schloss den Laptop. Er hatte den Fehler gemacht, Carla zu viel über seine Begegnung mit Vince zu erzählen, und sie war sofort zum Telefon geeilt. Das Seltsame war, dass sie Vince eigentlich ganz gern mochte, bis Susie ihn exkommuniziert hatte. Die Loyalität zu Susie saß tief in seiner Frau.

Carla eilte zur Haustür und kehrte einen Moment später mit der anderen Frau zurück, einer unscheinbaren weiblichen Beamtin mit einem Aktenkoffer. Er stand auf und streckte seine Hand zum Händeschütteln aus. „Ich bin Bradley."

„Dawn Burrows. Schön, Sie beide kennenzulernen."

„Kaffee?", fragte Carla.

„Nein, danke. Ich habe nicht viel Zeit, aber Ihr Anruf klang dringend."

„Bitte nehmen Sie Platz." Bradley deutete auf einen Sessel gegenüber dem Sofa, wo er und Carla sich dann setzten.

„Frau Burrows, es geht um Melanie Weaver", begann Carla. „Sie ist unser Patenkind und wir lieben sie sehr. Wir sind seit ihrer Geburt in ihrem Leben und sie hat viel Zeit bei uns verbracht. Susie war meine beste Freundin. Seit unseren Studientagen."

„Es tut mir sehr leid für Ihren Verlust, Frau Pickering."

„Danke. Es ist schwer, sich vorzustellen, dass Susie nicht mehr da ist. Und genauso schwer ist es, nicht zu wissen, was aus Melanie werden wird."

„Ich verstehe nicht ganz."

Nicht die Hellste, was?

„Wir machen uns Sorgen um Melanie", sagte Bradley. „Wir haben Vince Carter gebeten, sie sehen zu dürfen, aber er hat es rundweg abgelehnt."

„Es ist noch früh. Sie ist gerade erst aus dem Krankenhaus entlassen worden und er und Melanie haben viel zu verarbeiten. Viel Anpassung. Ich bin sicher, sie ist in guten Händen."

Carla warf Bradley einen Blick zu und dann wieder zurück zu der anderen Frau. „Die Sache ist die, dass Vince und Susie vor einiger Zeit einen großen Streit hatten und er praktisch alle Verbindungen zu ihr abgebrochen hat. *Und* zu seinem eigenen Enkelkind. Aber unser Haus ist wie ein zweites Zuhause für sie. Sie fühlt sich hier sicher. Im Idealfall würden wir Melanie gerne bei uns leben lassen."

Die Sozialarbeiterin runzelte die Stirn. „Besuche sind eine Sache. Das Sorgerecht ist eine ganz andere."

„Selbst wenn der Vormund ungeeignet ist?" Die Panik in Carlas Stimme zerriss Bradley das Herz.

„Inwiefern ist Vince Carter ungeeignet?" Dawn verengte ihre Augen.

„Er hatte etwas gegen David. Beschuldigte ihn mehr als einmal, ein Verbrecher zu sein, und es brach Susie einfach das Herz. Sie sagte ihm, er sei nicht willkommen, bis er sich Hilfe hole."

„Welche Art von Hilfe, Frau Pickering? Wissen Sie das?"

Carla nickte. „Er hat Wutprobleme. Und die Gewalt. Er ist ein Mörder."

Das schien Frau Burrows zu schockieren, die den Griff ihrer Aktentasche berührte, als wolle sie sie aufheben, dann aber ihre Hände auf ihrem Schoß verschränkte. „Ich weiß, dass er in Ausübung seiner Pflicht ein Leben genommen hat. Und dabei möglicherweise mehrere gerettet hat. Ist es das, was Sie meinen?"

In Carlas Augen bildeten sich Tränen. Sie wurde frustriert. Bradley nahm ihre Hand und drückte sie, und ihre Schultern schienen sich ein wenig zu entspannen. Er würde für sie sprechen. Den Druck wegnehmen.

„Jeder weiß, dass Vince an diesem Tag Leben gerettet hat, aber was die meisten Leute nicht wissen, ist, dass er nie mit den Folgen fertig geworden ist. Ich meine, seine eigene Frau starb an diesem Tag, weil er nicht an zwei Orten gleichzeitig sein konnte, und das hat ihm den Kopf verdreht. Carla und ich sind wirklich besorgt um Melanies langfristiges Wohlergehen, wenn sie bei ihm bleibt. Es war schon schwer genug für Susie, dort draußen aufzuwachsen, ganz allein außer einem verbitterten alten Mann."

„Und Susie sagte, sie wolle, dass ich immer Teil von Melanies Leben bleibe", flüsterte Carla, während eine einzelne Träne ihre Wange hinunterlief.

Nachdem sie auf ihre Uhr geschaut hatte, nahm Frau Burrows ihre Aktentasche und stand auf. „Ich kann Ihnen versichern, dass alle Aspekte berücksichtigt werden, bevor irgendwelche Empfehlungen ausgesprochen werden. Bis das Testament verlesen wird und andere Faktoren berücksichtigt sind, bleibt der Status quo bestehen. Bitte entschuldigen Sie mich jetzt."

Bradley begleitete sie aus dem Wohnzimmer, aber sie hielt in der Türöffnung inne mit dem, was vielleicht ein Versuch eines Lächelns für Carla war. „Lassen Sie mich mit Herrn Carter über einen Besuch sprechen. Ich melde mich bei Ihnen."

Carla nickte, aber als Bradley eine Minute später zurückkam, wischte sie weitere Tränen weg.

„Sie hat gesagt, sie wird mit ihm reden. Konzentriere dich darauf."

„Wir müssen etwas tun, Brad. Sie wird all die Dinge verpassen, die Susie wollte. Und ich vermisse sie." Ihre Lippen zitterten. „Ich vermisse sie wirklich."

„Ich auch. Lass uns sehen, ob diese Burrows etwas erreicht, und wenn nicht, müssen wir vielleicht ein bisschen mehr Druck machen." Es gab mehr Wege, diesen Krieg zu gewinnen, als Dawn Burrows sich überhaupt vorstellen konnte.

———

Während Melanie im Wohnzimmer fernsah, öffnete Vince seinen Laptop in der Küche. Normalerweise vergingen Wochen, ohne dass er ihn benutzte, aber er fuhr ordnungsgemäß hoch. Er ignorierte die Aufforderung für ein Update.

Mit Stift und Notizbuch griffbereit suchte Vince nach der Unternehmensregistrierung.

PickerPack Holdings Pty Ltd.

Er notierte die australische Unternehmensnummer und die eingetragene Adresse, die Bradleys war. Es wurde ursprünglich vor fast zehn Jahren als Privatunternehmen gegründet. Als er die historischen Aufzeichnungen durchging, fand er den Zeitpunkt, als David einstieg und Mitdirektor wurde. Vor vier Jahren.

Das war damals eine Überraschung, zumindest für Vince. David war leitender Manager bei einem führenden Logistikunternehmen auf der anderen Seite der Stadt. Er hatte sich oft genug über den täglichen Arbeitsweg beschwert, aber Susie wollte nicht in die östlichen Vororte ziehen. Sein Job war sicher, gut bezahlt und bot ihm Potenzial, seine Karriere voranzutreiben, während der Einstieg in ein strauchelndes Unternehmen die Alarmglocken läuten ließ.

Und Susie war besorgt.

Vince öffnete seine E-Mails und murmelte ein Schimpfwort, als Ding nach Ding die Ankunft mehrerer Wochen alter Korrespondenz ankündigte. Vieles davon war Müll. Spam von Kaltanrufern und Rechnungen, die er bereits bezahlt hatte. Er stand auf, um nach Melanie zu sehen.

Sie hatte sich mit Raymond und Topsy auf dem Sofa zusammengekuschelt, eine Decke bedeckte ihren Rücken und ihre Schultern. Das Feuer brannte, aber sie war Zentralheizung gewöhnt, und er müsste überlegen, wie er sie besser warm halten könnte. Sie bemerkte ihn nicht, und er ging, bevor er sie stören konnte.

Die E-Mails waren alle geladen und er tippte ‚Susie ein, um eine Suche zu beginnen.

Die neuesten waren Beileidsbekundungen zu ihrem Tod von alten Kollegen, und er änderte seine Suche auf ihre tatsächliche E-Mail-Adresse. Dies brachte Hunderte von E-Mails von ihr über einen langen Zeitraum zum Vorschein, zurück bis zu ihren Universitätstagen, als sie auf dem Campus gelebt hatte.

Sein Herz klopfte unangenehm.

Er scrollte vier Jahre zurück und fand die, an die er sich erinnerte. David war im Begriff, seinen alten Job zu verlassen.

Ich vertraue ihm natürlich vollkommen. David trifft keine Entscheidungen leichtfertig, aber ich schätze, er hat wirklich genug davon, fünf Tage die Woche quer durch die Stadt zu fahren und für jemand anderen zu arbeiten. Er und Bradley sind so gute Freunde und sie werden Partner sein. David sprudelt vor Ideen, wie er seinen logistischen Hintergrund nutzen kann, um mehr Kunden zu gewinnen. Ich bin sicher, er weiß, was er tut.

„Und doch tat er es nicht."

Es gab noch eine weitere, ein paar Monate später.

David ist etwas enttäuscht von Bradley, der will, dass alle Ände-

rungen langsam kommen. Er möchte das Lager nicht verlegen, um mehr Kunden zu gewinnen, also versucht David jetzt, alle Aspekte des Geschäfts zu lernen, damit er bessere Argumente für die Entwicklung hat. Er erwähnte, dass es irgendein Problem mit einem Angestellten gab. Etwas mit dessen Aufenthaltsstatus. Aber ansonsten ist alles gut. Ich komme am Wochenende mit Melly-Bauch vorbei, wenn du magst?

Sie war zu Besuch gekommen und sie hatten gestritten. Es war der Anfang vom wirklichen Niedergang ihrer Beziehung, und sie hatte Melanie nur noch ein paar Mal mitgebracht. Vince hatte im Stillen ein paar Nachforschungen angestellt und war wenig beeindruckt davon, dass gegen Bradley wegen der Beschäftigung illegaler Einwanderer ermittelt wurde. Nicht nur das, er zahlte ihnen auch zu wenig für lange Arbeitstage. Susie bestritt, dass David davon etwas wusste, weigerte sich aber, Vinces Meinung zu akzeptieren, dass Bradleys schlechte Praktiken auf seinen neuen Partner zurückfallen würden.

Er kopierte beide E-Mails in eine Datei. Dann fügte er den Link zur Geschäftsregistrierung hinzu.

Untätig zu bleiben war unmöglich. Jemand hatte es auf David abgesehen und sein Bauchgefühl schrie, dass es mit dem Geschäft zu tun hatte. Aber warum dieser Jemand beschlossen hatte, eine unschuldige Frau zu ermorden und ein Kind zu verletzen, war etwas, das sein Verstand nicht begreifen konnte. Als Polizist war er mit dem Schlimmsten der menschlichen Natur in Berührung gekommen, und dies gehörte zu den bösartigsten Taten, denen er je begegnet war. Wenn er es nicht als Mitglied der Polizei untersuchen konnte, und wenn sie es nicht untersuchen würden, dann würde er die Sache selbst in die Hand nehmen. Und Gott stehe dem bei, den er am Ende finden würde.

DREIZEHN

Pete fuhr. Liz Kopf hämmerte vor Schlafmangel und zu vielen Sorgen, und sie dachte, wenn sie ihm das Steuer überließe, würde Pete zu beschäftigt sein, um sie zu belästigen. Das war er nicht, und sie schluckte mehr Schmerzmittel, bevor sie ihr nächstes Ziel erreichten. Nach einem frühen Briefing hatten sie den Tag damit verbracht, ihren Anteil einer Liste von Hardys bekannten Kontakten durchzuarbeiten. Nicht alle waren Kriminelle, aber bisher war keiner mit irgendwelchen Informationen herausgerückt.

„Noch zwei, Lizzie. Glaubst du, die Telefone laufen gerade heiß in der Stadt? Vielleicht wird sogar ein Treffen arrangiert, um über die lästige Polizei zu sprechen, die ihnen keine Ruhe lässt."

Ich könnte etwas Ruhe gebrauchen.

Der Wunsch, die Augen schließen zu können, half nicht. Sie tippte auf ihr Handy, das mit den Informationen geladen war, die sie verwalteten.

„Du hast diese hier schon mal getroffen... Ginny Makos."

Er grinste.

„Was?"

„Sie mag mich."

Es war nicht das erste Mal, dass Pete so etwas Ähnliches über eine Person von Interesse sagte. Er war lange Zeit undercover in einer verdeckten Einheit gewesen, und es gab wenige Menschen, die er nicht kannte oder von denen er nichts wusste.

„Dann bleibst du im Auto."

Er lachte, als er den Wagen in eine Parklücke steuerte. „Sie wird nicht mal mit dir reden. Kein Frauenmensch, wenn du verstehst, was ich meine. Männer? Ganz andere Sache."

Als sich die Tür der Wohnung im fünften Stock öffnete, verstand Liz.

Die Frau warf ihr nicht einmal einen Blick zu, begrüßte Pete aber fast schnurrend wie einen lange vermissten Freund. Sie ließ sie bis in ein kleines Wohnzimmer, bot ihnen aber keinen Sitzplatz an. Alle Vorhänge und Innentüren waren geschlossen, und die Luft war übermäßig warm und von sanfter klassischer Musik erfüllt. Ginny trug einen Satinbademantel, der weit genug offen war, um den oberen Teil eines spitzenbesetzten roten BHs zu zeigen, und rote Stilettos mit 15-Zentimeter-Absätzen.

„Detective Pete... zu lange zwischen den Hellos. Aber du hättest vorher anrufen sollen. Ich erwarte schon bald einen Freund."

„Eine Minute wird reichen. Jemand, den wir beide kennen, spielt Verstecken mit mir, und ich dachte... wer könnte mir besser einen Hinweis oder zwei geben als die süße Ginny."

Ich werde mich gleich übergeben.

Ginnys Lächeln wurde breiter, auch wenn sich ihre Augen verhärteten. „Du weißt, ich liebe Spiele, Petey. Aber ich glaube nicht, dass ich helfen kann."

„Frau Makos, kennen Sie den Aufenthaltsort von Malcolm Hardy?", fragte Liz.

Sie hätte genauso gut nicht sprechen können. Sie wurde ignoriert.

„Ich muss mich für meinen Besucher vorbereiten." Ginny legte ihre Hand an Petes Wange. „Aber keiner meiner Freunde versteckt sich."

Pete nahm seine Karte heraus und schob sie langsam in den

oberen Teil ihres BHs. „Wenn du etwas hörst, irgendwelche Gerüchte, oder zufällig Malcolm siehst... ich wäre sehr dankbar, von dir zu hören." Er entfernte sanft ihre Hand von seinem Gesicht. „Wir finden selbst hinaus."

Sie erreichten den Aufzug, ohne zu sprechen, und Liz drückte hart auf den Knopf für „runter".

„War es Ginny, die du dir gerade vorgestellt hast zu schlagen?", fragte Pete unschuldig.

„Oder dich."

Die Türen öffneten sich und sie traten in den leeren Aufzug.

„Woher kennst du sie eigentlich so gut? Warte, antworte lieber nicht."

„Ich hab sie verhaftet."

„Wegen?"

„Sagen wir einfach, sie war in etwas über ihrem Kopf verstrickt, und nachdem sie kooperiert hatte, kam sie mit einem Vergehen davon. Wenn einer von Hardys Kontakten die Bohnen ausschütten wird, dann ist sie es, glaube ich."

Liz teilte sein Vertrauen nicht, aber bisher waren sie überall gegen Mauern gelaufen, also war sie froh, wenn sie sich als falsch erweisen würde.

Die letzte Person, mit der sie sprechen wollten, war nicht zu Hause. Sie waren rüber nach Wyndham Vale in den westlichen Vororten gefahren und hatten eine halbe Stunde gewartet, bevor sie zurückfuhren. Liz hatte ein Nickerchen gemacht, während Pete auf seinem Handy Hinweisen nachging, und als sie aufwachte, waren die Kopfschmerzen fast verschwunden. Es hatte wenig Sinn, länger zu warten.

„Lust auf einen kleinen Abstecher?"

„Wohin?", fragte Pete.

„Ich war neulich Abend bei Bradley Pickerings Lagerhaus."

„Warum?"

„Neugier." Sie hatte einen schnippischen Kommentar erwartet. „Der Ort sah verlassen aus, aber jemand war da. Ein Mann, glaube ich, der durch das Fenster zurück zu mir starrte."

„Du hast dich auf ihrem Grundstück herumgeschlichen?"

„Mehr oder weniger."

Pete bog auf die Straße nach Laverton ein. „Und warum fahren wir jetzt wieder dorthin?"

„Terry war gestern in Susies Haus in Caroline Springs. Es gab einen Einbruch, aber nichts wurde gestohlen, soweit man sehen konnte. Dann ist Vince auf Pickering gestoßen, der das Büro durchsuchte - er hat mir vor Kurzem eine Nachricht geschickt, dass er Pickering einen Schlüsselbund abgenommen hat."

„Ich sehe den Zusammenhang nicht, Liz. Er hatte Schlüssel."

„Ja. Aber keine Erlaubnis, etwas aus dem Haus zu nehmen, und er war dabei, einen Computer mitzunehmen. Er ist schlechte Nachrichten. Und er wurde belauscht, wie er in der Nacht des Unfalls mit David stritt."

Es kam keine Antwort. Liz warf einen Blick auf Pete, und er drehte sich um, um ihren Blick zu erwidern, die Augenbrauen hochgezogen.

„Ich dachte, du hättest etwas zu Vince zu sagen", sagte sie.

„Mein Problem ist mit ihm, Liz. Nicht mit dir. Wenn du herumschnüffeln und Pickering aufscheuchen willst, helfe ich dir gerne dabei."

„Wirst du weich? Oder freust du dich nur auf die Aussicht auf einen Streit?"

Unabhängig davon schätzte sie es, dass er mit ihr kam. Nicht viel erschreckte Liz, aber es gab etwas an dem Lagerhaus – und dem Mann, der es besaß –, das sie beunruhigte.

———

Dieser Tag konnte nicht schnell genug zu Ende gehen. Bradleys Treffen früher am Tag hatte ihm mehr Arbeit eingebracht – von der er nur einen Teil zu Hause erledigt hatte, während er auf den verdammten Sozialarbeiter wartete.

Das Ergebnis monatelanger Planung hing aufgrund von Davids Unfall in der Schwebe. Wenn er von vorne beginnen und ein neues Transportunternehmen finden müsste, das den Anforderungen entsprach, würde das andere Teile des Prozesses unakzeptabel verzögern. David hatte den Deal eingefädelt, und mit seinem Verschwinden wurde die andere Partei nervös. Sie hatten nie mit Bradley zu tun gehabt und zweifelten an seiner Fähigkeit, die logistische Seite der Vereinbarung zu managen.

Wenn sie nur wüssten, wie viel Geld bei diesem Deal auf dem Spiel steht.

Er war zum Lagerhaus zurückgekommen, um einen neuen Vorschlag fertigzustellen, und hatte ihn gerade an sie gemailt. Jetzt begann das Warten. Die Arbeiter schlurften alle hinaus, als er seine Bürotür abschloss. Abel stand an der Seitentür und kontrollierte wie üblich ihre Taschen. Seit er damit täglich begonnen hatte, war der Diebstahl stark zurückgegangen. Und ein paar Angestellte waren gegangen, was ihm ganz recht war. Schlechte Arbeiter machten sein Leben zur Hölle.

„Ich esse mit Duncan zu Abend", sagte Bradley. Er war der Letzte, der ging, abgesehen von Abel, und blieb stehen, um zu reden. „Wir sollten bald ein Ja von der Transportfirma bekommen."

„Sonst wirds wohl ein kurzes Abendessen."

Vielleicht sollte er Abel zum Partner machen. Der Mann hatte ein Händchen dafür, zu wittern, wo das Geld steckte, und scheute sich nicht, die Hände schmutzig zu machen.

Draußen hatte der Wind aufgefrischt und wirbelte Müll über den Beton. Bradley überprüfte sein Handy, während er wegging, und hätte es fast fallen lassen, als er zwei Polizisten die Auffahrt hochkommen sah. Zumindest wusste er, dass einer ein Polizist war. Der Letzte, mit dem er sich unterhalten wollte. Er steckte das Handy weg.

„Na, wenn das nicht Constable Moorland ist."

Wie befriedigend, dass ein Anflug von Ärger über ihr Gesicht huschte. Sie war nicht gut gealtert. Falten, die Make-up nicht verbergen konnte. Nicht, dass sie viel trug. Mochte Männer wahrscheinlich nicht.

„Detective Sergeant Moorland", sagte sie.

„Ich bin auf dem Weg nach Hause." Er machte eine Show daraus, auf seine Rolex zu schauen.

„Wir werden Sie nicht lange aufhalten, Mr. Pickering." Ihre Augen schweiften die Auffahrt auf und ab. „Kein Transporter?"

„Beeindruckend, dass zwei Detectives sich um gestohlene Fahrzeuge kümmern."

Die Polizisten tauschten Blicke aus. Sie hatten nichts davon gehört. Warum waren sie dann hier?

„Das tun wir nicht, aber der Unterhaltung zuliebe, wann wurde er gestohlen?", fragte der andere Detective. Er sah ungepflegt aus. Etwas längeres Haar wie ein Surfer, aber viel zu alt.

„Und wer sind Sie?", fragte Bradley.

„Detective Sergeant Pete McNamara. Was genau macht Ihr Unternehmen?"

„Wir verkaufen Waren weiter. Und wir haben gestern bemerkt, dass der Transporter fehlt. Jemand hatte mit einem Bolzenschneider das Vorhängeschloss am Tor geknackt und sich an meinem Eigentum bedient. Wir haben es gemeldet."

„Wir?"

„Mein Vorarbeiter hat es getan. Er fährt ihn. Oder wer auch immer Lieferungen machen muss."

„Und Sie fahren ihn auch?", fragte die Frau.

Er hätte bei der Vorstellung fast geprustet. „Niemals. Nicht mein Ding."

„Wo ist Ihr Vorarbeiter?"

„Warum?" Was glaubten sie zu wissen?

Surfer-Cop trat vor. „Ist er hier?"

„Sicher ist er das."

Bradley ging zurück zur Tür, die sich geschlossen hatte. Und abgeschlossen war. Er schloss auf und schaute hinein. „Tut mir leid. Er muss schon Feierabend gemacht haben."

Wo zum Teufel bist du, Abel?

„Ich kann ihn bitten, Sie anzurufen. Oder möchten Sie seine Nummer? Alles, um uns zu helfen, ihn zurückzubekommen."

Mit einer starken Windböe knallte die Tür gegen die Wand.

Surfer-Cop steckte seinen Kopf hinein. „Viele Tische. Sind das Spielzeuge? Sie sagten, Sie seien ein Wiederverkäufer. Von Spielzeug?"

„Unter anderem. Wir kaufen abgelehnte Importwaren. Sachen, bei denen der ursprüngliche Käufer seine Meinung ändert, wenn er sie sieht, und das passiert öfter, als man denkt. Meistens ist mit den Produkten nichts falsch, außer den Erwartungen des Importeurs, und wir haben ein florierendes Geschäft daraus gemacht, billig einzukaufen, neu zu verpacken und weiterzuverkaufen. David hatte eine Art, für alles einen Markt zu finden."

„Für alles?"

„Alles Legale, Detective McNamara."

„Worüber haben Sie und David Weaver sich bei Spironis am Abend des Autounfalls gestritten?"

Das war das Letzte, was er aus Moorlands Mund erwartet hatte. „Was? Wer sagt, dass wir uns gestritten haben?"

„Haben Sie das?", drängte sie.

„Natürlich nicht. Wir waren wie Brüder. Nun, es tut mir leid, Sie zu drängen, aber ich muss wirklich los." Er schloss die Tür. „Wissen Sie, David war mein Freund und mein Geschäftspartner. Susie war Carlas beste Freundin, und sie weint sich jede Nacht in den Schlaf. Und wir durften Melanie nicht einmal sehen."

„Was haben Sie in ihrem Haus gemacht?"

Es kostete ihn viel Beherrschung, die Frau mit ihrem langweiligen Gesicht und den wissenden Augen nicht anzufauchen. Hatte immer gedacht, sie sei besser als er. Besser als Carla. Aber auszuflippen würde ihn hier nicht schneller wegbringen, und er würde ihr sicher keine Munition liefern.

„Ich hatte Schlüssel. Sie sind jetzt wieder bei Carter. Und ich muss immer noch ein Geschäft führen. David hatte Unterlagen in seinem Büro zu Hause, die ich heute brauchte. Und es gibt einen Laptop. Carter weigerte sich, mich ihn abholen zu lassen, aber er gehört mir."

„Danke für Ihre Zeit, Mr. Pickering." Surfer-Cop nickte und dann gingen sie. Kein Wort darüber, wie er den Laptop zurückbekommen könnte. Auch kein Mitgefühl für seinen Verlust. Und jetzt gab es ein größeres Problem. Wer hatte ihn und David an jenem Abend reden gehört?

VIERZEHN

Noch eine eiskalte Nacht und hier bin ich, schon wieder draußen.

Ich zünde mir noch eine Zigarette an.

Endlich schwingt die Hintertür von Spironis auf und derjenige, den ich sehen will, kommt heraus. Er bemerkt mich zuerst nicht, bis ich etwas Rauch in seine Richtung blase und er zusammenzuckt.

„Wer ist da?"

Er trägt einen Müllsack.

„Wirf das weg, Junge. Ich hab ein Angebot für dich."

Aber er weicht zur Tür zurück, also trete ich dahin, wo er mich sehen kann.

Sein Gesicht entspannt sich. „Hab Ihr Gesicht im Dunkeln nicht erkannt, Herr-"

„Wirf es weg, Junge."

Er wirft es in einen Container und schenkt mir seine Aufmerksamkeit.

„So ein junger Kerl wie du braucht doch ein paar Scheine. Stimmts?"

„Klar, aber-"

„Hör einfach zu." Ich werfe die Zigarette auf den dreckigen Boden. „Vielleicht fragt dich jemand nach einer bestimmten Meinungsverschiedenheit, die du mitgehört hast."

Sein Mund klappt auf.

Ich ziehe einen Packen Scheine aus der Tasche und fange an, einige abzuzählen.

„Die Sache ist die: Das war ein privates Gespräch und es muss privat bleiben. Du musst alles vergessen, was du gehört zu haben glaubst."

Die Augen des Jungen weichen nicht von meinen Händen. Wahrscheinlich zählt er mit. Es sind tausend drin. Nicht schlecht, nur fürs Nichts-Sagen.

„Gehört? Was?"

„Braver Junge." Ich rolle seine Scheine zu einer Röhre und schiebe sie in seine Schürzentasche. „Wenn du so weitermachst, kriegst du noch mal einen Tausender."

„Wann?"

„Man weiß nie, wann ich vorbeischauen könnte. Komme vorbei, um nach dir zu sehen."

Er hat das Geld in der Hand und zählt schnell.

„Aber pass auf, ein Wort an der falschen Stelle und damit bezahlst du deine Beerdigung."

Der Junge stopft das Geld in seine Tasche und stolpert fast über seine eigenen Füße, als er wieder reingeht. Er hat meine Botschaft laut und deutlich verstanden.

FÜNFZEHN

Carla war in einem leeren Haus aufgewacht und lag eine Weile im Bett, während sie über den dummen Streit mit Bradley von gestern Nacht nachdachte. Sie waren sich selten uneinig, und es tat weh, dass sie die Dinge nicht vor dem Schlafengehen geklärt hatten. Er war nicht ins Schlafzimmer gekommen, und sie war nicht überzeugt, dass er überhaupt lange im Haus geblieben war. Seine momentane Besessenheit von der Arbeit war nicht der Grund, aber es machte die Dinge auch nicht einfacher.

Das Bedürfnis nach Kaffee trieb sie nach unten, ohne sich die Mühe zu machen zu duschen und immer noch in ihrem Morgenmantel. Ein weiterer Tag lag vor ihr, mit dieser Schwere in ihrem Herzen als einzige Konstante.

Auf der Theke lag ein Zettel.

Tut mir leid wegen gestern Abend, Schatz. Lass uns heute Abend essen gehen. Ein bisschen Zeit für uns haben. Ich liebe dich.

Ihre Lippen kräuselten sich und etwas von der Traurigkeit verflog.

Essen gehen reizte sie nicht. Es würde lange dauern, bis sie in einem Restaurant sitzen konnte, ohne an jenen Abend zu denken. Aber sie könnte hier etwas Schönes für sie beide zubereiten. Einkaufen gehen. Den Esstisch decken und guten Wein kaufen.

Sie machte sich daran, ein Menü zu planen und schrieb dann eine Einkaufsliste.

Nachdem sie ihre Kaffeetasse gespült hatte, wischte sie das Spülbecken mit einem Papiertuch aus und öffnete den Mülleimer, um es zu entsorgen.

Wirklich, Brad?

Der Grund für ihren Streit von gestern Abend lag im Mülleimer. Eine leere Zigarettenschachtel, die sie in seiner Jackentasche gefunden hatte. Sie hatte den Rauch an der Jacke gerochen, als er sie ausgezogen hatte und sie zur Reinigung bringen wollte. Er roch oft nach Rauch, nachdem er bei einem seiner Abendessen mit Kunden gewesen war. Aber da war die Schachtel gewesen und er hatte mit den Schultern gezuckt und Stress als Grund genannt.

Dies war ein kleiner Verrat. Sie wollten ein Baby und er hatte versprochen, nicht wieder mit dem Rauchen anzufangen, nachdem er zweimal aufgehört hatte. Sie drängte es zurück und knallte den Mülleimer zu.

———

Vince saß im Wartezimmer vor Dr. Rajus Büro.

Melanie hatte bereits eine körperliche Untersuchung bei Dr. Lennard gehabt, der mit ihren Fortschritten zufrieden war. Er hatte ein Kätzchen auf ihren Gips gezeichnet, was sie zum Kichern brachte. Der nächste Halt war eine Sitzung mit dem Therapeuten, eine von mehreren, die Vince nach dem ersten Besuch gebucht hatte. Er mochte Seelenklempner zwar nicht, aber Mel war zu jung, um den Verlust ihrer Eltern nur mit seiner Hilfe zu bewältigen. Als ob er irgendjemandem helfen könnte.

Er schickte eine Nachricht an Liz.

Morgen. Irgendwelche Neuigkeiten?

Der Anrufbeantworter war so nah an einer Sackgasse, wie er

es sich vorstellen konnte, und würde angesichts der Arbeitsbelastung des Melbourne-Teams eine niedrige Priorität haben. Aber das Auto. Der Bericht des Gerichtsmediziners. Die waren bald fällig. Das Bestattungsunternehmen hatte früh angerufen, um mitzuteilen, dass die Beerdigung jetzt geplant sei. Er hatte noch nicht mit Melanie darüber gesprochen und fürchtete sich davor, es zu tun.

Er lehnte sich in seinem Sitz zurück, die Augen geschlossen, die Finger in seinen Handflächen verkrampft. Wenn sein Herz noch lauter schlagen würde, könnte die Empfangsdame es hören. Vor Jahren hatte man ihm eine Liste mit Möglichkeiten gegeben, um Stress zu bewältigen, von denen er keine beachtet hatte, außer einen Stressball zu kaufen. Der lag immer noch in seiner Plastikverpackung irgendwo in einer Schublade.

Das Schnitzen der Vögel half. Die Pflege des Ponys ebenfalls.

Sein Telefon vibrierte und er öffnete die Augen zu einer Nachricht von Liz.

Sollte heute einige Neuigkeiten haben und werde anrufen, wenn ich sie habe. Könnten wir uns später treffen?

Noch nicht. Er liebte Liz, war aber noch nicht bereit. Das Telefon wanderte in seine Tasche, die Nachricht unbeantwortet. Aber er würde sich bald damit befassen müssen, sobald er etwas mehr Informationen hatte und ihre Hilfe brauchte.

Die Tür zum Büro öffnete sich und Melanie stürmte heraus, um Vince eine weitere Zeichnung auf ihrem Gips zu zeigen. „Es ist ein Löwe! Um mir Mut zu geben, wenn ich Angst habe."

„Ein Löwe und ein Kätzchen. Gibt es hier ein Thema?"

„Vielleicht." Sie grübelte darüber nach und berührte erst das eine, dann das andere.

„Herr Carter, darf ich Sie kurz sprechen?", fragte Dr. Raju.

„Ist es okay für dich, wenn du hier ein bisschen sitzt, Mel?"

Die Empfangsdame blickte herüber. „Hallo Melanie, möchtest du zu mir kommen und ein paar Bilder malen? Ich habe ein paar neue Buntstifte, die darauf warten, benutzt zu werden."

Offenbar war das eine Einladung, die es wert war, angenommen zu werden. Vince folgte dem Arzt in sein Büro.

„Bitte, nehmen Sie Platz."

Zumindest war die Sozialarbeiterin dieses Mal abwesend. Vince setzte sich in einen der Clubsessel.

„Wie geht es Ihnen, Herr Carter?"

„Bitte, nennen Sie mich Vince. Ich interessiere mich mehr dafür, wie es Melanie geht."

„Sie ist da, wo ich sie jetzt erwarten würde, nicht dass Trauer und Schock messbar wären. Ihr Verständnis für die Veränderungen in ihrem Leben ist überwältigend, also habe ich ihr ein paar kleine Tricks beigebracht, um jeweils einen zu bewältigen. Ich habe Kopien von allem, was ich vorgeschlagen habe, und werde Ihnen eine Kopie geben."

„Okay. Muss ich etwas Besonderes tun?"

Was, wenn ich es vermassele?

„Nein. Machen Sie sich mit den Techniken vertraut, die ich ihr beibringe, damit Sie ihren Prozess verstehen. Sie könnte zum Beispiel darum bitten, dass Sie bei ihr sitzen, damit sie sich sicher fühlt. Oder sie möchte allein sein, was in kleinen Dosen in Ordnung ist."

Das kann ich machen.

„Was soll ich über ihre Mutter sagen?"

„Die Wahrheit. Aber filtern Sie alles und lassen Sie sie Fragen stellen. Hat sie sich zu Hause eingelebt? Wie ist sie im Alltag?"

„Gut", sagte Vince.

„Möchten Sie, dass ich Hausbesuche von jemandem arrangiere, der–"

„Ich möchte nicht unhöflich klingen, Doktor, aber Melanie ist mein Enkelkind und wir kommen zurecht. Sie hat ein bisschen Angst und vermisst ihre Eltern. Ich tue mein Bestes."

„Und sie hat Glück, Sie zu haben", sagte Dr. Raju.

Glück war das Letzte, was er empfand, und er wusste, dass Mel ihn sofort gegen ihre Eltern eintauschen würde. Er auch.

„Sie vermisst ihre Tante Carla."

„Sie ist nicht ihre Tante", sagte Vince.

„Für Melanie ist sie es. Und vertraut. Denken Sie darüber nach, sie zu besuchen, wenn sie danach fragt."

Vince stand auf. „Ich glaube, sie mag Kätzchen."

„Als Nächstes wird sie eines haben wollen." Der Arzt grinste.

„Ja. Bin mir da nicht so sicher." Vince brachte ein Lächeln zustande.

„Es wäre vielleicht nicht fair, ihr etwas zum Lieben zu geben, das zurückgelassen werden müsste. Sollte sie wieder umziehen."

Vinces Lächeln verschwand. „Sie geht nirgendwo hin."

Der Arzt schaute ihn einen Moment lang an und nickte dann. „Gut für Sie. Gut für Sie."

———

Melanie war den ganzen Heimweg über still, und sobald Vince parkte, öffnete sie die Tür und rannte zum Cottage. Als er sie einholte, hüpfte sie von einem Fuß auf den anderen vor der Haustür. „Mir ist kalt, Opa!"

„Ist dir zu kalt, um noch ein paar Minuten draußen zu bleiben? Ich möchte dir jemanden sehr, sehr Besonderen vorstellen. Es dauert nicht lange."

„Na gut, ich denke schon."

Sie nahm Vinces Hand, und er führte sie um die andere Seite des Cottages, wo das Gras etwas länger war und man einen klaren Blick auf Lyndalls Haus weiter oben am Hügel hatte. Aber er steuerte auf die Koppel hinter dem Cottage zu.

Das Pony graste am anderen Ende, und als Vince pfiff, schoss sein Kopf hoch. Es trabte mit einem freundlichen Wiehern herüber.

Melanie versteckte sich hinter Vince, und sein Herz sank.

„Sie ist gekommen, um dich zu treffen, also wie wäre es, wenn du..." – er stöhnte, als er Mel hochhob, sodass ihre Beine sich um ihn schlangen – „Hallo sagst. Erinnerst du dich an Apple?"

Apple lehnte sich über den Zaun, ihre Ohren zuckten vor und zurück, während sie versuchte, Melanies Füße zu erreichen. Melanie kreischte und zog sie hoch, und Apple schnaubte.

„Sie ist neugierig auf dich. Was meinst du, ist sie ein roter Apfel oder ein grüner? Granny Smith oder Red Delicious?"

Melanie kicherte. „Sie ist ein Pferd. Kein Apfel."

„Sie ist ein Pony. Und sie ist eine alte Dame."

Apple versuchte erneut, an Melanie zu schnuppern, die ihren Kopf an Vince vergrub. „Ich will reingehen. Können wir jetzt bitte gehen?"

Nachdem er Apple zwischen den Augen gekrault hatte, stapfte Vince von der Koppel weg. „Weißt du, deine Mama ist früher überall mit Apple geritten. Jeden Tag, als sie in deinem Alter war."

„Wirklich? Mama ist auf *diesem* Pony geritten?"

„Sie ist nicht nur auf Apple geritten, sondern hat sie auch gestriegelt, gefüttert und war ihre beste Freundin."

Obwohl es keine Antwort gab, spähte Melanie über Vinces Schulter, um noch einen Blick zu erhaschen.

Kleine Schritte. Beim nächsten Mal würden sie ein paar Karotten mitnehmen.

———

Vince saß auf den Vorderstufen, als ein Auto vorfuhr. Dank ihres vorherigen Anrufs erwartete er den Besuch der Sozialarbeiterin. Sie hatte ihm versichert, dass es nur eine Nachbesprechung zu ihrem Treffen im Krankenhaus sei, aber seit ihrem Anruf waren ihm tausend Gedanken durch den Kopf gegangen, und er war bereit, sich zu wehren, falls sie Melanie wegbringen wollte.

Sie stieg aus ihrem Auto, öffnete die hintere Tür und holte einen schweren Mantel heraus. Nachdem sie diesen angezogen hatte, nahm sie einen Aktenkoffer und schloss das Auto ab.

Er ging, um sie zu begrüßen.

„Frau Burrows. Sie haben den Ort gut gefunden?"

„Herr Carter, bitte nennen Sie mich Dawn. Und ja, Ihre Wegbeschreibung war leicht zu befolgen." Sie betrachtete die Vorderseite des Grundstücks mit seinem spärlichen Gras und den kümmerlichen Pflanzen, dann wandte sie ihre Aufmerksamkeit dem Cottage zu. Ihr Gesichtsausdruck veränderte sich kaum, aber wie konnte sie es nicht heruntergekommen und verbesserungsbedürftig finden?

„Möchten Sie eine Tasse Tee oder Kaffee? Es ist ein bisschen kalt hier draußen."

„Ich hätte nichts gegen etwas Tee, danke."

„Melanie macht gerade Zeichnungen in ihrem Zimmer." Vince führte den Weg die Stufen hinauf und öffnete die Tür, wobei er der Frau bedeutete, voranzugehen. „Die Küche ist am Ende des Flurs. Solange es Ihnen nichts ausmacht, dort zu sitzen?"

Während er den Wasserkocher anstellte, erzählte Vince Dawn von dem Besuch im Krankenhaus früher am Tag.

„Und ich habe einige Termine für sie vereinbart. Nur bis Doktor Raju meint, dass sie ihn nicht mehr sehen muss. Wie möchten Sie Ihren Tee?"

„Mit Milch und drei Stück Zucker. Er ist ein freundlicher Mann. Ausgezeichnet in schwierigen Situationen."

Sie musste nicht hinzufügen „wie diese". Er wusste, was sie dachte. Kleines Mädchen, das mit niemandem außer einem Großvater weit über sein Alter hinaus zurückgelassen wurde, in einer Hütte mitten im Nirgendwo lebend.

Vince brachte den Tee zum Tisch und setzte sich gegenüber. „Ich habe mich mit Susies Anwalt getroffen, und er kümmert sich um das Testament und so weiter. Das Haus gehört... gehörte ihr ohne Belastungen. Ich nehme an, es wird verkauft, und ich werde einen Treuhandfonds für Mel einrichten. Es gibt im Moment noch viele Unbekannte."

„Ist es überlegenswert, in dieses Haus zu ziehen? Näher an Melanies Schule und Freunden und Aktivitäten. Es würde ihr Leben ein bisschen normaler halten."

Niemals.

„Alles ist möglich, aber wie gesagt, es gibt noch viel zu tun von den Juristen."

„Ich habe vor meiner Fahrt hierher recherchiert. Öffentliche Verkehrsmittel sind ziemlich weit entfernt und fast unmöglich für ein achtjähriges Kind, das zu einer Schule in den östlichen Vororten und zurück fährt. Ich verstehe, dass sie dort gut zurechtkommt, also wäre es vielleicht nicht die beste Option, sie umzuschulen."

Er nahm einen Schluck Tee, um sich Zeit zu geben, über eine Antwort nachzudenken. Er hatte das schon mit Susie durchgemacht, nachdem ihre Mutter gestorben war. Besuche von Sozialarbeitern. Gut gemeint, aber sie stellten Fragen, auf die er keine Antworten hatte. Genauso wie jetzt.

„Wir werden das alles durchstehen. Melanie und ich."

„Es werden Ihnen beiden einige Ressourcen zur Verfügung gestellt. Ich kann sehen, wie sehr Sie sich um sie kümmern. Nur eine Sache noch. Ich habe mit Carla und Bradley Pickering gesprochen."

Wozu zum Teufel?

„Sie erwähnten, wie gerne sie sie sehen würden. Ich verstehe, dass Melanie ihnen nahesteht."

„Hmm."

Sie neigte fragend den Kopf.

„Ich werde darüber nachdenken. Aber erst nach der Beerdigung."

Er musste den richtigen Tonfall getroffen haben, um sie davon zu überzeugen, dass dies das Ende der Diskussion war, denn sie lächelte und wechselte das Gespräch zum Wetter.

SECHZEHN

„Liz, hast du mal 'ne Minute?", rief Terry vom Türrahmen seines Büros aus.

Sie war gerade dabei, eine Liste von Hardys Sekundärkontakten zu erstellen. Pete holte ihr Mittagessen, und dann würden sie losfahren.

Terry saß wieder in seinem Stuhl, als sie zu ihm kam. Seine Handflächen ruhten auf einer Akte auf seinem Schreibtisch. „Setz dich. Was kam bei deinem Besuch bei Pickering raus?"

„Er war etwas feindselig, versuchte es aber zu verbergen. Aber das könnte an unseren früheren Begegnungen liegen."

„Hab gehört, ihr hattet schon mal Kontakt. Worum gings da?"

„Oh Mann, das ist Jahre her. Ich war in Uniform, aber noch nicht mit Vince zusammen, also hatte ich keine Ahnung von der Beziehung zwischen den beiden Familien bis viel später. Sie wollten Anklage gegen den Sohn eines neuen Nachbarn erheben. Er hatte nichts falsch gemacht, aber sie beschuldigten ihn, vor ihrem Haus herumzulungern, und deuteten an... na ja, das ist das nette Wort, er würde vorne rumhängen, um ihr Haus für einen Einbruch auszuspähen."

„War das ein Kind?"

„Junger Teenager."

„Warum war er also dort?"

Sie lachte. „Der Schulbus hielt dort für die morgendliche Abholung. Genauso wie schon, seit die Pickerings eingezogen waren. Lustig war, dass sie sich nie über die anderen Kinder beschwert hatten, die genau dasselbe taten."

Terry hob beide Augenbrauen. „Falsche Hautfarbe oder Religion?"

„Beides."

„Nette Leute. Von wegen."

„Sie machten ein Riesentheater. Versuchten, es zu etwas zu machen, was es nicht war, und ich hielt dagegen. Erklärte ein paar Tatsachen des Lebens. Ein paar Gesetze. Bradley drohte, mich feuern zu lassen. Ich schlug vor, er solle es versuchen."

„Gut gemacht." Terry grinste. „Und das Ergebnis?"

„Angesichts der Situation kam ein Haus auf den Markt. Leute zogen um. Problem gelöst."

„Was? Nicht die Familie des Jungen?"

„Nö. Bradley und Carla fanden ein Haus in einem Vorort, der ihren ‚Bedürfnissen mehr entsprach. Und was es noch besser machte, war, dass sie beim Verkauf Verlust machten. Unter Marktwert, weil Carla es dort nicht mehr aushielt."

Liz war aus Interesse zur Auktion gegangen. Das Haus war bereits leer, und als das Mindestgebot nicht erreicht wurde, gab es einen hastigen Anruf zwischen Makler und Verkäufern, die sofort das höchste Gebot akzeptierten.

„Und Bradley hat dich erkannt?"

„Er hätte fast sein Handy fallen lassen."

Sie war froh, dass Pete bei ihr war. Es gab ihm die Chance zu sehen, mit was für einer Person Vince es zu tun hatte. Auf dem Rückweg hatte er sich abfällig über Bradley geäußert und ihn in typischer Pete-Manier einen Loser genannt.

„Das Lagerhaus ist eine Bruchbude. Sie verkaufen angeblich

von Importeuren abgelehnte Spielzeuge weiter. Seine Gründe, in Susies Haus gewesen zu sein, scheinen stichhaltig. Aber hier ist etwas Interessantes, Chef. Der Transporter, den ich neulich Abend gesehen habe? Gestohlen."

„Na, ist das nicht praktisch." Terry schob die Akte über den Schreibtisch. „Sie ist von Jim. Spuren schwarzer Farbe wurden an der vorderen Beifahrertür des Weaver-Fahrzeugs gefunden. Mehr auf derselben Seite, aber hinten. Und Spuren auf der Straße, vermischt mit welchen vom anderen Auto."

Vince hatte recht. Seine Instinkte täuschen ihn nie.

„Ich möchte, dass du dir den Unfallort mit diesen neuen Informationen im Hinterkopf ansiehst."

„Also... ist das offiziell?"

„Eher eine Erkundungsmission."

„Und Vince?", fragte Liz.

„Im Dunkeln, bis etwas an deinem Haken anbeißt."

———

Pete nahm die Liste der Kontakte, um anzufangen, nachdem er gestöhnt hatte, als Liz sagte, wohin sie ging. Sie war damit einverstanden, allein den Unfallort erneut zu besuchen.

Sie folgte der Route, die David in jener Nacht höchstwahrscheinlich genommen hatte. Von der Lygon Street zu seinem Haus im westlichen Vorort Caroline Springs waren es zu dieser Nachtzeit etwa dreißig Minuten, wenn er die Hauptstraßen benutzt hätte. Etwas länger über Nebenstraßen.

Aber es ergab keinen Sinn, warum er auf *dieser* Straße war.

Wenn sie sich an die GPS-Route vom Restaurant zum Haus der Weavers hielte, würde sie die Unfallstelle um mehrere Kilometer verfehlen.

„Also, wo bist du zuerst abgebogen?"

Vielleicht würde eines der geborgenen Mobiltelefone einige Daten liefern. Das Auto hatte keine eingebaute Navigation oder

Halterung dafür. Eine weitere Aufgabe für die unterbesetzte, überlastete Abteilung für forensische Dienste.

Nach einem Umweg bog sie auf die richtige Straße ein. Es gab keine Straßenbeleuchtung und wenige Häuser, also nicht viele Einfahrten. Viele offene Weiden mit Rindern oder Schafen. Ein paar Seitenstraßen führten wer weiß wohin. Unter normalen Umständen deutete nichts darauf hin, dass dies ein gefährlicher Abschnitt war.

Die Luft war kühl, als sie ausstieg, nachdem sie etwa zwanzig Meter von der Unfallstelle entfernt auf einem Grasstreifen geparkt hatte, und sie blickte zum Himmel. Regen war im Anmarsch.

Es war unheimlich, wieder hier zu sein. Diesmal gab es kein zerknautschtes Auto, nur tiefe Eindrücke im unteren Teil des Eukalyptusbaums. Rinden- und Glasstücke lagen in einem Radius darum verstreut. Bei näherer Betrachtung durchbohrten Metallsplitter den Stamm. Sie schauderte. Dies war ein Ort des Todes.

Den Drang, sich zu übergeben, unterdrückend, ging sie langsam um den Baum herum und machte viele Fotos mit ihrem Handy und fügte Sprachnotizen hinzu. Die Unfalluntersuchung hätte dies und mehr bereits getan, aber sie musste ihre eigenen Aufzeichnungen machen.

Der nächste Schritt war, dem Stacheldrahtzaun eines benachbarten Grundstücks zu folgen, im Zickzack von ihm zur Straße und zurück durch das dichte Gras und Unkraut des breiten Randstreifens. Sie hielt den Blick gesenkt, auf der Suche nach wer-weiß-was, und nach etwa fünfzig Metern überquerte sie die Straße und tat dasselbe. Auf halbem Weg zurück zum Baum sah sie es.

Eine halb gerauchte Zigarette war eindeutig fallen gelassen oder weggeworfen worden, nicht unter einem Schuh zerdrückt.

Wahrscheinlich irgendein Idiot, der Müll wegwirft.

Aber was, wenn nicht?

Nachdem sie Fotos davon und vom Fundort gemacht hatte, steckte sie sie in einen Beweismittelbeutel.

Sie blickte in Richtung des Baumes. Das Auto hatte in diese Richtung geschaut, zerschmettert und kaputt, seine Vordersitzinsassen tot oder sterbend. Hatte ein vorbeifahrendes Auto angehalten, sein Fahrer die Zigarette weggeworfen, bevor er hinlief, um zu sehen, ob er helfen konnte? Wer hatte den Unfall gemeldet? Sie machte weitere Notizen.

Es begann zu nieseln, als sie ihre Suche in die andere Richtung fortsetzte, und sie zog die Kapuze ihrer Jacke hoch. Nirgendwo entlang dieses Abschnitts – hundert Meter oder mehr – gab es irgendwelche Tore oder Einfahrten. Umherwanderndes Vieh könnte dafür verantwortlich sein, dass David die Spur gewechselt hatte. Sie würde als Nächstes die nächstgelegenen Bauernhäuser besuchen.

Aber das erklärte nicht die Spuren schwarzer Farbe an zwei Stellen seines Autos. Auch nicht die Kombination aus schwarzer und roter Farbe auf der Straße, kurz bevor er zu bremsen begonnen hatte und fast in der falschen Spur war.

Ein anderes Fahrzeug hatte die Weavers gerammt. Jetzt musste sie den Fahrer finden.

Als der Regen stärker wurde, kehrte sie zum Baum zurück und legte ihre Hand auf den Stamm. „Ich werde die Wahrheit herausfinden, Susie."

———

Nachdem sie die Zigarette zurück zur Wache gebracht hatte, hatte Liz noch einen Halt, bevor sie sich mit Pete traf. Sie hatten immer noch einen Haufen Arbeit vor sich, bevor der Tag zu Ende war.

Sie war wieder in der Lygon Street und war über Williamstown gefahren, wo Carla und Bradley wohnten, was eine direkte Strecke quer durchs Land von der Unfallstelle war. Waren die

Paare nach dem Essen dorthin zurückgefahren? Oder hatten die Weavers die Pickerings abgeholt und wieder abgesetzt?

Spironis war am Ende seines Mittagsservice und obwohl noch geöffnet, hatte es keine Gäste mehr. Zwei Kellner bereiteten die Tische für den Abendservice vor und als Liz eintrat, kam einer von ihnen sofort auf sie zu. Ein junger Mann mit dem Namen „Marco" auf seiner Schürze. Perfekt.

„Entschuldigen Sie, gnädige Frau. Wir haben das Mittagsgeschäft bereits beendet."

„Das ist in Ordnung. Ich bin hier, um mit Marco zu sprechen... und ich sehe an Ihrem Namensschild, dass ich die richtige Person vor mir habe."

Marco kehrte zum Tisch zurück. „Ich muss weiterarbeiten. Sind Sie die Polizistin? Mike sagte, Sie würden wiederkommen."

Der Mann hielt seine Augen auf seine Arbeit gerichtet, der er sich mit Geschwindigkeit und Präzision widmete.

„Ich werde Sie nicht lange aufhalten. Ich habe gehört, dass Sie einen Streit mitbekommen haben. An dem Abend, als die Pickerings und Weavers hier waren."

Während er zum nächsten Tisch ging, schüttelte Marco den Kopf. „Kann mich nicht erinnern."

„Sie sind Stammgäste. Und es gab einen Autounfall, bei dem David und Susie Weaver auf dem Heimweg in dieser Nacht ums Leben kamen. Seltsam, dass Sie das nicht wissen, denn als ich gestern hier war, wusste Mike alles darüber und sagte, Sie hätten sich um ihren Tisch gekümmert."

„Ich erinnere mich an sie. Sie waren Stammgäste. Das heißt nicht, dass ich einen Streit gehört habe."

„Aber Sie haben Ihrem Arbeitskollegen davon erzählt."

Marco blickte auf. „Er irrt sich."

„Also gab es keinen Streit? Zwei Gäste in der Nähe der Toiletten?" Das war sowohl ärgerlich als auch interessant. „Sie haben keine erhobenen Stimmen gehört?"

„Nichts. Es tut mir leid, dass ich Ihnen nicht helfen kann."

„Noch eine Frage, dann lasse ich Sie Ihre Arbeit fortsetzen. Sind alle Gäste zur gleichen Zeit angekommen?"

Er richtete sich auf. „Ich habe sie nicht platziert, aber sie waren alle anwesend, als ich ein paar Minuten später kam, um ihnen Wasser zu bringen."

Liz reichte Marco ihre Karte. „Rufen Sie mich an, wenn Sie sich daran erinnern, dass David Weaver – der kurz darauf starb – mit Bradley Pickering gestritten hat. Es ist wichtig."

Sie ging hinaus.

SIEBZEHN

Das Lagerhaus war laut und geschäftig. Abel und drei andere Männer luden wegen des Regens Kisten von dem rückwärts eingefahrenen Pritschenwagen auf Paletten. Ein Gabelstapler bewegte die Paletten, sobald sie beladen waren, und stellte sie am Ende der langen Werkbänke ab. Draußen wartete ein kleiner Lieferwagen mit laufendem Motor auf seine Reihe.

Inmitten dieses Trubels schob sich ein schwarzer Luxus-SUV vorbei und fand einen Parkplatz am Ende der Einfahrt.

Bradley schnappte sich einen Regenschirm und eilte hinaus ins Wetter, um den Besucher zu erreichen, bevor er ausstieg.

Er hielt den Schirm über die Fahrertür, während Wasser seinen Nacken hinunterlief, da er selbst nicht mehr geschützt war.

„Ein Wetter für Enten, nicht für Menschen." Duncan Chandler klang fröhlich, als er ausstieg, nachdem er geprüft hatte, wo seine Füße – in Krokodillederschuhen – landen würden. „Ich freue mich auf einen frühen Ruhestand an einem Ort mit ewiger Wärme und seltenen Regengüssen."

Wer nicht.

Noch nicht vierzig, spiegelten der Bauchansatz und die rote Nase und Wangen des Mannes seinen Lebensstil wider. Man hatte ihn oft genug sagen hören – arbeite hart, feiere härter. Und Bradley bewunderte ihn. Irgendwie. Auf jeden Fall genug, um mit ihm zusammenarbeiten zu wollen.

„Lass uns aus dem Wetter raus."

Der Regen prasselte auf das Dach des Lagerhauses und mischte sich mit den Rufen der Leute und dem Piepen des Gabelstaplers.

„Kaffee, Duncan?"

„Eigentlich würde ich gerne sehen, wie das alles hier funktioniert, wenn es dir nichts ausmacht?"

„Stimmt, du warst ja noch nie hier."

„Führe mich rum."

Bradley fing Abels Blick auf, und einen Moment später gesellte er sich zu ihnen.

„Das ist Abel Farrelly. Er hält hier alles am Laufen, und du kannst immer mit ihm sprechen, wenn ich nicht verfügbar bin."

„Sieht geschäftig aus. Sind das alles Spielzeuge?" Duncan blickte auf die Tische, an denen Kisten geöffnet und ausgeschüttet wurden.

„Bis auf das letzte Stück. In der nächsten Woche kommt hier eine ganze Containerladung durch, weil der Importeur pleite gegangen ist, während das Schiff unterwegs war. Es stand etwas länger als gehofft an den Kais. Es war hart, David zu verlieren", sagte Abel.

„Und jetzt wollt ihr die Richtung ändern." Duncan drehte Abel den Rücken zu.

Bradley nickte Abel zu, wieder an die Arbeit zu gehen, und führte den Besucher zum ersten Tisch. „Wie ich schon bei unserem Essen sagte, habe ich eine neue Vereinbarung mit der Spedition getroffen, vorbehaltlich der Unterzeichnung eines Vertrags."

Duncan sah ihn stirnrunzelnd an. „Vorbehaltlich ist nicht unterschrieben."

„Wird es aber." Zeit, das Thema zu wechseln. „Das Erste, was wir tun, ist die Ware zu prüfen. Manchmal sind mehrere in einem großen Beutel verstaut, und andere Male, wie bei dieser Schachtel, ist jedes einzeln verpackt." Bradley nahm einen lila Drachen in einem billigen durchsichtigen Beutel. „Die ganze Verpackung wird entfernt und das Produkt auf Unversehrtheit geprüft. Sie mögen zwar spottbillig sein, müssen aber den Ansprüchen genügen." Er riss den Beutel auf und reichte das Spielzeug an Duncan. „Was hältst du davon?"

Der Spielzeugdrache war groß genug, dass ein kleines Kind ihn kuscheln konnte, und der Stoff war weich. Die Nähte waren gut genug und er war niedlich.

„Angenommen, es hat den Zoll passiert und enthält keine Drogen, ist es genau die Art von Ding, die ich kaufen würde." Duncan warf es zurück auf den Tisch. „Trotzdem hast du mir nur ein Transport- und Vertriebsarrangement angeboten. Warum?"

Da Bradley nicht wollte, dass ihr Gespräch von Mitarbeitern mitgehört wurde, führte er Duncan zum hinteren Ende des Lagerhauses zu den Schiffscontainern. Die Türen des einen waren mit einem Vorhängeschloss gesichert, aber der andere war offen und Arbeiter packten ihn mit großen bunten Kisten voll.

„Sobald ein Spielzeug die Inspektion bestanden hat, wird es neu verpackt. Das bedeutet normalerweise in einem dicken durchsichtigen Plastikbeutel mit einem Pappkopfteil. Diese großen Kisten sind unsere, und die Marke ändert sich je nach Artikel. Wir haben ein halbes Dutzend Marken registriert."

Duncan lächelte, aber nicht auf nette Art. Seine frühere Fröhlichkeit war längst verflogen. „Warum bin ich hier?"

Zeit für Kaffee.

„Lass uns ins Büro gehen. Da ist es etwas ruhiger."

Nachdem er beiden einen Kaffee geholt und die Tür geschlossen hatte, um den Lärm draußen zu halten, schaltete Bradley seinen Charme ein. „Duncans Discount Toys ist ein Rockstar-Unternehmen. Du hast in weniger als einem Jahrzehnt ein Imperium aus dem Boden gestampft und bist eine Meisterklasse in unternehmerischen Unternehmungen."

„Blas mir keinen Rauch in den Arsch, Kumpel. Beantworte einfach die Frage."

„In Ordnung. Schau, wir haben langsam unseren Marktanteil in anderen Bundesstaaten und einigen abgelegenen regionalen Zentren erhöht. Aber halbvolle Container zwischenstaatlich zu verschicken, ist Geldverschwendung. Wir arbeiten mit einer Handvoll Zwei-Dollar-Läden in Queensland und weniger in Darwin und Adelaide. Nicht genug, um wöchentlich zu beliefern, es sei denn-"

„Es sei denn, ihr könnt den Container füllen. Sache ist... ich habe kein Vermögen gemacht, indem ich meiner Konkurrenz geholfen habe." Duncan lehnte sich in seinem Stuhl zurück und legte einen Knöchel über sein Knie. Er starrte Bradley an; seine Lippen zusammengepresst.

Das war der Moment der Wahrheit. Wenn Duncan die Verhandlungen platzen ließe, wären sie erledigt.

„Als David Weaver vor ein paar Jahren an Bord kam, expandierte dein Imperium schnell. Unser Geschäft wuchs ebenfalls, und wir hatten einige Verbindungen in China und an den Docks geknüpft, sodass wir Wind von unerwünschten Lieferungen bekamen. Schon damals machte es Sinn, auf dich zuzugehen. Zu sehen, ob wir irgendwo in deine Lieferkette passen könnten."

„Aber?"

Bradley zuckte mit den Schultern. „David sagte nein. Er wollte weitermachen wie bisher mit den gemischten Ladungen. Aber vor ein paar Monaten, als wir die Zahlen für die Expansion und den Versand unserer Kisten zwischen den Bundesstaaten berechneten, wusste ich, dass wir einem anderen Unternehmen regelmäßigen Containerplatz anbieten mussten. Dir."

„Was du vor Monaten angesprochen hast. Dann nichts bis gestern."

„Da ist noch mehr. Ich kann dir jetzt einen ersten Blick auf alle Spielzeuge anbieten. Mein Geschäftsmodell ist für die Billigware, also macht es Sinn für dich, die besseren Qualitätslieferungen zu kaufen. Dann transportieren wir sie gemeinsam."

„Wo war dieses Angebot beim letzten Mal, als wir sprachen?"

„Mir waren die Hände gebunden."

Das Telefon begann zu klingeln. Bradley hob den Hörer ab und legte ihn wieder auf.

„Was hat sich geändert, Bradley?"

Auf dem Aktenschrank stand ein Foto von Bradley und David beim Händeschütteln, aufgenommen am Tag, als ihre Partnerschaft offiziell wurde. Bradley riss seinen Blick davon los.

„Ich sage dir, was sich geändert hat, Duncan. Die Person, die mich davon abgehalten hat, mit dir weiterzumachen, ist gestorben. So tragisch es auch ist, David ist nicht mehr da. Das hat sich geändert."

———

Melanie bestand darauf, beim Abräumen des Küchentisches nach dem Abendessen zu helfen. Seit ihrer Sitzung mit Doktor Raju heute Morgen schien sie etwas weniger zurückgezogen und mehr daran interessiert, aktiv zu sein, anstatt sich vor dem Fernseher zusammenzurollen.

„Das war eine große Hilfe, Melanie. Willst du jetzt ein bisschen lesen?"

„Ich habe alle Bücher in meinem Zimmer gelesen."

„Schon? Hast du im Bücherregal im Wohnzimmer nachgesehen? Ich bin mir ziemlich sicher, dass da ein paar sind, die deine Mutter früher gelesen hat."

Sie nickte.

„Du hast nachgesehen?"

„Darf ich sie mir ausleihen?"

Sein Herz schmerzte ein wenig bei ihrer höflichen Frage. Hatte sie noch nicht verstanden, dass sie jetzt hier leben würde und dass alles, was ihm gehörte, auch ihr gehörte?

Er zog einen Stuhl heran und bedeutete ihr, sich zu ihm zu setzen. „Melanie, du hast wirklich gute Manieren. Aber du musst nicht fragen, ob du die Bücher lesen darfst, denn sie gehören jetzt dir. Genauso wie du dir alles aus dem Kühlschrank nehmen kannst. Alles hier gehört auch dir. Wahrscheinlich ist es besser, wenn du die Erwachsenenbücher erst liest, wenn du älter bist, und fragst, wenn du etwas brauchst, das hoch oben steht, aber ansonsten bediene dich einfach."

„Was ist mit dem Rest meiner Kleidung und Spielsachen und Bücher und Sachen? Zu Hause."

Große, ernste Augen blickten ihn an.

Als Marion starb, hatte er versucht, Susie vor den Realitäten des Lebens ohne ihre Mutter zu schützen. Er hatte es vermieden, ehrlich zu sein, wenn es ihr zu sehr wehtun würde.

Mir zu sehr wehtun würde.

„Opa? Ich habe dich vorhin mit der Dame reden gehört. Ich wollte nicht lauschen, aber ich wollte ins Bad gehen und sie sprach über meine Schule."

„Du hättest ruhig hereinkommen und Hallo sagen können, Mel. Frau Burrows ist eine Sozialarbeiterin, die sich um Menschen kümmert, die manchmal Hilfe brauchen können." Er rutschte auf seinem Stuhl hin und her, während er sich an das Gespräch erinnerte. „Ging es darum, wie weit wir von deiner Schule entfernt sind?"

„Sie sagte, die öffentlichen Verkehrsmittel sind weit weg. Aber ich kann weit laufen, Opa. Also kann ich weiter dorthin gehen. Oder?" Ihre Lippen zitterten und Vince nickte schnell und lächelte.

„Ich werde mein Bestes tun, um das möglich zu machen. Und du wirst nicht laufen müssen."

„Ich habe Hausaufgaben, die ich noch nicht gemacht habe. In meinem Zimmer zu Hause. Können wir sie holen gehen?"

Er hatte gar nicht an die Schule oder die Schulferien gedacht. „Wann geht es wieder los?"

„Ähm ... nicht nächste Woche. Die Woche danach. Also wann können wir meine Hausaufgaben holen?"

„Nun, es kommt darauf an, ob du mitkommen möchtest. Ich

kann sehen, ob Lyndall morgen kurz vorbeikommen kann, um Zeit mit dir zu verbringen, wenn du es vorziehst, dass ich alleine gehe."

Melanie sprang vom Stuhl. „Darf ich mit dir kommen?"

Was konnte er anderes tun, als zuzustimmen? Sie musste irgendwann zurückgehen.

ACHTZEHN

Das Frühstück war vorbei und eine Ladung Wäsche hing draußen in der Hoffnung, dass es bis später am Tag nicht regnen würde. Das Feuer war bereit zum Anzünden. Es gab keine Ausreden mehr, um das Unvermeidliche hinauszuzögern.

Zurück zu Susies Haus zu gehen war das Letzte, was Vince wollte. Mel dorthin mitzunehmen war noch schlimmer. Wie würde Mel damit umgehen, wieder dort zu sein, wo sie aufgewachsen war, wo jeder Raum Erinnerungen an ihre Eltern enthielt und ihr süßes kleines Herz in Stücke brechen könnte?

„Warum atmest du so komisch?", fragte Melanie, nahm seine Hand, und er zog langsam die Luft ein, konzentrierte sich auf das Gefühl ihrer Finger. Klein und verbunden mit der einzigen Person, die ihm noch auf der Welt geblieben war. Ihre Bedürfnisse waren wichtiger als seine.

Reiß dich zusammen, Carter.

„Muss wohl beim letzten Mal zu viel Holz getragen haben."

„Dann werde ich dir nächstes Mal helfen."

„Lass uns einen Deal machen", sagte er. „Du schreibst eine Liste von allem, was du aus dem Haus brauchst, und wir werden diese Dinge holen. Aber wenn du dich nicht gut genug fühlst, hineinzugehen, bleibst du im Auto sitzen, und ich hole sie schnell. Okay?"

„Ich werde schneller sein."

Vince lachte und sie auch ... für einen Moment. Dann rannte sie hinaus.

„Mel?"

„Ich brauche Papier, um eine Liste zu machen."

Natürlich brauchst du das. Und wenn du fertig bist, sag mir bitte, wie ich so belastbar sein kann wie du?

———

Sie saßen ein paar Minuten in der Einfahrt. Melanie hatte ihre Liste gemacht, und als Vince vorschlug, einen Koffer mitzubringen, hatte sie ihm gesagt, dass es im Schrank im oberen Flur genug gäbe.

„Möchtest du hier im Auto bleiben?"

„Ich habe zwei Listen geschrieben. Eine für jeden von uns." Sie reichte ihm eine ordentlich geschriebene Liste mit fünf Punkten. „Ich werde zuerst meine Hausaufgaben finden."

Er warf einen Blick auf seine Liste.

- Rosa Koffer im Schrank im oberen Flur
- Bettwäsche mit Einhörnern auf dem Regal über den Koffern
- Brettspiele im Schrank im Wohnzimmer
- Kräuterkasten am Küchenfenster
- Sitzsack im Wohnzimmer

Orte und alles.

„Ich hole zuerst den Koffer und bringe ihn in dein Schlafzimmer, okay? Damit du alles einpacken kannst, was du aus deinem Zimmer brauchst."

Sie nickte und löste ihren Sicherheitsgurt.

„Was ist der Kräuterkasten, Mel?"

„Wir züchten darin frische Kräuter." Sie verzog ihr Gesicht, als ob sie versuchte, die richtigen Worte zu finden, um es zu beschreiben, und hielt ihre Hände etwa dreißig Zentimeter auseinander. „Der untere Teil ist aus Holz und es gibt kleine Töpfe darin mit den Kräutern. Es ist meine Aufgabe, sie jeden Tag zu gießen." Damit stieß sie die Tür auf und sprang hinaus.

Scheiße. Kein Wasser seit wie lange jetzt?

Mel wartete darauf, dass er die Tür aufschloss, ihr Blick wanderte ein paar Mal zu seinem Gesicht. Er drückte ihre Schulter und öffnete die Tür, und sie rannte direkt die Treppe hinauf.

Die Luft im Haus war abgestanden und Vince verfluchte sich im Stillen. Das Problem zu ignorieren, ließ es nicht verschwinden. Es war nur ein Haus. Nur Möbel. Besitztümer. Dinge. Er würde mit den rechtlichen Angelegenheiten beginnen. Herausfinden, worum er sich kümmern musste. Nochmal mit dem Anwalt sprechen.

„Opa, kann ich meinen Koffer haben?", rief Mel von oben an der Treppe und starrte hinunter.

„Bin schon unterwegs."

Der rosa Koffer war in einem viel größeren schwarzen verstaut. Vince fand die Einhorn-Bettwäsche und nahm sie auch mit, öffnete den Koffer auf Mels Bett und legte sie unten hinein. Sie hatte ihre Hausaufgaben bereits gefunden und stapelte Bücher auf ihrem kleinen Schreibtisch. „Brauchst du Hilfe?"

Sie schüttelte den Kopf.

Wieder unten schnappte er sich den Sitzsack und brachte ihn direkt in den Kofferraum des Autos.

Dann ein Dutzend oder so Brettspiele.

Eine ältere Frau schlurfte die Einfahrt hinauf mit einer Handvoll Post.

„Briefkasten voll. Fällt immer raus. Sie sind Susans Opa, nicht wahr?"

„Ja, Frau Rionetti, ich bin Vince. Wir haben uns schon mal getroffen. Und danke, dass Sie diese aufbewahrt haben."

„Schlecht. Sehr schlechte Nachrichten." Sie schüttelte den Kopf und wechselte zu ein paar Worten auf Italienisch, als sie den Weg zurückging, den sie gekommen war.

Mel kam mit einem Arm voller Kuscheltiere heraus. „Ich kann den Koffer nicht schließen."

„Hier, die können auf dem Sitzsack sitzen." Er verschob die Brettspiele, um Platz für den Koffer zu machen. „Gibt es einen Schlüssel für den Briefkasten?"

„Er hat so ein Code-Ding. Elf-zwölf."

Sein Atem stockte. Das war sein Geburtstag.

„Opa, was ist mit dem Kräuterkasten? Du holst die Post und meinen Koffer, und ich finde den." Sie rannte hinein.

Es dauerte nur eine Minute, den Briefkasten zu öffnen, der vollgestopft war mit Post und Werbung. Er würde später alles durchgehen. Rechnungen bezahlen. Für jetzt kamen sie in den Kofferraum, und er ging wieder nach oben. Sie hatte recht mit dem Koffer. Vince murmelte und grunzte, als er den Deckel genug herunterdrückte, um ihn zu schließen. Was zum Teufel war hier drin? Er schleppte ihn die Treppe hinunter und packte den Kofferraum um, weil der Sitzsack es unmöglich machte, den Koffer hineinzubekommen. Er stand da und hielt den Sitzsack.

Mel war noch nicht zurück.

Er landete mit einem dumpfen Geräusch auf dem Boden, als er zum Haus rannte. „Melanie?"

Sie stand auf einem Hocker, den sie von irgendwoher geholt haben musste, und starrte auf den Holzkasten auf der Fensterbank in der Küche.

„Soll ich ihn für dich runterholen?" Ohne auf eine Antwort zu warten, nahm er den Kasten. Die Erde war trocken und bis auf eine Pflanze waren alle anderen so verwelkt, dass es kein Zurück mehr gab. Die andere sah auch nicht toll aus, könnte sich aber vielleicht erholen.

„Ein bisschen Wasser, Mel-"

Sie flüsterte etwas, das er nicht verstand, und fuhr sich mit der Hand über die Augen, wobei eine Tränenspur auf ihrer Haut zurückblieb. „Es war meine Aufgabe, sie zu gießen. Meine... Schuld."

Der Kräuterkasten landete im Spülbecken, als er Mel in seine

Arme schloss. Ihre Tränen flossen ungehemmt, und Wut brannte in seinem Magen. Wenn Susie und Mel an diesem Abend nicht zum Essen gegangen wären... wenn David seine Familie nicht in Gefahr gebracht hätte... wenn ein Mörder sein Kind nicht umgebracht hätte...

Wenn ich nicht alles mit Susie ruiniert hätte.

Es gab eine Million Worte zu sagen und gleichzeitig gar keine.

———

Auf dem Heimweg begann es zu regnen.

Nachdem sie sich lange weinend auf der Seite des Bettes ihrer Mutter zusammengerollt und dann einen ausgedehnten Spaziergang durch das Haus gemacht hatte, wobei sie Vinces Hand festhielt, als würde sie ihn nie loslassen, hatte Melanie leise erklärt, dass es Zeit sei zu gehen. Widerwillig hatte sie zugestimmt, die Kräuterkiste mitzunehmen. Vince hatte keine Ahnung vom Kräuteranbau, aber er war dabei, es zu lernen. Es gab so viel ungenutzten Platz um das Cottage herum, und während er fuhr, schossen ihm Ideen durch den Kopf. Wie schwer konnte es sein, einen richtigen Gemüsegarten anzulegen? Etwas, um das sie sich gemeinsam kümmern könnten.

Er schleppte ihren Koffer ins Cottage und ließ Mel beim Auspacken zurück. Sie würde den kleinen Schreibtisch aus ihrem alten Zimmer brauchen. Und ihr Bett war neuer und schöner als das in diesem Zimmer. An einem weniger regnerischen Tag würden sie in den alten Anhänger hinter dem Haus passen.

Nachdem er den Rest der Liste hereingebracht hatte, machte er sich daran, das Feuer im Wohnzimmer anzuzünden, und fand einen Platz für den Sitzsack. Als das erledigt war, warf er die Post auf den Küchentisch, um sich später darum zu kümmern.

Jetzt musste er sie erst einmal füttern. Er kramte in der Vorratskammer nach Ideen.

Sie war nicht in ihrem Zimmer, aber der Koffer war leer, wieder zugezippt und an eine Wand gelehnt. Ihre Stofftiere standen in einer Reihe auf dem Bett. Die Bettwäsche war am Fußende gefaltet. Ihre Schuhe waren ordentlich neben dem Kleiderschrank platziert. Susie in diesem Alter war ein Tornado des Chaos gewesen.

Melanie hatte den Sitzsack gefunden und hatte sich mit Raymond und einem Buch darin zusammengerollt.

„Hunger? Ich schon."

Sie antwortete nicht und sah nicht auf.

„Irgendwelche Wünsche fürs Mittagessen?"

Sie schüttelte den Kopf.

„Was hältst du von Suppe und knusprigem Brot? Bei so einem trüben Tag wärmt uns das beide auf. Tomaten- oder Hühnersuppe mit Nudeln?"

„Ist mir egal."

„Dann Tomatensuppe."

Der Regen wurde stärker und ergoss sich von der Dachkante wie ein Wasserfall vor der Veranda. Melanie nahm Raymond mit zum Fenster, um zuzusehen. Der Sturzbach bildete schlammige Pfützen in Erde und Gras, und sie konnte die Straße in der Ferne kaum erkennen. Nicht wie zu Hause, wo ihr Zimmer hoch lag und den Blick auf den Garten bot.

Ein winziges, zerzaustes Kätzchen lief an der Veranda vorbei.

Melanie ließ Raymond fallen und stürmte zur Haustür.

Sie zitterte und rieb sich die Arme, nachdem sie die Tür hinter sich geschlossen hatte. Für eine Jacke war keine Zeit. Irgendwo hier draußen, ganz allein, war ein kleines verlorenes Kätzchen. Sie holte kurz Luft und sprang durch den Wasservorhang von der Veranda, keuchend, als er ihr Haar und Oberteil durchnässte.

Aber wohin war das Kätzchen verschwunden?

Melanie tapste in durchnässten Socken um die Seite des Hauses.

„Kätzchen?"

Hinter dem Cottage stand ein weiteres Gebäude mit Metallstücken, die an einer Seite hervorstanden und Opas Holz für den Kamin schützten. Er hatte einen großen Block im Regen stehen lassen, in dem eine Axt steckte.

Unter dem Unterstand war ein Geräusch zu hören.

Melanie kroch darunter und bückte sich wegen des niedrigen Dachs.

„Kätzchen?"

Es gab ein klägliches Miauen.

Zitternd vor Kälte und von der Nase bis zum Schwanz nass saß es auf einem Holzstück.

„Oh... ist schon gut, Kleines. Ich bin jetzt da. Ich bin Melanie Weaver."

Sie kniete sich hin und das Kätzchen tänzelte mit hocherhobenem Schwanz zu ihr, wobei es abwechselnd eine Pfote nach der anderen schüttelte. Als es nah genug war, hob sie das winzige Geschöpf vorsichtig hoch und steckte es unter ihr nasses Oberteil. Sie kicherte, als ein Schnurren an ihrer Brust vibrierte.

„Wir werden Opa suchen und dich trocknen."

Aber jemand kam mit großen Schritten auf sie zu. Jemand in riesigen schwarzen Stiefeln, der einen langen, flatternden braunen Mantel und einen breitkrempigen Hut trug, der den größten Teil des Gesichts verbarg. Sie blieben am Holzblock stehen und rissen die Axt heraus.

Hatte der wütende Mann sie gefunden?

Melanie wich so weit wie möglich zurück, aber diese Stiefel stampften durch die Pfützen, bis sie den Rand des Unterstands erreichten und den Weg in die Freiheit versperrten.

Die Axt schwang hin und her.

Melanie konnte nicht atmen. Ihre Brust schmerzte, weil sie sich so still hielt.

Warum hatte sie Opa nicht Bescheid gesagt, bevor sie hinausging?

Sie presste eine Hand auf ihren Mund, falls sie ein Geräusch machte.

Das Kätzchen streckte seinen Kopf heraus und miaute.

Die Gestalt ging in die Hocke und spähte in die Holzstapel. Sie legte die Axt auf die Seite, aus dem Regen, und nahm ihren Hut ab.

„Hallo. Ich sehe, du hast mein verlorenes Baby gefunden."

Melanie war noch nie so froh gewesen, jemanden zu sehen. Es war nicht der wütende Mann. „Du bist es, Lyndall!"

„Wer sonst sollte es sein? Komm raus, Schätzchen." Lyndall bot ihre Hand an und Melanie rutschte vor und ergriff sie, während sie das Kätzchen festhielt und herauskroch. „Na sowas. Schau euch beide an. Genauso zerzaust, einer wie der andere!"

„Melanie! Melanie, wo bist du?", rief Opa in der Ferne.

„Oh-oh, da kommt der Spielverderber."

Melanie kicherte.

„Nichts falsch dran, ein bisschen im Regen spazieren zu gehen, was?"

„Gott sei Dank, Mel!"

Opas Haare sahen komisch aus, wie sie vom Regen an seinen Kopf geklebt waren, aber sein Gesicht war ernst und besorgt. Er trug einen Regenmantel und keuchte.

„Guten Tag, Vincent."

„*Lyndall*? Mel, was machst du hier draußen in diesem Wolkenbruch?"

„Dieser Wolkenbruch füllt meinen Staudamm, also lass es regnen."

Melanie befreite das Kätzchen aus ihrem Oberteil und bot es Lyndall an, die ihm einen Kuss auf den Kopf gab.

„Dieser clevere Enkel von dir hat mein verlorenes Kätzchen gefunden. Seine Mutter hat überall gesucht. Allerdings wird sie froh sein, sie bald loszuwerden. Vincent, du solltest das Kind reinholen, bevor es sich erkältet." Lyndall quetschte den großen Hut zurück auf ihren Kopf und zwinkerte Mel zu. „Bei deinem nächsten Besuch kommst du zu mir und verbringst etwas Zeit mit diesen Katzen, kleine Miss."

Einen Moment später verschwand sie hinter dem Gebäude und Mels Hand lag fest in Opas, als sie zum Haupteingang gingen.

„Hab dir ja gesagt, dass Lyndall gruselig ist", sagte er.

„Sie ist nett. Kann ich die Kätzchen sehen gehen?"

„Vielleicht. Jetzt wirst du erst mal trocken und bekommst eine Suppe. Suppe! Oh nein..."

Er ließ ihre Hand los. Sie hatte nicht gewusst, dass er so schnell rennen konnte.

———

Suppe tropfte über den Rand des Herds und bildete blutähnliche Pfützen auf dem Boden. Die kochende Flüssigkeit hatte die Flamme gelöscht. Vince schaltete die Herdplatte aus und öffnete das Fenster.

„Iih. Das riecht schrecklich."

Melanie hielt sich mit Daumen und Zeigefinger die Nase zu.

„Das passiert, wenn das Gas weiterläuft und auf angebrannte Suppe trifft. Wie wärs, wenn du schnell duschst und ich fange an aufzuräumen?"

„Ich kann zuerst helfen."

Angesichts des völlig durchnässten Kindes vor ihm konnte Vince nicht anders. Er kicherte.

Melanie verschränkte die Arme und hob das Kinn.

„Du tropfst den ganzen Boden voll, Melly-Bauch. Deine Klamotten sind durchweicht und ich glaube, du hast ein paar Spinnweben in deinen Haaren gesammelt."

Mit einem kleinen Aufschrei schlug sie sich an den Kopf.

„Keine Spinnen. Zumindest keine, die ich sehen kann."

„Das ist nicht lustig, Großvater."

„Doch, ein bisschen schon."

„Ich habe beschlossen zu duschen und trockene Sachen anzuziehen." Melanie stolzierte aus dem Raum. „Und ich habe richtig Hunger."

So ists recht, Mädchen.

Er ließ den Topf im Spülbecken fallen, um ihn später zu reparieren, und benutzte reichlich Küchenpapier, um die Suppe auf dem Herd aufzuwischen. Der Boden war ein Fall für Mopp und Eimer, aber er wartete, bis die Dusche aufhörte zu laufen, bevor er sie holte. Zwei Wasserhähne gleichzeitig würden dank seiner veralteten Warmwasseranlage für beide kaltes Wasser bedeuten, und Melanie würde denken, er hätte es getan, um sie weiter zu ärgern.

Er fand einen anderen Topf und erhitzte die zweite Dose Suppe, starrte hinein, während er rührte. Er musste es besser machen. Melanie war ohne ein Wort verschwunden und hatte ihren geliebten Raymond zurückgelassen, und er war fast bis zur Straße gerannt, bevor er nachgedacht hatte. Wenn sie das Grundstück verlassen hätte, wäre es besser gewesen, das Auto zu holen, um nach ihr zu suchen. Er war fast wieder an der Hütte gewesen, um die Autoschlüssel zu holen, als er glaubte, Stimmen zu hören. Lyndall mit seiner Enkelin zu finden, war wie ein Geschenk. Aber er musste es besser machen.

„Soll ich das Brot schneiden?"

Vince zuckte zusammen. Er hatte Mel nicht zurückkommen hören. Ihre Haare waren feucht, aber sie trug trockene Kleidung und hatte Hausschuhe an den Füßen. Und ein Lächeln im Gesicht.

„Ähm... äh, das Messer ist ziemlich scharf."

„Ich werde mich nicht schneiden."

Sie schnitt zwei dicke Scheiben und butterte sie. Großzügig. Nachdem sie sie auf Dessertteller gelegt hatte, holte sie Schüsseln und Suppenlöffel. All das kam auf den Küchentisch, und sie fand Salz und Pfeffer in der kleinen Speisekammer.

„Hast du Backpulver?" Sie spähte in die Speisekammer.

„Weiß nicht. Wozu?"

„Um den Topf zu reinigen. Oh, super." Sie grub eine ungeöffnete Packung aus, an deren Kauf sich Vince nicht erinnern konnte. „Nach dem Mittagessen mache ich den Topf sauber. So gut wie neu!"

Susie pflegte das zu sagen.

„Papa? Weißt du, der Riss in meiner Schuluniform... also, ich habe so lange geübt zu nähen, bis es so gut wie neu aussah."

„Mach dir keine Sorgen wegen des Flecks auf dem Teppich, Papa. Es ist nur Rotwein und ich habe herausgefunden, wie man ihn so gut wie neu bekommt."

„Oh je... aber keine Sorge, Dad. Der Strauß ist so zerbrechlich und du konntest es nicht wissen, also lass mich einfach eine der Brautjungfern um ein paar ihrer Blumen bitten. Versprochen, es wird so gut wie neu sein."

„Erde an Opa. Ich habe die Suppe ausgemacht."

Mit einem erschreckenden Ruck war Vince wieder im Hier und Jetzt. Seine Hände zitterten, als er die Suppe in die Schüsseln goss. Er trug sie zum Tisch, hin- und hergerissen zwischen dem Bedürfnis, nach draußen zu rennen und irgendwo ungestört zu kotzen... oder zu weinen.

NEUNZEHN

„Geh du und sprich mit ihm. Wenn du unbedingt darauf bestehst, Vinces Geschwätz zu glauben, dann bitte sehr, aber ich will jetzt essen, wo wir für ein paar Minuten angehalten haben." Als wolle er seine Worte unterstreichen, lehnte sich Pete nach hinten und griff nach einer in Plastik eingewickelten Rolle irgendeiner Art. „Du würdest mich nicht mögen, wenn ich hungrig bin."

„Ich mag dich generell nicht. Nicht, wenn du gemein zu Vince bist." Liz blickte zum Himmel, als sie ausstieg, dann steckte sie ihren Kopf wieder ins Auto. „Farbspuren lügen nicht. Besonders wenn das Auto nicht mal auf dieser Straße hätte sein sollen. Genieß, was auch immer das ist."

Sie hatte Pete nicht anfahren wollen, aber manchmal ging er ihr einfach zu weit. Bevor der Regen zurückkehren konnte, eilte sie über die Straße und diese hinunter.

Dieser Teil von North Melbourne war dabei, im Marktwert zu steigen, da die Leute renovierten und für enorme Summen verkauften. Reihenhäuser säumten beide Straßenseiten und jedes, an dem sie vorbeiging, war ein Kunstwerk. Außer Abel Farrellys Haus.

Sein Tor war verrostet und quietschte, als sie es aufdrückte.

Der kurze Weg zur Tür war uneben, und wo einst ein kleiner Zierbaum in der Mitte des taschentuchgroßen Gartens gediehen sein mochte, stand nun eine trockene Hülle aus Ästen. Längst tot. Die Haustür brauchte einen Anstrich, doch es gab eine dieser schicken sprechenden Kameras neben der Eingangstür.

Sie klingelte nicht, neugierig darauf, wie lange es dauern würde, bis er die Tür öffnete, wenn sie in die Kamera starrte. Der Pritschenwagen stand vor dem Haus, also war er wahrscheinlich zu Hause.

Es dauerte genau zwei Minuten.

Er sagte nichts, stand einfach nur da und starrte sie an.

„Abel Farrelly?"

„Was ist damit?"

„Ich bin Kriminalhauptkommissarin Liz Moorland." Sie zeigte kurz ihren Ausweis. „Würde es Ihnen etwas ausmachen, ein paar Fragen zu beantworten?"

„Bin nicht sehr gesprächig."

Trotzdem trat Abel zurück und nickte ihr zu, einzutreten. Drinnen drehte er eines der mehreren Schlösser an der Tür um und führte sie in eine Küche. Nicht irgendeine Küche, sondern eine direkt aus einem Lifestyle-Magazin. Soweit sie den Rest des schmalen Hauses sehen konnte, passte alles perfekt dazu. Überhaupt nichts wie das Äußere.

Abel stellte sich hinter eine Marmorplatte zwischen ihnen und verschränkte die Arme.

„Ich verstehe, Sie haben kürzlich ein gestohlenes Fahrzeug gemeldet. Eigentum von PickerPack Holdings?", fragte Liz.

„Ja, habe ich."

„Wann haben Sie das Fahrzeug zuletzt gesehen?"

„Freitagnacht. Abgeschlossen hinten auf der Einfahrt des Lagerhauses, als ich den Laden dichtgemacht habe."

„Ich habe es am Samstagabend am Lagerhaus gesehen."

Seine Augen zuckten nicht, aber ein Mundwinkel zuckte für einen Moment nach oben. „Ich arbeite samstags nicht. Wenn Sie es gesehen haben, dann wurde es danach gestohlen."

„Sie haben ein schönes Zuhause, Herr Farrelly. Leben Sie schon lange hier?"

„Warum fragt eine Kommissarin nach einem gestohlenen Transporter?" Seine Arme fielen herab und er legte beide Handflächen auf die Theke.

„Ich kann dazu nichts sagen, aber ich würde jede Hilfe schätzen, die Sie geben können. Wer hatte Zugang zu dem Transporter?"

„Ich. Bradley. Jeder, der einen der Schlüsselsätze dafür in die Hände bekommt."

„Also fehlt ein Schlüsselsatz?"

„Das habe ich nicht gesagt."

Sie zwang sich zu einem Lächeln. „Fehlen irgendwelche Schlüssel zu dem gestohlenen Transporter?"

„Am besten fragen Sie den Chef, aber nicht dass ich wüsste."

„Fahren andere Mitarbeiter ihn? Herr Pickering erwähnte, er würde für Abholungen und Lieferungen benutzt."

„Ich habe gesagt, was ich weiß. Jeder hätte an die Schlüssel kommen, den Transporter stehlen und wer weiß was damit machen können. Ich fahre ihn. Ein halbes Dutzend der anderen könnte ihn fahren, wenn ich beschäftigt bin und etwas erledigt werden muss. Bradley fährt ihn."

Ihr beide müsst eure Geschichten aufeinander abstimmen.

Sie nahm eine Karte heraus und legte sie auf die Theke. „Melden Sie sich, falls Ihnen noch etwas einfällt."

„Hat Bradley Ihnen erzählt, dass jemand die Kette an den Toren in der Nacht durchtrennt hat, als er verschwand? Wir fanden die Tore offen vor."

„Das hat er", sagte sie.

„Hoffe, Sie finden ihn."

„Ich finde selbst hinaus."

Er widersprach nicht und sie verlor keine Zeit, das Haus zu verlassen. Er war vollkommen höflich gewesen, aber ihre Sinne waren in höchster Alarmbereitschaft.

Regentropfen fielen, als sie zum Auto zurückkehrte, und die Temperatur sank rapide.

Pete warf ihr einen seltsamen Blick zu.

„Was?"

„Erzähl ich dir gleich. Was hat er gesagt?"

„Dass er nichts über den Diebstahl weiß. Dass er ihn zuletzt am Freitagabend gesehen hat. Und dass Bradley einer derjenigen ist, die ihn fahren."

Petes Lippen kräuselten sich. „Lüge. Lüge. Lüge. Lass mich dir was zeigen." Er tippte auf sein Handy und startete ein Video.

Er hatte es aufgenommen, während sie an Abels Haustür gewartet hatte. Ein weißes Lexus-Coupé war auf derselben Straßenseite wie Abels Haus, aber ein Stück weiter die Straße runter, vorgefahren. Die Fahrertür öffnete sich, blieb etwa zehn Sekunden offen, bevor sie sich wieder schloss. Und das Auto fuhr weg.

„Schönes Auto", sagte Liz.

„Davon gibts nicht viele im Bundesstaat."

„Sollte ich wissen, wem es gehört?"

„Ich habe Aufnahmen um den Hardy-Fall herum durchgesehen. An dem Tag, als er entkam, waren überall Presseleute vor dem Gerichtsgebäude und sie versuchten, ein Interview mit Richard Roscoe zu bekommen. Er quetschte sich in ein weißes Lexus-Coupé und ich wette, wenn wir das überprüfen, ist dieses Auto", er zeigte auf den Bildschirm des Handys, „seins."

Liz blickte zu Farrellys Haus hinüber und dann zurück zu Pete, der einen lächerlich zufriedenen Gesichtsausdruck hatte. „Also, was hat Hardys Anwalt mit unserem Kumpel da drüben zu tun?"

Pete ließ sein Handy in die Mittelkonsole fallen und startete den Wagen. „Das, meine Kollegin, ist deine Aufgabe herauszufinden."

Nach einem Nachmittag mit Brettspielen und der Zubereitung und dem Verzehr von Makkaroni mit Käse zum Abendessen gingen sie getrennte Wege – Melanie nahm ein Buch mit ins Wohnzimmer und Vince räumte auf.

Sie hatte während des Nachmittags viel geredet und hauptsächlich über das Kätzchen und Lyndall. Aber eine Sache, die sie gesagt hatte, war ihm im Hinterkopf hängen geblieben.

„Ich war *so* froh, dass es Lyndall war und *nicht* der wütende Mann."

Bis dahin hatte er jedes Detail darüber gehört, wie sie der Katze gefolgt war und wie sie in den Holzstapel geklettert war, um das kleine Geschöpf zu retten. Er wartete darauf, dass sie – wieder einmal – fragte, wann sie Lyndalls Haus besuchen könne, und ihre beiläufige Bemerkung brauchte einen Moment, um sie zu verarbeiten.

„Also, darf ich?"

„Darfst du... ach so, Lyndall besuchen. Ja, wir werden etwas arrangieren. Aber, Mel, wer ist der wütende Mann?"

Ihre Augen waren nach unten gerichtet, und sie hatte eine Gabel voll Makkaroni auf ihre Gabel geladen und in den Mund geschoben.

Hatte er sich verhört? Vielleicht meinte sie, dass sie erleichtert war, dass es keine wütende Person war ... ein Fremder. Vom Unterstand aus im strömenden Regen war der Anblick von Lyndall mit ihrem tief ins Gesicht gezogenen Hut und dem flatternden Ölmantel genug, um jeden zu erschrecken.

Er ließ es auf sich beruhen, merkte es sich aber.

Der Regen war nach einer Pause am späten Nachmittag zurückgekehrt, während der er den Holzvorrat aufgefüllt hatte, und ausnahmsweise hatte er das Cottage warm bekommen. Wenn Melanie wieder in der Schule wäre und er wieder Zeit hätte, würde er eine neue Warmwasseranlage einrichten und sich nach besseren Heizoptionen umsehen.

Vince sammelte die Post, die er von Susies Haus mitgebracht hatte, und begann sie auf dem Küchentisch zu sortieren. Das meiste davon war Werbung, was er hier draußen nicht bekam. Die Post wurde dreimal pro Woche zugestellt, aber nie eine kostenlose Zeitung oder Werbekataloge, was ihm ganz recht war.

Es gab ein halbes Dutzend Rechnungen. Strom. Hausversicherung. Autoversicherungen.

Er hatte vergessen, dass Susie und David ein zweites Auto hatten und hatte sich nicht in die Garage gewagt.

Ein Brief von Melanies Schule war nur an David adressiert. Er kannte die Schule vom Hörensagen und erinnerte sich, wie Susie von der Qualität des Personals und den Vorteilen für Melanie, dort hinzugehen, geschwärmt hatte. Wie sie seit ihrer Geburt auf irgendeiner Warteliste gestanden hatte.

Vornehme Schule zu einem vornehmen Preis.

Der Brief war von der Schulleiterin, Joyce McCoy, und wieder an David gerichtet. Es gab nur zwei relevante Absätze.

Da wir uns dem dritten Trimester nähern, ohne dass ein Zeichen für die diesjährigen Zahlungen zu sehen ist, bitten wir um ein dringendes Treffen, um Melanies Zukunft bei uns zu besprechen. So gern wir sie auch als eine unserer Schülerinnen behalten würden, die Vereinbarungen, die wir im ersten Trimester akzeptiert haben, wurden von Ihnen nicht eingehalten.

Wir verstehen die schwierige Situation, in der Sie sich mit Ihrem Unternehmen befinden, möchten Sie aber daran erinnern, dass die Gebühren für unsere Schule obligatorisch sind. Wir können die Bandbreite an Optionen für eine Schülerin nicht ohne Ihren Beitrag anbieten. Bitte setzen Sie sich so bald wie möglich mit mir in Verbindung, auf jeden Fall aber vor Beginn des nächsten Trimesters.

Er las es zweimal.

„Welche schwierige Situation?"

Susie hatte immer gesagt, dass das Geschäft gut lief. Wie lange waren Davids Schulgeldzahlungen schon ausgeblieben?

Es gab eine zweite Seite.

Eine Rechnung.

„Heilige Mutter..."

Niemand sollte so viel für Schulbildung bezahlen! Was machten sie dort ... Dreigängemenüs? Ausflüge zum Mond?

Er ließ seinen Blick über die Liste schweifen.

Das war nur für die Gebühren. Zwei unbezahlte Trimester dieses Jahr.

Bevor sein Blutdruck durch die Decke ging, steckte er den Brief und die Rechnung zurück in den Umschlag. Am Morgen würde er in der Schule anrufen und ein Treffen vereinbaren, und er musste nachdenken, denn diese Gebühren überstiegen sein Budget.

Die restlichen Rechnungen waren im Vergleich dazu lächerlich. Er machte eine Liste, wen er morgen kontaktieren, wen er bezahlen und welche Dienste er kündigen oder anpassen würde. Als er damit fertig war, steckte er alles in einen Ordner und brachte ihn in sein Schlafzimmer. Auf keinen Fall wollte er, dass Melanie irgendetwas davon sah.

Sie war im Wohnzimmer und fest eingeschlafen. Sie hatte sich in ihren Pyjama umgezogen, ihr Buch lag geschlossen auf dem Couchtisch und Raymond kuschelte unter ihrem Arm. Ganz vorsichtig hob er sie in seine Arme und trug sie in ihr Schlafzimmer.

Nachdem er sie zugedeckt und ihre Stirn geküsst hatte, schloss er die Tür und kehrte ins Wohnzimmer zurück. Seine Absicht, den Kamin zu überprüfen und ins Bett zu gehen, wurde durch Scheinwerfer an der Wand unterbrochen, und sein Herz machte einen Satz. Das letzte Mal, als das passiert war, hatte er die schlimmste Nachricht bekommen.

Er schaute durch die abgenutzten Vorhänge und brummte.

Liz rannte mit einer Jacke über dem Kopf zu den Stufen. Er hielt die Tür offen, während sie die Jacke ausschüttelte und sie draußen an einen Haken hängte.

„Keine besonders gute Nacht, um unterwegs zu sein."

„Brauchte ein Bier." Sie grinste und zeigte ihm den Sechserpack in ihrer anderen Hand.

„Sie ist gerade ins Bett gegangen, also ab ins Wohnzimmer."

Sie setzten sich einander gegenüber. Die Überreste des Feuers waren das einzige Licht, das flackerte und Schatten warf. Liz zog zwei Biere heraus und reichte eins an Vince.

„Du siehst erschöpft aus", sagte sie.

„Du siehst auch nicht gerade aus, als wärst du bereit, die ganze Nacht durchzufeiern."

Zwei Biere wurden geöffnet. Zwei Schlucke wurden getrunken.

„Wie gehts Melanie?"

„Ja. Schläft."

Noch ein Schluck. Oder zwei.

Das Bier war gut. Er mochte müde sein, aber er war weit davon entfernt, entspannt zu sein. Das half ein bisschen.

Liz lehnte sich im Sessel zurück und schlug die Beine übereinander. „Es tut mir leid, dass ich so lange gebraucht habe, um vorbeizukommen."

„Gehts dir gut, Lizzie? Scheint lange her zu sein, dass wir einen getrunken haben." Er hob das Bier.

„Zu lange. Liebe meinen Job immer noch. Habe immer noch kein Interesse daran, die Karriereleiter zu erklimmen. Bin nicht genug zu Hause. Das Übliche. Und jage meinem Schwanz hinterher, weil Malcolm Hardy unsichtbar ist. Wir haben Schwierigkeiten herauszufinden, wo er ist." Sie tippte mit den Fingern an die Seite ihres Biers und lehnte sich dann vor. „Wie viel weißt du über PickerPack Holdings?"

Was hast du ausgeheckt?

„Pickering ist ein Verbrecher", sagte er.

„Möglicherweise. Kennst du jemanden von seinem Personal?"

Jetzt schnaubte er.

Liz lächelte. „Soll ich die Frage umformulieren?"

„Nicht nötig. Er hat eine schlechte Bilanz mit Angestellten. Ich habe Susie davor gewarnt, als er das letzte Mal eine Strafe bekommen hat."

„Illegale?"

„Jap, und unterbezahlt. Soweit ich weiß, ist nur eine Person im Unternehmen geblieben. Sein rechter Hand, Abel Farrelly."

„Dein Eindruck von ihm?" Liz beobachtete ihn genau, also bedeutete es ihr etwas.

„Er sieht blitzsauber aus. Mein Bauchgefühl sagt, er ist schmutzig. Susie mochte ihn nicht besonders. Warum?"

„Ich versuche, die Verbindung zwischen Farrelly und Richard Roscoe herzustellen."

„Roscoe?" Ein Funke Aufregung, fast beunruhigend, flatterte in seinem Bauch. Genau wie in den Polizeitagen, wenn er kurz vor einer Verhaftung stand. Das hatte er seit Jahren nicht mehr gespürt. „Roscoe ist Hardys Anwalt."

„Ja, ich weiß. Und Farrelly könnte auch sein Mandant sein. Oder ein Freund. Die andere Sache ist ... der Bericht über das Fahrzeug ist zurück. Davids."

Mit einem Gefühl der Beklemmung stellte er das Bier ab.

„Es gibt einige Hinweise darauf, dass ein zweites Fahrzeug am Unfall beteiligt war."

„Welche Hinweise?"

„Farbübertragung. Wir arbeiten daran, die Farbe zu identifizieren und herauszufinden, von welcher Art Fahrzeug sie genau stammt. Es könnte immer noch ein Unfall gewesen sein."

War es nicht.

Der Regen prasselte auf das Dach. Liz Blick wanderte zum Kaminsims, zu dem Foto von Vinces Hochzeitstag. „Sie wäre stolz auf dich gewesen, dass du Melanie aufgenommen hast. Marion."

„Sie wäre hier, wenn ich nicht gewesen wäre."

„Du hast Leben gerettet. Möglicherweise meins. Unschuldige Umstehende. Du konntest nicht an zwei Orten gleichzeitig sein, also denk darüber nach, dir selbst zu vergeben, Vince."

Nicht so einfach.

Er deutete in Richtung der Rückseite des Hauses. „Dieses kleine Mädchen den Flur runter? Sie ist heute für ein paar Minuten verschwunden. Ist im Regen aus dem Haus gelaufen.

Ich dachte ... ich dachte, die Welt wäre stehen geblieben." Er leerte sein Bier mit ein paar großen Schlucken.

„Wohin ist sie gegangen?"

„Sie hat ein verdammtes Kätzchen gerettet, Lizzie. Dann hat sie geholfen, das Chaos aufzuräumen, das ich verursacht hatte, als ich rausgerannt bin, um sie zu suchen. Überall war Suppe. Und sie hat mich sogar necken lassen." Ein lächerlicher Kloß bildete sich in seinem Hals, und er griff nach einer frischen Flasche, unwillig, den Blick seiner Freundin zu erwidern. „Melanie verdient Besseres."

„Als was?"

„Hast du dir diesen Ort mal genau angesehen? Kaum die beste Umgebung für ein kleines Mädchen zum Aufwachsen, und bevor du es sagst, ich weiß, dass Susie es getan hat. Aber Susie hätte ein schönes Haus haben und näher an anderen Kindern und so sein sollen. Es war falsch von mir, sie so leben zu lassen."

„Und trotzdem ist sie ganz in Ordnung geworden. Und das wird Melanie auch. Sie hat Glück, dich zu haben."

Später, nachdem Liz weggefahren war und das Feuer heruntergebrannt war, ertappte sich Vince dabei, wie er dieses Foto hielt. Marions Lächeln erhellte immer noch sein Herz. Sie wäre stolz auf ihn gewesen. Er berührte ihr Gesicht und stellte das Foto dorthin zurück, wo es hingehörte.

ZWANZIG

Als Vince in die Straße der Pickerings einbog, wollte er fast anhalten und zurücksetzen, aber Melanie schaute bereits mit einem breiten Lächeln aus dem Fenster.

Ihr Glück bedeutete ihm mehr als seine Bedenken.

Aber wenn irgendetwas schief ginge... wenn Carla oder Bradley sie verärgerten...

Seine Knöchel waren weiß am Lenkrad, und er bemühte sich, seine Finger zu lockern. Bei diesem Tempo würde er am Ende noch Dr. Raju oder einen seiner Kollegen aufsuchen müssen, bevor ihm eine Ader platzte.

„Wir sind an ihrem Haus vorbeigefahren!"

„Ich wende nur." Er fuhr bis zum Ende ihrer Sackgasse und kreiste herum, um den Wagen auf einem Platz nahe ihrer Einfahrt abzustellen. Bradleys Auto stand vor der Garage.

„Ich kann Carla sehen!"

Carla stand auf dem Gehweg und winkte.

„Warte mal. Bist du sicher, dass es für dich okay ist, ein paar Stunden hier zu bleiben?"

Er hätte sich den Atem sparen können, denn sobald der Motor aus war, hatte sich Melanie aus ihrem Gurt befreit und drückte die Tür auf.

„Melanie... na gut, los gehts."

Innerhalb einer Minute war sie in Carlas Armen, die sie hoch-hob, als würde sie ihr eigenes lang verlorenes Kind begrüßen. Sie drückte Melanie so fest, dass sie quietschte und sich zurück auf den Boden wand.

Vince holte Melanies Rucksack vom Rücksitz.

„Hier, Mel. Ich bin in zwei Stunden zurück, okay?"

Sie nickte und zog ihn sich über die Schultern, dann griff sie nach Carlas Hand. „Werden wir kochen?"

„Kochen und spielen und Schmuck machen, wenn du möch-test, Schätzchen. Lass uns reingehen." Carla führte den Weg die Einfahrt hinauf.

Bradley schlenderte vom Haus auf sie zu.

„Hallo, Onkel Brad." Melanies Stimme war kaum mehr als ein Flüstern.

„Hallo, kleine Maus. Ihr Damen geht schon mal rein, ich komme gleich nach."

Er blieb auf der anderen Seite des Gehwegs gegenüber von Vince stehen. „Sie kann gerne den ganzen Tag bleiben."

„Ich bin in zwei Stunden zurück. Ruft mich an, wenn es Probleme gibt."

„Warum sollte es Probleme geben, Kumpel? Sie ist hier bei ihren Paten in Sicherheit. Und sie liebt uns."

Reiz das Biest nicht. Kumpel.

„Sobald Melanie wieder in die Schule geht, hätte ich gerne ein Treffen, um Davids Anteil an eurem Geschäft zu besprechen. Unsere Anwälte können die Details klären, aber ich möchte, dass du mir alle Vereinbarungen erklärst, die ihr beide hattet."

„Warum warten? Komm jetzt ins Lager und ich beantworte deine Fragen."

„Nicht heute. Ich werde nach der Beerdigung etwas arrangieren."

„Sicher. Schick mir eine Nachricht mit der Zeit und ich sorge dafür, dass ich da bin", sagte Bradley. „Ich habe ein paar Fotos von David in meinem Büro, die Melanie vielleicht gefallen würden. Kann ich um einen Gefallen bitten? Der Laptop im Haus gehört wirklich dem Unternehmen und enthält Dateien, die ich brauche. Gibt es eine Möglichkeit, dass ich ihn abholen kann?"

„Keine. Aber ich werde mit dem Anwalt sprechen und darüber nachdenken, ihn dir zu bringen."

Bradleys Mund öffnete sich, dann überlegte er es sich anders und schloss ihn wieder.

Carla stand am Fenster und beobachtete sie. Sie wandte sich ab, als Vince ihren Blick auffing. Ihre offensichtliche Missbilligung ihm gegenüber war seltsam. Sie war seit der Uni Susies Freundin gewesen und hatte mehr als einmal sein Haus mit ihr besucht. Im Laufe der Jahre, besonders seit die beiden Ehemänner Geschäftspartner geworden waren, war sie distanzierter geworden, aber nie so wütend auf ihn wie seit der Nacht des Unfalls.

„War neulich Abend etwas nicht in Ordnung? War David aufgebracht? Als er ging... beunruhigte ihn etwas?"

„Nein. Nichts. Wir hatten einen schönen Abend."

Der andere Mann starrte auf den Gehweg, die Spitze seines Schuhs bewegte einen Kieselstein hin und her.

„Würdest du mir von dem Abendessen erzählen? Susie..."

Bradley sah auf. „Natürlich, Kumpel. Natürlich willst du das wissen. Es gibt nur nicht viel zu erzählen. Wir vier haben Melanie verwöhnt. David und ich haben über Geschäfte und Sport geredet. Carla und Susie sprachen über Babys, glaube ich?"

„Babys?"

„Unsere, nicht Susies. Carla war an dem Abend hoffnungsvoll. Aber sie ist es nicht."

„Tut mir leid."

„Gottes Wille. Unsere Zeit wird kommen, wenn Er bereit ist."

„Und nichts Außergewöhnliches ist passiert? David ging es gut. Susie ging es gut? Auch als sie ins Auto stiegen?"

Bradley sah ihm direkt in die Augen. „Sie fuhren mit einem

Winken davon. Melanie war müde. Nichts Außergewöhnliches, Vince."

„Schatz, kommst du rein?", rief Carla von der Tür aus.

„Ich gehe besser. Drei Stunden?"

„Zwei."

Mit einem Achselzucken ging Bradley zurück zum Haus.

————

Zwei Stunden später, auf die Minute genau, klopfte Vince an die Tür. Bradleys Auto war weg, und es war Melanie, die mit einem Lächeln die Tür öffnete. „Ich bin gleich fertig, Opa."

„Braves Mädchen. Hattest du Spaß?"

Sie nickte und ließ dann die Tür offen, als sie in eines der Zimmer rannte. „Bin gleich zurück!"

Es gab gedämpfte Worte und Melanie kam zurück, diesmal mit ihrem Rucksack auf dem Rücken und einer Kleidertasche in der Hand.

Sie kämpfte damit, sie hochzuhalten, und Vince nahm sie ihr ab. „Was ist das?"

„Ähm, Tante Carla hat mir ein besonderes Kleid für... die Sache... du weißt schon, besorgt." Ihr Lächeln verschwand und ihre Augen wurden riesig. „Und Strumpfhosen und Schuhe."

Seine Augenlider pressten sich wie von selbst zusammen, als ein Brausen seine Ohren erfüllte. Wie konnte sie es wagen! In welcher Welt würde jemand außerhalb der Familie, unerwünscht und ungefragt, es auf sich nehmen, seine Enkelin für die Beerdigung einzukleiden? Sie hatte kein Recht dazu.

„Vince... ich bin ihre Patentante. Ich tue das, was Susie erwartet hätte."

Die Worte waren so leise gesprochen, dass er sie kaum hörte, aber als das Geräusch in seinen Ohren nachließ, öffnete er die Augen. Carla stand direkt vor ihm, ihre Hand auf seinem Arm. Sie war nicht wütend. Nur traurig.

„Melanie holt dir ein Glas Wasser. Möchtest du dich setzen?"

Er schnappte nach Luft. Hatte er diese Dinge laut gesagt?

„Vince?"

„Nein... danke. Warum? Warum tust du das?"

Carla blickte über ihre Schulter.

„Für meine Freundin. Um sie zu ehren. Ist das so falsch?"

„Hier, Opa. Hattest du zu viel Durst?" Melanie trug ein über-
fülltes Glas und achtete darauf, kein Wasser zu verschütten.

„Ich hatte wirklich zu viel Durst." Und obwohl sein Hals eng
war, zwang er das Wasser hinunter. „Viel besser."

„Ich bringe das Glas zurück."

Sobald Melanie außer Sichtweite war, hob Carla die Kleidertasche auf, die er wohl unbemerkt hatte fallen lassen. „*Sie*
denken, ich bin zu weit gegangen. *Ich* denke, ich habe auf
Melanie und Sie aufgepasst. Es ist kein Verbrechen, andere Leute
helfen zu lassen." Sie hielt sie ihm hin. „Es ist okay, wenn Sie
nicht möchten, dass sie sie hat."

Aber Melanie erwartet jetzt, das zu tragen.

„Danke." Er nahm die Kleidertasche an. „Und... es tut mir
leid."

Ihre Lippen zuckten für einen Moment nach oben.

Melanie kam zurückgerannt. „Geht es dir jetzt besser?"

„Alles wieder gut. Sag Tante Carla auf Wiedersehen."

Es gab eine Umarmung und weitere leise Worte, und dann
hielt er Melanies Hand in seiner. Am Auto öffnete er ihre Tür,
damit sie einsteigen konnte, und dann den Kofferraum, wo er
die Kleidertasche hineinlegte.

Direkt neben der Target-Tüte mit dem schwarzen Kleid in
Melanies Größe, das er gerade gekauft hatte.

EINUNDZWANZIG

„Ich habe Vince gestern Abend gesehen."

Liz und Terry hatten es sich mit Kaffee in seinem Büro bei geschlossener Tür gemütlich gemacht. Das Hauptbüro summte vor Detektiven und Hilfskräften, die am Fall Hardy brüteten. Pete leitete angeblich die Sache, und der Lärmpegel war hier drinnen erfreulicherweise geringer.

„Wie geht es Melanie?", fragte Terry.

„Ich war etwas spät dort, und sie schlief schon, aber soweit ich gehört habe, geht es ihr ganz gut. Sie hat ihm einen Schrecken eingejagt, weil sie einem Kätzchen im Regen gefolgt ist, aber ich glaube, er macht sich mehr Sorgen darüber, dass sie darum bitten wird, es zu adoptieren."

Terry lachte darüber. „Ich kann ihn mir mit einem winzigen Kätzchen vorstellen. Er weiß nur noch nicht, wie sehr er es lieben wird."

„Da bin ich mir nicht so sicher. Hör zu, ich weiß, du hast gesagt, ich soll ihn im Dunkeln lassen, aber ich habe die Farbübertragung erwähnt – mit der deutlichen Erinnerung daran, dass es ein Unfall gewesen sein könnte."

„Wie hat er es aufgenommen?"

„Er war still. Aber zumindest weiß er, dass ich herumschnüffle. Schade, dass die Spurensicherung so im Rückstand ist. Hätte gerne ein Ergebnis für die Zigarette gehabt, die ich in der Nähe des Tatorts gefunden habe, aber sie rechnen mit Wochen, nicht Tagen."

„Gibts was Neues vom Anrufbeantworter?", fragte Terry.

Liz schaute auf ihr Handy, als ob sie auf eine Nachricht hoffte. „Leider noch nicht. Ich möchte deine Meinung, Chef. Ich habe mit Abel Farrelly gesprochen, der für Bradley Pickering als Vorarbeiter arbeitet. Er meldete den Van als vermisst, und als ich fragte, wer Zugang hatte, nannte er praktisch jeden. Sagte, er fährt ihn, ebenso wie einige der Angestellten und Bradley."

„Und?"

„Und Bradley sagte mir, er fährt ihn nie. Pete war dabei, als er das sagte. Ich weiß nicht. Vielleicht liege ich völlig falsch, aber irgendetwas stimmt hier nicht. Die Leute lügen. Sogar der Kellner im Restaurant sagt, er sei falsch zitiert worden und habe nie einen Streit gehört oder erwähnt. Und dann ist da noch die Sichtung von Richard Roscoe... nun ja, zumindest sein Auto, weil wir es auf dem Video nicht genau erkennen können, vor Farrellys Haus, als ich darauf wartete, dass die Tür geöffnet wird."

Terry beugte sich vor. „Erklär das."

Sie tat es. Und zeigte ihm das Video, das Pete aufgenommen hatte.

„Wir planen, Roscoe zu besuchen, aber er ist heute laut seinem Büro nicht in der Stadt. Wir werden nach der Beerdigung zu ihm gehen."

Für einen Moment oder zwei herrschte Schweigen. Jeder, den sie kannte, wollte sich von Susie verabschieden, einige der Polizisten, mit denen sie aufgewachsen war, einige, die im Ruhestand waren und kamen, um ihren Respekt zu erweisen, und andere, die Schichten getauscht hatten, um dabei sein zu können. Sie war zu jung zum Sterben, und es gab zu viele Menschen, die sich an sie erinnerten aus den Tagen, als sie auf der Wache wartete, bis ihr Vater seine Schicht beendete.

Es klopfte an der Tür und Pete steckte den Kopf herein. „Wir sind hier so gut wie fertig und haben alle unsere To-Do-Listen. Ich habe auch eine für dich gemacht, Liz."

„Mensch, danke."

„Gern geschehen. Die Hauptsache ist, es gab eine mögliche Sichtung von Hardy in Ballarat und zwei Wagen brechen jetzt auf, um dorthin zu fahren."

Terry stand auf und griff nach seiner Jacke. „Zählt mich mit. Ich muss an die frische Luft, und Hardy zu fangen wäre ein guter Abschluss für den Tag."

Pete war schon wieder weg.

„Wenn du mich nicht brauchst, Chef, werde ich etwas über Farrelly nachforschen. Und sehen, ob ich den Van finden kann", sagte Liz.

„Ich bin immer noch neugierig, wie Farrelly und Roscoe zusammenpassen. Ruf mich an, wenn du es herausfindest."

„Mach ich. Geh und fang den Bösewicht."

———

Abel Farrelly hatte keine Vorstrafen.

Keine Schwierigkeiten mit der Polizei. Nicht einmal ein Strafzettel fürs Falschparken.

Keine Zeit beim Militär.

Er hatte keinen Fußabdruck in sozialen Medien, zumindest nicht unter seinem echten Namen.

„Ein seltener Vogel heutzutage", murmelte Liz.

Sie ging das durch, was sie wusste. Er wurde in der kleinen Gippsland-Stadt Moe geboren. Ein Einzelkind. Eltern verstorben. Nach der Highschool zog er nach Melbourne. Wenn er zur Universität gegangen war, konnte sie keine Spur davon finden, und sein nächstes Auftauchen war die Durchführung einer polizeilichen Überprüfung für einen Job in einer Leichenhalle, ausgerechnet.

Vieles konnte sie ohne triftigen Grund nicht einsehen, aber

Farrelly schien ein gewöhnlicher Mensch zu sein, der ein gewöhnliches Leben führte. Die Aufzeichnungen über seine Adresse gaben ein Datum des letzten Kaufs vor etwa acht Jahren für mehr als eine Million Dollar an. Im Vergleich zu ähnlichen Immobilien, die zu dieser Zeit in der Gegend verkauft wurden, war eine Million eher am oberen Ende.

Wie konntest du dir also dein Haus leisten?

Erbschaft?

Ohne ihn zu fragen, müsste es vorerst ein Rätsel bleiben.

Nachdem sie ihren dritten Kaffee geholt hatte, seit Terry und Pete gegangen waren – übrigens waren alle weg außer ihr –, starrte Liz auf den Bildschirm, während sie über das Video nachdachte.

Das Auto gehörte Richard Roscoe, dem Inhaber der Anwaltskanzlei, die Malcolm Hardy vertrat. Er war auch Hardys persönlicher Anwalt. Leider zeigte das Filmmaterial nicht den Fahrer, aber das Auto war sehr langsam an Farrellys Haus vorbeigefahren und ein paar Häuser weiter geparkt. Die Fahrertür hatte sich geöffnet, aber niemand war ausgestiegen. Es vergingen etwa zehn Sekunden, bis sich die Tür wieder schloss und das Auto auf die Straße fuhr. Die ganze Zeit über hatte Liz ahnungslos an Farrellys Tür gewartet.

Hast du Farrelly angerufen? Gefragt, wer zu Besuch war? Und er konnte mich durch die Kamera sehen.

Oder war dies reiner Zufall? Jemand, der anhielt, um einen Anruf zu beantworten?

Liz glaubte nicht an Zufälle.

Sie begann, über Richard Roscoe nachzuforschen. Hier war nun eine Person, die wusste, wie man seinen digitalen Fußabdruck groß macht. Er hatte überall Social-Media-Konten. Persönliche und für die Kanzlei. Liz ging auf die Website der Kanzlei und klickte auf seine „Über Richard"-Seite. Größtenteils eine Menge Selbstdarstellung und Prahlerei. Orte, an die er gespendet hatte. Seine Universität.

LinkedIn lieferte mehr.

Nach seinem Abschluss als Jahrgangsbester begann Richard Roscoe seine glanzvolle Karriere ganz unten – wie es sich für alle guten Anwälte gehört. Er stieg schnell auf und wurde innerhalb weniger Jahre Partner, bevor er die Kanzlei kaufte. Nicht schlecht für einen Jungen aus Moe.

„Ist das so? Moe."

Sie überprüfte das Geburtsdatum beider Männer. Es lag nur wenige Monate auseinander. Sie besuchten beide dieselbe Highschool. Gleicher Jahrgang.

Liz lehnte sich in ihrem Stuhl zurück und verschränkte die Finger hinter dem Kopf.

Sie hatte die Verbindung gefunden, aber was sollte sie jetzt damit anfangen?

ZWEIUNDZWANZIG

Zwei offene Gräber.

Nebeneinander.

Für immer zusammen ruhend.

Melanies Finger waren in Vinces Hand eingeschlossen. Ihre Augen hatten sich nicht von Susies Grab gelöst, seit der Priester den letzten Segen gesprochen hatte, aber sie hatte weder gesprochen noch geweint. Sie trug das lächerliche schwarze Rüschenkleid, das Carla gekauft hatte und von dem sie ihm im Geheimen gesagt hatte, dass es nicht sehr bequem sei. Liz war während der Zeremonie in der Nähe gewesen, und er hatte ein paar Mal ihre Hand auf seinem Arm gespürt.

Fast hundert Menschen waren hier, und als sie begannen, sich in kleinere Gruppen aufzuteilen, um leise zu reden, ließ Melanie seine Hand los und rannte zu Carla. Er wollte sie fast aufhalten, aber das war weder der Ort noch die Zeit, um irgendwie Stellung zu beziehen.

Für ein paar Minuten sprach er mit dem Priester und Davids Mutter, einer gebrechlichen Frau, die kaum verstand, warum sie hier war und von einer Pflegerin begleitet wurde. Sie wurde weggerollt, und er wusste nicht, was er mit sich anfangen sollte. Es waren Leute da, die er seit Jahren nicht gesehen hatte und die wegen Susie hier waren, nicht wegen ihm. Er hatte vor seiner Pensionierung eine ganze Stadt voller Brücken verbrannt.

Die Sonne schien. Der Sturm war längst vorüber. Kein Wölkchen am Himmel.

Ein klarer Weg in den Himmel, meine Kleine.

„Traurigster aller Tage, Kumpel." Terry tauchte wie aus dem Nichts auf und schüttelte ihm die Hand. „Wenn es irgendetwas gibt, was ich tun kann. Du weißt, ich bin nur einen Anruf entfernt."

„Du weißt, was ich brauche."

Terry verzog das Gesicht und nickte. „Liz ermittelt. Wir können an einem anderen Tag darüber reden."

Vince brummte. Terry hatte recht. Nicht hier.

Liz kam von der Gruppe von Polizisten herüber, mit denen sie gesprochen hatte. „Melanie ist so tapfer."

„Ja. Wir gehen jetzt nach Hause. Lass sie ausruhen."

Liz beugte sich vor und flüsterte: „Wirst du sie herauslösen können? Carla sieht nicht so aus, als wäre sie bereit, sie zurückzugeben."

Es bestand keine Chance, dass Carla Liz aus der Entfernung gehört hatte, aber sie drehte sich um und starrte sie an. Schwarze Schmiere um ihre Augen gaben ihr ein leicht finsteres Aussehen.

„Brauchst du Hilfe?" Liz hatte Carla nicht aus den Augen gelassen, die bei der Musterung die Lippen zusammenpresste.

„Du kannst mich daran erinnern, was damals passiert ist. Zwischen dir und Carla."

„Gerne. Ruf mich an."

Das würde er.

„Ihr musstet nicht hier sein. Ihr beide nicht. Aber danke."

„Doch", sagte Terry mit einem halben Lächeln. „Du bist Familie."

Es stimmte nicht. Terry und Liz sagten all die richtigen Dinge und meinten es gut, aber seine Zeit bei der Polizei war längst vorbei. Aber er nickte und ging, um Mel zu holen.

Carla hockte sich hin und umarmte Melanie, flüsterte ihr ins

Ohr. Bradley stand in der Nähe mit einem leeren Blick. Wahrscheinlich wurde ihm klar, dass es seine Probleme mit David waren, die Susie getötet hatten.

Vince wusste es in seinen Knochen.

„Melanie? Wie wäre es, wenn wir dich nach Hause bringen?"

Das kleine Mädchen schaute zu ihm auf.

„Carla. Es ist Zeit."

Bei seinen leisen Worten tropfte eine Träne Carlas Gesicht hinunter und sie hob ihr Kinn ein wenig und verstärkte, wenn überhaupt, den Arm um Melanie.

Bradley schritt ein, hob Melanie hoch und umarmte sie. „Tante Carla und ich lieben dich sehr, Mäuschen. Okay?" Er reichte Melanie an Vince weiter, und sie legte ihre Arme um seinen Hals.

„Sei ein braves Mädchen, und wir sehen uns ganz bald." Carlas Stimme brach am Ende und Bradley führte sie weg.

Es gab keinen Grund, hier zu bleiben. Der Priester war weg. Die meisten Trauernden waren gegangen oder im Begriff zu gehen.

Das wars.

Seine Tochter war jetzt eine Erinnerung.

„Ich brauche Mami und Papi."

Der Schmerz, der durch sein Herz stach, war unerträglich. Sie hatten alles verloren. Tränen füllten seine Augen, als er die Worte hervorpresste: „Ich auch, Melly. Ich auch."

Sie vergrub ihren Kopf an seinem Hals und weinte, bis ihr Körper vor Kummer bebte, und er hielt sie fest und ging langsam von den Gräbern weg.

DREIUNDZWANZIG

Es fühlte sich falsch an, bei der Arbeit zu sein. Alle, die an der Beerdigung teilgenommen hatten, waren stiller als sonst, und Liz verstand das. Die Schwere des Morgens war mit ihnen ins Büro zurückgekehrt. Sie hatte dafür gesorgt, dass ein Korb mit Obst und Schokolade an Vince und Melanie geliefert wurde, aber das war bei Weitem nicht genug.

Was kann ich sonst noch tun?

Terry hatte eine ähnliche Aura um sich, war aber auch darauf konzentriert, Malcolm Hardy zu fassen, und stand mit einem Marker vor einer sauberen Weißwandtafel.

„Lasst uns von vorne anfangen, Jungs und Mädels." Er klopfte mit dem Ende des Markers auf die Tafel. „Gestern war eine Verschwendung von Ressourcen, ohne ein Zeichen von Hardy in Ballarat oder dem Ort, wo er angeblich gesehen wurde. Wir wollen den kleinen Scheißer fangen, aber wir müssen auf Fehlalarme achten."

„Wahrscheinlich ist er inzwischen in einem anderen Bundesstaat", sagte einer der jüngeren Detektive, und ein paar andere stimmten murmelnd zu.

Pete schüttelte den Kopf.

„Warum nicht, Pete? Es sind zehn Tage her, seit er geflohen

ist. Genug Zeit, um per Anhalter aus Victoria rauszukommen", sagte Terry.

„Er hatte nur ein paar Minuten Vorsprung, als er abhaute, was bedeutet, dass wir alle wichtigen Ausgänge abgedeckt hatten, bevor er mehr tun konnte, als in ein Loch zu fallen und sich zu verstecken, bis sich die Lage etwas beruhigt hatte. Bis dahin war sein Gesicht überall im Bundesstaat plakatiert. Frachtunternehmen und öffentliche Verkehrsbetriebe sind genauso alarmiert wie die Polizei im ganzen Bundesstaat."

Es war eine solide Logik, aber mit jedem Tag, der verging, ohne ein Zeichen des Kriminellen, verringerte sich die Chance, ihn zu finden.

„Und ich stimme Pete zu", fuhr Terry fort und begann, auf die Weißwandtafel zu kritzeln. „Wir können nicht alle seine alten Verstecke und seine Hauptkontakte überwachen. Was, wenn wir ihn aus seinem Versteck locken?"

Er hatte einen Namen geschrieben. *Betty Hardy*.

„Boss, wir haben seine Mutter seit dem ersten Tag unter Beobachtung", sagte Liz. „Sie kann nicht mal einkaufen gehen, ohne einen Schatten zu haben, geschweige denn sich mit ihrem Sohn treffen."

„Zeit für ein weiteres Gespräch mit ihr. Schauen wir, ob wir ihr einen Grund geben können, uns bei seiner Lokalisierung zu helfen. Oder pflanzen wir einen Gedanken in ihren Kopf. Lassen wir ihn glauben, er hätte eine Gelegenheit, die Stadt zu verlassen."

Pete grinste. „Bei ihr oder bei uns?"

„Bei ihr. Macht es offensichtlich, dass wir da sind. Nehmt eine Einheit mit und lasst sie gegenüber parken, damit die Nachbarn ins Reden kommen."

———

Betty Hardy hatte von dem Moment an, als ihr Sohn das erste Mal verhaftet wurde, behauptet, dass sie ihn aus ihrem Leben gestrichen hätte. Sie hatte den größten Teil ihres Erwachsenenlebens im selben Haus gelebt und bestand mit fast achtzig Jahren darauf, dass sie kein Interesse daran hatte, es zu verlassen.

Liz hatte sie ein- oder zweimal im Laufe früherer Befragungen getroffen, und die Frau erinnerte sich an sie, als sie die Tür öffnete und durch dicke Brillengläser zu ihr aufblickte.

„Ich nehme an, Sie beide wollen Kaffee."

„Nicht nötig, Frau Hardy", sagte Pete. „Nur ein kurzes Gespräch, wenn es Ihnen nichts ausmacht."

„Spielt es eine Rolle, wenn doch?" Die ältere Frau benutzte einen Stock, als sie humpelnd von der Haustür wegging und in einem anderen Zimmer verschwand. „Machen Sie die zu, junger Mann."

Pete hatte ein albernes Grinsen im Gesicht, und Liz schüttelte den Kopf über ihn.

Sie gesellten sich zu Frau Hardy im Wohnzimmer, einem kleinen und düsteren Teil eines kleinen und düsteren Hauses. Sie ließ sich gerade in einen Sessel sinken und stöhnte dabei. Die Vorhänge waren zugezogen, und ein paar Lampen warfen seltsame Schatten auf die alte Tapete.

„Setzen Sie sich und stellen Sie Ihre Fragen. Aber sparen Sie sich die Frage, ob ich Malcolm gesehen habe oder weiß, wo er ist, denn ich habe ihn nicht gesehen und weiß es nicht. Wie immer."

Pete setzte sich auf ein Sofa, sein Blick huschte durch den Raum.

Liz blieb stehen. „Sie haben deutlich gemacht, dass Sie seit einigen Jahren keinen Kontakt zu Ihrem Sohn haben, aber wir haben uns gefragt, ob Sie einen Mann namens Abel Farrelly kennen?" Sie hielt fast den Atem an. Sie wollte so sehr eine Verbindung finden, dass es schmerzte.

„Der Name sagt mir nichts. Haben Sie ein Foto?"

Pete öffnete sein Handy und zeigte ihr Farrellys Führerscheinfoto.

Sie starrte lange darauf, dann lehnte sie sich zurück. „Kann nicht sagen, dass ich ihn kenne. Hilft er meinem Sohn?"

Es wäre nie so einfach gewesen.

„Wir wissen es nicht. Aber danke, dass Sie sich das angesehen haben. Haben Sie in letzter Zeit von Richard Roscoe gehört?"

Frau Hardy schnaubte. „Der? Nutzloser Mann mit mehr Geld als Verstand. Er ruft mich immer noch einmal pro Woche an, um sicherzugehen, dass ich noch lebe. Wahrscheinlich will er bereit sein, diese Toplage zu schnappen und zu verkaufen, um seine Gebühren zu decken, sobald ich zu Gott gehe."

Liz tauschte einen Blick mit Pete, und er übernahm.

„Ziemlich seltsam, Sie jede Woche anzurufen? Hat er das schon immer getan?"

Sie nickte so heftig, dass ihre Brille die Nase herunterrutschte. „Seit Malcolm ins Gefängnis kam. Einmal die Woche ohne Ausnahme, abgesehen von ein paar Malen, als er im Ausland war, und dann ließ er diesen Mr. Black anrufen. Seinen Assistenten. Immer dasselbe." Ihre Stimme veränderte sich zu einem rauen, „Wie geht es Ihnen, Betty? Malcolm schickt seine Liebe. Gibt es etwas, das Sie ihm ausrichten möchten?"

„Und gab es etwas?"

Frau Hardy starrte Pete über den Rand ihrer Brille an und schob sie dann wieder hoch. „Ich wüsste nicht, was ich zu ihm sagen sollte, selbst wenn er jetzt hier bei uns säße."

Pete nahm sein Handy heraus. „Entschuldigung, eine Nachricht." Er tat so, als würde er sie lesen, und sprang dann auf die Füße. „Wir müssen leider gehen. Vielen Dank, dass Sie so hilfsbereit waren."

„Was ist los?", Frau Hardy drückte einen Knopf an ihrem Stuhl, der sie langsam auf die Füße hob. „Haben Sie Malcolm gefunden?"

„Nein... aber... ich sollte es nicht sagen."

Er zeigte Liz die „Nachricht", die ein leerer Bildschirm war.

„Oh! Vielleicht sollten Sie es Frau Hardy sagen. Nur um sie auf dem Laufenden zu halten."

Das Handy wieder in der Tasche, ließ sich Pete Zeit mit seiner Entscheidung. Inzwischen stand Frau Hardy aufrecht und lehnte sich auf ihren Stock, wartend.

„Die Nachricht war von unserem Chef, der die Suche nach Ihrem Sohn überwacht. Er möchte, dass sich alle verfügbaren Polizeieinheiten auf ein Gebiet auf der Mornington-Halbinsel konzentrieren. Klingt nach einer großen Suchaktion, bei der die meisten unserer Einheiten dorthin verlegt werden. Jedenfalls, nochmals vielen Dank. Wir schließen die Tür hinter uns ab."

Eine Minute später eilten Liz und Pete zu ihrem Auto.

„Sie ist keine dumme Frau", sagte Pete, als er einstieg.

„Ganz und gar nicht. Aber wenn sie ihren Sohn auch nur ein bisschen liebt, könnte sie Roscoe vielleicht etwas verraten."

„Und wenn sie weiß, wo Malcolm ist, könnte es ihn selbstsicher genug machen, einen Fehler zu begehen."

———

Bradley lenkte seinen Wagen die Zufahrt zum Lagerhaus hinauf, wendete ihn, um wieder zur Straße zu zeigen, und parkte ihn entlang des Seitenzauns. Der Pritschenwagen war nicht hier, ebenso wenig wie der Mietwagen, den Abel organisiert hatte, um Lieferungen und Abholungen zu erledigen, bis ihr eigener gefunden wurde. Der Diebstahl war beunruhigend. Abel legte Wert darauf, den Ort abzuschließen, und dass die schwere Kette durchgeschnitten und der Wagen gestohlen worden war, hatte eine Welle der Besorgnis unter den Mitarbeitern ausgelöst.

„Bist du noch dran, Brad?"

Er telefonierte gerade mit seinem Anwalt, der aufgrund von Davids Tod eine Liste von Problemen zu klären hatte, aber ihr Gesprächsthema der letzten Minuten war mindestens genauso wichtig.

„Tut mir leid, Gary."

Gary fuhr fort. „Wie ich schon sagte, da Vince Carter als Melanies einziger geeigneter Verwandter im Spiel ist und bereit und in der Lage ist, ihr Vormund zu werden, macht das die Sache knifflig."

„Knifflig? Oder unmöglich?" Es herrschte Stille und Bradley trommelte mit den Fingern auf das Lenkrad. „Willst du mir sagen, dass wir keine Möglichkeit haben, Melanie ein besseres Leben zu ermöglichen? Keine Möglichkeit, sie nach Hause zu bringen, an einen Ort, den sie liebt und an dem sie gedeihen wird?"

„Alles ist möglich. Ich lege dir die Fakten auf den Tisch, damit du deine Erwartungen und die von Carla im Zaum halten kannst. Oberflächlich betrachtet ist Vince Carter ein Held, ein dekorierter, pensionierter Polizist. Er erweckt Mitgefühl, weil er seine Tochter verloren hat. Und er hat die Witwer-Karte. Seine Frau starb am selben Tag, an dem er bei einer viel beachteten Schießerei Leben rettete. Wer würde nicht wollen, dass er sein Enkelkind in seinem Leben hat?"

„Verdammt. *Ich* feuere ihn ja schon fast an, wenn du es so sagst."

Gary lachte. „Ich bin gut in meinem Job."

„Dann sag mir, was ich tun soll, anstatt unserem Feind glänzende Zeugnisse auszustellen." Bradley spuckte die Worte regelrecht aus.

„Beruhige dich. Er ist nicht dein Feind, er ist nur ein Mann, der im Weg dessen steht, was du willst. Du brauchst überzeugende Beweise, um dem Mitleidsvotum entgegenzuwirken."

„Überzeugend? Wie?"

„Inkompetenz. Missbrauch. Substanzen oder anderes. Geschichte von Vernachlässigung. Unbehandelte psychische Erkrankungen. Aggressionsprobleme. Grab irgendein dunkles Geheimnis aus."

Abel fuhr im Pritschenwagen vorbei.

Bradley lächelte. „Danke."

„Fürs Protokoll, das war kein rechtlicher Rat."

„Klar. Jap. Wir sprechen uns bald."

„Aber wir müssen noch die-"

Bradley beendete das Gespräch. Er schickte eine Nachricht an eine Nummer in seinem Telefon und öffnete dann die Tür, als Abel auf das Lagerhaus zusteuerte. „Abel. Auf ein Wort?"

Dieses eine Wort wurde zu zwanzig Minuten Diskussion darüber, wie weit sie im Rückstand waren. Keine Diskussion. Regelrechtes Geschrei. Zumindest von Bradleys Seite, denn Abel erhob nicht einmal seine Stimme.

„Weiß nicht, worüber du dich so aufregst, Chef." Offensichtlich müde davon, mitten im Lagerhaus zu stehen und ausgeschimpft zu werden, stapfte Abel zu den Containern am hinteren Ende. „Hast du dir den Ausbau überhaupt angesehen?"

Obwohl sein Temperament noch einiges zu sagen hatte, erkannte Bradleys Gehirn, dass aus dem Gespräch nichts herauskam außer einem erhöhten Risiko für einen Herzinfarkt. Die Arbeiter hatten während des Gesprächs ebenfalls langsamer gearbeitet und warfen ihm neugierige Blicke zu.

„Zurück an die Arbeit, ihr alle."

Er folgte Abel, der die Rückseite des ersten Containers mit einem lauten Knall öffnete. Bradley wartete, bis die Tür sicher festgestellt war, bevor er einen Fuß hineinsetzte.

„Das ist fast fertig zum Einpacken und auf den LKW laden." Abel ging an ihm vorbei. „Siehst du diese Schienen..." Er deutete nach oben. Mehrere Reihen von Schienen – eine industrielle Variante der Art, die man in Fenstern für vertikale Jalousien findet – kreuzten sich an der Decke. Darin befanden sich mehrere Haken, die in verschiedene Positionen geschoben werden konnten. „Damit können wir Netze oder Gurte konfigurieren, um alles, was gepackt wird, zu sichern. Wir können Kisten mit kleinen Maschinen mischen. Oder Teilladungen verschicken, wenn unsere Marken keinen Transport benötigen."

„Bit eine Verschwendung, das Ding nicht ganz zu füllen."

„Nicht zu den Tarifen, die Duncan zahlen wird. Er will einfach eine unkomplizierte Lösung, um seine Produkte zwischenstaatlich zu transportieren, jetzt, wo er sehen kann, wie einfach eine Expansion sein wird, und das ist bei weitem die günstigste Option", sagte Abel. „Wenn er dein Angebot annimmt, einige unserer Spielzeuge zu kaufen, festigt das die Zusammenarbeit."

Bradley berührte die Seiten. „Warum Innenwände hinzufügen?"

„Isoliert. Besser für empfindliche Fracht."

„Wie zum Beispiel?"

Abel zuckte mit den Schultern. „Alkohol. Abgefülltes Wasser." Er grinste. „Menschen."

Idiot.

Er schaute nach draußen, um sicherzugehen, dass niemand das gehört hatte.

„Wie viel hat das gekostet?"

„Im Budget." Abel fuhr mit der Hand über die Wand an der Vorderseite des Containers.

„Wann wurde das gemacht, Abel? Ich bin seit Wochen jeden Tag hier und-"

„Nachts, Chef. Einfacher, ohne um die Belegschaft herumarbeiten zu müssen, wenn man bedenkt, wie laut der Job war. Einer ist fertig. Ein weiterer ist bereit zu beginnen, wenn du das Okay gibst."

Bradley hatte genug von dem engen Raum und trat hinaus.

„Bevor du gehst." Abel schloss die Containertüren und lehnte sich dann dagegen. „Diese Bullen neulich hier... Ich habe alles gehört."

„Über die Nacht im Restaurant?"

Abel nickte.

„Das Problem ist, ich kann mich nicht erinnern, jemanden in der Nähe gesehen zu haben, während er und ich redeten. Susie kam und wechselte ein paar Worte mit uns, aber sie ist tot, also zählt sie nicht. Der Kellner ging ein und aus, aber nie lang genug, um etwas mitzuhören."

„Denk nach. Hast du zur Hintertür oder zum Speisesaal geschaut?"

„Zum Speisesaal. Aber um die Ecke, in der Nähe der Toiletten... oh, Scheiße."

Wie hatte er Melanie vergessen können?

Bradleys Telefon klingelte. Es war die Nummer, der er nach dem Gespräch mit Gary eine Nachricht geschickt hatte. „Halt den Gedanken fest, Abel. Ich muss das beantworten."

Carla beendete das Abräumen des Esstisches und nahm eine Flasche Wein aus dem Kühlschrank. Das Abendessen war ruhig gewesen, da beide in Gedanken versunken waren. Es lag zum Teil an den Nachwirkungen der Beerdigung, und was auch immer Bradley beschäftigte, er behielt es für sich.

Es spielte keine Rolle. Früher oder später würde er mit ihr reden, und sie hatte genug im Kopf.

Als sie nach der Beerdigung durch ihr Handy ging, fand sie ein vergessenes Foto von sich und Susie, das ein paar Wochen nach ihrem Kennenlernen aufgenommen worden war. Carla war in ihrem letzten Studienjahr an einem Tag der offenen Tür und sprach mit potenziellen Studenten und Eltern. Susie interessierte sich ein wenig für den Studiengang, den Carla gerade abschloss, und nachdem sie eine Weile geplaudert hatten, entdeckten sie ein gemeinsames Interesse für Musicals. Sie gingen zusammen in ein Theaterstück und daraus wurde eine regelmäßige Sache. Dieses Foto wurde vor dem Her Majestys Theatre aufgenommen.

„Und dann waren wir beste Freundinnen. Für immer." Carla weinte erneut und drückte das Handy an ihre Brust, bis keine Tränen mehr kamen. Sie küsste das Bild von Susie. Wie viele wunderschöne Erinnerungen sie geteilt hatten, und sie würde nie zulassen, dass Susie vergessen würde.

Sie war immer noch erschöpft von der Trauer und davon,

Melanie gesehen zu haben, ohne sie nach Hause bringen zu können. Sie nahm die Flasche, holte zwei Gläser und machte sich auf die Suche nach ihrem Mann. Er saß im Wohnzimmer, drehte sein Handy in den Fingern und runzelte die Stirn.

„Gute Idee." Er nahm die Gläser und hielt sie, während sie einschenkte.

„Du siehst besorgt aus, Schatz", sagte sie.

„Hm? Oh, nein, nur Arbeitskram." Er klopfte auf das Sofa. „Auf uns, Baby."

Sie setzte sich zu ihm und stieß ihr Glas gegen seines. „Gibt es jetzt viele Probleme, seit David weg ist? Machst du seine Arbeit zusätzlich zu deiner?"

„Irgendwie schon. Das dringende Problem ist, dass er einen Transportvertrag nicht unterzeichnet hat, und ich beeile mich, mich einzuarbeiten und die Sache über die Bühne zu bringen. Unser Geschäft steht kurz vor dem Boom, und dieser neue Lieferkettenvertrag war der Schlüssel dazu."

„Ich dachte, eure Lieferkette wäre lokal."

„Wir haben die Chance bekommen, jede Woche Container auf Lastwagen für den zwischenstaatlichen Verkehr zu laden. Duncan will expandieren, und das ist eine günstige Option, um regelmäßige Fahrten an Orte wie Far North Queensland und das Northern Territory zu machen."

„Transportiert ihr immer noch Spielzeug und so? Und unseres sowie seines?", fragte sie.

„Ja. Das wird einige neue Märkte erschließen."

„Was muss also getan werden, damit es klappt? Waren es nur Änderungen im Vertrag?"

„Sie haben kalte Füße bekommen. Sagten, mit Davids Tod seien sie besorgt um die Stabilität unseres Unternehmens – einen von zwei Partnern zu verlieren, und ausgerechnet den Logistik-experten. Ich habe ihnen einen neuen Vorschlag geschickt, und sie haben gerade eine geänderte Version zurückgeschickt. Sie wollen eine Garantie für drei Monate Lieferungen, im Voraus bezahlt."

„Worauf wartest du dann?", runzelte Carla die Stirn.

Bradley nahm einen langen Schluck aus seinem Glas.

Melanie hatte einen Anteil daran. Die Anwälte aller Seiten würden herausfinden, was mit Davids Anteil am Unternehmen passieren würde, aber ihr Erfolg bedeutete mehr für die Zukunft des kleinen Mädchens.

„Brad, warte nicht. Wenn Duncan bereit ist, sich zu verpflichten, dann tu das Gleiche. Drei Monate im Voraus sind nichts im Vergleich zum langfristigen Nutzen, und außerdem, gib es einfach weiter."

Er verschluckte sich fast an seinem Wein. „An Duncan?"

Sie nickte. „Sag ihm, ihr Angebot sei etwas höher ausgefallen. Erhöhe deinen Preis für ihn, um die Kosten zu decken. Tu, was auch immer nötig ist, um die Zukunft dieses Unternehmens zu sichern!"

Bradley kicherte, stellte sein Glas ab und nahm ihre Hand. „Du bist sensationell, Baby. Ich hatte vergessen, wie leidenschaftlich du in Geschäftsdingen bist."

„Ich habe schließlich einen Abschluss in Betriebswirtschaft, Brad. Er kommt nur nicht mehr richtig zum Einsatz."

Weil du einen Mann als Partner gewählt hast, anstatt deine Frau.

Ohne zu wissen, woher dieser Gedanke kam oder warum er plötzlich wichtig war, nahm Carla einen Schluck von ihrem Wein. Sie wollte nicht streiten. Oder zu genau darüber nachdenken, was im Lagerhaus vor sich ging. Besser, an Melanie zu denken. „Ich dachte an ein sanftes Lila mit einigen gelben Akzenten."

„Entschuldigung?" Bradley hatte offensichtlich keine Ahnung, wovon sie sprach.

„Und ich weiß, dass sie ein Kätzchen möchte, aber wir müssen sie vielleicht davon überzeugen, dass ein Aquarium besser ist. Ich kann den Gedanken an Katzentoiletten und eine Katze, die unsere Möbel zerkratzt, nicht ertragen, du etwa?"

„Wovon redest du überhaupt?"

„Ich habe darüber nachgedacht, wie wir das zweite Schlafzimmer für Melanie umgestalten können. Sanfte Farben. Ein Doppelbett mit Baldachin... wie ein Prinzessinnenbett. Viele schöne Spielsachen. Ich bin so froh, dass das Zimmer sein eigenes Badezimmer hat, sonst müssten wir renovieren. Aber ich denke, ich kann das bestehende in ein wunderschönes kleines Zimmer für sie verwandeln."

„Langsam." Bradley küsste ihre Finger. „Da liegt noch viel Wasser unter der Brücke."

„Susie würde wollen, dass sie bei uns lebt. Warum sonst hätte sie uns zu ihren Paten gemacht? Warum sonst hätte sie Vince aus ihrem Leben ausgeschlossen?"

Bradley streckte seinen Arm aus und sie rückte näher, um sich an ihn zu lehnen.

„Melanie wird unser kleines Mädchen sein. Nicht wahr?"

Was hat der Anwalt gesagt? Schmutziges Material über ihn beschaffen?

„Ja, Carla. Ich werde es möglich machen. Auf die eine oder andere Weise, ich verspreche dir, Melanie wird bei uns einziehen."

VIERUNDZWANZIG

Es regt sich nichts in dem Schuppen, den er sein Zuhause nennt. Wie jemand so leben kann, geschweige denn ein Kind dazu zwingen, geht über meinen Verstand. Und das bei so einem süßen Kind.

Mein Fernglas schweift über die Vorderseite des Häuschens. Keine Kameras außen. Die Vorhänge sind dünn. Es gibt keine Fliegengittertür, nur eine einfache Holztür ohne Sicherheitsschloss. Ausgezeichnet. Rauch kräuselt sich aus einem Schornstein. Ein Kamin. Noch besser. Hausbrände sind häufig.

Es gibt nur einen Weg vom Grundstück, es sei denn, es gibt ein Tor auf der Rückseite.

Zu weit weg, um es zu sehen.

Aber ich muss es wissen.

Es gibt eine lange Auffahrt zum nächsten Haus, die an Carters Grundstück entlangführt. Viele Büsche säumen sie. Niemand wird mich sehen, falls ein Auto vorbeikommen sollte. Meine Uhr zeigt fast zwei Uhr morgens, und ich muss fast lachen bei dem Gedanken, dass einer dieser Hinterwäldler so spät noch unterwegs sein könnte.

Alle paar Meter entlang der anderen Auffahrt halte ich an, horche und beobachte. Falls eines der Grundstücke Hunde hat, sind sie drinnen. Kein anderes Haus ist von hier aus zu sehen. Nur die beiden, und sie könnten unterschiedlicher nicht sein.

Carters Grundstück erstreckt sich weit nach hinten. Schmal, aber lang, und es wird am Ende steil. In einem dreiseitigen Schuppen schläft ein Pony. Diese Koppel teilt sich ein Tor mit der Auffahrt. Schleicht sich Carter manchmal dort hoch, um die alte Dame zu besuchen? Igitt. Am Tor hängt ein Vorhängeschloss. Nicht so einfach für eine schnelle Flucht. Nicht für Vince.

Wenn ich zurück zur Straße schaue, wird klar, wie das ablaufen wird.

Wenn die Zeit reif ist.

Ein so ungesicherter Ort? Das ist ja wie eine Einladung zum Überfall.

FÜNFUNDZWANZIG

Es gab so viel zu tun. All die Dinge, die Vince vor der Beerdigung aufgeschoben hatte, standen auf einer langen Liste, die es heute zu erledigen galt, und das machte ihm nichts aus.

Beschäftigt bleiben.

Er begann, Pfannkuchen zu machen. Mehl. Eier. Milch. Abmessen. Mischen. Ruhen lassen.

Melanie hatte schon geduscht und war in ihrem Zimmer. Braves kleines Mädchen, das jeden Tag selbstständig aufstand, duschte und ihr Zimmer aufräumte. Er hatte Susie ständig daran erinnern müssen, dasselbe zu tun, bis sie auf die High School ging und sich plötzlich darum kümmerte, wie sie aussah.

Er steckte den Kopf aus der Küche. „Frühstück in zehn Minuten, Melly."

Es gab eine gedämpfte Antwort, von der er hoffte, dass es eine Bestätigung war.

Gestern hatten sie Brettspiele gespielt, ferngesehen und Obst und Schokolade aus Körben gegessen, die Liz und andere Leute geschickt hatten. Als sie nach der Beerdigung nach Hause kamen, stand eine Lasagne vor der Haustür mit einer Notiz von Lyndall.

Susies altes Lieblingsessen.

Lyndall ging nicht zu Beerdigungen. Sie war nicht zu Marions Beerdigung gekommen, obwohl sie ihre Freundin war. Sie hatte ihm einmal gesagt, dass sie keine Beerdigungen mehr ertragen könne. Nicht nach allem, was sie verloren hatte. Er hatte nicht gefragt, was sie damit meinte, und sie hatte keine weiteren Informationen preisgegeben. Obwohl sie seit Jahren Nachbarn waren, war ihr Hintergrund ein Rätsel. Zum ersten Mal war er neugierig.

„Oh, Pfannkuchen!", Melanie spähte in die Schüssel. „Kann ich helfen?"

„Ähm ... klar. Was möchtest du machen?"

„Sie wenden."

Er war kurz davor, nein zu sagen und dass er den Kochpart übernehmen würde, hielt sich aber zurück. Marion hatte Susie immer ermutigt zu helfen, sei es beim Kochen oder beim Holzstapeln. Sie war eine pragmatische Frau gewesen, die wollte, dass ihre Tochter über eine Reihe von Fähigkeiten verfügte. Nachdem sie gestorben war und Vince versuchte, jeden Aspekt des Lebens ohne sie zu bewältigen, war es Susie, die stur ihre Aufgaben weiter erledigte und sogar noch mehr übernahm, damit es Gleichberechtigung im Haus gab. So war er nicht erzogen worden, und manchmal hörte er immer noch die Stimme seines Vaters in seinem Kopf, die ihn daran erinnerte, seine Frauen zu beschützen. Nicht, dass er je jemanden in seinem Leben als „seine" betrachtet hätte. Andere Zeiten.

„Darf ich?", fragte Melanie.

„Hast du schon mal welche gewendet?"

„Hmm. Ja und nein. Mami hat geholfen. Ich brauche vielleicht noch ein bisschen Hilfe."

Er lächelte. „Ich bin gleich hier, falls du mich brauchst. Weißt du, wie viel Butter zuerst rein muss?"

Mit einem Nicken ging Melanie zum Waschbecken und wusch sich die Hände.

Nach ein paar kleinen Missgeschicken setzten sie sich beide

an den Tisch mit Tellern voller Pfannkuchen mit frischer Sahne und mehr von dem Obst von Liz.

„Ist sie deine Freundin?", Melanie hörte endlich auf zu essen, nachdem sie irgendwie mehr Pfannkuchen als Vince verdrückt hatte. „Die Polizistin?"

„Lizzie? Ich denke schon."

„Warum besucht sie dich dann nicht?"

„Das hat sie neulich Abend. Du hast tief geschlafen."

„Oh." Melanie neigte den Kopf. „Lyndall ist nett. Ist sie deine Freundin?"

Er verschaffte sich eine Minute Zeit, um über die Antwort nachzudenken, indem er die Teller einsammelte. „Noch eine heiße Schokolade?"

„Ich bin randvoll." Sie tätschelte ihren Bauch. „Also, ist sie es?"

Du bist ja ein neugieriges kleines Ding, nicht wahr?

„Wir sind schon lange Nachbarn. Sie und deine Oma waren enge Freundinnen, und sie hat sogar manchmal auf deine Mutter aufgepasst, als sie in deinem Alter war."

„Können wir sie bald besuchen?"

„Sicher. Vielleicht nicht heute. Ich muss ein paar Papierkram erledigen, und wir gehen später vielleicht noch einkaufen."

Melanie sprang auf und begann, das übrige Obst in den Kühlschrank zu räumen. „Ich werde noch ein paar Zeichnungen machen und sie Lyndall geben, wenn wir sie sehen. Vielleicht eine von dem kleinen Kätzchen."

„Tolle Idee, Mel."

Alles, um sie davon abzulenken, mehr Fragen über Lyndall zu stellen. Er hätte keine Ahnung, wie er sie beantworten sollte.

———

Nachdem er einen Stapel Rechnungen bezahlt hatte, die Susies Haus noch eine Weile versichert und mit Strom versorgt ließen, wandte sich Vince dem größeren Problem zu.

Er las den Brief der Schulleiterin von Melanies Schule noch einmal durch.

Zwei Punkte stachen hervor.

Die Länge der Zeit, die das Konto unbezahlt geblieben war, und die Erwähnung, dass Davids Geschäft in Schwierigkeiten sei.

Nachdem er sichergestellt hatte, dass Melanie außer Hörweite war, rief er in der Schule an. Er landete auf einer Mailbox und hinterließ seine Nummer. Die Schulferien dauerten noch etwa eine Woche. Er fand die E-Mail-Adresse auf dem Brief und begann eine Nachricht zu tippen, wurde aber unterbrochen, als das Telefon klingelte.

„Herr Carter? Hier ist Frau Joyce McCoy von Melanies Schule, ich rufe Sie zurück." Die Stimme am anderen Ende war knapp und höflich.

„Danke für den Rückruf. Ich hatte vergessen, dass Ferien sind."

„Ich arbeite in meinem Büro und lasse normalerweise die Nachrichten durchgehen, aber angesichts der Situation ... was für ein schrecklicher Schock wegen Susan und David. Es tut mir sehr leid für Ihren Verlust."

„Ja. Danke."

„Und wie geht es Melanie?"

„Einen Tag nach dem anderen. Ihr gebrochener Arm macht ihr keine Probleme. Der Grund für den Anruf ist, dass ich die Post abgeholt habe und Ihren Brief und die Rechnung habe."

Es herrschte Stille.

„Es war ein bisschen ein Schock zu sehen, wie viel der Schule geschuldet wird", sagte er.

„Unter normalen Umständen wäre es nicht so weit gekommen", sagte sie. „Aber die Familie war in der Vergangenheit sehr großzügig und half einem anderen Schüler, an der Schule zu bleiben ... David bestand darauf, dass er die volle Rechnung spätestens vor zwei Wochen bezahlen könne."

„Hat er Ihnen gesagt, was in seinem Geschäft nicht stimmte?"

„Ich sollte nicht über unsere vertraulichen Gespräche sprechen."

Vince verdrehte die Augen.

„Frau McCoy, ich bin Susies Vater. Melanie lebt bei mir, und ich versuche herauszufinden, warum David sagen würde, sein Geschäft sei in Schwierigkeiten, weil es keine Anzeichen dafür gibt, dass das der Fall war."

Sie zog hörbar die Luft ein. „Wie sehr seltsam."

Warum die Lügen, David?

„Herr Carter, ich würde lieber persönlich darüber sprechen. Können Sie sich mit mir treffen?"

„Natürlich. Melanie liebt die Schule. Ich möchte sicherstellen, dass sie weitermachen kann."

„Wir werden über Ihre Optionen sprechen. Es muss morgen oder übermorgen sein."

Sie vereinbarten einen Termin und beendeten das Gespräch.

Vince löschte die E-Mail, die er gerade geschrieben hatte. David und Susie hatten ihre Hypothek zu Beginn des Jahres abbezahlt. Keine weiteren Rückzahlungen mehr. Mehr verfügbares Einkommen in jeder Gehaltsperiode und es gab eine solide Aufzeichnung eines anständigen Gehalts. Warum also einer Schule erzählen, dass das Geschäft zu kämpfen hatte? Wohin ging das zusätzliche Geld?

Während er die E-Mails geöffnet hatte, suchte er nach Davids Namen. Viele Erwähnungen in Susies E-Mails und er konnte es nicht ertragen, sie zu lesen. Noch nicht.

„Können wir jetzt einkaufen gehen?"

Er zuckte zusammen. Wie hatte sich Melanie so leise angeschlichen?

„Es tut mir leid, dich erschreckt zu haben." Sie legte ihre Hand auf seinen Arm und ihr Lächeln verblasste. „Ich habe nur Socken an den Füßen, deshalb hast du mich wohl nicht gehört."

„Du könntest mich nie erschrecken, Schätzchen. Ich war in

Gedanken woanders und du gehst sehr leise. Und ja, wir können jetzt einkaufen gehen. Wenn ich es einrichten kann, möchtest du nach dem Mittagessen Lyndall besuchen?"

Ihr Lächeln kehrte mit voller Kraft zurück und sie hüpfte auf und ab.

„In Ordnung. Du suchst dir Schuhe und ich rufe sie jetzt an und frage."

———

Vince saß an Davids Schreibtisch im Büro in Susies Haus. Er dachte nur daran, dass es Susie gehörte, aber es war ihr gemeinsames Zuhause gewesen. Kein Grund, so zu tun, als wäre es anders. Er wartete am Telefon, während sein Anwalt mit ihrem sprach. Er wusste, dass er hier alles durchsuchen konnte und niemand würde es herausfinden, aber Davids Geschäftseigentum mit nach Hause zu nehmen, könnte später ein Problem verursachen.

„Vince? Tut mir leid, dass Sie warten mussten. Hören Sie, solange Sie aufzeichnen, was Sie aus dem Haus mitnehmen, hindert Sie nichts daran. Pickering hat keinen Eigentumsnachweis für den Laptop vorgelegt. Es war gut, das zu überprüfen, aber da wir beantragt haben, dass Sie den Nachlass verwalten, planen Sie nur voraus."

„Danke, Sally. Nach dem Einbruch hier machte ich mir Sorgen, es könnte einen weiteren Versuch geben."

„Verständlich. Wo ich Sie gerade dran habe, ihr Anwalt erwähnte, dass sie einen Brief von Pickerings Anwalt bezüglich der Firma erhalten haben. Er möchte Davids Anteil aufkaufen."

„Nein", schnappte Vince.

Sally kicherte. „Sobald sich der Staub gelegt hat und Melanie dauerhaft in Ihrer Obhut ist, können sie nichts ohne Ihre Zustimmung tun. Aber meiner Meinung nach als Ihr Rechtsbeistand, lassen Sie sie ein Angebot machen. Wenn es fair ist, wird Melanie Geld in einem Treuhandfonds für ihre zukünftige Verwendung haben und wichtiger für Sie, nehme ich an, ist der Abbruch allen Kontakts zu ihnen."

„Sie sind ihre Paten."

„Was die einzige Rolle sein wird, die sie in Melanies Leben spielen können. Nichts Rechtliches, das sie an sie bindet. Sie werden entscheiden, ob es weiteren Kontakt gibt."

Das gefiel Vince. Nach dem Anruf öffnete er den Koffer, den er bereits aus dem Flurschrank geholt hatte, und begann ihn zu füllen. Akten, den Laptop, USB-Sticks, ein Diktiergerät, Telefon und ein in Leder gebundenes Tagebuch. Es war noch viel Platz, also holte er mehr Kleidung aus Melanies Zimmer.

Bevor er ging, betrat er Susies Schlafzimmer.

Irgendwie war es leichter als zuvor. Leichter, seit er sich gesagt hatte, dass er nur zum Wohle Melanies hier war und nicht in das Zuhause seiner Tochter eindrang. Jedes Aufflackern von Trauer wurde im Keim erstickt.

Auf ihrem Nachttisch standen wertvolle Fotos von Melanie in verschiedenen Altersstufen und er nahm sie mit. Für den Fall, dass Melanie etwas aus dem Safe brauchte, tippte er die Kombination ein, die Susie immer benutzt hatte. Es funktionierte nicht. Er versuchte andere - sein Geburtsdatum, ihres, Davids, Melanies. Nichts.

War Pickering neulich hier gewesen?

Er schickte Liz eine Nachricht.

Bin in Susies Haus. Glaube, Pickering hat die Kombination ihres Safes geändert. Können wir ihn auf Fingerabdrücke untersuchen lassen?

Zurück im Büro starrte Vince auf den Aktenschrank. Früher war David pedantisch damit, ihn abzuschließen. Er scherzte einmal, dass er sogar seine Schlüssel einschloss.

Aber der Aktenschrank war nicht abgeschlossen.

Und es gab Lücken, wo ganze Akten fehlten.

Sein Handy piepste mit einer Nachricht.

Kann ich heute Abend vorbeikommen? Dinge zu besprechen. Sollte ihn auf Fingerabdrücke untersuchen lassen können.

Er runzelte die Stirn. Liz erinnerte ihn an bessere Tage. Und an die schlimmsten Tage. Aber sie war die Einzige, die ihn ernst nahm, abgesehen von Terry bis zu einem gewissen Grad.

Komm zum Abendessen?

Melanie wollte sie kennenlernen.

Gerne. Was soll ich mitbringen?

Eine Möglichkeit, einen Mörder zu fangen.

Nachtisch. Melanie liebt alles mit Zitrone.

Geht klar. :-)

Zum Glück hatten sie früher eingekauft. Viele Optionen zum in den Ofen schieben. Vince bemerkte, dass er lächelte.

SECHSUNDZWANZIG

Die Büros von Roscoe & Henderson befanden sich in Balwyn North in den östlichen Vororten, im zweiten Stock eines alten Backsteingebäudes nahe der Hauptstraße.

Liz und Pete ließen sich auf unbequemen Stühlen gegenüber von Richard Roscoe in einem riesigen Eckbüro mit winzigen Fenstern und teuren Möbeln nieder. Der Teppich war jedoch abgenutzt und es gab Risse in den Wänden.

Sie hatte Roscoe etwa ein Dutzend Mal getroffen. Getroffen war nicht das richtige Wort. Beobachtet. Ihm zugehört, wie er Mörder vor Gericht verteidigte – Malcolm Hardy war vor fast einem Jahrzehnt der erste von vielen gewesen. Der Hardy-Fall brachte ihm andere Mandanten ein, weil er es geschafft hatte, das Urteil mit Voodoo oder so etwas zu reduzieren. Liz hatte keine Ahnung, wie er das gemacht hatte. Aber der Anwalt hatte ein gewisses Talent, das an der Verteidigung von Verbrechern der schlimmsten Sorte verschwendet wurde.

Eine Frau mittleren Alters mit sehr hohen Absätzen schlich mit einem Tablett herein, stellte es auf dem Schreibtisch ab und eilte wieder hinaus.

„Bedienen Sie sich." Roscoe machte eine einladende Handbewegung.

Pete ließ sich das nicht zweimal sagen. Es gab Kaffee und einen Teller mit Keksen, von denen er sich ein paar nahm. Wie der Mann bei seiner Art zu essen und zu trinken fit blieb, war eines der großen Rätsel des Lebens.

„Herr Roscoe, wir sind hier, um Sie nach Ihrem kürzlichen Besuch im Haus von Abel Farrelly zu fragen", sagte Liz. „Woher kennen Sie ihn?"

Roscoes Augen weiteten sich und sein Mund öffnete sich ein wenig. Würde er lügen, dass er vor Farrellys Haus gewesen war? Sie hatte das Video bereit, um es ihm zu zeigen, falls doch.

„Abel? Er ist ein Freund aus Schulzeiten. Wenn Sie den Tag vorgestern meinen, eigentlich den davor, dann war ich in der Gegend und wollte kurz vorbeischauen, um einen Kaffee mit ihm zu trinken."

„Wollten?"

„Das Telefon klingelte, bevor ich aus dem Auto steigen konnte."

Er war sehr selbstsicher. Sobald er wusste, dass es um Abel ging, hatte er sich entspannt.

„Wichtig genug, um Sie davon abzuhalten, Ihren alten Freund zu besuchen?"

„Es war ein Mandant am Telefon. Außerdem erwartete Abel mich nicht und soweit ich weiß, hätte er auch nicht da sein können. Worum geht es hier eigentlich?"

„Ist Abel sowohl Ihr Mandant als auch ein alter Freund?"

Roscoe grinste spöttisch. „Ich werde meine Beziehung zu Abel nicht diskutieren, es sei denn, Sie erklären mir, warum Sie fragen."

Mit halb vollem Mund wedelte Pete mit seiner freien Hand. „Und Hardy?"

„Und Hardy... was?" Roscoe runzelte die Stirn.

Pete schluckte und trank etwas Kaffee, wobei er das Gesicht verzog. Er stellte die Tasse zurück auf das Tablett. „Ich kann verstehen, warum Ihre Sekretärin so schnell wieder verschwunden ist. Wann haben Sie ihn zuletzt gesehen?"

Roscoe nahm sich eine Tasse und ließ sich Zeit beim Nippen.

„Letzte Woche? Heute?", drängte Pete.

„Es ist Wochen her. Ich habe euren Leuten neulich gesagt, dass ich ihn im Gefängnis getroffen habe, um über seinen nächsten Gerichtstermin zu sprechen. Das wars. Wenn es sonst nichts gibt?" Roscoe erhob sich aus seinem Stuhl.

„Es wäre in Ihrem besten Interesse, uns bei der Suche nach Hardy zu unterstützen."

Es war faszinierend zu beobachten, wie sich eine rötliche Färbung um die Ohren des Mannes ausbreitete. Er verschränkte die Arme und sagte nichts.

„Na gut." Pete stand auf und klopfte sich die Krümel von der Vorderseite, wobei er über die offensichtliche Missbilligung in Roscoes Gesicht grinste. „Wir werden das als Bestätigung nehmen, dass Sie in Kontakt mit Hardy stehen. Denken Sie daran, dass er ein kaltblütiger Mörder ist. Und er schreckt nicht davor zurück, jedem eine deutliche Botschaft zu schicken, der nicht nach seinen Regeln spielt."

Er sprach die Wahrheit. Hardy war wegen der Ermordung zweier Kollegen verurteilt worden, die ihn enttäuscht hatten. Sich irgendwo in seinem Umfeld zu bewegen, war ein Risiko. Selbst für seinen Anwalt.

———

Vor dem Gebäude nahm Pete einen Anruf entgegen und Liz holte Nachrichten nach. Vince sprach wieder über Pickering und sie war froh, die Möglichkeit zu prüfen, dass der Mann irgendwie in den Tod von Susie und David verwickelt war. Es überraschte sie, dass er nicht nur ihrem späteren Besuch zustimmte, sondern sie sogar zum Abendessen einlud.

„Warum grinst du so?", Pete hatte sein Telefonat beendet. „Ein besonderes Date?"

„Ja und nein. Können wir los?"

„Noch nicht ganz. Schau mal, wer da auf uns zukommt."

Jerry Black hatte sie nicht gesehen, als er die Straße überquerte und auf halbem Weg auf eine vorbeifahrende Straßenbahn wartete. Er war Roscoes rechte Hand, aber seine Rolle war schwer zu definieren. Teils Anwalt, teils Ermittler, teils Laufbursche. Er hatte bei allen Auftritten Hardys über die Jahre hinweg dabei gesessen und Pete hatte in mehreren Fällen, an denen er beteiligt war, ausgesagt. Als er ihre Straßenseite erreichte, sah er finster drein und wollte an ihnen vorbeigehen.

Pete stellte sich vor die Tür. „Kumpel. Jerry – ist zu lange her."

„Ich bin beschäftigt."

„Warst du bei Hardy?", fragte Pete.

„Idiot."

„Du verletzt meine Gefühle. Also keine Spur von Hardy in letzter Zeit?"

„Herrgott nochmal, das hab ich doch gerade gesagt. Gibt es einen Grund, warum du mich aufhältst, oder ist das nur zu deiner Unterhaltung?"

Black versuchte, an Pete vorbeizukommen, der sich mit ihm bewegte und einen Arm um die Schultern des Mannes legte, als würden sie sich nur unterhalten. Liz holte ihr Handy heraus.

„Mr. Black, würden Sie sich etwas für uns ansehen, und dann lassen wir Sie in Ruhe?" Bevor er antworten konnte, spielte sie das Video von Roscoes Auto in der Nähe von Farrellys Haus ab. „Wissen Sie, wem dieses Haus gehört?"

„Nein. Aber das ist Richards Auto, also müsst ihr ihn fragen."

„Das haben wir", Pete hatte seinen Griff nicht gelockert.

Für einen zufälligen Beobachter hätte es wie ein paar Freunde ausgesehen, die sich treffen, plaudern und ein Video teilen. Aus der Nähe betrachtet waren Blacks Hände geballt, und sie waren nur einen falschen Schritt davon entfernt, dass er nach Pete schlug.

Dieser Mann wusste viel mehr, als er bereit war, ihnen zu sagen, und Liz beobachtete sein Gesicht genau. „Sehen Sie, wie ich an der Tür bin? Wenn sie sich öffnet, werden Sie einen Blick auf den Bewohner werfen können."

In dem Moment, als Farrelly erschien, weiteten sich Blacks Augen und er wand sich aus Petes Griff. „Ich werde Beschwerde einreichen, wenn du mich je wieder anfasst, McNamara." Er riss die Tür auf und war verschwunden.

„Hab ich was Falsches gesagt?"

Als sie das Handy wegsteckte, lief Liz ein seltsames Gefühl über den Rücken. Sie hielt nicht viel von der Theorie, dass man spürt, wenn man beobachtet wird, aber ... sie nahm sich einen Moment Zeit, um die gegenüberliegende Straßenseite zu scannen. Geschäfte, Menschen, Autos. Niemand schaute sie an.

„Glaubst du, er kennt Abel?", fragte Pete.

„Hm? Ja." Sie gab das Suchen auf und nickte. „Und nicht auf freundschaftliche Weise."

„Zwischen ihm und Roscoe haben wir hoffentlich etwas aufgerüttelt."

———

Zurück auf der Wache stand Terry wieder an der Tafel, aber diesmal hatte er eine Reihe von Fotos mit Magneten angebracht. Keine anderen Detectives waren im Büro. Pete hatte noch etwas zu erledigen und hatte Liz abgesetzt und war weggefahren.

„Was sehe ich mir hier an?", fragte sie. Sie legte ihre Schlüssel und ihr Handy auf ihren Schreibtisch und gesellte sich zu ihm.

„Luftaufnahmen von Hardys Fluchtort und möglichen Routen, die er genommen hat." Terry tippte auf das zentrale Bild, das das größte war und einen Überblick über etwa vier Häuserblocks zeigte. „Als er losrannte, hatte er vielleicht dreißig Sekunden Vorsprung. Er hätte Fußfesseln tragen sollen, trug aber wegen einer Verletzung aus der Vorwoche noch eine Schiene. Eigentlich hätte er gar nicht laufen können."

„Vielleicht hat er es vorgetäuscht."

Terry schüttelte den Kopf. „Nee. Röntgenaufnahmen zeigten

zwei gebrochene Knochen in seinem Fuß. Einer von vielen Gründen, warum seine Begleiter nachlässig wurden, aber das müssen andere klären. Was wir wissen, ist, dass er in diese Richtung lief ...“ Er zeigte nach Norden, „wobei er zuletzt hier gesehen wurde.“

„Nahe den Queen Victoria Markets. Haben wir dort nach Aufnahmen gesucht?“

„Ja. Aber er wäre mit Handschellen aufgefallen, also denke ich, er ist um einige dieser Seitenstraßen herumgeschlichen, bis er jemanden fand, der ihm half.“ Terry trat einen Schritt von der Tafel zurück, verschränkte die Arme und starrte sie an. „Der Grund, warum ich das alles nochmal durchgehe, ist, dass wir etwas gefunden haben. Seine Handschellen.“

„Wo?“

„Er hat sie in einen Container geworfen und ein befreundeter Informant, der auf der Straße lebt, hat sie gefunden. Hardy war über einen Kilometer quer durch die Stadt gekommen, wenn sie in der Nähe des Fundorts entfernt wurden.“

Liz kniff die Augen zusammen und betrachtete das Luftbild des Blocks, wo ein eingekreister Container gerade noch in einer Gasse zu sehen war. „Ist das nicht in der Nähe von ... Moment mal, Chef.“ Sie griff nach ihrem Handy und scrollte durch ihre Notizen. „Ginny Makos. Pete hat eine Vorgeschichte mit ihr – ich glaube als eine Art Informantin. Wir haben sie neulich befragt.“

„Und sie wohnt?“

„Einen Block von dieser Gasse entfernt.“

Terry ging in Richtung seines Büros. „Wir werden wohl noch mal mit ihr plaudern.“ Er wählte schon eine Nummer auf seinem Handy, während er seine Schlüssel holte. „Kumpel, gibts eine Chance, die Fingerabdrücke auf den Handschellen zu beschleunigen? Ja. Diese Nummer. Danke.“

„Soll ich Pete anrufen?“, fragte Liz und folgte Terry nach draußen.

„Lass uns erst mal sehen, was wir herausfinden.“

Ginny war überraschend nett. Sie ignorierte Liz zwar immer noch, lud sie aber beide ein und fragte, wo Pete sei.

„Frau Makos-"

„Frau. Ich mag Witwe sein, aber ich trage immer noch seinen Ring." Ginny wackelte mit ihrem Ringfinger, an dem ein schlichter Goldring steckte, um ihren Punkt zu unterstreichen. „Aber ich höre nur auf Ginny."

„Mein Beileid", sagte Terry.

Anders als bei Liz erstem Treffen war Ginny angezogen und trug Jeans und einen rosa Pullover. Die Türen zu den anderen Räumen standen offen und statt klassischer Musik lief ein Nachrichtensender im Radio.

„Wir haben neue Informationen über Malcolm Hardy", sagte Terry. „Besitzen Sie zufällig einen Bolzenschneider?"

Mit einem nervösen Kichern ließ sich Ginny auf die Armlehne eines Stuhls plumpsen. Sie hatte ihnen nicht angeboten, sich zu setzen, also taten sie es nicht. Sie mochte lachen, aber ihre Augen waren hart. „Mein lieber Polizist, was um alles in der Welt sollte ich mit so einem Ding anfangen? Meine ... Besucher mögen vielleicht ein bisschen Schmerz, aber nichts, was permanente Narben hinterlässt."

„Passiert es Ihnen nie, dass Sie jemanden versehentlich in Handschellen einschließen und den Schlüssel verlieren?" Liz konnte nicht anders, und aus dem Augenwinkel hatte sie den Eindruck, dass Terry sich das Lachen verkneifen musste. „Ich würde meinen, es wäre sinnvoll, für solche Situationen einen Bolzenschneider parat zu haben."

Obwohl sich Ginnys Lächeln in einen finsteren Blick verwandelte, sprach sie immer noch nicht mit Liz.

„Haben Sie etwas dagegen, wenn wir uns umsehen?", fragte Terry.

„Tatsächlich habe ich etwas dagegen."

„Wann haben Sie Malcolm Hardy zuletzt gesehen?"

Ginny stand auf. „Ich habe Pete neulich das Gleiche gesagt, und ich sage es Ihnen auch: Malcolm war seit Jahren nicht mehr hier. Ich habe ihn einmal im Gefängnis besucht, und es war so schrecklich dort, dass ich nie wieder hingegangen bin."

„Und das Gefängnis war das letzte Mal, dass Sie mit ihm gesprochen oder ihn gesehen haben?", fragte Terry.

„Na ja, ja. Das habe ich doch gesagt."

An der Haustür warf Terry einen Blick zurück. „Ginny? Wenn Sie dachten, das Gefängnis wäre als Besucher schrecklich, stellen Sie sich vor, wie sehr Sie es als Insassin hassen würden. Das lässt sich leicht vermeiden, wenn Sie uns helfen."

Ihr Gesichtsausdruck änderte sich. Sie zögerte. Und dann zuckte sie mit den Schultern und wandte sich ab.

SIEBENUNDZWANZIG

Das Lagerhaus war endlich ruhig. Die Arbeiter waren weg und die Tische für den nächsten Tag bereit gemacht. Neben dem umgebauten Schiffscontainer waren Holzpaletten mit großen, versiegelten Kartons beladen. Bradley stand vor seinem Büro mit einem wohlverdienten Scotch. Die Dinge fügten sich zusammen und zum ersten Mal seit Wochen lichtete sich die Wolke am Horizont.

Abel kam durch die Beifahrertür herein, eine Sporttasche über der Schulter. „Du bist noch hier, Chef?"

„Willst du einen Drink?"

„Danke, nein. Ich will den Container nochmal überprüfen." Er ließ die Tasche zu seinen Füßen fallen, als er sich Bradley anschloss. „Also passiert das jetzt endlich."

„Hab die Papiere mit der Transportfirma unterschrieben. Hasste es, ihnen die Geldgarantie zu geben, aber wenn das klappt ..."

Mit einem seltenen Lächeln nickte Abel. „Es wird klappen. Nächstes Jahr um diese Zeit wirst du bereit sein, dein Auto upzugraden. Dein Haus. Diese Yacht zu kaufen."

Eine Yacht klang gut.

„Erste Abholung?", fragte Abel.

„Ja, tja, das ist der einzige Haken. Der erste verfügbare Termin ist in vier Tagen-"

„Das wird nicht funktionieren."

„Ich weiß, wenn du mich hättest ausreden lassen, ich hab sie gebeten zu überlegen, ob sie uns bei dieser ersten Fuhre aushelfen können und ihnen einen Bonus angeboten, wenn sie es innerhalb von zwei Tagen schaffen. Hab das Doppelte für dieses eine Mal geboten. Sie lassen es mich morgen früh wissen." Noch mehr Vorabgeld, das besser gut angelegt sein sollte. „Duncan Chandler lässt seine Leute um acht Uhr morgens vier Paletten liefern, also organisier ein Team, um den Container zu packen, damit wir bereit sind."

„Ich packe unsere Kisten heute Nacht." Abel hob seine Tasche auf.

„Wir bezahlen Leute gutes Geld, um diesen Mist zu machen."

„Du bezahlst ihnen *Geld*. Ich will die beste Konfiguration herausfinden, also lass mich meinen Job machen." Abels Handy piepste und er runzelte die Stirn, als er die Nachricht las. „Will ein Update."

„Ich hab Duncan schon gesagt-"

„Nicht Duncan."

„Oh. Sag ihm, es gibt morgen früh eins." Bradleys Glas war leer. „Ich geh nach Hause. Bei Problemen ruf mich an."

Aktentasche gepackt, Glas gewaschen und zurück im Schrank, ging er, um das Bürolicht auszuschalten, und bekam fast einen Herzinfarkt, als ein Schatten vor der Tür auftauchte.

„Scheiße, Vince", murmelte er.

„Ich hab Ihnen geschrieben. Hab gesagt, ich bin draußen."

Bradley überprüfte sein Handy. „Oh, okay. Habs nicht gehört. Warum sind Sie hier?"

„Wir haben neulich darüber gesprochen."

Mit einer vagen Erinnerung an ein Gespräch vor seinem Haus winkte er Vince ins Büro. „Setzen Sie sich dann. Ich kann nicht lange bleiben."

„Ich auch nicht. Muss Melanie abholen." Vince starrte auf das Foto von David auf dem Schrank.

„Sie ist bei Carla?"

„Nein. Bei einer Freundin."

Sie haben keine Freunde.

„Wollen Sie sich nicht setzen?"

„Ich verstehe, Sie wollen Davids Anteil am Geschäft kaufen?" Vince lehnte sich mit verschränkten Armen an die Wand. „Warum sollte das in Melanies bestem Interesse sein?"

Bradley ließ sich in seinen eigenen Stuhl fallen und seufzte. „Vince, ich versuche, die bevorstehenden Veränderungen zu meistern. Melanie kann diesen Laden nicht mitführen. Sie kann nicht investieren oder beraten oder für das Unternehmen arbeiten. All die Dinge, die ihr Vater mitbrachte, die Fähigkeiten und das Talent und die Zeit - die muss ich ersetzen. Ein stiller Teilhaber kommt für ein kleines Unternehmen nicht in Frage."

„Sind Sie in der Lage, sie auszuzahlen?"

„Das ist kein Problem."

Vince hatte die Frechheit, die Augenbrauen hochzuziehen. „Ich höre, dass David finanziell zu kämpfen hatte."

In der Ferne ertönte ein lautes Scheppern.

„Etwas, das Sie überprüfen müssen?"

„Wir arbeiten an einem Container und bereiten eine Ladung vor, die rausgehen soll, dank eines großen neuen Vertrags mit Duncan Chandler, um den Transport seiner Produkte zwischen den Bundesstaaten zu ermöglichen. Deshalb werde ich das Geld haben, um Davids Anteil zu kaufen, und deshalb ist Ihre Andeutung über seine Finanzen lächerlich. Wir beide beziehen ein anständiges Gehalt aus dem Geschäft und er hat nicht ein einziges Mal um mehr gebeten."

Wofür war Vince wirklich hier? Das hätte am Telefon besprochen werden können oder noch besser, von ihren jeweiligen Anwälten. Und was für einen Mist redete er da? David hatte keine Geldprobleme. Er schob seinen Stuhl zurück und stand auf. „Kein Laptop für mich?"

„Welche Dateien haben Sie neulich aus seinem Haus mitgenommen?"

„Tatsächlich waren das die Verträge für diesen neuen Deal. Er hatte sie, um sie vor der Unterzeichnung durchzugehen, aber dazu kam es natürlich nicht. Und es gibt einen ganzen Aktenschrank mit arbeitsbezogenen Ordnern, die ich brauche, also wie kommen wir zu einer Einigung, Vince? Ich gehe gerne mit Ihnen dorthin, wenn Sie denken, ich könnte das Silber stehlen."

„Davids Safe. Was ist die Kombination?"

„Was?"

Anstatt zu antworten, richtete sich Vince auf und ging zu dem Foto, nahm es in die Hand. „Sie sagten, Sie hätten noch mehr Fotos von David. Für Melanie."

„Sicher. Dieses hier möchte ich aber behalten. Ich sammle sie und bringe sie zu Ihnen nach Hause."

„Schreiben Sie mir einfach und ich hole sie ab." Er stellte das Foto zurück. „Die Kombination, bitte."

So sehr er sich auch bemühte, es zu kontrollieren, sein Hals und Gesicht wurden heiß. „Welcher Safe?"

Vince ging zur Tür und hielt inne, als er sie erreichte. „Lassen Sie es mich wissen, wenn Sie sich erinnern, und ich besorge Ihnen die anderen Akten. Vielleicht sogar den Laptop."

Dann war er weg.

Bradley schoss um den Schreibtisch herum. Vince sollte besser nicht versuchen, im Lagerhaus herumzuschnüffeln. Aber das tat er nicht, er knallte die Lagerhallentür hinter sich zu, als er ging.

„Und das winzig kleine Kätzchen hat sich an mich erinnert, Opa, und ist mir überallhin gefolgt!" Wie das Kätzchen folgte Melanie Vince durch die Küche. „Lyndall hat mir gezeigt, wie man einen Bo... äh... Bo-Dingsbums aus Blumen macht."

„Einen Blumenstrauß?"

„Genau das. Blumenstrauß."

„Wie wäre es, wenn du den Tisch deckst? So laufen wir uns nicht gegenseitig über den Weg."

„Okay. Wann kommt die Dame?"

„Lizzie? Jeden Moment. Warst du bei den Eseln?"

Mit den Händen in der Besteckschublade warf Melanie ihm einen seltsamen Blick zu und schüttelte den Kopf.

„Keine Zeit gehabt?"

„Die sind irgendwie groß."

„Ach so. Aber sie sind sehr sanft. Genau wie Apple."

Sie knabberte an ihrer Unterlippe. Wie konnte Susies Kind nur solche Angst vor Tieren haben? Und sich in drei Jahren so sehr verändert haben? Das ergab keinen Sinn. Melanie war früher oft hier gewesen, und er war sich sicher, irgendwo ein Foto zu haben, auf dem sie auf Apple saß, während Susie sie festhielt. Vielleicht in diesen Fotoalben.

Melanie beendete das Tischdecken und lief los, um aus dem Wohnzimmerfenster zu schauen.

Sie hatte nicht aufgehört zu plappern, seit er sie früher abgeholt hatte, viel später als geplant. Lyndall schien das nicht gestört zu haben – wenn überhaupt, lächelte sie mehr, als er sich erinnern konnte. Sie könnten gut füreinander sein. Auch wenn Katzen im Spiel waren.

„Sie ist da!"

„Mach die Tür auf, Mel." Er drehte den Ofen etwas runter und holte Melanie ein, die an der Haustür wartete. „Es ist okay."

„Ich dachte nur... was, wenn es das Auto von jemand anderem wäre? Ich kenne sie nicht." Wie schon zuvor knabberte Melanie an ihrer Unterlippe, und die Aufregung und frühere Lebhaftigkeit wurden von Vorsicht überschattet. Sie war gerade dabei gewesen, aus dem Schneckenhaus herauszukommen, das der Unfall geschaffen hatte. Warum also plötzlich diese Sorge? Und welcher „jemand anders"?

Er beugte sich herunter, um zu flüstern: „Liz ist nervös, dich zu sehen."

Ihr Mund öffnete sich und ihre Augen weiteten sich vor Überraschung.

„Ich zähle darauf, dass du ihr hilfst, sich an dich zu erinnern, weil du sie früher gekannt hast."

Mit einem schnellen Nicken öffnete Melanie die Tür weit, gerade als Liz die oberste Stufe erreichte. „Hallo. Ich bin Melanie Weaver und Sie sind herzlich willkommen, uns zu besuchen." Sie streckte ihre rechte Hand aus.

Liz warf Vince einen überraschten Blick zu und schüttelte dann Melanies Hand. „Was für eine reizende Begrüßung, Melanie Weaver. Mein Name ist Liz Moorland. Aber ich glaube, wir haben uns schon einmal getroffen."

„Du erinnerst dich *wirklich* an mich! Opa dachte, du hättest mich vergessen."

„Es ist schon lange her, aber ich könnte dich nie vergessen. Oh, und ich habe etwas zum Nachtisch mitgebracht. Darf ich reinkommen?"

Melanie machte einen dramatischen Schritt zurück, um Liz Platz zu machen, und sprach mit solchem Ernst, dass Vince fast in Gelächter ausgebrochen wäre. „Eine Person mit Nachtisch darf immer reinkommen."

Warum hatte er es so lange aufgeschoben, Liz zum Abendessen einzuladen? Sie waren seit mehr als zwei Jahrzehnten Freunde und Partner bei der Polizei gewesen, und er hatte ihren trockenen Humor und ihre Freundlichkeit vermisst. Und der Bonus war, Melanie so viel lächeln zu sehen. Sie hatte Liz die Geschichte vom Kätzchen im Regen erzählt und dann davon, wie das Kätzchen sich heute an sie erinnert hatte.

„Du hast den Besuch bei Lyndall also genossen?" Liz löffelte den letzten Rest ihres Zitronen-Gelatos auf.

„Mhm. Sie ist wirklich nett und überhaupt nicht gruselig."

„Gruselig?", fragte Liz mit vollem Mund.

„Opa sagte-"

„Wie wäre es, wenn wir den Tisch abräumen, junge Dame." Vince war bereits auf den Beinen. Es war nicht nötig, dass seine Meinungen wiederholt wurden. Liz grinste, als sie half, die Teller zur Spüle zu bringen.

Melanie fragte, ob sie einen Film auf Vinces altem DVD-Player zu Ende schauen könne. Sie hatte eine alte Sammlung durchstöbert, die er noch von vor ein paar Jahren hatte. Dinge, die er gekauft hatte, als sie und Susie noch zu Besuch kamen.

„Möchtest du ein Glas Wein, Liz?"

„Besser nicht. Pete macht heute Nacht Überwachung und ich muss vielleicht wieder zur Arbeit."

Mit einem missbilligenden Brummen, das ausschließlich Pete galt, setzte sich Vince wieder an den Küchentisch zu Liz.

„Er ist wirklich nicht so schlimm", sagte sie. „Er hat mir sogar geholfen, als ich anfing zu ermitteln..."

„Den Unfall? Kein Grund, um den heißen Brei herumzureden. Zumindest nicht, wenn Mel in der Nähe ist."

Melanies Lachen aus dem anderen Raum kam wie auf Stichwort.

„Sie ist so erwachsen geworden, Vince. Es muss zwei Jahre her sein, dass ich sie zuletzt gesehen habe, abgesehen von neulich. Sie ist einfach ein Prachtmädchen. Und offensichtlich vergöttert sie dich."

Etwas fühlte sich warm um sein Herz an. Ein bisschen Glück. „Das beruht auf Gegenseitigkeit."

Die Stille zog sich hin. Vielleicht war Liz von seiner kleinen Gefühlsregung peinlich berührt, so etwas hatte sie nicht oft erlebt. Nun, zumindest keine gefühlsduseligen Gefühle. Sie hatte definitiv zu viel Wut und zu viele Schuldzuweisungen gesehen.

„Hat Melanie irgendetwas über den Unfall gesagt?", fragte Liz leise, ein Auge auf den Türrahmen gerichtet. „Irgendetwas?"

„Wieso?"

„Werde nicht gleich defensiv. Ich versuche, das schwierigste

Puzzle der Welt zusammenzusetzen und könnte etwas Hilfe gebrauchen."

„Tut mir leid. Terry wollte anfangs mit ihr reden und ich habe nein gesagt. Ich dachte, wenn sie etwas zu sagen hat, wird sie es tun. Wenn sie bereit ist. Aber", er senkte ebenfalls seine Stimme, „da sind ein paar Dinge. Als du vorgefahren bist, sagte ich ihr, sie solle die Haustür öffnen, und sie wurde ganz still und sagte etwas darüber, dass sie nicht wüsste, ob du es wirklich bist. Dass es jemand anderes sein könnte. Eigentlich jemand anderes Auto."

Liz stützte ihre Ellbogen auf den Tisch und starrte ihn an.

„Und neulich machte sie so einen seltsamen Kommentar darüber, als Lyndall im Regen war. Hat ihr einen kleinen Schrecken eingejagt, weil sie direkt unter dem Vordach war und nur einen Teil von Lyndall sehen konnte."

„Was hat sie gesagt?"

„Dass sie froh war, dass es Lyndall war und nicht der wütende Mann."

Er musste dem auf den Grund gehen. Warum würde sie denken, dass es einen wütenden Mann gäbe, und was meinte sie überhaupt damit?

„Vince. Du musst-"

„Ich werde. Ich werde zuerst mit ihrer Therapeutin sprechen. Sag mir, was du über den Mörder weißt."

„Könnte ein Unfall gewesen sein. Okay, das musste ich sagen. Was wir wissen, ist, dass es Farbübertragungen an der Rückseite und der Beifahrerseite des Autos gab, dass es schwarze Farbe war und dass sie von einem von drei Fahrzeugtypen stammte. David war in die Gegenfahrbahn geraten, aber es gab keine Anzeichen von Bremsen oder Schleudern für mehrere Sekunden Fahrzeit. Ich habe auch eine halb gerauchte Zigarette auf der Straße vom Tatort entfernt gefunden. In Sichtweite. Wird gerade getestet."

Atme.

Sie lehnte sich zurück. „Noch nichts auf dem Anrufbeantworter. Keine unerwarteten Fingerabdrücke vom Einbruch in ihr Haus ... und ich werde veranlassen, dass der Safe auf Fingerabdrücke untersucht wird."

„Das ist alles?"

Er kannte den Ausdruck in ihrem Gesicht. Sie verheimlichte ihm etwas.

„Erzähl mir, was damals mit den Pickerings passiert ist."

Sie entspannte sich fast sichtbar und erzählte ihm von den seltsamen Forderungen der Pickerings bezüglich des Kindes der neuen Nachbarn. Er erinnerte sich an Teile davon, während sie sprach.

„Ich wusste immer, dass er Ärger bedeutet. Dachte aber nicht, dass Carla es auch war", sagte er. „Wette, sie waren nicht begeistert, dich wiederzusehen, und dann noch bei der Mordkommission."

„Als ich die Einfahrt des Lagerhauses hochging, wäre Bradley fast umgekippt."

Warte ...

„Warum warst du dort?"

Sie schaute weg.

„Lizzie?"

Mit den Augen wieder auf ihm, wählte sie ihre Worte sorgfältig. Er hasste das. „Ich wollte wissen, warum er in Susies Haus war."

„Und?"

„Er hat mir das Gleiche erzählt wie dir. Dass er Akten abgeholt hat, die dem Unternehmen gehören. Und ... ich habe gefragt, worüber er und David im Restaurant an jenem Abend gestritten haben. Ein Kellner hat sie belauscht."

„Warum wurde mir das nicht gesagt? Ich habe Melanie zu deren Haus gehen lassen. Habe ich sie in Gefahr gebracht?" Ihm war bewusst, dass seine Stimme lauter wurde, und er presste die Lippen zusammen. Aber sein Herz raste, und er wollte zu Pickerings Haus fahren und ihn zur Rede stellen.

„Ich bezweifle, dass sie bei ihnen in Gefahr ist. Sie sind ihre

Paten, und Susie hat Carla vertraut, also atme mal durch. Der Kellner bestreitet, irgendetwas gesagt zu haben, und Bradley auch. Ich hätte es dir nicht erzählen sollen."

„Doch. Das hättest du."

Ihr Handy piepste, und als sie die Nachricht las, sanken ihre Schultern herab.

„Verdammt. Verdammt nochmal. Tut mir leid, ich muss los."

Sie war auf den Beinen.

„Was ist los?"

„Es gab einen Mord. Jemand, mit dem ich über Malcolm Hardy gesprochen habe." Sie war offensichtlich wütend auf sich selbst. „Ich hatte so ein Gefühl ... verdammt."

„Geh. Verabschiede dich von Melanie und pass auf dich auf."

Er wollte sie umarmen, wusste aber nicht wie.

„Lass mich die Sache regeln, Vince. Ich werde herausfinden, was passiert ist."

Eine Umarmung für Melanie und Liz fuhr davon. Sobald sie auf die Straße abbog, gingen ihre Lichter und die Sirene an.

ACHTUNDZWANZIG

Polizeiauto-Blinklichter flackerten entlang der Straße und tauchten die Gebäude in Blau und Rot. Menschen, die auf dem Gehweg stehen geblieben waren, wurden weggeschickt, die meisten überquerten die Straße und zückten ihre Handys. Ein Medienwagen traf ein. Wahrscheinlich der erste von vielen.

Liz zeigte ihre Marke, um das Polizeiabsperrband zu passieren und dann ins Gebäude zu gelangen. Der Aufzug war abgesperrt, also rannte sie die fünf Stockwerke hoch.

Vor der Tür wurden ihr Überschuhe gereicht, die sie anzog.

Pete war in der Wohnung und bellte Befehle an einen Uniformierten, der an ihr vorbeieilte.

Die Leiche befand sich im Schlafzimmer.

„Die Spurensicherung ist unterwegs. Nichts anfassen." Er warf Liz kaum einen Blick zu.

„Im Ernst, Peter? Du sprichst nicht mit einem Neuling."

Ginny hätte schlafend wirken können, wäre da nicht der schwarze Strumpf um ihren Hals gewesen. Sie trug nur einen spitzenbesetzten schwarzen BH, passende Höschen und den anderen schwarzen Strumpf.

„Ein Freier?"

Pete begann, den Raum zu scannen. „Hardy."

„Hardy?"

„Erdrosselung. Sie hat sich anscheinend nicht gewehrt, also kannte sie ihren Mörder. Er mochte es wahrscheinlich rau, und sie dachte, es wäre Teil des Spiels, bis sie das Bewusstsein verlor."

„Er schneidet Kehlen durch."

„Soweit wir wissen, hat er bisher auch nur Männer getötet. Das hier ist eine Frau, die ihm einmal etwas bedeutet hat. Eine andere Version desselben Verbrechens." Pete stürmte aus dem Zimmer. „Du warst mit Terry hier."

Liz folgte ihm. „Einen Block weiter wurden Handschellen gefunden, die dem Beamten gehörten, der sie Hardy angelegt hatte, also kamen wir her, um ein Gespräch zu führen."

Sie waren in der Küche, weg von den anderen Polizisten.

„Warum hast du mich nicht gebeten, euch hier zu treffen?", verlangte Pete zu wissen.

„Terrys Entscheidung."

„Liz... Scheiße." Er fuhr sich mit der Hand durchs Haar, seine Augen wütend. „Wir hätten sie im Auge behalten sollen. Er hat herausgefunden, dass ihr sie besucht habt, und hat sie zum Schweigen gebracht."

„Oder er hat herausgefunden, dass du und ich neulich hier waren."

Der Ärger im Gesicht ihres Partners verriet ihr, dass er wusste, dass das möglich war.

„Erzähl mir, was passiert ist."

Liz berichtete ihm von dem Gespräch, ließ aber den Teil aus, wo sie vorgeschlagen hatte, dass Ginny möglicherweise versehentlich ihre Kunden in Handschellen einschließen und sie herausschneiden müsste. Es hatte keinen Sinn, seine Frustration noch zu vergrößern. „Terry bat darum, sich umzusehen, und sie sagte nein. Er beschloss, auf die Fingerabdrücke von den Handschellen zu warten, bevor er einen Durchsuchungsbefehl beantragte."

„Und, sind sie da?"

„Nicht dass ich wüsste. Aber jetzt können wir suchen." Liz ließ Pete sich sammeln, zog Handschuhe an und fand die Waschküche. Es gab kaum Platz zum Umdrehen, ein kombinierter Waschtrockner, ein Waschbecken und ein schmaler Besenschrank, den sie öffnete. „Pete?"

Sie hätten den Durchsuchungsbefehl früher besorgen sollen.

Ein Bolzenschneider lag hinter einem Bügelbrett und einem Besen.

„Das ändert die Sachlage." Terry schenkte Liz und Pete sowie sich selbst Kaffee ein.

Sie waren die Einzigen im Raum. Diejenigen, die verfügbar waren, waren bereits wieder auf der Suche nach Hardy.

„Ich habe einen Durchsuchungsbefehl für Richard Roscoes Kommunikation beantragt und möchte, dass ihr beide ihn beschattet. Wenn Hardy sich sicher genug fühlt, um einen seiner alten Kontakte zu töten, könnte er einen Fehler machen und seinen Anwalt kontaktieren. Oder wieder zuschlagen. Ich habe jemanden geschickt, um ein Auge auf Roscoe zu haben, aber ihr beiden übernehmt bitte heute Abend."

Pete hatte früher mit Terry wegen Ginny gesprochen. Liz hatte sie allein gelassen und war in den Umkleideraum gegangen, um sich in ihre übliche Hose und Jacke umzuziehen, und bei ihrer Rückkehr waren sie wieder normal und planten voraus.

„Die andere Sache ist, dass die Medien sich in einen Wirbel versetzen, also seid vorsichtig, dass sie euch nicht folgen. Sie spekulieren, dass Hardy dahintersteckt, und schüren die Empörung darüber, dass er auf freiem Fuß ist."

„Wo ist Roscoe jetzt?", Pete trank seinen Kaffee aus.

„Ich werde nachsehen und euch eine Nachricht schicken, bis ihr unten seid."

Vince wusste, dass er noch nicht schlafen würde, also schaltete er den Fernseher ein und stellte den Ton leise. Es gab nichts Interessantes zu sehen, aber er wollte irgendeine Art von Gesellschaft, und das würde genügen. Melanie schlief seit ein paar Stunden, erschöpft auf eine zufriedene Art von ihrem Nachmittag mit Lyndall und dem Abendessen mit Liz.

Es waren Liz Enthüllungen, die ihn beunruhigten.

Es hatte im Restaurant wohl irgendeine Auseinandersetzung gegeben. Wenn ein Kellner es mitgehört hatte, dann vermutlich nicht im Speisesaal... also wo? Draußen? Entlang eines Flurs? Er kannte Spironis von ein paar Mittagessen dort mit Susie. Er erinnerte sich vage an einen langen Flur, der sowohl zur Küche als auch zu den Toiletten führte. Und vielleicht zum Hinterausgang.

Die Person, die die Nachricht auf Susies Anrufbeantworter hinterlassen hatte, drohte David und hatte genug davon, darauf zu warten, dass er einer Sache zustimmte. Es war nicht Bradleys Stimme gewesen, also mit wem war David verstrickt? Oder womit?

Ich muss den Kellner finden und ein ruhiges Wort mit ihm reden.

Wenn sie einer Person erzählt hatten, dass es einen Streit gab, und dann ihre Geschichte geändert hatten, war es wahrscheinlich, dass eine dritte Partei involviert war. Mehr Drohungen? Oder eine nette Auszahlung?

Eine Eilmeldung fiel ihm ins Auge und er drehte den Ton so weit auf, dass er es hören konnte.

„Der Tod von Ginny Makos, die Gerüchten zufolge eine High-End-Escort war, wird als verdächtig behandelt."

Luftaufnahmen aus einem Hubschrauber zeigten die Szene. Ein Apartmentgebäude im Nordwesten der Stadt mit Polizeiautos, Krankenwagen und einer Menschenmenge trotz der späten Stunde.

„Ein Polizeisprecher hat den Reportern vor Ort versichert, dass der Mörder keine Gefahr für die allgemeine Öffentlichkeit darstellt. Wir glauben, sie wissen, wer der Mörder ist. Es wird einen vollständigen

Bericht in unserer regulären Nachrichtensendung geben und wir werden die Frage stellen: Hat Malcolm Hardy Ginny Makos getötet?"

„Mist."

Er schaltete den Fernseher aus und begann, Liz auf seinem Handy anzurufen. Diese Ginny war die Person, mit der sie über Hardy gesprochen hatte. Liz würde knietief drin stecken. Stattdessen schickte er eine Nachricht.

Malcolm Hardy dahinter?

Der Mann war eine Bedrohung. Vince war am Ende seiner Karriere gewesen, als Hardy ins Gefängnis kam, und hatte nichts mit der Verhaftung zu tun, wusste aber genug, um ihn wieder hinter Gittern sehen zu wollen. Wenn er es war, wo versteckte er sich dann? Die Hitze, die dieser Mord erzeugen würde, würde ausreichen, damit jeder seiner alten Kontakte sich weigern würde, ihm zu helfen. Es sei denn, es war eine Warnung - *leg dich nicht mit mir an.*

Eine Nachricht erschien.

Wir denken schon.

Er steckte das Handy weg. Sie hatte genug zu tun. Hardy hatte es geschafft, sich lange genug zu verstecken, aber in einer Stadt zu bleiben, in der jeder Polizist einen im Visier hatte, würde das ändern. Er würde einen Ausweg brauchen. Der Seeweg war eine Option. Jemanden mit einem kleinen Boot dazu bringen, das Risiko einzugehen, ihn entlang der Küste zu bewegen. Flughäfen wären unmöglich, es sei denn, er hätte einen Freund auf der Innenseite und ein kleines Flugzeug, aber es war nicht so einfach wie in den Filmen. Dasselbe galt für Bus und Bahn. Viele Kameras. Viele Leute, die aufpassen.

Entweder hatte sich Malcolm Hardy irgendwo unsichtbar verschanzt oder er würde versuchen, aus dem Bundesstaat zu fliehen. Was nur noch den Straßentransport übrig ließ. Ein Privatwagen könnte ungesehen durchkommen, aber das Risiko war hoch. Autos brauchten Treibstoff und Tankstellen hatten Kameras.

Gähnend stand Vince auf. Sein Geist würde sich noch nicht

ausruhen, aber sein Körper war erschöpft und er konnte genauso gut im Bett nachdenken wie hier.

Der Altona Beach war fast verlassen. Die Einkaufsstraße – normalerweise selbst zu dieser späten Stunde belebt – war ruhig, höchstwahrscheinlich dank der Kälte heute Abend.

Richard Roscoe hatte Liz und Pete hierher geführt und nun warteten sie.

Er hatte sein schickes Auto entlang der Uferpromenade geparkt und war zu dem einen halben Kilometer langen Pier gegangen, wo er die letzten dreißig Minuten geblieben war. Er ging nicht die Länge entlang oder machte irgendwelche Anrufe. Er stand einfach da und starrte zurück zu den Geschäften.

„Spürt er die Kälte nicht?", fragte Liz. Sie fror. Sie hätte einen Pullover anbehalten sollen, anstatt der Jacke, die wenig tat, um sie warm zu halten.

Pete antwortete nicht. Er war still gewesen, seit sie die Verfolgung von Roscoe übernommen hatten, und war entweder immer noch wütend oder trauerte um Ginny. Er wollte nicht darüber reden und Liz würde nicht in die seltsame Verbindung eindringen, die er zu der Frau gehabt hatte.

Jemand ging am Strand entlang in Richtung Pier. Liz nahm ein Fernglas, aber es war zu dunkel, um zu erkennen, wer die Person war. „Pete?"

„Ja, ich kann ihn sehen. Er trifft sich mit Roscoe."

Der Mann betrat den Pier und das Oberlicht gab Liz, was sie wollte. Pete begann, Fotos mit der Kamera zu machen, die er bevorzugte, und ihrem riesigen Objektiv.

Es folgte ein Gespräch. Hauptsächlich von Roscoes Seite, aber mit gelegentlichen Kommentaren des anderen Mannes. Roscoe fuchtelte mit den Armen herum und drang in den persönlichen Raum des anderen Mannes ein. Es gab einen schnellen Stoß und Roscoe wich zurück. Weitere Worte wurden gesprochen und dann ein zögerlicher Handschlag, bevor beide getrennte Wege gingen.

Pete machte weiter Bilder von dem anderen Mann, bis dieser in einen Pritschenwagen stieg.

„Was zum Teufel war das?", fragte Liz und behielt Roscoe im Auge. „Warum trifft sich Roscoe mitten in der Nacht mit Abel Farrelly?"

NEUNUNDZWANZIG

Ihrem Wort treu hatte Liz jemanden organisiert, um den Safe abzustauben, trotz ihrer langen Nacht. Sie hatte Vince kurz nach Tagesanbruch angerufen und ihm einen Termin sowie eine kurze Aktualisierung gegeben, dass sie Richard Roscoe die letzten Stunden verfolgt hatte. An einem Punkt zögerte sie, wählte ihre Worte mit Bedacht und sagte dann, er solle Melanie ihre Liebe ausrichten.

Da war noch etwas, das sie für sich behielt, was bedeutete, dass es David oder Pickering betraf.

Er hatte Melanies Bitte nachgegeben, Carla zu besuchen, und sie abgesetzt, nachdem er sich vergewissert hatte, dass Bradley nicht in der Nähe war. Was Liz gestern Nacht gesagt hatte, stimmte. Susie liebte und vertraute Carla, und die Frau hatte Melanie gegenüber nie etwas anderes als Fürsorge gezeigt. Hoffentlich würde Melanie, während sie älter wurde und Freunde näher an ihrem neuen Zuhause fand, Carla allmählich weniger brauchen.

Während er darauf wartete, dass der junge Beamte am Safe arbeitete, fand sich Vince wieder in Davids Büro wieder. An der Wand über dem Schreibtisch hingen Familienfotos, gemischt mit gerahmten Zertifikaten – ein Wirtschaftsabschluss mit Spezialisierung auf Logistik wurde zur gleichen Zeit abgeschlossen wie Susies eigener, obwohl sie vom Wirtschaftskurs, wo sie sich zuerst getroffen hatten, zu einem im Tourismus gewechselt war.

Und nie so genutzt, wie sie es wollte.

Nachdem sie geheiratet hatten, wollten beide für ein Haus sparen, und während David seine perfekte Position fand, hatte Susie aufgrund eines Abschwungs in ihrem gewählten Beruf einen Regierungsjob außerhalb des Feldes angenommen. Als Melanie ein paar Monate alt war, begnügte sie sich mit einer Teilzeitstelle in einer Reisebürokette. Sie hatte Vince einmal erzählt, es sei kaum mehr als eine gehobene Dateneingabeposition ohne Aufstiegsmöglichkeiten. Aber es zahlte gut genug, um ihnen mit der Anzahlung für das Haus zu helfen.

Sie lebten hier, seit Melanie ein paar Jahre alt war. Sie hatte nie ein anderes Zuhause gekannt, und es war ein Zeugnis für ihre Stärke, wie schnell sie sich daran gewöhnt hatte, bei ihm zu leben.

„Herr Carter?"

Der Beamte, der eher wie ein Oberschüler aussah, zögerte vor dem Büro.

„Fertig?"

„Ja, Sir. Entschuldigung wegen der Unordnung. Es gibt einige Produkte, die besser funktionieren, um den Staub zu reinigen, wenn Sie ein paar Ideen möchten?"

„Alles gut. Habs schon mal gemacht."

„Oh, natürlich. Entschuldigung. Ich werde das dann zurückbringen."

Vince schloss die Haustür hinter ihm ab und holte die Ammoniakmischung, die er vorbereitet hatte, und einige Putzlappen. Er hatte die meisten von Davids Kleidungsstücken bereits früher aufs Bett gelegt, sodass er freien Zugang zum Safe hatte, ohne zu riskieren, Staub oder Ammoniak darauf zu bekommen. Er setzte eine Maske auf und machte sich an die Arbeit, wobei er zuerst Fotos von den Abdrücken mit seinem Handy machte. Nur für den Fall.

Nachdem er so gute Arbeit geleistet hatte, wie er konnte, öffnete Vince das Schlafzimmerfenster, um etwas frische Luft hereinzulassen, und wünschte, er hätte es früher getan. Die ersten Anzeichen von Kopfschmerzen bildeten sich.

Da er nicht wusste, was er langfristig mit Davids Kleidung machen sollte, und noch lange nicht bereit war, über Susies nachzudenken, begann er, sie in Stapeln zu sortieren. Der Mann hatte mehr Outfits, als Vince in seinem ganzen Leben besessen hatte, und das waren nur die auf Kleiderbügeln. Hosen für jeden Anlass. Viele Geschäftshemden, lang- und kurzärmelig. Arbeitsjacken. Ein paar Winterjacken aus Wolle, die nach ihrem Aussehen fast neu waren.

„Nicht billig. Aber kein Geld, um Schulgebühren zu zahlen?"

Es ergab keinen Sinn.

Mehrere Anzüge. Ein Smoking. Und eine abgetragene Daunenjacke. Vince hatte ihn oft darin gesehen, und das war wahrscheinlich der Grund, warum Melanie sie so gerne trug. Er hob sie an, um sie auf den Stapel mit den anderen Jacken zu legen, und ein Umschlag rutschte aus der Tasche. Vince hatte Bücher gelesen, in denen so etwas passiert war, und über die Bequemlichkeit gespottet.

„Besser, ich schreibe mein eigenes Buch."

Eine Nachricht piepste auf seinem Handy, als er begann, den Umschlag zu öffnen. Ein Blick genügte, um ihn fallen zu lassen.

Vince, Melanies gebrochener Arm schmerzt ein bisschen. Ich denke, sie sollte ihn vielleicht untersuchen lassen, und ich kann sie ins Krankenhaus fahren, wenn du beschäftigt bist?

Ihm stockte der Atem.

Hat sie starke Schmerzen?

Er griff nach dem Umschlag, steckte ihn in eine Tasche und eilte aus dem Zimmer. Dann drehte er sich um und rannte zurück, um das Fenster zu schließen. Eine weitere Nachricht.

Nur etwas Unbehagen, aber ich weiß nicht viel über gebrochene Arme.

Er versuchte zu texten, während er die Treppe hinunterging, und wäre fast gefallen, also hielt er an.

Bin unterwegs. Sag ihr, sie soll ruhig sitzen bleiben, und ich bin bald da.

Nicht, wenn er sich zuerst das Genick bräche. Er überprüfte, ob das Haus abgeschlossen war, und sagte sich auf dem ganzen Weg zum Auto, er solle sich konzentrieren. Dies war kein Notfall. Nur Unbehagen. Melanie war okay.

———

Während Melanie in der Ambulanz untersucht wurde, ging Vince nach oben. Er musste ein paar Minuten warten, konnte aber zwischen seinen Patienten Doktor Raju sehen.

„Ich weiß das zu schätzen, Doktor. Melanie hat in ein paar Tagen einen Termin bei Ihnen, aber da sie unerwartet unten ist ...“

„Bitte, setzen Sie sich zu mir. Wie geht es ihr?“

Vince ließ sich auf einen Clubsessel nieder. Diesmal war er jedoch nicht so gestresst. Melanie hatte etwas Schmerzen, war aber immer noch fröhlich und glücklich. Und enttäuscht, ihren Besuch abzukürzen. Carla war besorgter als Melanie, obwohl ihr kleines Gesicht auf der Fahrt hierher ein paar Mal verzogen war.

„Melanie ist klug und lustig und freundlich. Und sie trauert, obwohl die Beerdigung ein Wendepunkt war. Wir hatten einige traurige Momente. Aber ich sehe mehr Lächeln. Und sie arbeitet daran, mich zu überreden, ein Kätzchen in die Familie zu bringen.“

„Ein Kätzchen?“

„Ja. Sie hat den kleinen Wurm neulich im Regen gefunden, und seit sie es mit dem Besitzer wiedervereint hat, redet sie ständig davon.“

„Ich verstehe, dass Melanie heute etwas Unbehagen in ihrem Arm hat. Gibt es einen anderen Grund, warum Sie hier sind?“

Er musste knapp an Zeit sein, so direkt zu sein. Es war

anständig von ihm, einen unerwarteten Besucher ohne Vorankündigung einzuschieben.

„Ein paar Mal hat Mel jemanden erwähnt, den sie den wütenden Mann nennt. Nichts Spezifisches. Aber sie hat es zweimal gesagt und war auch besorgt, gestern Abend unsere Haustür für einen Freund zu öffnen – für den Fall, dass es nicht unser Freund war."

„Haben Sie sie danach gefragt?"

Vince schüttelte den Kopf. „Beim ersten Mal hatte sie einen kleinen Schrecken im Regen bekommen, als sie dem Kätzchen hinterherjagte, und ich habs darauf geschoben. Aber jetzt mache ich mir Sorgen, dass sie eine Angst mit sich herumträgt, und ich weiß nicht, ob ich sie ermutigen soll, darüber zu sprechen."

Doktor Raju beugte sich vor. „Ermutigen Sie sie zum Reden, aber drängen Sie sie nicht. Lassen Sie sie das Gespräch lenken. Sie zeichnet doch... Ich bin mir sicher, sie hat es mir erzählt."

„Und wie", lachte Vince. „Kunstwerke im ganzen Haus."

„Ausgezeichnet. Achten Sie darauf, was sie zeichnet. Für manche Opfer ist Kunst ein Weg, das auszudrücken, was sie nicht verbalisieren können oder wollen."

„Opfer?"

„Sie hat einen schrecklichen Unfall erlebt. Ihre Eltern sind vor ihren Augen gestorben. Verwechseln Sie ihr Lächeln nicht mit Heilung... obwohl es ein Teil davon ist." Doktor Raju stand auf. „Es tut mir leid, dass ich Ihnen nicht mehr Zeit geben kann."

Vince erhob sich. „Nein, nein, ich danke Ihnen. Sie sind anders als alle anderen Therapeuten, die ich kennengelernt habe, und Sie bewirken etwas für Melanie."

Mit einem Lächeln öffnete der andere Mann die Tür. „Und auch für Sie, hoffe ich."

———

Das Warten auf Melanie gab Vince die Gelegenheit, den Umschlag aus Davids Jacke zu öffnen. Er saß im Café im Erdgeschoss des Krankenhauses. Den Kaffee zur Seite geschoben, zog er den Brief heraus. Er war von einem Geschäftsmakler und nichts davon ergab einen Sinn. Datiert zwei Wochen zuvor, enthielt er die üblichen Höflichkeitsfloskeln und ging dann direkt zur Annahme eines Angebots von David zum Kauf eines Unternehmens über.

Es gab ein Datum, an dem der Rest der Anzahlung fällig war. Ein Betrag wurde bereits vom Makler einbehalten, vorbehaltlich der Zustimmung beider Seiten. Vince hatte keine Ahnung, ob das normal war. Er hatte bisher nur ein Haus gekauft.

Er las es zweimal und kam zu demselben Schluss. David kaufte sein eigenes Unternehmen, eine kleine Speditionsfirma in den äußeren westlichen Vororten. Nur sein Name stand auf dem Brief. Keine Erwähnung von Susie.

Vince googelte das Unternehmen.

Ein kleiner Betrieb, der das Stadtgebiet von Melbourne abdeckte und sich auf schnelle Lieferungen spezialisiert hatte. Es gab eine schicke Website und ein Buchungsportal. Die Galerie zeigte ein modernes Gebäude und eine Flotte von fünf Lieferwagen, jeder mit einem lächelnden, uniformierten Fahrer.

Der Brief wanderte zurück in seine Tasche und Vince zog ein kleines, gefaltetes Stück Papier aus seiner Brieftasche. Es war die Originalabschrift der Nachricht, die er vom Anrufbeantworter notiert hatte. Die ganze Zeit hatte ihm sein Bauchgefühl gesagt, dass etwas an diesem Anruf mit dem Autounfall zusammenhing.

Erst ignorierst du meine Nachrichten auf deinem Handy. Und jetzt das. Du hast dir dein Bett selbst gemacht, Sonnenschein. Die Zeit ist um, Weaver

Es war eine Drohung - aber von wem? Welche Frist hatte David versäumt?

Ihm wurde speiübel und er musste sich zwingen, den Zettel nicht in seiner Hand zu zerknüllen. David war zur Zielscheibe geworden, weil er etwas nicht getan hatte, was der Anrufer von ihm erwartet hatte. Sicher nicht die Unterzeichnung der Papiere für das neue Geschäftsvorhaben? Die Frist für die Anzahlung war erst vor einem Tag abgelaufen. Wo passte Bradley in all das hinein? Wusste er überhaupt davon?

Im Haus hatte es keine Post oder andere Unterlagen zu diesem Kauf gegeben, also wo holte er seine Post ab? Als er den Umschlag wieder herausnahm, fand er die Antwort mit einem Postfach in Laverton.

„Du hast Geheimnisse vor uns gehabt."

Er dachte, er hätte es leise gesagt, aber eine Frau mit Kinderwagen am Nebentisch warf ihm einen seltsamen Blick zu.

Was mochte sonst noch im Postfach warten?

Vince brauchte Hilfe hierbei. Aber Liz war jetzt beschäftigt. Zu beschäftigt damit, diesen Mistkerl Hardy zu fangen, um verfügbar zu sein, und er wollte sie nicht noch mehr unter Druck setzen. Terry war noch nicht überzeugt, dass der Unfall absichtlich herbeigeführt worden war. Und es gab sonst niemanden im Dienst, der Zeit für ihn hatte.

Sein Handy piepste. Melanie war fertig.

Wenn die Polizei nicht in der Lage oder willens war, Susies Tod als dringend zu untersuchenden Mord zu betrachten, dann musste jemand anderes einspringen. Die wachsende Liste von Anomalien und Ereignissen in die Hand nehmen. Mit Leuten sprechen, die Bescheid wussten. Die Geheimnisse aufdecken.

Vince atmete tief durch, als Susies Worte, dass er die Initiative ergreifen müsse, plötzlich seine Gedanken füllten. Sie hatte Recht. Er hatte sie damals im Stich gelassen, aber er würde sie jetzt nicht im Stich lassen. Es war Zeit, aktiv zu werden.

DREISSIG

Abel und Bradley waren wieder im Container, aber diesmal war er fast voll, mit Kartons auf Paletten, die mit Gurten gesichert waren. Ein schmaler, gewundener Pfad führte nach hinten. Bradley hasste enge Räume, aber hier konnte ihr Gespräch nicht belauscht werden, also unterdrückte er das Engegefühl in seiner Brust und nahm sich vor, es kurz zu halten.

„Ich weiß nicht, was Roscoes Problem ist, Boss", sagte Abel. Seine Augen waren blutunterlaufen, und ihm fehlte die übliche Energie, an die Bradley gewöhnt war. Späte Nacht.

„Erklärs mir."

„Er schaut sich ständig um. Die Bullen haben ihn besucht und dann einen seiner Männer vor dem Gebäude abgefangen und darauf bestanden, dass Hardy mit ihnen in Kontakt steht", sagte Abel.

„Viel Glück damit. Er wird es ihnen nicht sagen, wenn er es tut, und außerdem muss Malcolm Hardy der Meister des Verschwindens sein. Wer sonst könnte die kleinste Sicherheitslücke ausnutzen und mit Handschellen und einem verletzten Fuß mitten in einer geschäftigen Stadt aus dem Gewahrsam entkommen und sich immer noch verstecken?"

„Fast klingt es, als würdest du ihn bewundern."

Bradley zuckte mit den Schultern.

„Jedenfalls hat Roscoe wegen des Mordes letzte Nacht die Hosen voll", sagte Abel.

„Das Callgirl?"

„Sie war Hardys Stammkontakt vor dem Gefängnis."

Das hatte er nicht gewusst. Die Luft wurde schwerer zu atmen. Wenn Abel es spürte, zeigte er es nicht, aber auf seinen Lippen lag ein Grinsen. Wahrscheinlich konnte er sehen, wie unbequem es in diesem engen Raum war, und fand es lustig.

„Ich verstehe immer noch nicht, warum uns das betrifft, Abel."

„Er hat Angst, dass Hardy mit ihrer Ermordung eine seiner berühmten Botschaften gesendet hat. Eine Botschaft für Roscoe, dass seine Geduld am Ende ist und er den Staat verlassen will."

„Und was hast du ihm gesagt?" Bradley machte sich auf den Weg nach draußen.

„Das Gleiche wie zuvor." Abel hatte sich nicht bewegt. „Und Boss?"

Bradley blieb auf halbem Weg durch den Container stehen und wartete.

„Ich habe das Gefühl, Hardy hat die Oberhand. Hoffen wir, dass wir nicht auf seiner falschen Seite landen."

———

„Ich habe nicht aufgehört, an dich zu denken. Und mein Herz... es tut weh. Weißt du, wie oft ich deine Nummer gewählt habe, nur um deine Mailbox zu hören?"

Carla hielt einen übergroßen Strauß Lilien und Rosen. Sie starrte auf den neuen Grabstein.

Susan Marie Weaver.

Geliebte Tochter von Vince und Marion.

Angebetete Mutter von Melanie.

Seelenverwandte von David.

Dein Licht leitet unsere Herzen.

„Es tut wirklich weh, Susie. Du hast so hell gestrahlt, und selbst in den dunkelsten Momenten spüre ich, dass du bei mir bist und mir sagst, dass es besser wird." Sie seufzte tief und legte die Blumen neben den Grabstein. „Aber warum hast du kein neues Testament gemacht? Eines, das der Welt gezeigt hätte, dass du wolltest, dass Melanie zu mir und Brad kommt? Wir werden natürlich für sie kämpfen, aber mit jedem Tag, den sie bei Vince verbringt, kommt Melanie ihm näher."

Unter anderen Umständen wäre das eine gute Sache.

Aber Vince Carter war kein typischer Großvater. Er hatte viele Menschen getäuscht, indem er sich als Held auf ein Podest stellen ließ. Nicht Carla allerdings. Nicht einmal Susie, obwohl sie ihn trotz seiner wahren Natur liebte und im vergangenen Jahr mit der Traurigkeit gekämpft hatte, ihn fernhalten zu müssen.

Ihr Blick wanderte zu der Kirche in der Ferne. Ein Ort des Trostes und der Vergebung. Ein Anflug von Schuld berührte sie. War sie zu hart zu Vince? Sie sollte nicht schlecht über ihn sprechen... nicht hier.

„Melanie war früher zu Besuch. Wir haben Brownies gebacken und sie sagte, ihr Arm tue ein bisschen weh. Ich ließ sie sich hinsetzen und gab ihr etwas Orangensaft, aber ihr war nicht wohl. Jedenfalls brachte Vince sie ins Krankenhaus zur Untersuchung und es geht ihr gut, wirklich. Sie haben ein Röntgenbild gemacht, und die Knochen heilen, aber ihr Gips musste angepasst werden. Wie auch immer, der Punkt ist, dass Vince mich anrief, um zu sagen, dass es ihr gut geht. Ich hätte nie gedacht, dass er das tun würde."

Eine Gruppe von Menschen ging vorbei und sie sprach ein Gebet, bis sie außer Hörweite waren.

„Ich passe so gut auf sie auf, wie ich kann, Susie. Brad wird sich in den nächsten ein oder zwei Tagen mit Vince treffen und sehen, ob wir zumindest ein teilweises Sorgerecht vereinbaren können, damit Melanie etwas Zeit mit ihm und die meiste Zeit mit uns verbringen kann. Wir wohnen näher an ihrer Schule, also könnte sie an den Wochenenden zu ihm gehen. Denkst du, das ist okay?"

Sie und Bradley hatten letzte Nacht mehrere Stunden darüber gesprochen. Es war unwahrscheinlich, dass Vince die Idee akzeptieren würde, dass sie das volle Sorgerecht für Melanie bekämen, also war dies ein Kompromiss. Wenn die beiden Parteien privat etwas vereinbaren könnten, würden das Jugendamt oder wer auch immer die endgültigen Entscheidungen in solchen Angelegenheiten trifft, sicherlich wohlwollend darauf blicken. Sie hatten ein schönes Zuhause und Sicherheit. Eine lange Geschichte mit Melanie. Stabile Menschen.

„Und ich verspreche, ich werde dafür sorgen, dass Melanie dich nie vergisst. Sie war so tapfer und heute habe ich ihr das Foto von dir und mir im Her Majestys Theatre gezeigt und ihr ein bisschen davon erzählt, wie wir uns kennengelernt haben. Sie hat ein bisschen geweint... wir beide haben das. Aber dann sagte sie, dass Mama immer hier ist..." Carla berührte ihre Brust. „Ich hätte fast die Fassung verloren. Aber dann sah ich ihr süßes Gesicht an und beschloss, ich werde wie Melanie sein und tapfer sein."

Die schwache Wintersonne verschwand hinter einer Wolke und Carla fröstelte. Sie musste auf dem Heimweg noch Lebensmittel einkaufen und wollte lieber nicht klatschnass zum Auto zurückkehren.

„Ich schaue vielleicht in diesem Möbelgeschäft in der Nähe der Mall vorbei. Sehen, ob es etwas für Melanies neues Zimmer gibt. Und ich werde dir beim nächsten Besuch alles darüber erzählen." Sie trat vor und berührte den Grabstein. „Ich liebe dich, Susie. Für immer und ewig."

So schwer es auch war, vom Grab wegzugehen, die Vorstellung, Möbel für Melanie auszusuchen, reichte aus, um den größten Teil des Schmerzes zu lindern. So Gott will, würde Melanie bald bei ihnen leben.

„Ich will ihn zum Verhör hier haben. Es ist Zeit, ein paar Käfige zu rütteln und zu sehen, ob er anbeißt." Terry befestigte mehrere Fotos von Abel und Roscoe an der Tafel.

„Wahrscheinlicher ist, dass einer von Hardys alten Kontakten gebissen wird. Wie Ginny."

Pete war in besserer Stimmung gewesen, seit sie das Duo auf dem Pier gesichtet hatten, aber Ginnys Tod schmerzte ihn offensichtlich immer noch. Er hatte Liz schließlich erzählt, dass Ginny eine Informantin gewesen war, bevor Hardy seinen Amoklauf begann, und dass sie davon gesprochen hatte, ihr altes Leben hinter sich zu lassen und eine Familie zu gründen. Liz hatte Pete selten so aufgewühlt wegen einer Informantin oder Kriminellen gesehen, also musste Ginnys harte Schale eine weiche Seite gehabt haben, die unter seine Haut gekrochen war.

„Immer ein Risiko, Pete. Ich habe Leute, die Aufnahmen aus allen Richtungen sammeln, also werden wir herausfinden, wer sie getötet hat."

„Chef, was ist mit Mrs. Hardy? Weiß ihre Überwachung, dass sie in Gefahr sein könnte?", fragte Liz.

Sowohl Pete als auch Terry sahen sie an, als wäre sie verrückt.

War sie nicht. „Denkt mal darüber nach. Wir haben neulich einige Zeit dort verbracht und sie hat uns ganz bereitwillig erzählt, dass Roscoe in Kontakt bleibt. Was, wenn sie auf Hardys Todesliste steht?"

Terry schüttelte den Kopf. „Seine eigene Mutter?"

„Liz, ist dir ihr Wohnzimmer aufgefallen?", Pete setzte sich auf die Kante eines Schreibtisches.

„Es war düster im Haus. Vorhänge zugezogen. Nur eine Lampe oder zwei an."

„Dachte mir, dass du den nagelneuen Fernseher, die teuren Kunstwerke und den hochmodernen Hebesessel übersehen hast."

Wie konnte ich die ersten beiden übersehen?

„Den Sessel habe ich gesehen."

Er grinste. „Siehst du, was ich meine? Eins von mehreren."

„Also denkst du, Hardy finanziert ihre schicken Gadgets? Wenn dem so ist, warum sollte er seine eigene Mutter ausschalten?", fragte Terry.

„Weil er ein Wahnsinniger ist. Ein Soziopath, dem nur seine eigene Freiheit wichtig ist, und wenn er glaubte, Ginny hätte ihn verraten, dann könnte er sich durchaus durch jeden durcharbeiten, auf den er sauer ist."

„Guter Punkt. Ich werde mich mit den Uniformierten in Verbindung setzen, die Mrs. Hardy im Auge behalten. Ihnen sagen, sie sollen sichtbarer sein." Terry machte sich eine Notiz auf seinem Handy. „Sonst noch jemand, auf den ich aufpassen muss?"

Liz blickte zu Pete. Er musste dasselbe denken wie sie, und keiner von beiden sprach.

Wenn Jerry Black jetzt ein Ziel wäre, würde sie das nach ihrem kurzen Gespräch schockieren. Es sei denn, er hätte eine Verbindung zu Hardy – oder hätte jemandem davon erzählt, der eine hatte – und würde dann als Bedrohung angesehen werden... Es war nichts vorgefallen, was den Mann in Gefahr gebracht hätte.

Abgesehen von diesem seltsamen Gefühl, beobachtet zu werden.

Sie schüttelte den Gedanken – und das Gefühl – mental ab.

„Also werden wir Farrelly zu einem Gespräch einladen?", fragte sie.

„Lohnt sich, denke ich." Terry tippte auf eines der Fotos. „Warum genau hat er sich mitten in der Nacht an einem verlassenen Pier mit Roscoe getroffen?"

———

„Eine bessere Frage wäre, was ihr Leute dabei gemacht habt, Richard zu verfolgen?" Abel hatte wenig gesagt, seit der Streifenwagen ihn hergebracht hatte, scheinbar mehr daran interessiert, den Fragen zuzuhören und im Raum umherzuschauen oder seine Fingernägel zu betrachten. Liz saß da und beobachtete, wie Pete eine nach der anderen die Fotografien, die er gemacht hatte, vor Abel platzierte.

„Vielleicht haben wir dich verfolgt", sagte Pete.

„Ich bin langweilig. Gehe zur Arbeit. Gehe nach Hause. Kaufe manchmal ein."

„Und trotzdem warst du in einer eiskalten Nacht draußen und hast dich mit einem Mann getroffen, der dich neulich besuchen wollte... bis er bemerkte, dass die Polizei schon da war."

„Wir arbeiten beide zu ungewöhnlichen Zeiten. Meine richten sich nach den Bedürfnissen meines Chefs, also manchmal von acht bis fünf und andere Male abends. Es gibt nicht viel Regeln, wie die Docks funktionieren, und wir müssen uns danach richten."

„Und Roscoe?"

„Er steht seinen Klienten zur Verfügung. Wir wollten uns seit Wochen treffen."

Pete lehnte sich mit den Armen auf den Tisch. „Ihr seid beide auf dieselbe Schule gegangen. Und dann? Habt ihr Kontakt gehalten? Machst du ein bisschen Arbeit nebenbei für deinen alten Kumpel?"

„Ich arbeite für Bradley. Ich nehme an, ihr habt eure Recherche zu meinem Hintergrund gemacht, was den Mangel an juristischen Qualifikationen hervorheben könnte."

„Nee, ich dachte eher an Aktivitäten, bei denen das Gesetz hinderlich ist. Diese kleinen Jobs, die ein Anwalt nicht machen könnte, ohne sich an genau dem Ort wiederzufinden, von dem sie ihre Klienten fernhalten wollen."

Abels Gesicht veränderte sich kaum. Er war clever – schlau, daran hatte Liz keinen Zweifel, und es würde schwer sein, ein Geständnis aus ihm herauszubekommen. Sicherlich nicht ohne Beweise.

„Also, wie passt Malcolm Hardy in das Ganze?", fragte Pete.

„In was Ganzes?"

„In eure Beziehung. Du, Roscoe und Hardy."

Mit einem Kopfschütteln lehnte sich Abel in seinem Stuhl zurück. „Hardy habe ich nur im Fernsehen gesehen. Richard und ich reden nie über Geschäfte. Weder über seine noch über meine."

„Worüber redet ihr dann?", beschloss Liz, sich in das Gespräch einzumischen.

Er sah nicht einmal in ihre Richtung. „Wir unterstützen gegnerische Fußballmannschaften. Das sorgt für lebhafte Diskussionen und ist der Grund, warum wir uns nur gelegentlich treffen. Warum bin ich hier?"

„Moment mal... ihr redet nur über Fußball?" Pete grinste. „Muss eine wichtige Runde gewesen sein, dass ihr euch trefft, wenn es saukalt ist, *und* er dich genug aufgeregt hat, dass du ihn geschubst hast. Wessen Team hat gewonnen?"

„Ihr verschwendet meine Zeit."

Pete lächelte weiter und rückte seinen Stuhl, um Liz anzusehen. „Ist es Zeitverschwendung?"

„Kommt drauf an, welches Fußballteam gewonnen hat."

Abel lächelte fast.

Die Stille zog sich ein paar Minuten hin. Liz musste Pete zugestehen – er liebte das. Er war ein Naturtalent bei Befragungen, und je schmutziger die Person, desto besser. Ein ruhiger Raum führte oft zum Herausplatzen nützlicher Informationen oder zum Stolpern über Fakten. Aber Abel entspannte sich und schloss die Augen. Das war keine typische Reaktion.

„Roscoe und dein Chef, Pickering. Gute Freunde?"

Die Augen langsam öffnend, strahlte Abel eine Aura des Desinteresses aus. Wahrscheinlich war es ihm egal.

„Das müsstet ihr sie fragen. Warum bin ich hier? Habt ihr den Van schon gefunden? Es ist eine Plage mit dem, den wir gemietet haben. Springt nie richtig an."

„Mein Herz bricht für dich. Was weißt du über den Streit zwischen Pickering und Weaver in der Nacht des Unfalls, und sag mir nicht, dass du nichts weißt."

„Ich weiß nichts."

„Siehst du, das glaube ich dir nicht. Ich schätze, du weißt alles, was in diesem Lager vor sich geht, und das ist gut so. Es ist dein Job, das zu wissen. Also tu dir selbst einen Gefallen und gib uns wenigstens einen kleinen Hinweis. Auf lange Sicht wird es besser für dich sein."

Außer dass er glaubt, er sei unantastbar.

„Ich kann nicht erzählen, was ich nicht weiß." Abel schob seinen Stuhl zurück und stand auf. „Wir sind fertig."

„Und dieser Lieferwagen, Kumpel? Ich wette, wenn wir ihn finden, wird es Beweise dafür geben, dass er ein anderes Fahrzeug gerammt hat."

Auf dem Weg nach draußen hielt Abel lange genug an, um laut zu schnüffeln. „Ich rieche eine Falle."

Die Tür schloss sich hinter ihm.

„Überrascht, dass er überhaupt etwas riechen kann, so tief wie er in der Scheiße steckt." Pete stand auf und stieß seinen Stuhl um.

EINUNDDREISSIG

„Ich wusste, dass ich dieses Foto noch habe! Schau dir das an, Mel, und sag mir, dass du Apple nicht magst."

Der Kamin knisterte, und trotz einer Frostwarnung für heute Nacht war das Wohnzimmer warm. Vince und Melanie teilten sich das Sofa, wobei eine Platte mit Fingerfood auf dem Couchtisch in Reichweite stand. Er hatte sich für ein frühes Abendessen nach Mels Krankenhausbesuch entschieden und Käse, Obst, knuspriges Brot, Tomaten, Zwiebeln und ein paar andere Kleinigkeiten aus dem Kühlschrank geschnitten. So konnte Mel leicht einen kleinen Teller füllen und nach Belieben knabbern, ohne den gebrochenen Arm zu belasten.

„Apple ist ein Computer. Und ein Handy. Auch ein iPad. Hmm, und eine Frucht!"

„Und ein Pony", sagte Vince.

Melanie steckte sich eine Weintraube in den Mund und kaute, während ihre Augen zu dem offenen Fotoalbum in Vinces Händen huschten.

„Bevor ich dir das zeige, lass mich dir ein bisschen über Apple erzählen. Als deine Mum etwas älter war als du, wollte sie nichts mehr als ein Pony. Diese Bücher, die du so gerne liest... die Pferdeabenteuer?"

Sie nickte; ihre Augen waren weit aufgerissen, während sie zuhörte.

„Susie sehnte sich danach, Abenteuer auf dem Rücken eines großen Kastanienhengsts zu erleben. Um Bösewichte zu finden oder eine Armee zu besiegen. Aber stattdessen fuhren sie und ich eines Tages mit unseren Fahrrädern-"

„*Du* fährst Fahrrad?"

Mensch, Kind. Danke.

„Ich habe immer noch zwei Fahrräder im Schuppen. Fährst *du* eins?"

Melanie schmollte. „Nein."

„Na, das können wir ändern."

Er hatte keine Ahnung, ob er überhaupt noch auf sein Fahrrad passte. Früher dachte er nichts dabei, stundenlang zu fahren, und Susie und er entdeckten Bäche und Täler und allerlei Orte.

„Opa?"

„Melanie?"

Sie kicherte. „Du hast gerade gelächelt. So ein großes, glückliches Lächeln."

„Ich dachte an deine Mum. Wie wir früher zusammen Fahrrad gefahren sind. Aber egal, ich schweife ab. Eines Tages, als wir auf dem Heimweg waren und einen schmalen Pfad entlang radelten, stießen wir auf ein junges Pony, das sich verlaufen hatte. Deine Mum sprang von ihrem Fahrrad, zog einen Apfel aus ihrer Tasche, streckte die Hand aus, und das Pony kam direkt zu ihr."

Melanies Augen wurden noch größer, und sie lehnte sich näher heran.

„Es stellte sich heraus, dass das Pony ständig ausbrach. Es war das letzte seiner Familie, und es schien, als wollte es mehr Aufmerksamkeit, als seine Besitzer ihm geben konnten. Deren Kinder waren erwachsen und weggezogen, und das Pony war einsam."

„Und das war Apple?"

„Genau das war es."

Melanies Mund formte ein breites „O".

„Und deine Mum und Apple waren unzertrennlich. Als sie erwachsen wurde und von zu Hause auszog, war Apple schon älter und nicht mehr so einsam. Sie hatte ja noch mich zum Rumhängen. Manchmal Besuche bei den Eseln. Und jedes Mal, wenn Susie zu Besuch kam, brachte sie ihrem Pony einen Apfel oder eine Karotte mit, das sie nie vergaß."

Melanie rutschte näher heran und betrachtete die Fotos. Es waren vier, alle von Apple mit Susie und Melanie, die sie streichelten, und das letzte zeigte Mel auf ihrem Rücken. Es gab weder Sattel noch Halfter, so sanftmütig war das Pony.

„Bist du sicher, dass ich das bin?"

„Ich bin mir ganz sicher. Du warst wohl so um die vier Jahre alt." Er legte ihr das Album auf den Schoß. „Siehst du, wie sanft Apple ist? Sie mag Menschen sehr, und wenn du bereit bist, wird sie dich sicher gerne auf einen richtigen Ausritt mitnehmen."

Es kam keine Antwort, als Melanie mit dem Finger über Susies Gesicht fuhr.

„Möchtest du ein paar Bilder von deiner Mum sehen, als sie klein war?"

Überstürze ich das?

Mit einem wunderschönen Lächeln und einem Hauch von Tränen in den Augen sah Melanie auf und nickte.

„Na dann", sagte Vince. „In dem Fall, sollen wir mit ihrem Babybuch anfangen?"

———

„Habe ich dir erzählt, wie viel Spaß Melanie heute beim Kochen hatte?", rief Carla aus der Küche. „Zumindest bis ihr Arm Probleme machte."

Bradley wählte eine Flasche Weißwein aus dem Kühlschrank neben der Bar. „Hast du. Möchtest du ein Glas Wein, Schatz?"

„Na, was ist denn das für eine dumme Frage?" Carla, mit

Schürze und mehlbedeckten Händen, schenkte ihm eines dieser Lächeln, für die er lebte. „Ich konnte nach ihrem Weggang nicht aufhören zu kochen, also habe ich ein paar leckere kleine Pasteten für dein Mittagessen morgen gemacht. Und ich habe gerade Teig für Törtchen zum Nachtisch ausgerollt."

Er küsste sie und blieb dabei von ihren Händen fern. „Du kümmerst dich so gut um mich."

„Darauf kannst du wetten." Sie tat so, als würde sie mit mehligen Händen nach ihm greifen, und lachte, als er um die Theke herum auswich. „Was? Willst du keine hübschen weißen Handabdrücke auf deinem schönen Pullover?"

„Wenn du Wein willst, dann behältst du deine Hände bei dir." Er beschäftigte sich damit, zwei Gläser einzuschenken, während sie sich die Hände wusch. Als sie den Ofen überprüfte und einen Spalt öffnete, lief ihm das Wasser im Mund zusammen. Etwas roch sehr gut.

„Zeit für einen Schluck oder zwei, dann hole ich das raus."

Sie setzten sich auf Hocker an der Theke, nachdem sie ihre Gläser aneinander gestoßen hatten.

„Du hast nicht gesagt, warum du früher nach Hause gekommen bist?"

Er hatte das Lager kurz nachdem Carter hinausgestürmt war verlassen und einen Stapel Akten mit nach Hause gebracht, um sich für ein paar Stunden in seinem Büro einzuschließen. Zumindest hatte er Unterlagen für die Zukunft zusammengestellt. Eine veränderte, ausgedruckte und kopierte E-Mail von David, in der er seine feste Absicht äußerte, seinen Anteil an Bradley zu verkaufen. Es spielte keine Rolle, wer sie wirklich geschrieben hatte.

David war weg. Susie war weg.

Melanie würde davon profitieren.

„Brad?"

„Tut mir leid, Schatz. War meilenweit weg."

„Das sehe ich. Möchtest du hier oder im Esszimmer essen?"

„Hier ist gut."

Sie ließ ihr halbvolles Glas stehen, um Tischsets und Besteck zu holen. Er füllte es nach, ohne Hilfe anzubieten, weil Carla immer ablehnte. Sie sagte, sie liebe es, sich mit selbst gekochten Mahlzeiten und einem glücklichen Zuhause um ihn zu kümmern, weil er sie glücklich machte.

„*Du* machst mich glücklich."

Er sprach, ohne nachzudenken, und ihr Kopf schoss hoch. Ihr Gesicht strahlte vor Liebe, und wenn sie nicht gerade dabei wäre, das Essen aus dem Ofen zu holen, hätte er eine andere Aktivität vorgeschlagen, hier und jetzt.

„Danke, Liebling. Das beruht auf Gegenseitigkeit."

Manchmal fragte er sich, ob sie ein Kind brauchten. Sie hatten die beste Beziehung, die er je gesehen hatte. Nicht wie seine eigenen Eltern, die jeweils zweimal wieder geheiratet hatten. Und seine Freunde waren genauso schlimm... abgesehen von David, der Susie treu ergeben war.

Außer, dass er sie belogen hatte.

Und mich.

Das Abendessen war wie immer köstlich. Carla bestand darauf aufzuräumen und Bradley schlenderte ins Wohnzimmer, um etwas Musik aufzulegen. Er hatte Melanie heute nicht gesehen, aber bei ihrem letzten Besuch war sie ihm gegenüber etwas distanziert gewesen. Nicht zum ersten Mal. Seit dem Tod ihrer Eltern sah sie ihn kaum noch an. Es musste mehr als nur Trauer sein, denn in Carlas Gegenwart lachte und plauderte das kleine Mädchen wie eh und je. Wie hatte er sie verärgert? Er hob einen Stoffhasen auf, den Melanie auf dem Sofa gelassen hatte, und streichelte seine Ohren. Sie hatten sich immer so gut verstanden. Selbst David scherzte früher darüber, dass Bradley ihr Ersatzvater sei. Was hatte sich geändert?

An jenem Abend... im Restaurant. Zwei glückliche Paare, die ein glückliches Kind verwöhnten. Ihr regelmäßiges Freitagabendessen, mindestens zweimal im Monat, seit Jahren.

Er war zu spät gekommen und Carla hatte sich ein Uber genommen, um hinzukommen. Aber sobald das Essen begann, gab es Gelächter und Gespräche. Melanie war so aufgeregt wegen der Schulferien, die gerade begonnen hatten. Aber später hatte sie ihn kaum angesehen, als er vor allen anderen ging. Er hatte sich verabschiedet und wollte sie wie üblich auf die Wange küssen, aber sie hatte sich abgewandt.

Also, was war zwischen der Vorspeise und dem Gehen passiert?

Sie war aus der Damentoilette gekommen, als er und David stritten. Wie viel hatte sie gehört?

„Sollen wir noch etwas Wein trinken?", ließ sich Carla neben ihm nieder.

„Klar doch."

„Was machst du mit dem armen Hasen, Brad?"

Seine Hand umklammerte dessen Hals.

„Lust auf Hasenragout?" Er lachte und plumpste ihn in ihren Schoß. „Muss der zurück zu Mel oder bleibt er hier?"

„Hier. Ich sammle eine süße Kollektion für sie. Jedenfalls hat sie mir von Vinces Bauernhof erzählt."

Er schnaubte. „Bauernhof?" Er füllte ihre Gläser nach. „Ich nehme an, für ein kleines Mädchen, das nicht an das Landleben gewöhnt ist, muss es sich wie einer anfühlen."

„Vermutlich. Er hat Susies altes Pony. Apple. Der Name amüsiert Mel, aber ich habe das Gefühl, sie hat ein bisschen Angst davor, also kann sie sich wohl nicht daran erinnern, dort gewesen zu sein. Und der Nachbar hat Kühe und Esel."

Bradley reichte Carla ihr Glas und lehnte sich zurück. „Eigentlich ist das Grundstück nebenan schön. Großes Haus oben auf dem Hügel. Ich schätze, es ist von einem Architekten entworfen. Koppeln mit Lattenzäunen. Wer auch immer es besitzt, kümmert sich darum, ganz im Gegensatz zu Carters Bruchbude." Er nahm einen Schluck Wein. Dann noch einen.

„Wenn sie es nicht verkauft hat, müsste diese Lyndall-Frau noch dort sein. Susie hat sie einfach vergöttert, aber ich fand sie seltsam, immer mit einem alten Hut und ständig dabei, Esel und dergleichen zu retten."

„Ich hatte vergessen, dass du so oft dort warst. Natürlich weißt du Bescheid."

Carla kuschelte den Hasen an sich. „Mel sagte, sie hat ihr eigenes Zimmer, mag aber das Wohnzimmer wegen des Kamins. Klingt ein bisschen gefährlich, sie in der Nähe eines offenen Feuers zu haben. Jedenfalls mag sie es, die Vögel zu betrachten, die Vince schnitzt, und die Fotos ihrer Großmutter und Mutter auf dem Kaminsims. Schön, dass sie daraus etwas Trost schöpft."

„Das stimmt. Was noch?"

„Ach ja, richtig. Und das ist ein bisschen besorgniserregend. Sie hat ein kleines Kätzchen im Regen gesehen und ist ihm gefolgt. Als sie das Tierchen gefangen hatte, stapfte eine unheimliche Person mit einem großen Hut – das sind ihre Worte – durch alle Pfützen und fand Mel unter einem Holzunterstand. Es war Lyndall, der das Kätzchen gehörte, und Melanie möchte es adoptieren."

„Ein Kätzchen?"

Sie nickte. Ihre Augen waren traurig. „Anscheinend ist das Kätzchen noch nicht ganz bereit, sein Zuhause zu verlassen, aber Mel hofft, dass sie es später vielleicht haben darf."

„Carter wird es nicht erlauben."

„Aber wie kannst du dir da so sicher sein? Mel wünscht sich dieses Kätzchen so sehr, was ich verstehe. Wirklich. Sie braucht etwas zum Liebhaben. Aber wenn er nachgibt, was passiert dann, wenn sie hierher zieht? Ich will keine Katze. Sie riechen und ruinieren Sachen."

Bradley nahm noch einen Schluck, um sich Zeit zu verschaffen, während sie weitersprach.

„Aber ich würde es ertragen, um Mel zu haben." Ihre Unterlippe zitterte.

Nicht weinen, Schatz. Gott. Genug geweint.

Er nahm ihre Hand. „Wir werden diese Brücke überqueren, wenn wir dazu kommen. Unser Anwalt untersucht Möglichkeiten, wie Melanie hier leben könnte. Bis wir Genaueres wissen, bringt es nichts zu spekulieren und sich das Schlimmste vorzustellen, oder?“

„Das wusste ich nicht, Schatz. Nicht von dem Anwalt. Sie wird unser Mädchen sein, nicht wahr?“ Carla lehnte sich an ihn.

„Ich werde alles in meiner Macht Stehende tun, um es zu ermöglichen.“

Selbst wenn es bedeutet, Vince Carter zu töten, um ihn aus dem Weg zu räumen.

———

Vince schloss ein Buch, aus dem er Melanie vorgelesen hatte. „Und das reicht für heute Abend.“

„Noch ein Kapitel?“

„Es sind nur noch zwei übrig, also lassen wir sie für morgen und ich lese dir beide vor.“

Das Buch landete auf dem Nachttisch, und er schaltete die Lampe aus.

„Ich mag dieses Zimmer.“ Mels Augen waren geschlossen und sie kuschelte mit Raymond und Topsy.

„Das freut mich.“ Vince küsste ihre Stirn.

„Auch wenn Carla mir in ihrem Haus ein hübsches Zimmer macht, glaube ich, dass ich dieses hier mehr mögen werde.“

Das Telefon begann in der Küche zu klingeln.

„Ich sollte besser rangehen. Gute Nacht, Melly-Bauch.“

„Gute Nacht, Opa.“

Als er die Tür schloss, zauberte sie ein schläfriges Lächeln auf ihre Lippen, und er warf ihr eine Kusshand zu. Was für einen Unsinn erzählte Carla da?

Seine Gedanken rasten, als er zum Telefon griff. „Vince Carter.“

„Hier ist Lyndall. Schläft die Süße schon?“

Er lehnte sich gegen den Tisch. „Fast. Habe ihr gerade eine Geschichte vorgelesen.“

Das sanfte Kichern am anderen Ende brachte ihn zum

Lächeln. Sie lachte nicht wirklich über ihn. Aber von allen Menschen in seinem Leben würde sie die Ironie am meisten schätzen.

„Sie ist einer der Gründe, warum ich anrufe, Vince."

„Einer?"

„Ich denke, es ist Zeit, dass sie dieses Kätzchen bekommt... wenn du einverstanden bist. Entscheide jetzt nicht. Komm morgen vorbei und sieh selbst."

„Bin kein großer Katzenfreund."

„Geht nicht um dich. Oder?"

Bis er am Ende alles für sie machen müsste.

„Jedenfalls müssen wir über ein paar andere Dinge reden. So früh, wie du möchtest."

„Was für andere Dinge, Lyn-"

Aber sie hatte bereits aufgelegt.

ZWEIUNDDREISSIG

Melanie hüpfte den Auffahrtsweg zu Lyndalls Haus hinauf und hielt dabei einen sicheren Abstand zu den neugierigen Eseln, die zum Zaun wanderten. Vince schlurfte hinterher.

Näher am oberen Ende verwandelten sich die Weiden in gepflegte Gärten, und Melanie hielt mehrmals inne, um an dieser oder jener Blume zu riechen. Lyndalls Haus war ein architektonisches Meisterwerk, entworfen von einer preisgekrönten Firma aus Melbourne, die immer noch Preise gewann. Jedes Detail war umweltfreundlich und fügte sich in die Landschaft ein. Und es war riesig, dennoch hatte Vince nie Familienbesuch gesehen. Keine erwachsenen Kinder oder Enkelkinder.

Als er Melanie einholte, griff sie nach seiner Hand und führte den Weg an. Das war mehr wie das kleine Mädchen, das er kannte. Neugierig und von Natur aus freundlich. Die Traurigkeit war unter der Oberfläche noch da und würde es noch lange bleiben, aber es hob seine Stimmung, sie ein wenig aus dem Nebel auftauchen zu sehen.

Am oberen Ende der Auffahrt befand sich eine Garage mit vier nebeneinander liegenden offenen Toren. Lyndalls Range Rover stand in einem und ein Quad-Bike in einem anderen. Die anderen beiden waren leer. Hinter der Garage, gerade noch sichtbar an einer Seite, stand ein alter Viehtransporter. Lyndall hatte einmal gesagt, er sei für den Fall, dass sie alle Esel und ihre Handvoll Kühe auf einmal bewegen müsste, wenn es eine Brandgefahr gäbe.

Ich kann mir vorstellen, wie du ihn fährst.

„Oh! Da bist du ja, kleines Kätzchen!", quietschte Melanie, als das Kätzchen um die Ecke des Hauses auf sie zugestürmt kam. Sie ließ sich auf die Knie fallen und hob es behutsam hoch. Dicht dahinter folgte ein weiteres Kätzchen und eine erwachsene Katze, vermutlich die Mutter, die Melanie aus der Ferne musterte.

Die Freude auf Melanies Gesicht war ansteckend. Vince wäre fast neben ihr in die Hocke gegangen.

„Es erinnert sich an dich", sagte Lyndall, die den Katzen folgte.

Die Mutterkatze schlich um Melanie herum und rieb ihren Kopf an ihrem Bein.

„Ja. Mama stimmt zu. Jetzt musst du nur noch mit Opa fertig werden." Lyndall beugte sich hinunter, um das Kinn des Kätzchens zu kitzeln. „Überlass ihn mir. Das Kätzchen gehört so gut wie dir."

Vince prustete.

„Ist es okay für dich, hier zu sitzen und diese Tierchen zu beobachten, während ich mit ihm rede?", fragte Lyndall. „Ansonsten weißt du ja, wo die Küche ist, und es steht frisch gemachte Limonade auf dem Tisch."

Melanie nickte mit einem Lächeln, das dauerhaft wirkte.

Ich glaube, ich habe diesen Kampf verloren.

Lyndall gesellte sich zu ihm. „Gehst du mit mir spazieren? Deinem Mädchen gehts hier gut." Sie ging in Richtung der Weide vor dem Haus.

„Alles okay für eine Minute, Mel?"

Sie hatte sich bereits auf den Boden gesetzt, und die drei Katzen schmiegten sich um sie herum.

Er holte Lyndall ein, die ihre Arme auf die oberste Zaunlatte legte. Die Esel bemerkten sie und begannen, herüberzukommen.

Sie sah ihn lange an. „Die Entscheidung über das Kätzchen liegt bei dir, aber mir scheint, das kleine Mädchen braucht etwas, woran sie sich festhalten kann. Etwas Neues zum Liebhaben."

Sie blickten über die Weide, die mehrere Hektar groß war und nur eine von einem Dutzend oder so auf dem Grundstück. Lyndalls Tiere waren alle gerettet, und sie verbrachte den Großteil ihrer wachen Stunden damit, ihr Leben gut zu gestalten. Vince hatte keine Ahnung, woher ihr Geld kam oder was ihre Geschichte war. Es hatte nie einen Grund gegeben zu fragen.

„Bin gestern nach Hause gekommen und da stand so ein Kerl in deiner Auffahrt", sagte Lyndall.

„Geparkt?"

„Das Auto war geparkt. Er kam von der Seite deines Hauses, eifrig dabei, Fotos zu machen. Großes Objektiv an der Kamera."

Vince Magen verkrampfte sich.

„Ich hab ihn natürlich zur Rede gestellt", fügte sie hinzu. „Gefragt, wer er sei und was er da mache."

„Hat er es gesagt?"

„Er richtete die Kamera auf mich, und ich gab ihm etwas, das es wert war, fotografiert zu werden." In ihrem Ton lag ein Hauch von Ärger. „Die Frechheit von ihm."

Der erste Esel kam an und steckte seine Schnauze durch den Zaun, auf der Suche nach Lyndalls Taschen. „Hallo, Liebling." Sie fügte hinzu: „Ich dachte, er könnte ein Immobilienmakler sein. Aber er war zu unhöflich. Hast du jemanden verärgert?"

„Viele."

„Aber im Ernst, überprüft dich jemand?"

„Vielleicht. Weiß nicht. Mel sagte ..."

„Was?"

Er schüttelte den Kopf und streckte die Hand aus, um den Esel zu streicheln. „Wahrscheinlich nichts. Mels Patentante, Carla, sagte ihr etwas darüber, ein besonderes Schlafzimmer in ihrem Haus einzurichten. Für Mel."

„Ich erinnere mich an sie." Lyndalls Gesichtsausdruck machte deutlich, dass sie kein Fan war.

„Sie liebt Mel wirklich. Und Susie vertraute ihr."

„Ich würde Melanie ziemlich genau im Auge behalten. Nur für den Fall."

In ihren letzten drei Worten lag so viel Ernst, dass Vince ihr einen Blick zuwarf.

„Nur für den Fall wovon?"

Sie wollte etwas sagen. Ihre Augen waren ernst.

„Was, Lyndall? Was denkst du?"

„Da draußen gibt es einige schlechte Menschen, die-"

„Opa!"

Beide zuckten zusammen, als Melanie, das Kätzchen in ihrem ungegipsten Arm eingekuschelt, wie aus dem Nichts auftauchte. Lyndall biss sich auf die Unterlippe. Vince würde das nicht auf sich beruhen lassen, aber mit Melanies Anwesenheit musste es warten.

„Was gibts, Mel?"

„Bitte, bitte, bitte darf ich dieses kleine Kätzchen haben?" Sie blieb zwischen den Erwachsenen stehen, ihre Augen wanderten von einem zum anderen, während sich eine Falte zwischen ihren Augen bildete. „Ich mag keine Streitereien."

Vince ging vor ihr in die Hocke. „Ich mag sie auch nicht. Lyndall auch nicht. Wir haben nur darüber gesprochen, dass du das Kätzchen bekommst, und wir haben die Esel gestreichelt."

Sie schaute auf den Esel, der immer noch versuchte, eine Leckerei in Lyndalls Jacke zu finden, und dann zurück zu Vince. Etwas von der Sorge verließ ihr Gesicht. „Habt ihr euch entschieden?"

„Du weißt, dass ein Kätzchen etwas Arbeit macht. Füttern. Die Katzentoilette reinigen. Spielen. Bist du dafür bereit?"

Melanie nickte.

„Und nicht nur für eine Woche. Für ein ganzes Leben. Und Katzen leben lange."

„Ich verspreche, dass ich mich so gut um Robbie kümmern und alles für ihn tun werde."

Lyndall machte ein komisches Geräusch, das sie schnell unterdrückte.

„Na gut, in diesem Fall ja, du darfst Robbie haben", sagte Vince.

Mit strahlenden Augen umarmte Melanie Vince, bis das Kätzchen protestierte. Er richtete sich nach einem misslungenen ersten Versuch wieder auf. In die Hocke zu gehen war keine gute Entscheidung gewesen. „Ähm... wir müssen einkaufen gehen für... Robbie. Und wir haben zuerst den Termin in deiner Schule."

„Lass ihn vorerst hier, und ich bringe ihn runter, sobald du anrufst." Lyndall streckte eine Hand aus, und nachdem Melanie seine Nase geküsst hatte, übergab sie ihn. „Braves Mädchen. Ich schicke Opa eine kleine Liste, damit er das gleiche Futter und so weiter besorgen kann."

„Komm schon, Opa. Lass uns gehen!" Melanie machte sich auf den Weg, ohne sich umzudrehen.

Als Vince ihr folgen wollte, berührte Lyndall seinen Arm mit ihrer freien Hand. „Warte mal kurz." Sie kramte einen Zettel aus ihrer Tasche. „Das Kennzeichen des Eindringlings. Des Fotografen. Gib es deinen Polizeifreunden weiter."

„Danke."

„Hey, Melanie", rief Lyndall, bevor das kleine Mädchen in der Einfahrt verschwand. „Ich bring ihn später runter und du kannst mich jederzeit anrufen, wenn du Fragen hast."

„Okay, danke, Lyndall." Sie drehte sich um und winkte mit einem breiten Lächeln.

Lyndalls Stimme wurde sanfter. „Gerne, Schätzchen."

Vince folgte Melanie.

„Gilt auch für dich", sagte Lyndall, als er an ihr vorbeiging.

Er warf ihr einen Seitenblick zu, konnte sich aber ein Lächeln erst verkneifen, als sie sein Gesicht nicht mehr sehen konnte.

Es war seltsam, in einer Schule ohne Schüler zu sein. Melanie führte den Weg zu Mrs. McCoys Büro, wo sie von einer großen, dünnen Frau mit gerunzelter Stirn mit einem Lächeln hereingebeten wurden.

Einige Minuten lang unterhielten sich Melanie und die Schulleiterin über das kommende Semester und darüber, auf welches Fach sich Melanie am meisten freute. Es war Kunst. Mrs. McCoy schlug vor, dass Melanie in ihr übliches Klassenzimmer gehen sollte, wo ihre Lehrerin gerade den Raum einrichtete.

Sobald sich die Tür wieder schloss, verschwand ihr Lächeln. „Es tut mir so unendlich leid wegen Melanies Eltern, Mr. Carter. Susie war hier sehr aktiv, mehr als nur im Rahmen der üblichen Elternmitarbeit. Sie half wirklich gerne mit den Schülern."

Er hatte die Erwähnung des Verlusts erwartet, aber es traf ihn trotzdem in den Magen. „Danke." Mitgefühl brachte seine Tochter nicht zurück. Soziale Umgangsformen kamen in letzter Zeit oft zum Einsatz.

„Wird Melanie bereit sein, wieder zur Schule zu gehen, Mr. Carter?"

„Ihr Arm wird noch eine Weile im Gips sein, aber sie kommt gut zurecht."

„Ich meine... emotional. Sie hat eine schreckliche Erfahrung gemacht, zwischen dem Autounfall und dem Verlust ihrer Eltern. Es gab eine große Veränderung in ihrem Leben."

„Was es umso wichtiger macht, etwas Normalität zu haben", sagte Vince. „Ihre Psychologin meinte, das würde helfen."

„Ah. Sie ist also in Behandlung. Und natürlich haben wir hier auch Unterstützung. Unser Seelsorgesystem ist hervorragend. Kennen Sie unsere Schule? Ich kann mich nicht erinnern, Sie bei einem von Melanies Elternabenden oder Konzerten gesehen zu haben, nicht dass ich jeden Großelternteil treffe, natürlich."

Du urteilst über mich.

Sie entschied, ob er würdig war, das Sorgerecht zu haben. Oder gut genug für die Schule.

Sie presste die Lippen zusammen, als sie einen Ordner auf dem Schreibtisch öffnete.

„War es eine lange Fahrt für Sie? Um Melanie herzubringen?"

„Vierzig Minuten."

„Mitten am Vormittag. Es könnte bis zu einer Stunde in jede Richtung sein während der Stoßzeit, wenn Sie sie absetzen würden. Es gibt keine einfache öffentliche Verkehrsverbindung, die ich finden kann, also außer Sie haben jemanden in der Nähe, der-"

„Niemanden." Seine Finger verkrampften sich und er drückte sie flach gegen seine Beine. „Ich werde sie jeden Tag bringen. Sie jeden Nachmittag abholen."

„Ich verstehe."

Nein. Tun Sie nicht.

„Wird es eine Liste geben mit dem, was Mel dieses Semester braucht? Damit ich anfangen kann, alles zu organisieren."

„Vielleicht."

„Mrs. McCoy... gibt es ein Problem mit Melanie? Oder mit mir?"

Mit einem kurzen Nicken drehte die Frau den offenen Ordner um. „Nichts Persönliches. Wir lieben Melanie. Sie ist eine gute Schülerin. Freundlich und wissbegierig. Aber wie wir kurz am Telefon besprochen haben, gibt es die Angelegenheit der Bezahlung. Und ich denke, es ist am besten, das jetzt anzusprechen." Sie deutete auf das Blatt Papier, das Vince zugewandt war.

Es war eine Kopie von dem, was er in seiner oberen Tasche hatte.

„Werden diese Dinge normalerweise nicht im Voraus bezahlt?"

„Dies ist Melanies drittes Jahr bei uns, und ihr Vater hat immer zu Beginn jedes Jahres bezahlt. Nicht für ein Semester, sondern für ein ganzes Jahr, was mehr war als erwartet. Und oft gab es noch etwas extra, um zu helfen, wenn eine andere Familie Schwierigkeiten hatte. Tatsächlich hat David einmal ein ganzes Semester für ein anderes Kind bezahlt, was für diese Familie den Unterschied machte."

„Warum?"

Ihr Mund klappte auf und sie blinzelte.

„Ich meine, warum würde David für das Kind eines Fremden bezahlen, aber nicht für seine eigene Tochter?", präzisierte Vince.

„Oh, ich verstehe."

„Ich nicht."

„Das war, bevor sein Unternehmen in finanzielle Schwierigkeiten geriet, Mr. Carter. In den beiden Jahren davor war Geld kein Thema. Die Familie war wie fast jede andere Familie hier. Finanziell stabil. Engagiert in der Bildung ihres Kindes. Und weil er in der Vergangenheit so großzügig war, haben wir ihm eine Gnadenfrist bis zur Mitte des Jahres eingeräumt."

Welche finanziellen Schwierigkeiten? Wusste Susie davon?

Er öffnete den Mund, um zu fragen, welche Beweise sie dafür hatte, und schloss ihn wieder. Dieses Gespräch drehte sich um Melanie. Nicht um David.

Sie lächelte. „Niemand hat diese Tragödie erwartet. Und natürlich ist Melanie hier willkommen und Sie auch, Mr. Carter, als Freiwilliger, was normalerweise zwanzig Stunden im Monat bedeutet, aber wir könnten das erhöhen, um bei den Kosten zu helfen... solange Sie bereit sind, eine Arbeiten-mit-Kindern-Karte zu bekommen und die üblichen polizeilichen Überprüfungen durchzuführen?"

Wenn er seine Knie nicht so fest umklammert hätte, hätte er den Kopf in die Luft geworfen und hysterisch gelacht. Stattdessen lächelte er zurück.

„Ich kann das bereitstellen. Ich muss fragen, ob Sie davon ausgehen, dass ich Melanies Gebühren nicht bezahlen kann. Es gibt auch Vermögenswerte, die realisiert werden können. Melanie ist alles, was zählt, und wenn sie in dieser Schule bleiben möchte, dann werden die Gebühren auf dem neuesten Stand gehalten."

Die Schulleiterin wirkte nun unbehaglich und rutschte auf ihrem Stuhl herum.

Er stand auf. „Würden Sie mir den Weg zu Melanie zeigen?"

„Natürlich."

An der Tür gab sie ihm kurze Anweisungen und berührte dann seinen Arm. „Bevor Sie gehen... Ich hoffe, ich klang nicht... nun ja, jedenfalls bin ich froh, dass Sie möchten, dass Ihre Enkelin bei uns bleibt. Und ich bin hier, um alle Fragen zu beantworten, obwohl ihre Lehrerin am besten in der Lage ist, Ihnen Informationen über das nächste Semester zu geben. Es ist nur... obwohl ich Susie am besten kannte, war es David, der die Rechnungen bezahlte, und er sagte einmal... nun, er erwähnte Sie. Sagte, Sie wären nicht in einer guten Situation. Meine Entschuldigung."

Es gab nur eine Antwort, die ihm in den Sinn kam. „Ich verstehe."

Damit trat er in den Flur und machte sich auf die Suche nach Melanie.

DREIUNDDREISSIG

Dieser Abend war wichtig. Einer jener entscheidenden Momente im Leben eines Mannes. Bradley hatte sein ganzes Leben lang hart gearbeitet, vom Zeitungsjungen mit zehn bis hin zu Nachtschichten in Fast-Food-Restaurants, um sein Studium zu finanzieren. Dann, im Alter von einundzwanzig, hatte er an einem unglaublichen Tag im Casino Blut geleckt. Während seine Kumpels all ihr Geld verloren, ging er irgendwie mit zwanzigtausend nach Hause. Und er war schlau genug, nie wieder zu spielen. Zumindest nicht diese Art von Glücksspiel. Er studierte kalkulierte Risiken und liebte den Nervenkitzel, wenn ein Plan gegen alle Widrigkeiten aufging.

Wir sind so nah dran.

Alles war bereit.

Bradley ging zum dritten Mal in der Stunde seit dem Weggang der Arbeiter durch das Lagerhaus. Der gemietete Transporter war im Gebäude eingeschlossen und das Rolltor heruntergelassen. Abel überprüfte etwas auf dem Dach des Schiffscontainers und klopfte an einem Teil herum, mit dem er nicht ganz zufrieden war, aber so war der Mann nun mal. Immer ein Perfektionist.

Er hatte Lust auf einen frühen Drink zum Feiern und

schenkte sich in seinem Büro einen doppelten ein. Auf seinem Schreibtisch hatte er mehrere gerahmte Fotos von David gestapelt, um sie Melanie zu geben.

„Prost, Kumpel. Wenn du nur hier wärst, um diesen Tag zu sehen." Er hob das Glas auf Davids Bild und trank schnell. Er hatte seine Trauer in Schach gehalten, indem er beschäftigt blieb und sich um Carla kümmerte, aber früher oder später würde sie ihn einholen.

Neben den Fotos lag ein großer weißer Umschlag, Teil seiner To-Do-Liste für später am Abend. Er hatte Zeit zwischen jetzt und Mitternacht, um Vince zu besuchen und rechtzeitig zurück zu sein, um ihre erste gemeinsame Lieferung mit Duncan Chandler sicher auf ihre erste Reise in den fernen Norden von Queensland zu schicken. Eine lange Fahrt in einen wunderschönen Teil des Landes.

„Hey Boss. Der Container ist hundertprozentig fertig. Alles, was wir jetzt noch brauchen, ist die letzte Ladung und der Lkw." Abel lehnte sich gegen den Türrahmen. „Ich geh mal was essen. War ein beschissener Tag dank dieser dämlichen Bullen. Ein bisschen Futter und ich bin zurück, bevor der Lkw ankommt."

„Du hast nie gesagt, was sie wollten."

„Keine Ahnung, außer dass sie davon faseln, dass ich mich neulich mit Richard getroffen habe." Er lachte. „Die Idioten haben keine Ahnung."

„Na gut, geh essen. Ich fahr rüber zu Carter. Hab ein paar Dinge zu erledigen."

Sein Handy klingelte und als er die Nummer sah, hob er die Hand zu Abel.

Eine Minute später knallte er das Telefon auf den Umschlag.

„Was?", fragte Abel, der sich nicht bewegt hatte.

„Ihr Fahrer hat eine Magenverstimmung. Sie haben es um weitere vierundzwanzig Stunden verschoben."

Abel fluchte.

„Ich weiß." Bradley ließ sich auf seinen Stuhl fallen und legte den Kopf in die Hände. „Verdammt, verdammt, verdammt nochmal."

„Es muss heute Nacht sein, Boss."

Bradleys Kopf schnellte hoch. „Dann findest *du* einen Lkw und fährst den Container selbst dorthin!" Er stand so schnell auf, dass sein Stuhl nach hinten flog. „Ich hab mich kaputtgemacht, um das hier auf die Beine zu stellen. Zusatzzahlungen. Boni. Gebettelt. Es gibt kein heute Nacht!"

„Schrei mich nicht an. Ich bin genauso frustriert wie du."

Abel hatte sich nicht bewegt, aber er hatte sich viel schneller beruhigt als Bradley.

Bradley zwang sich, wieder normal zu sprechen, und schob den Stuhl an seinen üblichen Platz zurück. „Was zum Teufel wirst du ihm sagen?"

Abels Lachen jagte Bradley einen Schauer über den Rücken. „Ich?"

Bradley schnappte sich den Umschlag, das Telefon und die Fotos und stürmte zur Tür. Abel bewegte sich immer noch nicht.

„Du. Und mach es gut. Ich bin es leid, inkompetent auszusehen, weil andere Parteien Mist bauen. Dieses Geschäft finanziert unseren beider Lebensstil, und dieses Chaos riskiert, dass dieser Lebensstil einen massiven, langfristigen Geldzufluss bekommt."

Abel hob beide Augenbrauen und trat beiseite. „Wenn diese Ladung nicht bald bewegt wird, steht mehr als nur unser Lebensstil auf dem Spiel."

Da hatte er nicht Unrecht.

„Mach einfach den Anruf. Dann nimm dir den Abend frei." Ohne weitere Diskussion überquerte Bradley das Lagerhaus. An der Seitentür blickte er zurück. Abel stand am Container und lehnte sich dagegen, während er sein Telefon wählte.

———

Lyndall war am späten Nachmittag mit dem Kätzchen angekommen und hatte eine Tasse Kaffee mit der Ausrede abgelehnt, sie müsse sicherstellen, dass die Katzenmutter nicht zu aufgeregt sei. Sie hatte es vermieden, wieder in das frühere Gespräch hineingezogen zu werden, als sie begonnen hatte, Vince davor zu warnen, Melanie in der Nähe zu behalten, und war fast so schnell wieder gegangen, wie sie gekommen war.

Jetzt, als Melanie Robbie die Regeln des Hauses erklärte, rief ein Klopfen an der Haustür Vince vom Abendessen weg, das er gerade zubereitete.

Auf dem Weg zur Tür warf er einen Blick in Melanies Zimmer, wo sie auf dem Bauch lag und mit leiser Stimme ernsthaft mit Robbie sprach, der zuhörend dasaß. Er konnte nicht anders als zu lächeln.

Bis er die Tür öffnete.

Bradley stand auf der Veranda.

„Was machst du hier?"

„Hab die Fotos für Melanie mitgebracht."

„Ich hatte gesagt, ich würde sie abholen."

„Nun, ich muss kurz mit dir reden, also hab ich sie mitgebracht. Hier." Bradley reichte ihm eine durchsichtige Tüte mit losen Fotos. Der Mann war vorsichtig. Er sah Vince nicht in die Augen und trat von einem Fuß auf den anderen.

„Ich bin gerade mitten in etwas", sagte Vince.

„Eine Frage, dann gehe ich. Carla und ich würden gerne eine rechtliche Vereinbarung mit dir über das Sorgerecht, zumindest teilweise, für Melanie treffen."

„Keine Chance."

„Komm schon, Kumpel. Hör mir wenigstens zu."

„Zeit für dich zu gehen."

Anstatt sich zu bewegen, hielt Bradley einen großen Umschlag hin und dieses Mal sah er Vince in die Augen. „Schade, dass du so fühlst. Du solltest einen Blick darauf werfen."

Vince blickte über seine Schulter und trat nach draußen, wobei er die Tür hinter sich zuzog. „Was zum Teufel soll das, Pickering?"

„Mach ihn auf."

Obwohl er wusste, dass er hineingehen und den anderen Mann aussperren sollte, konnte Vince nicht anders. In dem Umschlag befand sich ein etwa einen Zentimeter dicker Ordner. Er blätterte durch, und sein Magen drehte sich mit jeder Seite mehr.

Es gab Fotos von seinem Grundstück, das verlassen und vernachlässigt aussah.

Eine Nahaufnahme von Hunderten leerer Wein- und Spirituosenflaschen, die hinter einem Schuppen aufgestapelt sind.

Kadaver von toten Kaninchen in der Nähe von Baueingängen, von Einschusslöchern übersät.

„Du weißt, dass diese Flaschen nicht mir gehören."

„Der Ort ist heruntergekommen. Ungeeignet für ein Kind." Bradley hatte einen bestimmten Tonfall in der Stimme. Eine Herausforderung.

„Ich schieße nicht zum Spaß Kaninchen ab und würde niemals eine Waffe in der Nähe eines Kindes aufbewahren." Unter dem letzten Foto lag ein getippter Brief, unterschrieben mit ‚Susan Weaver'.

Phrasen stachen hervor.

Ich musste Dad wieder rauswerfen.

Er war betrunken und wurde gewalttätig.

Ich würde ihm mein Kind nie anvertrauen.

Zu Hause war er kein Held.

„Das ist nicht Susies Unterschrift", sagte Vince.

„Nah genug dran."

„Ist das Erpressung?"

Bradley grinste selbstgefällig. „Nichts dergleichen. Es ist ein freundlicher Blick darauf, was passieren könnte, wenn du die Dinge so weiterlaufen lässt. Nichts davon ist notwendig, und diese Mappe und ihre Kopien müssen nie von einer anderen Seele gesehen werden."

Er wollte den schmierigen Bastard an der Kehle packen. Aber

Melanie war im Haus, und er würde dem Mistkerl nicht die Genugtuung geben.

„Was willst du?"

„Nur das, was David und Susie erwartet hätten. Dass Melanie bei uns lebt. Und dass Davids Anteil am Unternehmen ohne Probleme auf mich übertragen wird."

Vince stopfte die Mappe zurück in den Umschlag.

„Melanie liebt uns. Und Carla lebt für Mel, würde alles für sie tun. Sie wird ein gutes Leben mit allen Vorteilen haben", sagte Bradley.

„Ein gutes Leben mit einem Verbrecher im Haus?"

„Na, das ist jetzt aber unhöflich. Ich biete eine friedliche Lösung an. Du wirst sie sehen können, aber du musst den zuständigen Personen mitteilen, dass du möchtest, dass wir sie adoptieren."

„Nur über meine Leiche." Vince hielt den Umschlag hin.

„Behalt ihn. Was ist deine Antwort?"

„Du hast dreißig Sekunden, um mein Grundstück zu verlassen. Neunundzwanzig-"

„Du Narr."

„Achtundzwanzig. Siebenundzwanzig."

„Halt! Um Melanies willen, denk das durch!"

Vince näherte sich Bradley, der zurückwich.

„Du zerstörst ihre Zukunft-"

„Sechsundzwanzig. Lauf." Er folgte Bradley, der halb fiel, halb die Stufen hinunterrutschte. „Wenn du jemals wieder einen Fuß auf dieses Grundstück setzt..."

Bradley rannte.

Vince machte ein halbes Dutzend Schritte hinter ihm her und beobachtete, ob der Mann in sein Auto stieg und wegfuhr, bevor er sich umdrehte.

Der Vorhang im Wohnzimmer bewegte sich.

———

Melanie war im Bad, als er wieder hineinkam, was ihm Zeit gab, den beleidigenden Umschlag in sein Schlafzimmer zu werfen. Er überprüfte den Ofen und schob die Auflaufform auf ein Gitter. Sein Herz kehrte allmählich zu seinem normalen Schlag zurück, aber sein Kopf schwirrte vor Gedanken darüber, was er Bradley gerne antun würde. Böse Gedanken.

Hatte Melanie etwas von dem Gespräch mitbekommen oder nur aus dem Fenster geschaut, als Bradley das Grundstück verließ? Er ging zu ihrem Schlafzimmer.

Sie lag auf dem Rücken auf dem Boden, das Kätzchen auf ihrer Brust.

„Onkel Brad war früher so lustig. Er hat immer die witzigsten Geschichten erzählt."

Vince blieb im Flur stehen.

„Und Tante Carla ist immer noch so wie immer, und ich liebe es, Sachen mit ihr zu machen. Aber Robbie? Onkel Brad wurde in dieser schrecklichen Nacht bei Daddy so wütend und jetzt ist er wütend auf Opa... Ich hoffe, er kommt nie wieder hier in unser Haus, Robbie."

Irgendwie hielt sich Vince davon ab, hineinzugehen, das kleine Mädchen hochzuheben und ihr zu sagen, dass er nie zulassen würde, dass ihr etwas Schlimmes passiert. Würde es helfen? Sie klang nicht weinerlich oder besorgt. Wenn überhaupt, dann sachlich. Und wenn sie dachte, er würde ihre Gespräche belauschen, dann wäre sie vielleicht weniger bereit, sie zu führen, selbst wenn nur mit einer Katze. Wie auch immer, wie könnte er so etwas versprechen?

Er ging zurück in die Küche und wählte eine Nummer auf seinem Telefon.

„Lizzie? Hier ist Vince. Ruf mich zurück, wenn du kannst. Und würdest du dieses Kennzeichen für mich überprüfen..." er zog den Zettel heraus, den Lyndall ihm früher gegeben hatte, und las ihn vor.

———

Bradley ließ sich ins Haus, vor Wut kochend. Auf der Fahrt zurück waren ihm ein Dutzend Möglichkeiten eingefallen, Carter umzubringen, und er hatte sie alle verworfen. Er war nicht diese Art von Mensch.

Aber ich habe die Nase voll von dem hochtrabenden Carter.

Das Wohnzimmerlicht war an, aber Carla war woanders im Haus, also goss er sich einen Cognac ein und ging auf und ab, um seinen Kopf frei zu bekommen und die Wut zu verdünnen. Jeder andere wäre angesichts der belastenden Beweise, die er gesammelt hatte, eingeknickt. Es spielte keine Rolle, dass einiges davon gefälscht war. Es gab genug Wahrheit, um jemanden fürchten zu lassen, dass seine Geheimnisse der Welt offenbart würden. Und Vince Carter hatte davon reichlich. Der Haufen Flaschen stammte vielleicht nicht von seinem Grundstück, aber jeder wusste, dass der Mann ein Alkoholproblem hatte. Der Ort war eine Müllhalde, und wenn das Jugendamt zu Besuch käme, würden sie sicher die Eignung für ein Kind in Frage stellen. Was es vielleicht wert wäre, dieser unscheinbaren Frau vorzuschlagen, die beim letzten Mal nichts getan hatte, um zu helfen.

„Schatz?"

„Im Wohnzimmer."

Er hob ein zweites Glas, als sie hereinkam. „Cognac?"

„Oh, gerne." Sie küsste ihn auf die Wange. „Ich habe dich nicht reinfahren hören, aber ich dachte, ich hätte eine Stimme gehört."

„Wahrscheinlich habe ich mit mir selbst gesprochen. Hier, bitte. Prost."

„Prost. Auf Melanie."

„Ja. Immer auf unsere kleine Melanie."

Carla neigte fragend den Kopf.

Verdammt, Vince.

„Was gibts zum Abendessen, Schatz?"

„Brad ... wann kommt Melanie?"

Er nahm ihre freie Hand.

„Du hast Vince doch gesehen? Ihm erklärt, dass wir sicherstellen werden, dass er sie oft sehen kann und wie wunderbar ihr Leben sein wird ..."

„Er weigert sich zuzuhören, Carla. Es tut mir leid. Ich habe es so sehr versucht."

„Dann werde ich hingehen und mit ihm sprechen."

„Es ist schlimmer, als dass er nicht zuhört, Schatz. Er sagte, er will nicht, dass wir sie noch sehen."

Carla keuchte auf und das Glas in ihrer Hand zitterte.

„Aber ich habe eine Idee. Ich werde nochmal mit dem Anwalt sprechen und fragen, wie wir die schlechten Lebensbedingungen von Melanie melden können. Dieser Kampf hat gerade erst begonnen. Ich verspreche es." Er küsste ihre Finger, aber ihre Augen glänzten vor Tränen und sie zog ihre Hand sanft zurück.

„Ich ... ich sollte mal nach dem Essen sehen."

Er hatte es vermasselt. Er hätte das besser durchdenken sollen, bevor er nach Hause kam, damit sie Hoffnung gehabt hätte. Das gedämpfte Geräusch seiner weinenden Frau aus der Küche stach ihm ins Herz.

Nach dem Essen half Melanie beim Abwasch und las dann eine Weile auf dem Sitzsack mit dem Kätzchen auf ihrem Schoß. Es war noch früh, als sie sich fürs Bett umzog. Sie sah erschöpft aus.

„Sieht so aus, als würde es Robbie hier gefallen." Vince brachte eine Tasse heiße Schokolade in ihr Schlafzimmer. „Glaubst du, er wird die ganze Nacht durchschlafen?"

Melanie nahm die Tasse mit einem leisen „Danke" entgegen und setzte sich auf die Bettkante. Robbie hatte sich in seinem Bett neben ihrem zusammengerollt, seine winzigen Pfoten zuckten in einem Traum. Jetzt, wo er still war, konnte man ihn besser betrachten. Er war überwiegend schwarz mit weißen Spitzen an Nase und Pfoten.

„Magst du ihn?", flüsterte sie. „Wir müssen ganz leise sein und ihn nicht stören."

„Natürlich mag ich ihn", flüsterte er zurück. „Er bringt dich zum Lächeln. Das gefällt mir sehr."

„Ich liebe ihn, Opa. Danke."

Und ich liebe dich, Liebling.

„Sollen wir lesen?"

„Zu laut. Er ist ein Baby und muss schlafen."

„Stimmt. Soll ich dann das Deckenlicht ausmachen?"

„Ja, bitte. Und kannst du die Tür schließen? So verläuft er sich nicht, wenn er früh aufwacht."

Sie ließ ihn ihre Stirn küssen und dann machte er eine Show daraus, auf Zehenspitzen hinauszuschleichen, in der Hoffnung auf ein Lächeln. Es kam schließlich, aber Melanies frühere Freude war durch das, was sie zwischen Vince und Bradley gesehen hatte, gedämpft worden.

Und daran bin ich schuld.

Es gab hundert Wege, oder zumindest eine Handvoll, wie er den Besuch des anderen Mannes hätte handhaben sollen. So befriedigend es auch gewesen war, ihn wegzuschicken, war es die Folgen nicht wert.

Er holte den Umschlag aus seinem Schlafzimmer und warf ihn auf den Couchtisch im Wohnzimmer. Nachdem er die meisten Lichter im Cottage ausgeschaltet hatte, holte er eine Flasche Whisky aus einem oberen Schrank und ein Glas und schlenderte zurück zur Couch. Scheinwerfer blitzten an der Wand auf und sein Herz setzte einen Schlag aus. Aber es war nur jemand, der die Einfahrt zum Wenden benutzte.

Für ein paar Minuten beobachtete er, um sicher zu sein. Dieses Auto war weg, aber ein anderes fuhr langsam vorbei. Seine Nerven spielten ihm einen Streich. Er zog die Vorhänge zu und setzte sich bei dem flackernden Licht des Kamins hin.

Er goss sich einen Drink ein, rührte ihn aber nicht an, stattdessen öffnete er den Umschlag.

Sein Handy piepste.

Liz.

Kann ich morgen früh die Zulassung überprüfen? Was ist der Kontext?

Er tippte zurück.

Jemand schleicht um mein Haus herum. Habe einiges zu erzählen.

Bevor er das Handy weggelegt hatte, kam ein weiterer Piepton.

Willst du Gesellschaft?

Vince starrte auf das Glas. Dann antwortete er.

Alles gut. Sprechen morgen.

Er schaltete das Handy aus.

VIERUNDDREISSIG

Liz war bereit für ein Nachmittagsschläfchen, obwohl es gerade erst nach Tagesanbruch war. Sie hatte bis zwei Uhr morgens durchgearbeitet, um potenzielle Zeugen zu befragen und mit Beamten der Spurensicherung sowie den Ersthelfern zu sprechen.

Dank eines weiteren verdammten Mordes.

Der Anruf war kurz nachdem sie gestern Abend von Vince gehört hatte, eingegangen. Obwohl sie ihn gefragt hatte, ob sie die Zulassung später überprüfen könne, war sie neugierig geworden und hatte sofort eine Suche gestartet. Bevor sie mehr als ein paar Notizen gemacht hatte, schnappte sich Pete seine Ausrüstung und sagte ihr, sie solle sich beeilen. Ein armer Nachtspaziergänger war auf eine Leiche in einer öffentlichen Toilette gestoßen.

Petes Beschwerden darüber, wieder raus zu müssen, verstummten in dem Moment, als sie am Tatort ankamen. Abgesehen von seiner Persönlichkeit war der Mann ein As. Hart arbeitend, intelligent und mit Straßenerfahrung. Er setzte all diese Eigenschaften ein, um die grausame Entdeckung zu bewerten und die Ermittlungen einzuleiten, während Liz mit dem jungen Beamten sprach, der als Erster am Tatort gewesen war.

Der Wachtmeister, der von einem Passanten auf eine mögliche Überdosis aufmerksam gemacht worden war, war unvorbereitet in die Anlage gegangen. Er hatte eine grünliche Gesichtsfarbe und zitterte, als sie ihn beiseite nahm. Ein Blick auf die Leiche erklärte seine Reaktion. Ein Mann mittleren Alters, in den Hals gestochen und zum Sterben in der schmutzigen öffentlichen Toilette zurückgelassen, war kein schöner Anblick, wie er da mit offenen Augen gegen eine Toilettenschüssel gelehnt zusammengesackt war. Gepaart mit dem Gestank von Urin, Blut und Fäkalien war es kein Wunder, dass sich der Wachtmeister zweimal hinter einem Baum übergeben musste.

Schließlich fuhren Liz und Pete los, um etwas Schlaf zu bekommen, und nun, Stunden später, war die Leiche weg, der Tatort ruhiger, aber neugierige Schaulustige bevölkerten immer noch die Gegend.

„Liz?", Pete steckte seinen Kopf aus der Tür der Herrentoilette. „Ich brauche deine Meinung."

„Lufterfrischer. Jede Menge Lufterfrischer."

Pete war schon wieder drinnen und sie folgte ihm. Die Spurensicherung war fertig und hatte Markierungen und Fingerabdruckreste hinterlassen. Es gab zwei Kabinen und ein Urinal, ein schmutziges Waschbecken und einen Händetrockner, der an einem Scharnier hing. Das Gebäude war aus Ziegeln, mit einem Blechdach, das zur Belüftung ein paar Zentimeter über der obersten Reihe angehoben war.

„Wie lange ist das schon nicht mehr geputzt worden?", fragte Liz. „Sicher gibt es einen Vertrag für regelmäßige Reinigung."

„Warst du noch nie in einer Männertoilette?", Pete schüttelte den Kopf. „Warum war unser Opfer hier?" Pete verschränkte die Arme. „Kilometerweit von seinem Zuhause und seinem Arbeitsplatz entfernt."

Das Bild des zusammengesackten Körpers tauchte in Liz

Gedanken auf, und sie verdrängte es. Sie liebte die Mordkommission, aber nicht die Leichen. „Lass uns nach draußen gehen."

Ein Fernsehteam baute auf der anderen Seite des Absperrbandes auf. Liz und Pete fanden einen Platz außerhalb ihrer Sichtweite, geschützt unter Bäumen, aber weit genug vom Gebäude entfernt, um den Gestank loszuwerden. Es war jedoch eisig kalt und Liz schob ihre Hände unter die Achseln.

„Haben wir dazu beigetragen, Pete?", Liz wusste, dass niemand außer dem Mörder für einen Mord verantwortlich war, aber es zeichnete sich ein Muster ab. „Erst sprechen wir mit Ginny, und sie wird erwürgt. Dann unterhalten wir uns mit Jerry Black und Hardy schneidet ihm die Kehle durch."

Petes Augenbrauen zuckten nach oben. „Haben noch nicht bewiesen, dass es Hardy war."

„Es war Hardy."

„Okay. Es war er. Du und ich wissen das."

„Was bedeutet, dass er immer noch hier in Melbourne ist. Warum zum Teufel können wir ihn dann nicht finden?" Liz wollte schreien. Malcolm Hardy spielte mit ihnen. Schickte sie auf wilde Verfolgungsjagden ... „Jerry Black war derjenige, der nach Hardys Flucht alle zum Flughafen geschickt hat. Erinnerst du dich?"

„Und sein Zurückrudern. Wir müssen noch mal mit Roscoe reden." Pete grinste. „Wir werden ihn über den Tod eines seiner Mitarbeiter informieren. Aber ich wette, er weiß es bereits."

Liz stimmte zu. „Ich denke, es ist eine Warnung an Roscoe."

Aber eine Warnung wovor?

———

Helles Sonnenlicht durch offene Vorhänge weckte Vince. Das und das Hämmern in seinem Kopf.

Er bedeckte seine Augen und setzte sich vorsichtig auf, wobei er eine Decke über seinem Körper störte. Er hatte sie nicht über sich gelegt. Er glaubte zumindest nicht. Seine Füße berührten den Boden, und er stöhnte, als die Kopfschmerzen ihm folgten.

Die Whisky-Flasche stand auf dem Couchtisch, der Deckel war drauf. Das Glas fehlte.

Neben der Flasche lagen die Fotos und der Brief. Kein Umschlag. Er hatte eine vage Erinnerung daran, das weiße Papier in Fetzen zu reißen und sie auf den Boden zu werfen. Wo waren also die Stücke?

Übrigens ... wer hatte die Vorhänge geöffnet?

Scheiße.

Vince stemmte sich auf die Füße und wartete ein paar Sekunden. Der Raum schwankte oder drehte sich nicht. Er schaltete sein Handy ein und nahm die Fotos und den Brief und brachte sie ins Schlafzimmer. Melanie brauchte diesen Mist nicht zu sehen, aber er konnte sich nicht daran erinnern, sie irgendwo anders als auf dem Boden verstreut zurückgelassen zu haben. Das üble Gefühl in seinem Magen kam nicht von einem Kater.

In der Küche stand Melanie mit dem Rücken zur Tür und butterte Toast. Ein Glas Orangensaft und eine Tasse Kaffee – deren Dampf aufstieg – standen auf einem Tablett. Als der Toast fertig war, fügte sie den Teller dem Tablett hinzu. Als sie sich umdrehte, weiteten sich ihre Augen, als sie Vince sah, und kein Wunder, er musste furchtbar aussehen mit seinen zerknitterten Kleidern vom Schlafen und dem, was von seinen Haaren übrig war, ungekämmt.

„Guten Morgen, Melly. Ist das für mich?"

Sie nickte und trug das Tablett sehr vorsichtig zum Tisch.

„Es sieht köstlich aus. Nimmst du auch etwas?"

„Ich habe schon früher gefrühstückt." Sie warf einen Blick auf die Uhr an der Wand und seine Augen folgten. Fast zehn.

„Willst du dich zu mir setzen, während ich esse?"

Ein weiteres Nicken und sie ließ sich auf einen Stuhl gleiten.

„Wo ist Robbie?", fragte Vince und nahm einen Schluck Kaffee. Er brauchte Schmerzmittel und ein großes Glas Wasser, aber das konnte warten, bis Melanie die Küche verlassen hatte.

„In meinem Zimmer. Er spielt gerne mit dem Kreisel."

„Hat er gut geschlafen?"

„Ich glaube, er vermisst seine Mutter."

Ihr Kopf war gesenkt, und es war nicht nur Robbie, von dem sie sprach.

„Schätzchen ... hast du diese Fotos und Papiere vom Boden aufgehoben?"

„Ja."

„Danke. Äh ... hast du sie angesehen? Ich bin nicht böse, wenn du es getan hast."

„Ich denke, Robbie würde heute gerne nach draußen gehen und in der Sonne spielen." Sie zappelte mit ihren Fingern, immer noch ohne aufzublicken.

Vince zuckte zusammen, als sein Telefon klingelte. Liz Nummer erschien. „Tut mir leid, Mel, ich muss rangehen. Ich bin gleich wieder-"

„Robbie muss zur Katzentoilette." Melanie sprang auf und stürmte aus der Küche.

„Verdammt, Vince", murmelte er, dann tippte er auf Anruf annehmen. „Hallo, Liz."

„Tut mir leid, dass es so lange gedauert hat, mich bei dir zu melden. Wir haben einen weiteren Mord ... Hardy zu jagen ist ... na ja, du weißt schon."

Das tat er.

„Können wir uns treffen? Ich würde lieber von Angesicht zu Angesicht reden", sagte Liz.

„Melanie hat einen Termin bei ihrem Therapeuten um drei. Aber nicht lang genug, dass ich das Krankenhaus verlassen könnte."

„Schick mir Zeit und Ort per SMS und ich komme zu dir."

„Muss sowieso mit dir reden. Glaube, Melanie hat gehört, wie Pickering ihrem Vater gedroht hat, in der Nacht des Unfalls."

Es entstand eine Pause. Vince glaubte, ein leises „Verdammt" zu hören, war sich aber nicht sicher.

„Ich kann im Moment nicht weg von dem, was ich gerade mache", sagte Liz.

„Musst du auch nicht. Wir sehen uns um drei."

Er legte auf, bevor sie noch etwas sagen konnte. Er konnte Liz gut gemeintes Mitgefühl jetzt nicht ertragen. Oder das von irgendjemandem sonst.

———

„Es tut uns leid um Ihren Verlust", sagte Pete. „Wann haben Sie Mr. Black zuletzt gesehen?"

Richard Roscoes Ellbogen lagen auf seinem Schreibtisch und sein Kopf ruhte in seinen Händen. Für den zufälligen Beobachter wirkte er schockiert und verzweifelt über die Nachricht vom Tod seines Kollegen.

„Gestern. Hier, in diesem Büro. Er kam, um ein paar Tage frei zu bitten", murmelte er in seine Handflächen.

„War das normal?"

„Nein. Aber er hatte schon länger keinen Urlaub gehabt, also habe ich es genehmigt. Sagte ihm, er solle sich ausruhen, weil wir ihn brauchen würden, sobald Hardy gefunden ist."

„Und wann hat Mr. Black Hardy zuletzt gesehen?", fragte Liz.

Roscoes Kopf schoss nach oben. „Hä? Warum sollte er ihn sehen müssen? Jerry wurde nach dem unglücklichen Missverständnis am Flughafen von Hardys Fall abgezogen. Er wurde von einem anonymen Anrufer völlig in die Irre geführt, wie Sie wohl wissen, aber ich hielt es für klug, ihn zurücktreten zu lassen."

Warum hast du das jetzt angesprochen?

„Wie ich fragte, wann haben sich die Männer zuletzt gesehen? Hat sich Jerry Black gestern mit Hardy getroffen?"

Eine interessante Röte erschien über Roscoes Kragen und wanderte schnell bis zu seinen Ohrenspitzen. „Nein, natürlich nicht! Warum sollte er?"

„Wohin wollte er?", fragte Pete.

„Wohin?"

„In den Urlaub. Ferien?"

Roscoe zuckte mit den Schultern. „Nicht meine Sache. Er bat um frei. Ich genehmigte es. Ende der Geschichte."

Für Jerry Black war es das auf jeden Fall.

„Haben Sie eine Ahnung, warum er letzte Nacht in der Nähe von Hoppers Crossing war? Weit weg von zu Hause", fragte Liz.

„Ich sagte Ihnen, er hatte Urlaub. Was Leute in ihrer Freizeit machen, ist nicht meine Sache. Und ich muss jetzt seine Frau anrufen, also wenn es sonst nichts gibt?" Er machte eine Show daraus, das Telefon zu nehmen und zu wählen.

Pete schloss die Tür hinter ihnen und legte seinen Finger an die Lippen. Ein seltsames Geräusch kam irgendwo zwischen dem Büro und dem Empfangstresen her.

Die Quelle war in einer Küche, wo hinter einer halb geschlossenen Tür die Sekretärin, die neulich den Kaffee gebracht hatte, weinte.

„Entschuldigung ... Ma'am, geht es Ihnen gut?", Liz trat ein.

Die Sekretärin – mit dem Rücken zur Tür – zuckte zusammen. Sie griff nach einer Handvoll Taschentücher aus einer Box und tat etwas mit ihrem Gesicht. „Ich komme gleich. Tut mir leid. Etwas im Auge."

„Danke für den Kaffee und die Kekse neulich", Pete ging zu ihr. „Warum weinen Sie? Wir sind Polizeibeamte, falls Sie Hilfe brauchen."

Sie schüttelte den Kopf und schniefte. „Ich bin albern. Nur wegen Jerry."

„Sehr traurig. Mein Beileid. Standen Sie sich nahe?"

„Nicht wirklich. Wir haben manchmal gelacht. Und uns immer bei Betriebsfeiern und so unterhalten. Es ist einfach so ein Schock, dass er ermordet wurde!"

„Woher wissen Sie das?", fragte Liz.

„Oh ... Mr. Roscoe sagte mir, dass er es im Fernsehen war. Sie sagten, er besuchte eine öffentliche Herrentoilette und ein Junkie griff ihn an. Ich kann mir nicht vorstellen, warum er überhaupt in dieser Gegend war, denn er bezeichnet sich immer als Mann der östlichen Vororte."

„Hat er nichts davon gesagt, dass er Urlaub nimmt? Besteht die Möglichkeit, dass er auf dem Weg irgendwohin für eine Pause war?"

Ihr Gesicht verzog sich, als sie nachdachte. Dann schüttelte sie den Kopf.

„Wusste nicht, dass er Urlaub hatte. Ich bin nicht seine Assistentin, aber trotzdem hätte ich erwartet, dass er etwas sagt. Besonders da ich ihn gestern kurz gesehen habe. Er kam aus einem Meeting mit dem Chef und wir wären fast um eine Ecke zusammengestoßen."

Schritte näherten sich den Gang entlang in ihre Richtung und Liz gab der Frau schnell ihre Karte, genau als Roscoe hereinstürmte.

„Warum belästigen Sie meine Mitarbeiter?"

„Mr. Roscoe, woher wussten Sie, dass Jerry Black die Person war, die letzte Nacht gefunden wurde?", fragte Pete.

„Ich wusste es nicht. Ich habe geraten. Holen Sie sich einen Durchsuchungsbefehl, wenn Sie wiederkommen wollen."

Die Frau wich gegen die Wand zurück, den Blick gesenkt.

„Wir gehen", sagte Liz und folgte Pete aus der Küche.

„Was haben Sie ihnen erzählt?", begann Roscoe.

„Ich war aufgewühlt wegen Jerry, und sie fragten nur, ob es mir gut gehe. Sonst nichts, Mr. Roscoe."

Einen Moment später eilte sie aus der Küche in die entgegengesetzte Richtung.

„Ich hoffe, dieser kleine Scheißer lässt es nicht an ihr aus", dämpfte Pete seine Stimme, als sie zum Haupteingang gingen. „Ich glaube, sie könnte etwas wissen, auch wenn sie es selbst nicht merkt."

Liz stimmte in beiden Punkten zu. Was sie noch nicht wusste, war, wie sie alle Punkte miteinander verbinden sollte.

FÜNFUNDDREISSIG

Dank etwas Wärme und einem klaren Himmel saßen Vince und Melanie draußen, um zu Mittag zu essen. Robbie spielte in der Nähe und brachte sie beide zum Lachen mit seiner mutigen Erkundung einiger Büsche, wo er sich versteckte und dann zu ihren Füßen hervorsprang.

Vince hatte einen kleinen Tisch und zwei Stühle aus einem Schuppen ausgegraben, sie gereinigt und an einem geschützten Ort ohne Wind aufgestellt. Er konnte sich nicht erinnern, wann diese das letzte Mal das Tageslicht gesehen hatten, aber sie würden ihren Zweck erfüllen. Mel brachte Robbies Mittagessen in einer Schüssel mit nach draußen, damit er nichts verpasste.

„Warum gibt es hier nicht viel Gras, Opa?"

„Es wird hier im Sommer heiß und trocknet aus."

„Aber es hat doch viel geregnet. Sollte es nicht grün sein, wie bei mir zu Hause?" Melanie nahm einen Bissen von ihrem Sandwich, ihre Augen neugierig. „Papa hat sich immer darüber beschwert, den Garten mähen zu müssen."

Dieses winzige Stück Rasen?

Vince blickte umher und versuchte, die Dinge durch ihre Augen zu sehen. Sie waren auf der Seite des Häuschens, die zu

Lyndalls Einfahrt zeigte, nicht weit von Apples Koppel entfernt. Am Haus waren die kleinen Büsche, wo das Kätzchen spielte, aber es waren robuste kleine Dinger, die nichts umbringen konnte. Der Boden war hart. Gras, ja, aber es kämpfte ums Überleben und war spärlich. Die Ponykoppel hatte ein paar schöne große Bäume, ebenso wie andere Teile des Grundstücks, aber hier gab es kaum etwas. Fast kahl.

„Du hast recht, Melly. Mitten im Winter kann man nicht viel machen, aber was hältst du davon, wenn du mir im Frühling hilfst, ein paar Ideen zu entwickeln, um das hier schöner zu gestalten? Deine Mutter und ich haben vor langer Zeit sogar ein paar Obstbäume gepflanzt, und ich habe keine Ahnung, ob sie überhaupt noch wachsen."

Mel sprang auf. „Lass uns sie finden."

„Sie sind weiter oben am Hang. Wie wärs, wenn wir das morgen machen, solange das Wetter schön ist?"

„Ich schätze schon." Sie setzte sich wieder. „Und ich kann Robbie mitbringen."

„Klar doch."

Robbie beschloss, dass er genug vom Alleinspielen hatte, und miaute Mel an. Sie hob ihn auf ihren Schoß, ihr Mittagessen war beendet. Bald würde sie wieder hineingehen wollen, und die Chance, sie zu fragen, würde wieder verschwinden.

Aber wie kann ich sie nicht erschrecken?

Er holte tief Luft. „Melanie? Du musst mir nicht antworten, aber ich muss eine Frage stellen. Okay?"

Sie kitzelte Robbie und nickte.

„Ich habe gestern Abend zufällig gehört, wie du mit Robbie gesprochen hast."

Melanie blickte auf.

„Er ist ein guter Zuhörer. Ich habe mich gefragt, ob du dich wohl dabei fühlen würdest, mir von Onkel Brad zu erzählen, der sauer auf deinen Papa war?"

Ihre Augen weiteten sich und sie drückte Robbie an ihre Brust.

„Ich nehme an, du weißt, dass Onkel Brad letzte Nacht hier war? Er war sauer auf mich, aber ich bin sicher. Und du bist sicher, Schätzchen."

Ihre Stimme zitterte. „Und ... Robbie?"

„Besonders Robbie." Vince streckte die Hand aus und streichelte den Rücken des Kätzchens. Es war weicher, als er erwartet hatte. Es war Jahre her, seit er ein kleines Tier in seinem Leben gehabt hatte. „Erinnerst du dich, worüber Onkel Brad und dein Papa gesprochen haben?"

Sie kaute an ihrer Lippe.

„Sehen wir heute Doktor Raju?"

„Ja, Mel. In ein paar Stunden. Würdest du lieber mit ihm darüber sprechen?"

„Vielleicht."

„Nun, vielleicht ist in Ordnung. Hat Robbie jetzt genug hier draußen herumgerannt?" Vince stand auf und sammelte ihre Teller ein. „Ich würde gerne duschen, bevor wir gehen."

„Dann spüle ich ab." Melanie versuchte, ihre leeren Gläser aufzuheben.

„Du hast die Hände voll mit Kätzchen." Vince fügte die Gläser zu den Tellern hinzu. „Wir müssen Robbie zu Hause lassen, wenn wir ausgehen, also wie wäre es, wenn du noch eine Weile mit ihm spielst, damit er schön müde ist und den Nachmittag verschläft?"

„Ich frage mich, ob er den Federstab mögen wird."

„Das werden wir sehen."

Sie lächelte wieder. Na ja, zumindest runzelte sie nicht die Stirn.

———

Liz traf Vince im Café im Erdgeschoss.

„Du siehst beschissen aus, Vince."

„Auf dich ist Verlass, was Ehrlichkeit angeht. Du siehst auch nicht gerade blendend aus."

„Wir denken, Malcolm Hardy hat wieder zugeschlagen. Es war eine lange Nacht. Und ein noch längerer Tag."

„Wer ist tot? Ich schalte die Nachrichten nicht ein, wenn Mel in der Nähe ist."

„Jerry Black. Er arbeitete für Richard Roscoe."

Dieses Flattern des Interesses regte sich wieder in Vinces Bauch. Er hätte einmal gerne an diesem Fall gearbeitet. Hardy spielte mit der Polizei, was ihn ebenso faszinierend wie gefährlich machte.

Liz lachte. „Ich kann es in deinen Augen sehen. Das ist genau dein Ding, also sag mir nochmal, warum du nie Detektiv geworden bist?"

„Zu viel Risiko, wenn man bedenkt, dass ich Susie zu berücksichtigen hatte. Du weißt, Hardy hat den Ruf, fiese Nachrichten an Leute zu schicken, die nicht kooperieren. Aber du hast diesen Teil sicher schon herausgefunden, also sag mir, an wen schickt er die Nachrichten?"

„Als Ginny ermordet wurde, dachten wir, er glaubte, sie hätte uns zu viel erzählt. Und um ehrlich zu sein ... Pete und ich haben neulich an einem öffentlichen Ort mit Jerry geplaudert. Möglicherweise so einfach wie eine Warnung an alle seine anderen Kontakte, die seine Freiheit gefährden könnten, aber trotzdem."

„Aber trotzdem, was?", fragte Vince.

„Es macht keinen Sinn, Leute davor zu warnen, mit uns zu sprechen, aber keine Anstalten zu machen, die Stadt zu verlassen."

„Vielleicht liegt die Antwort dann in dem Grund, warum er noch hier ist."

Liz starrte ihn an. Er konnte fast sehen, wie es in ihrem Kopf arbeitete.

Er sah auf seine Uhr.

„Wie geht es ihr?", fragte Liz.

„Sie hat mitgehört, wie Pickering David angefahren hat, aber sie will nicht darüber reden, zumindest nicht mit mir. Oder noch nicht. Ich hoffe, sie wird es mit dem Psychiater tun. Aber dieser Kellner im Restaurant sagte, sie wüssten von nichts?"

„Das hat er gesagt. Aber Vince, welchen Grund hätte Pickering, seinem eigenen Geschäftspartner zu schaden? Es war wahrscheinlich nur eine Meinungsverschiedenheit. Es sei denn, du weißt mehr?"

Nichts, was ich jetzt teilen möchte.

„Du sagtest, du hättest ein paar Informationen über diese Nummernschilder."

Liz nahm ihr Handy heraus. „Ich habe eine. Aber du kannst keine eigene Untersuchung durchführen. Ich meine es ernst, Vince. Versprich mir, dass du der Sache nicht nachgehen wirst."

„Bradley Pickering hat mich gestern Abend besucht. Er will Melanie adoptieren."

„Ja, ich wette, das ist gut gelaufen."

„Er hat mir einen Stapel Fotos gegeben, die so aussehen sollen, als wären sie von meinem Haus. Ein paar waren tatsächlich vom Grundstück, aber die meisten waren von Gott-weiß-wo und lassen mich wie einen Alkoholiker-Kaninchenmörder-Monster aussehen. Und es gibt noch mehr. Ein Brief, unterzeichnet von jemandem, der vorgibt, Susie zu sein, mit einer Liste meiner Vergehen."

Liz stöhnte. „Oh, Vince."

„Der Idiot hat sie alle bei mir gelassen, also will ich sie authentifizieren lassen. Nur für den Fall."

„Hat er gesagt, dass er sie benutzen wird? Denn wenn dies ein Erpressungsversuch ist-"

„Er will Davids Anteil am Unternehmen, aber er weiß, dass er jetzt den Drachen geweckt hat. Ich muss wieder nach oben gehen."

Liz kam mit ihm. Sie sprachen nicht wieder, bis sie im Aufzug waren.

„Vince? Ich würde gerne mit Melanie über diese Nacht sprechen."

„Ja. Nee."

Es spielte keine Rolle, dass Vince unter anderen Umständen genau dasselbe gewollt hätte. Dies war sein Enkelkind.

„Hast du nicht gerade gesagt, dass sie Bradley nicht in eurem Zuhause haben will?", drängte Liz.

„Ich werde darüber nachdenken." Er spürte, wie sich seine Finger zu Fäusten ballten.

„Es könnte etwas Licht-"

„Du hast mich gehört, Liz."

Die Aufzugtüren öffneten sich und Vince trat heraus. Liz hielt die Tür offen, um zu sprechen. „Das Nummernschild? Das Auto gehört einem Privatdetektiv. Er hat vor einigen Jahren für PickerPack Holdings gearbeitet. Wenn du etwas findest, Vince, irgendetwas ... ruf mich an."

Die Türen schlossen sich.

Klar, Lizzie. Du wirst es als Erste erfahren.

Auf halbem Weg nach Hause begann Melanie zu reden. Sie war ruhig gewesen, seit sie Dr. Rajus Praxis verlassen hatten - oder zumindest seit sie sich von ihm verabschiedet hatte. Der Doktor hatte gelächelt und Vince mit erhobener Hand zugenickt, aber es gab keine Aufforderung, in sein Büro zu kommen.

„Glaubst du, Robbie hat uns vermisst? Er war noch nie allein", sagte Melanie.

„Ich stelle mir vor, dass er sich in diesem schicken Bett, das du ihm gekauft hast, zusammengerollt hat und geschlafen hat. Du wirst etwas Zeit damit verbringen müssen, mit ihm zu spielen und Energie abzubauen."

Sie nickte. „Er wird *sehr* viel spielen wollen!"

„Du machst das sehr gut mit ihm, Mel."

„Dr. Raju sagt, Robbie klingt wie eine nette Katze. Ich habe ihm gesagt, dass er ein nettes Kätzchen ist. Und Dr. Raju hat gelacht und gesagt, ich hätte Recht."

All diese Besuche zeigten also Wirkung.

„Opa?"

„Melanie."

„Ich fühlte mich heute Morgen ein bisschen komisch. Als ich aufgestanden bin und du noch geschlafen hast, habe ich ein paar Zeichnungen gemacht, die ich mit in die Schule nehmen wollte. Ich mag meine Kunstlehrerin sehr und sie sieht gerne, was ich in den Ferien gezeichnet habe. Jedenfalls habe ich das Cottage gezeichnet. Und Robbie. Und Apple."

Das war eine Überraschung.

„Du hast Apple gezeichnet?"

„Mhm. Aber dann hatte ich das Gefühl, dass ich nicht wieder in die Schule gehen wollte."

Vince warf einen Blick hinüber. Melanie schaute aus dem Fenster, wie sie es immer tat, wenn etwas sie beunruhigte.

„Weißt du, warum du dich so gefühlt hast?"

„Damals nicht. Aber Dr. Raju hat geholfen. Er hilft immer."

„Möchtest du etwas davon erzählen?"

Jetzt drehte sie sich um und starrte ihn an. Ihre Augen waren riesig. „Mami ist immer in die Schule gekommen. Sie hat dort jede Woche geholfen und ... ich fühle mich komisch deswegen. Traurig. Aber Dr. Raju sagte, es sei okay, sich traurig und komisch wegen der Schule zu fühlen, weil mein Herz sich erinnert, und es eine Weile dauern wird, um ... etwas darüber, sich daran zu gewöhnen?"

„Sich anzupassen?"

„Sich anzupassen. Und dass Mami und Papi immer hier in meinem Kopf und Herzen sind."

„Dr. Raju ist sehr weise."

„Und er bringt mich zum Lachen."

Sie erzählte ihm noch ein bisschen mehr über ihre Sitzung, alles klang vernünftig und hilfreich. Sie kamen zu Hause an und er parkte, in der Erwartung, dass sie herausspringen würde, um Robbie zu sehen, aber sie gab ihm einen ernsten Blick.

„Opa? Mami hat mir beigebracht, niemals die Post anderer

Leute ohne Erlaubnis zu lesen. Ich wollte beim Aufräumen helfen."

Erleichterung durchströmte ihn.

„Und du hast einen großartigen Job gemacht, Mel. Danke. Sollen wir reingehen und dein Kätzchen zum Spielen rausholen?"

SECHSUNDDREISSIG

Bradley hatte genug davon, darauf zu warten, dass Abel seine Haustür öffnete, und hämmerte mit zunehmender Intensität dagegen. Er wusste, dass Abel ihn durch die Kamera an der Haustür sehen konnte, also gab es keinen Grund, nicht zu öffnen, es sei denn, der Mann lief nackt herum. Der Pritschenwagen stand vor dem Haus, also wo zum Teufel steckte er?

„Versuchst du, meine Nachbarn zu stören?"

Das Tor quietschte, als Abel es aufschob. Er trug Einkaufstüten.

„Du gehst zu Fuß einkaufen?"

„Du etwa nicht?" Abel reichte Bradley ein paar Tüten und schloss die Haustür auf. „Gib mir eine Sekunde, um die Alarmanlage auszuschalten." Er ging hinein.

„Ich bin seit zehn Minuten hier."

„Mach die Tür hinter dir zu."

Bradley tat wie geheißen und folgte Abels Stimme in die Küche. Er liebte dieses Haus. Stilvolle Einrichtung und teure Gemälde. Carla war einmal hier gewesen und fand, es fehle an Charakter, aber er hätte gerne viele der Ideen übernommen, wenn sie sie gemocht hätte. Abel war schlau, die Fassade wenig einladend zu halten. Wahrscheinlich hielt das sowohl seine Grundsteuer niedrig als auch Einbrecher fern.

Abel packte frisches, unverpacktes Gemüse und Obst aus sowie Fisch in Metzgerpapier.

„Queen Vic Markets?"

„Neben dem Selbstanbauen und -fangen ist das die beste Option."

Nachdem er die anderen Tüten auf die Theke gestellt hatte, zog Bradley einen Hocker hervor. „Dann kauf dir ein Stück Land und bau selbst an. Kauf Vinces Grundstück. Da gibts jede Menge freien Platz. Leg einen See an."

„Warum bist du hier, Boss?"

„Dein Handy ist ausgeschaltet."

„Und?" Abel begann ein Waschbecken mit Wasser zu füllen und legte Gemüse hinein. „Es gibt nichts mehr zu tun bis heute Abend. Ich habe mit allen Beteiligten gesprochen, wie du es mir aufgetragen hast. Aber ich muss nicht den ganzen Tag von ihnen belästigt werden. Auch nicht von dir."

„Ich mach mir fast in die Hose, wenn du es genau wissen willst."

„Wegen unserer Lieferung? Dann überlass es mir, das später zu regeln. Du bleibst zu Hause bei deiner Frau." Abel schrubbte das Gemüse mit einer kleinen Drahtbürste und warf es auf ein Abtropfgitter, sobald er mit jedem Stück fertig war.

Wie kannst du so gelassen sein deswegen? Was, wenn es wieder verzögert wird?

Sein Herz raste schon seit Stunden. „Mein Geschäft steht auf dem Spiel."

„Etwas mehr als nur dein Geschäft. Aber einen Schlaganfall zu bekommen ist nicht die Lösung."

„Und was ist mit Jerry Black?" Bradley schlug mit den Händen auf die Theke. Es tat ihm mehr weh als dem Marmor, und er zuckte zusammen. „Schau, ich bin gestresst. Ich erschrecke mich vor meinem eigenen Schatten."

Mit einem Seufzer trocknete Abel seine Hände und nahm

einen Krug mit irgendeinem grünen Gebräu aus dem Kühlschrank. Er goss zwei Gläser ein, und als Bradley zu protestieren begann, dass er diesen gesunden Mist nicht trinken könne, fügte er einem Glas einen Schuss Wodka hinzu und schob es rüber.

„Jerry Black ist nicht unser Problem. Oder? Roscoe ist derjenige, der vor seinem eigenen Schatten erschrecken sollte, denn es sieht so aus, als hätte sich sein Klient gegen ihn gewandt, aber das ist nicht unser Problem." Abel trank die Hälfte seines Glases. „Du solltest das täglich trinken. Voller Antioxidantien und Vitamine. Hilft bei Stimmungsschwankungen."

„Hab keine Stimmungsschwankungen, und Carla gibt mir Vitamine."

„Keine natürlichen wie diese. Ich schick ihr das Rezept."

Er neckte Bradley. Man wusste bei Abel nie so genau, aber es musste ein Scherz sein, da er und Carla sich nicht nahestanden. Ganz und gar nicht. Wenn er noch entspannter wäre, würde er einschlafen. Irgendwie half es, Abel so unbesorgt zu sehen.

„Hast du mit Roscoe gesprochen?", fragte Bradley.

„Gott, nein. Und ich werde mich ihm nicht wieder nähern, bis Hardy seine Sachen packt und verschwindet. Er wird von der Polizei beschattet, und ich brauche keine weiteren Besuche auf der Wache für nette kleine Plaudereien, weil sie mir nicht glauben, dass Richard und ich keine illegalen Geschäftsbeziehungen haben."

„Na ja, habt ihr ja auch nicht." Bradley probierte das grüne Getränk und rümpfte die Nase. Aber er wollte den Wodka, also schluckte er trotzdem etwas davon. „Mir wird einfach schlecht bei dem Gedanken, dass Hardy wieder herumläuft und Leute umbringt und jeden Bullen in der Stadt nervös macht."

„Trink aus und geh nach Hause. Ich meinte, was ich sagte. Du kannst es mir überlassen, sicherzustellen, dass der Container sicher auf dem Lastwagen ist." Abel leerte sein Glas und wischte mit einem Finger innen am Glas entlang, um den dicken Rückstand aufzunehmen, bevor er ihn ableckte.

Widerlich.

Bradley konnte unmöglich noch mehr davon hinunterwürgen. Er rutschte vom Hocker. „Ich werde da sein. Kann nicht ruhen, bis das erledigt ist. Und dieser verdammte Vince Carter macht mich wahnsinnig. Ich werde um elf da sein."

„Mach die Tür zu, wenn du gehst." Abel brachte beide Gläser zum Spülbecken.

„Und schalt dein Handy wieder ein."

———

Carla hatte sich seit Jahren nicht mehr so gefühlt. Nicht seit die Karriere, die sie so geliebt hatte, durch keine Schuld ihrerseits ein abruptes Ende gefunden hatte. Eine unangemessene Berührung zu viel von ihrem direkten Vorgesetzten, und sie war ausgerastet, hatte sich offiziell bei der Personalabteilung beschwert und sich innerhalb weniger Tage ohne Job wiedergefunden.

Bradley war keine Hilfe gewesen, um für ihre Karriere zu kämpfen, und hatte sie davon abgehalten, rechtliche Schritte einzuleiten, während er sie gleichzeitig mit Schmuck und Liebe überschüttete, um es auszugleichen. Er liebte es, sie zu Hause zu haben, und hatte wahrscheinlich immer gehofft, dass sie das Interesse an der Arbeit verlieren würde. Seine Mutter hatte nie außerhalb des Hauses gearbeitet, und er hatte das öfter erwähnt, als sie sich erinnern mochte. Natürlich war er unterstützend. Tröstend. Aber er verstand nicht wirklich, dass sie gerade alles verloren hatte, wofür sie so hart gearbeitet hatte.

Früher hätte sie mit Zähnen und Klauen um ihren Job gekämpft und dafür gesorgt, dass Gerechtigkeit geschieht. Aber irgendetwas hatte sich verändert. Susie hatte gerade Melanie bekommen, und ihr eigenes Herz war erfüllt von einer schmerzenden Sehnsucht nach einem eigenen Kind. Aber als ein Jahr verging und kein Baby kam, verfiel Carla in eine dunkle Phase. Sie wollte so verzweifelt ein Baby, dass es wehtat. Spezialisten fanden keinen Grund, warum sie nicht schwanger wurde, und sagten ihnen, sie sollten es einfach weiter versuchen. Nach einem weiteren Jahr ohne Karriere und ohne Baby wurde Carla depressiv.

Eine Weile verheimlichte sie es, aber Susie war diejenige, die herausfand, dass ihre beste Freundin litt, und sie überredete, sich Hilfe zu holen. Bradley versuchte, sie mit hübschem Schmuck und Urlauben an exotischen Orten glücklich zu machen, aber es war die Möglichkeit, Teil von Melanies Leben zu sein, die ihr schließlich half, wieder an einen glücklicheren Ort zu gelangen. Und sie hatte nie die Hoffnung aufgegeben, eines Tages ein eigenes Kind zu bekommen.

Bis jetzt.

„Du bist zu alt", sagte sie zu ihrem Spiegelbild.

Sie hatte gerade ihr Make-up nach einer langen Dusche aufgetragen und gehofft, das Wasser würde ihre Stimmung wegspülen. Das hatte es nicht.

Unten schloss sich die Haustür.

„Ich bin zu Hause, Schatz", rief Bradley.

Sie hatte noch nicht mit dem Abendessen angefangen. Oder überhaupt daran gedacht.

Carla knöpfte ihre Bluse zu und sprühte sich Parfüm auf die Handgelenke. Es spielte keine Rolle, wie sie sich innerlich fühlte. Sie musste gut aussehen. Es war der einzige Weg, wie sie sich durch den Abend bluffen würde.

„Da bist du ja." Bradley kam ins Schlafzimmer und warf einen Pullover aufs Bett. „Denk dran, ich gehe heute Abend nochmal raus, um die erste unserer neuen Lieferungen zu überwachen."

„Um wie viel Uhr?"

„Ich fahre gegen zehn los. Aber bleib nicht auf. Container sind knifflig zu bewegen, und der Lkw wird zum ersten Mal im Lager sein." Er zog sein Oberteil aus und warf es auf den Pullover, bevor er im begehbaren Kleiderschrank verschwand. „Hast du meinen Rollkragenpullover gesehen? Es wird später saukalt sein."

„Drittes Regal rechts."

Carla hob die fallen gelassenen Kleider auf und legte sie in den Wäschekorb, der im Schrank stand. Bradley hatte gefunden, was er wollte, und zog sich den Rollkragenpullover über den Kopf. „Tut mir leid. Ich hätte das gemacht."

Aber du hast es nicht. Du machst es nie.

Und es hatte vorher nie eine Rolle gespielt.

„Schon gut, Schatz. Was möchtest du zum Abendessen?"

Er folgte ihr hinaus und fing sie in seinen Armen nahe der Tür. „Egal. Irgendwas Einfaches. Du riechst gut."

Sie wand sich aus seiner Umarmung. „Na ja, du nicht. Was ist das für ein seltsamer Geruch?"

„Hm? Oh, ich hatte gerade einen von Abels grünen Drinks. Hat schrecklich geschmeckt."

„Riecht schrecklich."

„Er meint, ich sollte die jeden Tag trinken, um meine Gesundheit zu verbessern. Sagt, er schickt dir ein paar Rezepte."

„Ich hoffe, du machst Witze, Bradley. Sonst sehe ich eine Scheidung in unserer nahen Zukunft."

Bradley lachte. „Als ob du mich je verlassen würdest. Wir bleiben für immer zusammen, Baby. Ich schaue kurz meine E-Mails durch und komme gleich runter." Schon war er wieder weg.

So war es mit ihm. Er rannte von einer Sache zur nächsten. Tage und oft Nächte voller Ideen, Pläne und Arbeit. Er erwartete von ihr, dass sie da war, um ihm zu sagen, wo seine Sachen waren oder ihn zu füttern. Und er liebte sie. Sie liebte ihn auch.

Aber du scheinst keinen Weg zu finden, Melanie zu mir nach Hause zu bringen.

———

Liz fuhr eine schmale Landstraße entlang. Sie war fast zwei Stunden von der Polizeistation entfernt, und es wurde schneller dunkel, als sie ihr Ziel erreichen konnte. Das GPS flackerte ab und zu, wenn sie in ein Funkloch geriet, und das Risiko, eine normale Karte benutzen zu müssen, war real.

„Bist du noch da, Liz?"

„Ja, bin gerade unter einer Brücke durchgefahren."

Sie telefonierte seit ein paar Minuten mit Pete.

„Wir haben die Abhörung von Roscoes Telefon eingerichtet, aber es gab keine ein- oder ausgehenden Anrufe, seit wir sie aktiviert haben. Terry hat die Beschattung tagsüber abgebrochen. Wir sind einfach zu dünn besetzt, um ihm sowohl ins Büro als auch nach Hause zu folgen und gleichzeitig Mrs. Hardy und ein halbes Dutzend andere zu beobachten."

„Irgendwelche Ergebnisse von der Spurensicherung am Tatort von Blacks Mord?"

„Sollten morgen früh einige Resultate bekommen. Liz, wo zum Teufel fährst du hin?"

„Hab ich dir doch gesagt."

„Nein. Du hast mir irgendeine merkwürdige Nachricht über eine Drohne geschickt."

Vielleicht war sie vorher nicht klar gewesen. Die Gelegenheit, dieser Spur nachzugehen, kam, während Pete zu Hause Pause machte, dank seiner Absicht, die Nacht damit zu verbringen, Roscoe wieder zu beobachten.

„Jemand flog eine Drohne und bemerkte etwas, das wie unser vermisster Transporter aussieht, vergraben im Buschland. Sie riefen ihre örtliche Polizeistation an, die ihn lokalisiert hat", sagte sie.

„Also fährst du dorthin, anstatt es die örtlichen Polizisten regeln zu lassen."

„Natürlich tue ich das."

Ein Auto näherte sich mit hoher Geschwindigkeit, Scheinwerfer auf Fernlicht. Liz verlangsamte und fuhr auf den Seitenstreifen. Es war kaum Platz zum Vorbeifahren, da das andere

Auto in der Mitte raste. Liz schaute über ihre Schulter, als es vorbeischoss.

„Du wirst es nicht glauben, aber ich glaube, Roscoe ist gerade in die andere Richtung gefahren. Es kann nicht viele Autos wie seins hier geben, also kannst du überprüfen, ob er hier draußen ein Grundstück besitzt?" Sie gab Pete die Adresse, zu der sie unterwegs war.

Besuchte er jemanden oder sein eigenes Grundstück? Er besaß ein Portfolio von Investitionsobjekten im ganzen Land.

Ist es zu viel gehofft, dass dies eines davon ist?

Sie bog auf eine noch schmalere Straße ein. Hier gab es keine Lichter, keine Häuser, die sie sehen konnte. Viele Bäume und Schlaglöcher. Sie bremste, als ein Dutzend Kängurus vor ihr über die Straße hüpfte, das größte von ihnen blieb am Straßenrand stehen, um sie zu beobachten.

„Okay, Liz. Sieht aus, als besäße er fünfhundert Hektar nicht weit von dort. Hat ein großes Haus, das an einen Nationalpark grenzt, wo er spezielle Kunden einlädt."

„Oh Mist. Glaubst du, Hardy ist einer von ihnen?"

„Wäre das nicht schön für uns? Sag mir nochmal, warum du alleine dort hinfährst?" Petes Ton war teils amüsiert, teils verärgert. Er würde es hassen, die Chance zu verpassen, Hardy zu schnappen.

Sie fuhr einen steilen Hügel hinauf und dann hinunter in etwas, das wie eine Sackgasse aussah. Die Scheinwerfer erfassten einen geparkten Streifenwagen. „Wo zum Teufel ist der Transporter?" Überall war dichter Busch und der Weg ging nicht weiter. „Ich bin da. Ich rufe dich gleich zurück."

Sie legte auf, bevor Pete darüber diskutieren konnte, und manövrierte das Fahrzeug so, dass es neben dem Streifenwagen stand, die Scheinwerfer ins Unterholz gerichtet. Es gab die schwache Silhouette von etwas Großem, das von der Straße aus verborgen war, und ein paar Taschenlampen kamen auf sie zu.

Draußen war die Luft kühl. Eine weitere eisige Nacht stand bevor und schon jetzt färbte sich ihr Atem neblig. Sie schaltete eine Taschenlampe ein und ließ den Strahl umherwandern. Eine Straße ins Nirgendwo. Bäume, dichtes Buschland, felsiger Boden.

Zwei Polizisten tauchten aus dem Dunkel auf.

„Wir haben überprüft, dass niemand drin ist. Aber wir haben den Tatort nicht verändert.“

„Ich werde mal nachsehen.“

Der Transporter war mit Ästen bedeckt, eine Mischung aus längst abgestorbenen und anderen, die von nahen Büschen abgeschnitten worden waren. Es war ein Wunder, dass er von der Drohne entdeckt wurde. Die Polizisten halfen vorsichtig, genug Laub zu entfernen, um Zugang zur Vorderseite zu ermöglichen.

Vielleicht war derjenige, der das Fahrzeug abgestellt hatte, clever gewesen mit den Ästen, denn es gab Kratzer und Spuren über einen Großteil des Lacks.

„Jemand hat sich sehr viel Mühe gegeben, das hier zu verwüsten“, sagte Liz. Sie hockte sich vorne rechts hin. „Ich glaube nicht, dass das von einem Ast stammt.“ Sie konzentrierte das Taschenlampenlicht auf eine kleine Reihe von Dellen, bei einigen fehlten Lackstückchen. „Würde einer von euch das hier halten und auf diese Stelle leuchten?“ Sie reichte einem Polizisten die Taschenlampe und holte ihr Handy heraus, um die Kamera zu öffnen.

Durch den Zoom ihres Handys war noch etwas anderes zu erkennen.

Rote Farbe.

„Wir müssen die Spurensicherung informieren.“

Sie brauchte keine forensischen Beweise, um zu bestätigen, was sie sah, aber die Gerichte schon.

Nachdem sie ein paar Anrufe getätigt hatte, wurden die Polizisten damit beauftragt, den Transporter zu bewachen, und gewarnt, dass es eine lange Nacht werden könnte, da niemand von der Spurensicherung vor Morgengrauen kommen würde.

„Ich werde auf dem Rückweg euren Vorgesetzten anrufen, um sicherzustellen, dass ihr nicht die ganze Nacht hier festsitzt.“

Die jungen Leute sahen betrübt aus. „Wisst ihr zufällig, wem das Land hier gehört?"

„Der Transporter steht auf Gemeindegrund, Ma'am. Aber auf der anderen Seite des Zauns", sie zeigte darauf, „das gehört dem Anwalt. Dem, dessen Mandant aus dem Gewahrsam geflohen ist."

„Richard Roscoe?"

„Ja. Der."

„Seht ihr ihn hier oben? In eurer Gegend?"

„Ab und zu. Er veranstaltet manchmal große Partys. Das Haus ist eine Villa, und er investiert Geld in lokale Unternehmen. Sie wissen schon, Caterer und so."

„Ich brauche vielleicht einen von euch, um es mir zu zeigen. Lasst mich noch einen Anruf machen."

———

„Das passiert, wenn man aufhört, jemandem zu folgen. Roscoe könnte Hardy hin und her zu seinem eigenen verdammten Grundstück gefahren haben." Pete saß in Liz Auto, das Fernglas auf die Vorderseite von Roscoes Haus von einem nahegelegenen Hügel aus gerichtet.

„Verdächtigst du Hardy für den Unfall von Weaver?"

Pete nickte. „Dumm, den Transporter in der Nähe von Roscoes Grundstück abzustellen, aber er dachte wohl, er sei gut versteckt. Abstellen und zum Haus laufen."

„Es gibt so viele lose Enden, Pete. Warum sollte Hardy David tot sehen wollen? Wie würde er an diesen Transporter kommen, der Pickering gehört? Will er, dass Bradley dafür verantwortlich gemacht wird? Und warum ihn hier zurücklassen, wo sein eigener Anwalt damit in Verbindung gebracht wird?"

„Mit etwas Glück ist der Schleimbeutel in diesem Haus und wir können ihm diese und andere Fragen stellen, bevor die Nacht vorüber ist."

Liz konnte es kaum erwarten, dass das Critical Incident

Response Team eintraf und übernahm. Sie war seit mehr als zwei Stunden hier, und nichts hatte sich auf dem Anwesen bewegt. Terry war an einer anderen Grenze zusammen mit drei weiteren Beamten.

„Das Anwesen ist riesig." Liz hatte einen Grundriss heruntergeladen. Roscoe hatte es erst vor einem Jahr gekauft und die ursprüngliche Verkaufsanzeige war auf einer „vergangene Verkäufe"-Seite des Maklers zu finden. „Sieben Schlafzimmer, vier Badezimmer, Kinoraum, Spielzimmer, Hallenbad mit Wintergarten, plus Personalunterkünfte."

„Wo ist dann das Personal?", senkte Pete das Fernglas. „Ein Anwesen dieser Größe würde Leute zur Instandhaltung brauchen, aber abgesehen von den Außenlichtern gibt es kein Anzeichen von irgendjemandem."

„Es sei denn, Roscoe hat sie weggeschickt. Wenn er Hardy hier versteckt hat, dann wären Mitwisser eine Gefahr."

Pete schnaubte. „Hunderte Hektar, um Leichen auf seinem eigenen Land zu vergraben, und Tausende um ihn herum."

Terrys Nummer erschien auf dem Telefon.

„Du bist auf Lautsprecher, Chef", sagte Liz.

„Richard Roscoe wurde zur Befragung mitgenommen und schreit Zeter und Mordio, dass er uns verklagen wird. Sein schickes Auto wurde beschlagnahmt und ich bin nicht sicher, ob ihn das oder das Verhör mehr aufregt."

Liz und Pete grinsten sich an. Die beste Nachricht seit Tagen.

Terry fuhr fort: „CIRT ist in ein paar Minuten da. Einer von euch soll zu Fuß zu mir kommen, unten am Hügel nahe der Straße."

Er legte auf.

„Schere, Stein, Papier?", schlug Pete vor.

„Ich weiß, dass du es nicht lassen kannst, mit der echten Polizei rumzuhängen." Liz neckte ihn. „Geh. Ich bleibe hier und stelle sicher, dass sich da unten nicht mal eine Maus blicken lässt."

„Und wenn doch?", öffnete Pete die Tür.

„Dann sage ich es dir. Und dann gehe ich sie fangen. Oder ist es andersherum?"

„Witzig. Pass auf dich auf."

„Du auch."

Innerhalb einer Minute war Pete außer Sicht. Das Haus war von Hügeln umgeben, mit einer langen Auffahrt, die sich einen halben Kilometer von der Schotterstraße, zu der Pete unterwegs war, schlängelte. Durch das Fernglas war das Haus immer noch ruhig. Keine Fahrzeuge. Dunkelheit umgab das Auto.

Das Telefon klingelte und Liz zuckte zusammen.

Beruhige dich.

Es war Vince und sie zögerte. Jetzt war nicht der Zeitpunkt, ihre Konzentration zu verlieren. Aber wenn es dringend wäre...

„Alles okay?", antwortete sie.

„Ja. Schlechter Zeitpunkt?"

„Observierung."

„Verdammt. Tut mir leid, ruf mich morgen an", sagte er.

„Ich habe eine Minute."

„Kann ich morgen kurz auf der Wache vorbeikommen? Ich bin bei einigen von Davids Unterlagen in einer Sackgasse und muss das eskalieren. Brauche offizielle Hilfe."

Du bittest um Hilfe? Was in aller Welt ist los?

„Klar kannst du. Aber ich weiß noch nicht, wann ich da sein werde."

„Wo bist du?"

„Auf einem Hügel, umgeben von Buschland, außerhalb einer Stadt in der Nähe von Maryborough."

Vince lachte. „Und du klingst begeistert. Du erwartest doch nicht, Hardy dort draußen zu finden?"

„Bei dem, wie glitschig er ist, wahrscheinlich nicht."

Im oberen Stockwerk des Hauses ging ein Licht an.

„Vince, da ist Bewegung. Kann ich dir morgen früh eine Nachricht schicken?", stieg Liz aus dem Auto.

„Geh. Pass auf dich auf." Er legte auf.

Sie wählte Petes Nummer, während sie den Kofferraum öffnete. „Ein Licht ist an. Linke Ecke, oberste Etage."

„Bin auf dem Rückweg."

Sie zog sich die Weste über den Kopf und machte das Gewehr bereit. Wenn Hardy in diesem Haus war, würde er ihnen nicht entkommen.

SIEBENUNDDREISSIG

Liz und Terry warteten etwas zurück, aber Pete ging mit dem CIRT-Team zum Haus. Er hatte in der Vergangenheit genug mit ihnen gearbeitet, um zu wissen, wann er aus dem Weg gehen musste, und dank der Größe des Anwesens war es wichtig, alle Bereiche abzudecken. Andere Polizisten bildeten eine Art Grenze, wie Liz, etwa zwanzig Meter vom Hauptgebäude entfernt.

All die Stunden des Wartens fanden ein schnelles Ende, als die Einheit einrückte. Innerhalb weniger Minuten war es für Liz klar, dass sie hineingehen konnte, und Terry lief um das Haus herum, um bei der Durchsuchung der kleinen Gebäude zu helfen.

Pete schaltete die Innenbeleuchtung ein, während sie hineinging, und murmelte Flüche vor sich hin.

„Nichts?" Ihr Herz sank. Sie war sich sicher gewesen, dass sie auf dem richtigen Weg waren.

„Eine zu Tode erschrockene Haushälterin. Behauptet, sie hätte ein Nickerchen gemacht, nachdem Roscoe gegangen war, und sei gerade aufgewacht."

„Und ich nehme an, sie weiß nichts über Malcolm Hardy."

Taktische Beamte bewegten sich im Haus, durchsuchten

jeden Raum erneut. Es war kein Durchsuchungsbefehl nötig gewesen, da man glaubte, Hardy sei drinnen. Aber wenn nicht bei einer Sichtprüfung Beweise für illegale Aktivitäten gefunden würden, müssten sie bald gehen.

„Ich werde nachsehen, ob Terry Glück hatte." Liz ging, ohne zurückzublicken. Sie fühlte sich krank vor Müdigkeit und dem Absturz nach der Aufregung.

Terry sah aus, wie sie sich fühlte. „Wir geben nicht auf. Wir haben einen Durchsuchungsbefehl für eine vollständige Durchsuchung beantragt, aber ich bezweifle, dass wir den vor dem späten Vormittag sehen werden. Lokale Uniformierte werden hier und am Van Wache halten ... es sei denn, es passiert etwas und sie müssen sie woanders einsetzen. Kleine Stadt und so weiter."

„Ich bleibe."

Er schüttelte den Kopf. „Pete kann bleiben. Du und ich müssen zurück."

„Jetzt?"

„Ich rede in deinem Auto. Triff mich in zehn Minuten dort?"

Terry verschwand in der Nacht. Liz eilte zurück zum Haus, um Pete zu finden. Er tat ab, dass er blieb. „Macht mir nichts aus. So kann ich den kleinen Scheißer schnappen, wenn er zurückkommt. Du fährst nach Hause und schläfst, und ich bringe seinen Kopf als Trophäe mit."

Sie grinste immer noch über seine Einstellung, als Terry ins Auto stieg. Er war sofort am Telefon, also navigierte sie ihren Weg zurück den fast nicht existenten Pfad zur Hauptstraße – so wie sie war – und folgte dieser zur kleinen Stadt Talbot. Es war eine zehnminütige Fahrt über dunkle Straßen und kam nicht weit vom Bahnhof heraus. Sie verlangsamte, stirnrunzelnd. Vielleicht würde jemand zu Fuß etwa eine Stunde dorthin brauchen.

Terry legte auf. „Warum fahren wir im Schneckentempo?"

„Bahnhof."

Er blickte zurück. „Für die Nacht verlassen."

„Nur ein Gedanke. Da ich fahre, könntest du für mich eine

Notiz machen? Ich möchte gerne alle Aufnahmen vom Bahnhof von der Nacht, als Susie starb, bis zu dem Zeitpunkt, als der Van als vermisst gemeldet wurde, überprüfen."

„Was denkst du, Lizzie?" Er tippte auf sein Handy. „Notiz gemacht."

„Bin mir nicht sicher. Aber jemand hat diesen Van abgestellt, und es könnte sein, dass sie zu Roscoes Haus gegangen sind. Aber Boss, was wenn es nicht Hardy war? Was wenn derjenige, der den Van gestohlen und die Weavers von der Straße gedrängt hat, ihn aus einem bestimmten Grund hierher gebracht hat? Vielleicht um Roscoe ins Visier zu nehmen."

Terry war still und Liz blickte hinüber. Er hatte sein Denkergesicht aufgesetzt. Sie ließ ihn grübeln, als sie die offene Straße erreichten und sie beschleunigte.

„Du meinst ... organisiertes Verbrechen? Bin mir nicht sicher", sagte er. „Hardy bewegte sich am Rande davon, obwohl er Gott weiß welche Kontakte darin hatte. Ich habe viel Zeit auf den Friedhöfen von Keilor und Faulkner verbracht, um Unterweltbeerdigungen im Auge zu behalten."

„Oder Erpressung."

Warum habe ich das nicht früher gesehen?

„Wer wird erpresst?"

„Das ist die Millionen-Dollar-Frage." Liz überholte ein Auto. „Warum fahren wir zurück?"

„Ah. Mir ist eingefallen, dass ein Besuch in Bradley Pickerings Lagerhaus gut investierte Zeit sein könnte."

Liz gab Gas.

Vince starrte auf den Bildschirm. Er hatte den Mut aufgebracht, mehr von Susies E-Mails zu lesen und hatte eine handgeschriebene Liste mit Notizen daneben. Sie war jemand gewesen, der öfter täglich schrieb, von einem fröhlichen Check-in über Bilder von Melanie – die er in einen Ordner kopiert hatte – bis hin zu längeren, nachdenklicheren E-Mails. Es gab eine, zu der er immer wieder zurückkehrte, geschrieben ein paar Tage bevor sie ihn aus ihrem Leben ausgeschlossen hatte.

Wir haben darüber gesprochen, ein anderes Haus zu kaufen. Du weißt, wie sehr ich es hier liebe, aber ich schätze, David hat einige gute Argumente. Er erinnerte mich daran, wie sehr ich es vermisse, mehr Platz um mich herum zu haben. Ich vermisse Apple. Wenn ich mich an die Tage erinnere, an denen ich sie geritten habe und du und ich mit unseren Fahrrädern gefahren sind ... Ich würde Melly gerne mehr naturbasierte Erfahrungen ermöglichen. Vielleicht nicht ihr eigenes Pony, aber zumindest etwas Platz, um einen Ball zu werfen und Abenteuer im Garten zu erfinden. Es war eine gute Kindheit für mich.

Jedes Mal, wenn er diese Worte las, stockte ihm der Atem. Vince hatte immer gedacht, sie hätte ihr Leben gehasst, nicht nur wegen des Verlusts ihrer Mutter, sondern auch wegen all der Dinge, die sie verpasst hatte. Sie hatte nur ein paar Schulfreunde gehabt und keine der schicken Klamotten oder teuren Gadgets, die Kinder wollten. Er hatte diese E-Mail vergessen. Vergessen, dass er dies damals gelesen hatte, als sie es schickte, und schockiert war, dass ihre Erfahrung anders war als seine Erinnerungen.

„Was habe ich noch falsch verstanden?"

Melanie wächst so schnell, dass ich verstehen kann, warum David das für sie möchte. Es würde bedeuten, etwas weiter rauszuziehen, und das ist meine größte Sorge. Wir müssten die Schule wechseln und Melanie liebt ihre. Sie ist schrecklich teuer und je höher die Klassenstufen werden, desto mehr finanzieller Druck wird entstehen. Und obwohl ich gerne hingehe, um zu helfen, haben sie angefangen, mehr von meiner Zeit zu verlangen, und es nimmt bereits so viele Stunden pro Woche in Anspruch. Ich würde gerne wieder eine Karriere haben. Wenn wir umziehen würden, denke ich, würde sie verstehen, dass die Entfernung zu groß ist. Also gibt es da Pluspunkte.

Kleine Teile fügten sich zusammen. David hatte große Lebensveränderungen für seine Familie gewollt. Ein neues

Geschäft kaufen. Weiter weg von der Stadt ziehen. Die Schule wechseln. Warum?

Aber Papa? Ich habe das seltsamste Gefühl, dass da mehr dahinter- steckt, als David sagt. Er spricht nicht viel darüber, was bei der Arbeit los ist. An manchen Tagen habe ich den Eindruck, er würde lieber zu Hause bleiben. Ich weiß, du hast deine Meinung über ihn – und du liegst falsch – er liebt uns sehr und hat gesagt, er würde nie zulassen, dass etwas Schlimmes passiert.

Vince schob sich vom Tisch weg. „Aber du hast es getan, David. Du hast zugelassen, dass etwas Schlimmes passiert." Er wischte sich mit der Hand über die Augen, um die dummen Tränen wegzuwischen.

So sehr er David auch hassen und ihm die Schuld geben wollte, der Mann hatte nicht darum gebeten, von der Straße gedrängt zu werden. Vielleicht hatte er gar nichts falsch gemacht. Er nahm den Brief an David über den erfolgreichen Kauf des anderen Unternehmens in die Hand. War das alles ein Neuanfang für seine Familie? Hatte David genug von den dubiosen Praktiken, die Bradley betrieb?

Wie hängt das alles zusammen?

Mit schwerem Herzen wandte er sich wieder den E-Mails zu.

„Wahrscheinlich ist der Ort abgeschlossen. Aber seit ich auf Roscoes Grundstück war, geht mir Jerry Black nicht aus dem Kopf", sagte Terry. „Ich kann es nicht beweisen, aber er hat uns damals absichtlich zum Flughafen geschickt."

Die Straßen waren um diese späte Stunde ruhig, selbst hier in den Vororten. Sie waren nur noch wenige Minuten vom Lager- haus entfernt, und sie bog auf die Hauptstraße ein, die zu dessen Straße führte.

„Er hat es abgestritten. Sagte, er hätte einen Anruf von jemandem bekommen, der Hardy in der Nähe des Flughafens gesehen hatte, und wie viele Beamte haben wir losgeschickt?"

Terry schüttelte den Kopf. „Das hätte es Hardy ein bisschen leichter gemacht, irgendwohin gebracht zu werden."

„Und du denkst, Roscoe hat gerade dasselbe getan?"

Ein Lastwagen mit einem Schiffscontainer näherte sich und fuhr in Richtung Hafen vorbei. Dieser Ort hörte nie auf zu arbeiten.

Liz war todmüde und sehnte sich nach ihrem Bett. Aber wenn Terry Recht hatte...

„Vielleicht. Es ist schon praktisch, dass jemand eine Sichtung dieses Vans gemeldet hat. Es wäre nicht schwer gewesen, sich auszurechnen, dass einer von uns dem nachgehen würde. Und wo du Roscoes Auto gesehen hast? Leicht für ihn, oben auf dem Hügel zu warten und dann so zu tun, als würde er die Straße blockieren, um Aufmerksamkeit zu erregen."

„Viele bewegliche Teile, Chef. Wir hätten ihn verpassen können. Oder nicht mitbekommen, dass er da oben ein Haus hat."

„Aber er ist ein Wiesel, und es könnte ein Risiko gewesen sein, das sich lohnt."

Sie bogen um die Ecke zum Lagerhaus.

„Fahr langsam vorbei, Liz. Ich werde einen Blick darauf werfen."

Wie üblich war die Sackgasse ohne Licht und Bewegung. Keines der Geschäfte war geöffnet, und das Lagerhaus lag im Dunkeln. Liz wendete am Ende der Straße und parkte das Auto quer über der Einfahrt.

„Verdammt", murmelte Terry.

„Sollen wir uns das mal ansehen?"

„Abgeschlossen. Kette am Tor. Keine Fahrzeuge. Entweder haben wir etwas übersehen, oder es gab nichts zu übersehen." Terry klopfte aufs Armaturenbrett. „Kannst du mich zur Wache fahren, damit ich mein Auto holen kann?"

Ein Schauer lief Liz über den Rücken. Es passierte wieder.

„Lizzie?"

Sie schob den Ärmel an ihrem Arm hoch und hielt ihn Terry

hin, damit er es sehen konnte. Alle Haare standen zu Berge. „Ich glaube, wir werden beobachtet."

Anstatt sie auszulachen, wie Pete es vielleicht getan hätte, war Terry sofort aus dem Auto. Sie folgte ihm und griff nach einer großen Taschenlampe. Sie standen fast Rücken an Rücken auf dem Fußweg und suchten nach irgendeinem Anzeichen von Bewegung.

„Irgendeine Ahnung, woher?", fragte Terry mit leiser Stimme.

„Nur so ein komisches Gefühl. Wahrscheinlich nichts."

„Vertrau deinem Instinkt. Willst du eine Straßenseite übernehmen und ich die andere?"

Das Gefühl verließ Liz nicht, als sie die Vorderseite des halben Dutzend Geschäfte überprüfte. Keine Spur von einer Person. Hinter verschlossenen Toren standen ein paar Lieferwagen. Wenn jemand in einem der Gebäude war, könnte er sie sehen, und die meisten hatten getönte Scheiben, sodass ihre Taschenlampe von ihnen reflektiert wurde.

„Nicht mal eine Ratte, die in die Gosse huscht." Terry traf sie am Ende der Straße. „Wenn wir beobachtet werden, verstecken sie sich gut."

„Hast du das Lagerhaus überprüft?"

Sie machten sich auf den Rückweg, wobei Liz weiterhin mit der Taschenlampe von einer Seite zur anderen leuchtete.

„Ketten am Tor. Nichts durch die Fenster zu sehen. Keine geparkten Fahrzeuge. Es sieht alles abgeschlossen und ruhig aus."

Vor dem Lagerhaus schüttelte Liz den Kopf. „Tut mir leid, Terry. Ich bin übermüdet." Sie ging um das Auto herum. „Warte mal."

In der Gosse lag eine halb gerauchte Zigarette. Sie hob sie mit einem Beweismittelbeutel auf. „Noch warm."

„Ich werde einen dringenden Vergleich mit der anfordern, die du in der Nähe der Unfallstelle gefunden hast. Das ist es doch, woran du denkst?" Terry nahm sie ihr ab, seine Augen intensiv. „Dass derjenige, der diese hier geraucht hat, auch die andere geraucht haben könnte?"

„Dieser Van, den wir gefunden haben… er gehört Pickering und hatte rote Farbübertragungen. Ich weiß, das ist weit hergeholt-"

„Ich glaube, es wird immer weniger weit hergeholt."

Das denke ich auch.

Sie warf einen letzten Blick um sich, ihr Rückgrat kribbelte.

ACHTUNDDREISSIG

Die Zeit, die wir gewonnen haben, war gut genutzt, aber trotzdem zu knapp.

Wären die Bullen ein bisschen früher gekommen, hätten sie alles vermasselt.

Sie kann einfach nicht die Finger davon lassen.

Ich beobachte, wie sie herumschnüffelt. Mit ihrer Taschenlampe herumleuchtet. Nach Beweisen sucht, die es nicht gibt. Bin viel zu vorsichtig, um irgendetwas zu hinterlassen, das sie finden könnten. Aber sie muss aufpassen. Aufhören zu graben.

Sonst werde ich sie stoppen.

Das ist ein angenehmer Gedanke.

Sie sind die Straße abgelaufen, sie und ihr Boss. Der Van war eine schlechte Idee. Hab ihm gesagt, er soll ihn nicht als Köder benutzen. Das gefährdet unsere Operation. Keine Chance, mir den Unfall anzuhängen, aber es könnte Fragen geben. Eine Weile Ärger.

Egal. Unsere erste Ladung ist sicher weg, und so beginnt unser mutiges neues Geschäft.

Sie hebt etwas aus der Gosse auf. Ich kann nicht sehen ... ihr Auto versperrt mir die Sicht, aber sie hat eine Plastiktüte aus ihrer Tasche und zeigt sie ihrem Boss.

Etwas hat sie erschreckt.
Dummes Weib. Schaut sich um, als könnte sie im Dunkeln sehen.
Sie schaut direkt zu mir und weiß es nicht.
Genau wie das Kind es tat.

NEUNUNDDREISSIG

Bradley pfiff vor sich hin, während er zwei Tassen Kaffee eingoss und sie zur Frühstückstheke trug. Er hatte etwas Obst geschnitten und eine große Schüssel Joghurt sowie einen Teller mit frischen Croissants von der örtlichen Bäckerei standen bereits bereit. Trotz der späten Nacht war er guter Dinge und plante einen entspannten Tag mit seiner wunderschönen Frau. Vielleicht würden sie irgendwo schön zu Mittag essen.

„Was machst du da?"

Er hatte nicht gehört, wie Carla die Treppe herunterkam. Sie stand in der Tür, noch im Morgenmantel, was so ungewöhnlich war, dass er sich Sorgen machte, ob sie krank sei. Vielleicht hatte sie nicht gut geschlafen, weil er bis in die frühen Morgenstunden unterwegs gewesen war.

„Frühstück. Und frischer Kaffee, wenn du möchtest?" Er ging zu ihr und gab ihr einen Kuss auf die Wange. „Fühlst du dich okay?"

„Ein bisschen müde. Aber ich sollte erst duschen und mich anziehen ..."

„Nein. Du kannst heute eine Dame von Welt sein und mich ein bisschen um dich kümmern lassen. Komm und trink erstmal einen Kaffee."

Carla runzelte die Stirn, setzte sich aber an die Frühstücks-theke. „Du hast dir so viel Mühe gegeben."

„Nicht wirklich. Keine Eier oder fancy Crêpes, wie du sie machst, aber die Croissants sind direkt aus der Bäckerei. Möchtest du Butter dazu? Oder Honig?"

Carla schüttelte den Kopf und hob ihre Tasse. „Erst mal das hier. Danke."

Er setzte sich zu ihr und nahm einen Schluck von seinem eigenen Kaffee, während er sie über den Rand hinweg beobachtete. Kleine Linien bildeten sich um ihre Augen und da war noch etwas anderes. Traurigkeit.

„Tut mir leid, dass ich gestern so spät war, aber es sind gute Neuigkeiten. Wir haben die Lieferung endlich sicher rausgeschickt", sagte er.

„Die von Duncan Chandler?"

„Ja. Seine und unsere zusammen. Die erste von vielen."

Sie nickte, aber ihre Gedanken waren offensichtlich woanders. Melanie?

„Ich dachte ... jetzt, wo ich etwas mehr Zeit habe, sollten wir ein paar Tage wegfahren. Was hältst du von Bali? Oder Fidschi?"

„Urlaub?" Sie sah ihn an, als hätte er vorgeschlagen, ins Fegefeuer zu fahren. „Ich könnte unmöglich irgendwohin fahren, bis Melanies Zukunft geklärt ist."

„Vier oder fünf Tage werden keinen Unterschied machen, Schatz. Vince ist noch weit von einer Adoption entfernt und-"

Carla stand auf. „Willst du überhaupt, dass Melanie bei uns lebt?"

„Natürlich will ich das. Du weißt, dass ich sie liebe." Er streckte seine Hand nach ihrer aus. „Wir müssen nicht wegfahren. Ich dachte nur, du würdest vielleicht eine Pause von all den jüngsten Umwälzungen mögen, aber ich sehe, wie sehr du dich wegen Mel stresst."

Die Türklingel läutete und Bradley stand auf. „Trink deinen Kaffee, ich bin gleich wieder da."

Als er die Tür aufschwang, stand Carter ein paar Meter

entfernt, den Rücken zu ihm gewandt. Das war die letzte Person, die er erwartet hatte, und sein erster Impuls war, die Tür zuzuschlagen. Aber was, wenn es um Melanie ging?

„Hast du deine Meinung geändert?" Nachdem er die Tür zugezogen hatte, ging Bradley ein Stück auf den anderen Mann zu. Er traute sich nicht zu nah heran, falls Carter nach ihm ausschlagen würde.

„Das Passwort, bitte."

„Hä?"

Carter drehte sich um. Er schien nicht wütend zu sein. Vielleicht selbstgefällig.

„Ich will das Passwort für Susie und Davids Safe in ihrem Haus."

„Hör mal, ich hab dir schon gesagt, ich habe keine Ahnung-"

„Doch, deine Fingerabdrücke sind drauf. Ich hab gerade den Bericht bekommen und du hast das Nummernfeld berührt. Also hast du eine Chance, mir zu sagen, in was du das Passwort geändert hast, oder ich erhebe Anklage."

Selbst wenn die Polizei sich die Mühe machen würde, den Safe abzustauben, Carter diese Art von Informationen zu geben, war sicher illegal. Oder? Er bluffte bestimmt. Außer dass er als Ex-Cop wahrscheinlich immer noch Leute kannte, die es ihm erzählen würden.

Die Tür hinter ihm klickte auf.

„Vince?" Carla klang besorgt und Bradley blickte zurück. Sie war kaum zu sehen, nur ihr Gesicht lugte durch einen Spalt. „Ist Melanie okay?"

„Melanie geht es gut, Carla", sagte Carter.

„Ich bin gleich wieder drin, Schatz. Gib uns eine Minute."

Sobald die Tür geschlossen war, war Carter in seinem Gesicht. „Und das ist die andere Sache. Wenn du willst, dass deine Frau jemals wieder Zugang zu Melanie hat, tust du, was ich verlange. Letzte Chance. Oder soll ich sie fragen, ob sie es weiß?"

„Sie weiß es nicht und sie ist kein Teil davon, also lass sie in

Ruhe. Ich habe den Safe geöffnet, um den Vertrag zu holen, den David erwähnt hatte, dass er drin sei."

Bradley nannte Carter die Kombination.

„War doch gar nicht so schwer, oder?" Carter ging weg.

Nach einer Sekunde eilte Bradley ihm nach. „Was ist mit Melanie? Du meintest doch nicht, was du neulich Abend gesagt hast? Carla vergöttert sie. Und Melanie liebt Carla, es wäre grausam, sie voneinander fernzuhalten."

An seinem Auto hielt Carter inne und für einen Moment dachte Bradley, er würde zustimmen. Ihm etwas im Gegenzug für die Kombination geben.

Aber dann öffnete er seine Tür. „Das hättest du bedenken sollen, bevor du versucht hast, mich zu erpressen. Ich werde keinen von euch beiden je wieder in die Nähe meiner Enkelin lassen."

Bradleys Füße waren wie Blei, als Carter davonfuhr. Wie konnte dieser Mann so böse und egoistisch sein? Wie sollte er es Carla sagen? Wut brodelte in ihm hoch, bis seine Hände sich zu Fäusten ballten.

„Du hast gerade den größten Fehler deines Lebens gemacht, Vince Carter. Den größten."

———

Pickering sah im Rückspiegel aus wie ein Gartenzwerg. Klein, rotgesichtig und wütend. Aber er durfte den Mann nicht unterschätzen und bereute seine letzten Worte. Carla verdiente Besseres als ihren Ehemann und er hatte nicht die Absicht, sie davon abzuhalten, Melanie zu sehen, solange Mel das wollte. Allerdings unter seiner Aufsicht und weg von Pickering.

Er konnte nicht glauben, dass sein Bluff funktioniert hatte. In dem Wissen, dass es Tage dauern konnte, bis offizielle Ergebnisse kämen, hatte er ein kalkuliertes Risiko eingegangen. Die Chancen standen gut, dass Pickering den Safe von allem Interessanten befreit hatte, aber er musste es von seiner langen Liste für den Morgen streichen. Mel verbrachte den Tag mit Lyndall, und er hatte viel Boden gutzumachen. Von hier aus fuhr er zu Susies Haus.

Das GPS führte ihn auf dem direktesten Weg aus diesem Vorort heraus und in Richtung Autobahn, bevor es einer Reihe zunehmend ruhiger Straßen folgte. Er kannte diese Gegend gut und benutzte das GPS nur für seine Verkehrsgefahren-Updates. Als die Navigatorstimme also darauf bestand, dass er rechts abbiegen sollte, wo er noch eine Weile geradeaus gefahren wäre, folgte er aus Neugierde. Hatte sich die Straße verändert, um dies zu einer besseren Option zu machen?

Ein paar Kilometer weiter begann sein Magen zu rumoren. Er hatte nicht aufgepasst. Und bis jetzt war er dieser Gegend aus dem Weg gegangen.

Auf der linken Seite stand ein großer Gummibaum, dessen Seite ein großes Stück herausgerissen war.

Er fuhr ein Stück weiter und blieb eine Weile sitzen, während der Motor im Leerlauf lief. Seine Hände umklammerten das Lenkrad, und sein Rücken und seine Schultern waren so verkrampft, dass es schmerzte. Mit einer abrupten Bewegung schaltete er den Motor aus und bevor er weiter darüber nach-denken konnte, stieß er die Tür auf und stieg aus.

Es gab keinen Verkehr. Keine Häuser in Sicht. Nur ein paar Kühe, die auf den weiten Weiden zu beiden Seiten verteilt waren. Der Baum ragte vor ihm auf, als er die Straße entlang ging. Unter seinen schwer wirkenden Füßen war der Asphalt in gutem Zustand. Keine Schlaglöcher oder Senken, die bei eisigen Bedingungen zum Schleudern eines Autos hätten beitragen können. Sie war zwar schmal, aber ausreichend, um anderen Verkehr zu passieren, entgegenkommend oder nicht, und die Mittellinie war deutlich markiert.

Er blieb ein paar Meter davor stehen, und ohne seine Schritte fiel eine unheimliche Stille ein. Die Luft stand still. Die Wolken hingen tief und grau. Nichts bewegte sich.

Es musste ein schreckliches Quietschen der Bremsen gegeben

haben, bevor ein grauenhafter Aufprall erfolgte, als Metall auf Holz traf. Glas, das zersplitterte. Und dann eine furchtbare Stille.

Wusste Susie, was geschah?

Hatte sie geschrien, als der Baum auf sie zuraste?

Was war ihr letzter Gedanke? Melanie?

War Melanie wach?

Wie hat Melanie überle-.

„Nein!" Sein Kopf schnellte zurück. „Ich will sie ZURÜCK!" Seine Stimme erhob sich zu einem Schrei der Wut, des Verlustes, der Hilflosigkeit. Und als er keine Luft mehr hatte, blieb nur noch ein Schluchzen.

Ein Auto näherte sich, verlangsamte, bis er seine Beine zwang zu funktionieren und aus dem Weg ging. Der Fahrer starrte ihn an, als ob er überlegte, ob er anhalten und helfen müsste. Vince hob eine Hand. „Mir gehts gut."

Am Fuß des Baumes lagen Blumen. Kränze und Sträuße, einige frisch, andere verwelkend. Handgeschriebene Karten, die die Trauer von Freunden zum Ausdruck brachten. Viele waren von Carla. Fuhr sie jeden Tag hierher? Er berührte eine Lilie. Susie liebte diese. Er hatte nicht daran gedacht, Blumen hierher zu bringen, und warum sollte er auch? Dieser Baum hatte ihr Leben genommen.

Marion pflegte zu sagen: „Blumen sind für die Lebenden."

Wie lange ist es her, dass ich dich besucht habe, Liebling?

Seine Hände ballten sich zu Fäusten, und er hob einen Arm, als ob er sich darauf vorbereitete, auf den Baum einzuschlagen. Der Tod war überall. In der Luft und im Gras und im Baum, und er konnte ihn riechen und schmecken und fühlen. Eine Karte war auf den Boden gerutscht, und die Worte sprangen ihn förmlich an. Er bückte sich und hob sie auf.

„Wir werden dich alle vermissen, Susie, und wir werden für Melanie da sein."

Sie war von mehreren Leuten unterschrieben, deren Namen er nicht erkannte. Freunde... vielleicht von der Schule.

Melanie lebte und sie brauchte ihn.

Er kehrte dem Baum den Rücken und schritt zum Auto.

———

Vince tippte die Kombination ein, die Pickering ihm gegeben hatte, und atmete erleichtert auf, als die Trommeln rollten und die Tür aufklickte. Er hatte eine kleine Reisetasche dabei und leerte alles hinein. Drei Pässe. Melanies war noch gültig. Drei Geburtsurkunden. Ein dickes Bündel Bargeld. Alles Hundert-Dollar-Scheine, und ohne zu zählen, schätzte Vince es auf zehntausend Dollar. Eine Menge Bargeld, um es in einem Safe aufzubewahren. Und interessant, dass Pickering nicht damit abgehauen war.

Ganz unten lag ein dicker gelber Umschlag. Versiegelt. Das war irgendwie wichtig. Vince schloss den Safe und änderte die Kombination. Der Bademantel war immer noch leer, und es machte keinen Sinn, den Inhalt zurückzulegen, der immer noch auf dem Bett verstreut lag.

Er würde Carla fragen, ob sie mit der Kleidung helfen würde. Sie bot ständig ihre Hilfe an, und das war zu schwer für ihn. Es war ihm egal, ob sie sie behielt, verkaufte oder verschenkte, aber wenn Melanie nicht besonders ein Stück als Andenken wollte, wäre er froh, das von seiner Liste streichen zu können. Er würde mit Carla sprechen, sobald Mel wieder in der Schule war. Vorerst sammelte er Susies und Davids Schmuck ein, damit Melanie entscheiden konnte, was sie behalten möchte, wenn sie bereit dazu war.

Vince packte fast den gesamten Rest von Melanies Zimmer ein und verstaute ihre Kleidung, Schuhe, Bücher, Spielsachen und Nippes sorgfältig in weitere Koffer aus dem Schrank. Jetzt war kaum noch etwas darin. Die Möbel würde er nach den Schulferien transportieren.

Mit den Taschen im Auto packte er den Kühlschrank und die Gefriertruhe aus. Viele der Kühlwaren kamen in eine Tonne, die er zur Abholung herausstellen würde. Die Gefriertruhe war voll mit selbstgemachten Mahlzeiten und Kleinigkeiten wie Eiscreme und Gemüse. Er konnte den Gedanken nicht ertragen, diese Mahlzeiten zu essen. Jeder Bissen wäre eine zu schmerzhafte Erinnerung. Er ließ alles in eine Kühltasche gleiten und ging zum Nachbarhaus, wo er klopfte.

„Susans Papa, buongiorno."

„Guten Morgen, Frau Rionetti. Ich fragte mich, ob Sie diese gebrauchen könnten... oder jemanden kennen, der sie gebrauchen könnte?" Er öffnete die Tasche, um ihr den Inhalt zu zeigen. „Susie hat sie alle gemacht."

„Nicht für Sie und die Kleine?"

Er schüttelte den Kopf.

„Ich nehme. Teile mit anderen. Und nennen Sie mich Rosa. Kommen Sie, tragen Sie es für mich rein." Frau Rionetti führte den Weg in ihre Küche, und Vince half ihr, die Mahlzeiten in ihrer Gefriertruhe zu verstauen. Dann nahm sie mehrere Gläser aus ihrem Schrank und legte sie in die Tasche, bevor er protestieren konnte. „Ich mache. Passata. Artischocken. Gefüllte Paprika. Im Schrank aufbewahren. Bis zum Sommer essen."

„Sie sind zu gütig. Danke, Rosa."

An der Haustür zeigte sie diagonal auf ein Haus ein paar Türen weiter. „Hat die Polizei herausgefunden, wem der Lieferwagen gehörte?"

„Welcher Lieferwagen?"

„In dieser traurigen Nacht. Bevor Familie mit Auto wegfuhr, schwarzer Lieferwagen in dieser Einfahrt. Gehörte nicht in Straße."

Mit klopfendem Herzen sah er sich das Haus noch einmal an. Ein Fahrzeug, das dort geparkt war, hätte einen ausgezeichneten Blick auf Susies Haus gehabt, besonders auf die vorderen Räume und die Einfahrt.

„Haben Sie den Fahrer gesehen?"

„Zu weit weg. Zu dunkel. Und Fenster hatten... äh, dunkler gemacht?"

„Getönt?"

„Si. David fuhr weg und Lieferwagen folgte."

Hat jemand Überwachungskameras? Bitte lass es welche geben.

„Neulich, als die Polizei wegen des Einbruchs von Tür zu Tür ging... haben Sie dem Beamten davon erzählt?"

Sie nickte. „Er hat es aufgeschrieben."

„Einer meiner Freunde, der Kriminalbeamter ist, kommt Sie vielleicht besuchen. Ist das in Ordnung?"

Frau Rionetti tätschelte seinen Arm. „Schicken Sie Ihren Freund und ich erzähle wieder. Und küssen Sie Melanie von Rosa."

Zurück im Haus schrieb er Liz eine Nachricht.

Habe neue Informationen. Bist du auf der Wache?

Er leerte den Inhalt der Speisekammer in zwei große Kisten und verstaute diese auf dem Rücksitz des Autos. Alle verderblichen Waren sind nun aus dem Haus. Die Geräte konnten ausgeschaltet und das Haus abgeschlossen werden, bis er mehr Zeit hatte, sich darum zu kümmern.

Jetzt musste er Liz sehen. Und den Idioten in Uniform finden, der wichtige Informationen hatte, die er nicht weitergegeben hatte.

VIERZIG

Liz Beine verkrampften sich, weil sie so lange regungslos vor der Tafel gestanden hatte. Es mochten zehn Minuten oder eine Stunde gewesen sein, aber seit der letzten Aktualisierung hatte sie ihr müdes Gehirn gezwungen, Verbindungen herzustellen, und nun protestierte ihr Körper.

Zu viel Autofahren, zu viel Sitzen im Auto, zu viel Rennen.

Und sehr wenig vorzuweisen für all das.

„Kaffee?", Terry tauchte wie aus dem Nichts auf und drückte ihr eine Tasse in die Hand. „Woran denkst du?"

„Dass ich gerne mehr schlafen würde. Und Urlaub, Chef."

Er lachte leise. „Du und ich beide."

Die Kaffeetasse wärmte ihre Finger, von denen sie gar nicht bemerkt hatte, dass sie kalt waren. Terry hatte ihn in einem Café gekauft, statt den Plörrer zu machen, den sie normalerweise ertrugen, und er war gut.

Sie erinnerte sich an seine Frage. „Es gibt eine Verbindung zwischen Malcolm Hardy und PickerPack... aber was zum Teufel ist es?" Ihr Finger tippte auf das Foto von Abel und Roscoe auf dem Pier. „Diese beiden sind keine Freunde. Freunde verhalten sich nicht so, also wer hat wen in der Hand?"

„Was wissen wir über Farrelly? Abgesehen von dem, was wir bereits besprochen haben."

Er ist ein schmieriger kleiner Scheißer?

„Nichts taucht auf. Keine seltsame Vorgeschichte oder polizeiliches Register."

„Dann schau nochmal nach, Liz. Mach eine gründliche Recherche über das Leben und die Zeiten von Abel Farrelly. Pete sollte bald wieder an Bord sein, also setz ihn darauf an, wenn du willst."

„Nee. Ich bin wirklich neugierig. Die andere Sache ist, wo haben sich Farrelly und Pickering getroffen? Was geht wirklich in diesem Lagerhaus vor? Was wissen wir über Pickering?"

„Bei der letzten Frage kann ich helfen."

Beide drehten sich um. Vince stand in der Tür, einen Ordner unter dem Arm und seine Augen verschlangen die Informationen auf der Tafel. Terry hob die Hand, um sie umzudrehen.

„Warte mal, Kumpel." Vince kam näher. „Ich habe ein paar neue Informationen und wenn ich einen kurzen Blick darauf werfen kann, was ihr habt, könnte das helfen. Du weißt, ich habe einen guten Instinkt."

„Zehn Sekunden."

Terry trat beiseite und nahm einen Schluck von seinem Kaffee.

Vince ging näher an die Tafel heran, seine Hand schwebte nur Zentimeter von den Fotos und Worten entfernt. Das war seine Art, sich auf die Teile zu konzentrieren, zumindest hatte er das Liz mehr als einmal gesagt. Er hielt beim Bild von Farrelly und Roscoe inne und ging weiter zu einem schattenhaften Bild des Vans.

„Wer leitet heutzutage die Uniformierten?"

„Warum?"

Er wandte der Tafel den Rücken zu und blickte Liz an. „Susies Nachbarin sah in der Nacht des Unfalls einen schwarzen Van in der Straße. Er war in einer nahe gelegenen Einfahrt geparkt und folgte ihrem Auto, als sie losfuhren. Mrs. Rionetti gab diese Information demjenigen, der sie nach dem Einbruch befragte. Entweder hielten sie es nicht für wichtig genug, es weiterzuleiten, oder ihr wisst davon und habt nichts unternommen."

„Wir wussten es nicht, Vince. Aber ich kann dir sagen - dieser Van dort? Er ist jetzt in der Werkstatt und ist wahrscheinlich das Fahrzeug, das in den Unfall verwickelt war."

Seine Schultern sackten herab, als würde er eine lang angestaute Spannung lösen. „Wo wurde er gefunden?"

„Im Norden abgestellt. Er war gestohlen."

„Wem gehört er?"

Terry musste entschieden haben, dass sie genug geteilt hatten. „Du sagtest, du könntest bei Pickerings Hintergrund helfen."

Mit einem leichten Lächeln, das zeigte, dass er akzeptierte, von weiteren Details über den Van ausgeschlossen zu werden, nickte Vince. „Bradley hatte ursprünglich nicht vor, ein Unternehmen zu besitzen. Er hatte große Pläne für sein Leben, aber die Uni war nicht freundlich zu ihm und er fiel durch die Abschlussprüfungen. Anstatt ein weiteres Jahr zu machen und es nochmal zu versuchen, heiratete er Carla, die finanziell abgesichert war. Sie stammt aus einer anständigen Familie. Hart arbeitend. Selfmade. Und als ihre Eltern in Rente gingen und in wärmere Gefilde zogen, schenkten sie ihr das Lagerhaus."

„Sie besitzt es?", fragte Liz. Damit hatte sie nicht gerechnet.

„Sie gab es ihrem Mann. Carla war auf dem Weg, eine Führungskraft in einem großen Unternehmen zu werden, als sie sich Feinde machte, indem sie es wagte, Belästigung am Arbeitsplatz anzuprangern. Zu diesem Zeitpunkt war Bradley so sehr damit beschäftigt, sein kleines Imperium aufzubauen, dass sie außen vor blieb."

Mag sie immer noch nicht. Jetzt sogar noch weniger, weil sie nicht für sich selbst eingestanden ist.

Diese unfreundlichen Gedanken störten Liz und sie schob sie

in den Hintergrund. „Vince, du sagtest, Pickering sei durch sein Studium gefallen. Weißt du, was er studiert hat?"

„Ihr wisst das nicht? Er träumte davon, irgendwann Anwalt zu werden. Er studierte Jura."

Ihre Augen flogen zu Terrys, und sie konnte sich vorstellen, dass seine Gedanken die gleichen waren wie ihre. War es möglich, dass Pickering Roscoe kannte, obwohl er beteuerte, es nicht zu tun? Fungierte Farrelly als Vermittler, und wenn ja, warum?

„Das ist hilfreich, Vince. Wie geht es Melanie?", fragte Terry.

„Gut. Sie ist heute bei Lyndall, damit ich einiges erledigen kann, ohne sie. Hoffe, sie kommt nicht mit einem weiteren Kätzchen nach Hause." Er öffnete den Ordner. „Ich fand einen Umschlag in einer von Davids Jacken, als ich den Schrank ausräumte. Er hat gerade ein Geschäft gekauft."

„Was?" Liz nahm den Brief, den er ihr anbot, und überflog ihn. „Wollte er PickerPack verlassen?"

„Sieht so aus. Aber Pickering hat nichts davon gesagt, nur dass er Davids Anteil an seinem Geschäft kaufen und die Sache abschließen will. Mein Bauchgefühl sagt, er hat keine Ahnung... oder hat es erst kürzlich erfahren", sagte Vince. „Ich fand auch etwa zehntausend in bar im Safe."

„Du hast den Safe geöffnet?"

Sie hatte keinen Bericht über die Fingerabdrücke gesehen.

Er grinste. „Ich habe vielleicht ein bisschen gelogen."

Terry unterdrückte ein Lachen.

„Was war noch drin?", fragte Liz. „Dieser Umschlag?"

Vince blickte auf den großen und dicken gelben Umschlag ohne Beschriftung. „Hab ihn noch nicht geöffnet. Was mache ich mit dem Bargeld? Was, wenn es aus illegalen Quellen stammt?" Er hielt ein Bündel Scheine hoch. „Alles Hunderter, wie es aussieht, und neu."

Nachdem er seinen Kaffee abgestellt hatte, holte Terry einen Beweismittelbeutel und öffnete ihn, damit Vince das Geld hineinwerfen konnte. „Lass es bei mir. Am besten prüfen wir, ob es nicht verdächtig ist. Glaubst du, er würde so viel Bargeld aufbewahren?"

„Keine Ahnung. Aber Melanies Schulgebühren wurden dieses Jahr nicht bezahlt und David erzählte dem Schulleiter irgendeine Leidensgeschichte darüber, dass sein Geschäft den Bach runtergeht. Wahrscheinlicher ist, dass er alles in den Kauf eines neuen Lebens für sich und seine Familie gesteckt hat. Und er hatte letztes Jahr mit Susie darüber gesprochen, weiter raus auf ein größeres Grundstück zu ziehen."

„Apropos Land, musst du nicht eine Kuh melken oder so?", fragte Pete, warf seine Schlüssel auf den Schreibtisch und setzte sich mit verschränkten Armen auf die Ecke.

„Habt ihr Hardy schon geschnappt?", konterte Vince. „Oder wird die Zahl der Toten unter deiner Aufsicht weiter steigen?"

Pete sprang sofort auf die Füße und Terry hob beschwichtigend die Hand.

„Genug jetzt, ihr zwei. Vince, ich gebe dir wegen des Geldes Bescheid."

Vince warf einen Blick auf das Whiteboard, dann zu Liz. „Melanie hat eine neue Zeichnung von dir gemacht."

„Sag ihr, ich komme sie mir bald ansehen." Sie konnte ein Lächeln nicht unterdrücken. Doch sobald Vince den Raum verlassen hatte, verschwand das Lächeln und sie funkelte Pete wütend an. „Wenn du nochmal so einen Mist abziehst, lass ich dich sitzen, Kumpel."

Petes Augenbrauen schossen fast bis zum Haaransatz hoch. „Willst du lieber diesen Dinosaurier zurück? Nur zu."

Ja. Ja, ich würde Vince sofort wieder als meinen Partner nehmen. Aber ich stecke mit dir fest.

„Ich sags ja nur ... lass ihn in Ruhe."

Terry ignorierte sie beide und Liz gesellte sich zu ihm am Whiteboard und berührte das Bild des Vans. „Er weiß nicht, dass er Pickering gehört", sagte sie.

„Was mich zu meiner Frage bringt, Liz. Wurde er gestohlen,

oder hat Pickering ... oder einer seiner Komplizen ihn benutzt, um David Weaver von der Straße zu drängen?"

———

So nervig McNamara auch war, er war zu einem guten Zeitpunkt aufgetaucht. Vince hatte nicht vor, den Umschlag in Anwesenheit anderer zu öffnen und nahm ihn nur mit ins Revier, um ihn sicher aufzubewahren. Es war wahrscheinlich nichts Wichtiges, könnte aber persönliche Dinge enthalten, die besser vor den Augen anderer geschützt bleiben sollten.

Der nächste Halt war die Lygon Street. Wieder benutzte er das GPS. Obwohl er all diese Routen kannte, hatte er heute einen Grund, sie zu navigieren. Später würde er die Daten aller Fahrten herunterladen und analysieren. Seit Tagen nagte etwas an ihm bezüglich des Unfallortes und es musste irgendwo eine Antwort geben, jenseits der Versicherungen, dass jeder dort war, wo er sein sollte.

Das Whiteboard im Revier war interessant gewesen. Informativ. Und verwirrend.

In seiner Zeit als Sergeant – verantwortlich für eine große Einheit oft junger Beamter – hatte er öfter Infotafeln auseinandergenommen, als er sich erinnern mochte. Es gab eine Ordnung darin. Eine Art, Details visuell oder mit wenigen Worten zu verbinden, die schriftliche Berichte oder mündliche Diskussionen übertrumpfte.

Marion pflegte zu sagen, er habe ein Talent dafür, über das Offensichtliche hinauszusehen. Damals hatte er ihr geglaubt und seinen Instinkten vertraut. Oft korrelierte ein Bild mit einem Bericht oder einer Zeugenaussage, und er war der Erste, der ein Muster erkannte. Oder der Einzige, der es sah.

Deshalb wusste ich, dass an jenem Tag beim Marsch ein Schütze oben an der Treppe war.

Er musste langsamer werden. Der Tacho zeigte, dass er zehn Kilometer über dem Limit fuhr.

„Herrgott, Vince. Bleib auf Kurs. Konzentrier dich auf die anstehenden Probleme."

Das Grundstück, das Roscoe gehörte, hatte etwas Unheimliches an sich. Ein weitläufiges Stück Land im Nirgendwo war ideal, um Kriminelle zu verstecken. War das der Ort, wo der Van abgestellt wurde? Auf Roscoes Land?

Der Blick zwischen Lizzie und Terry war ihm nicht entgangen. Seine Hintergrundgeschichte zu Pickering hatte einige Lücken gefüllt – möglicherweise eine Verbindung deutlich gemacht. Sie dachten, Pickering und Roscoe kannten sich, und warum sollten sie auch nicht? Abel Farrelly auf diesem Foto an der Tafel, in tiefem Gespräch mit dem Anwalt, bewies, dass es mehr als nur ein zufälliges Treffen spät in der Nacht am Altona Beach gewesen sein musste.

Zum ersten Mal seit langem wünschte er sich, noch eine Dienstmarke zu tragen.

In der Lygon Street war es zu dieser frühen Tageszeit unmöglich zu parken, also ließ Vince das Auto in einer Seitenstraße stehen und ging zu Fuß zu Spironis. Das „Geschlossen"-Schild hing noch draußen und er prüfte die Zeit. Ein bisschen zu früh für den Mittagsservice, obwohl es Anzeichen gab, dass die Köche da waren. Er überquerte die Straße, ließ Straßenbahnen und Autos passieren, bevor er sich auf die andere Seite schlängelte, um in einem Café einen Kaffee zu trinken. Von einem Fensterplatz aus würde er sehen, wenn Personal ankam. Und da er keine Ahnung hatte, wer von ihnen den Streit mitgehört hatte, würde er dort bleiben, bis er mit jedem von ihnen gesprochen hatte.

———

Das Personal bei Spironis war wenig hilfreich, aber Vince bewunderte ihre Solidarität, indem sie die gleichen Antworten auf seine Fragen wiederholten.

„Erinnern Sie sich an Susie Weaver und ihre Familie?"

Ja.

„Haben Sie einen Streit zwischen David und Bradley miterlebt?"

Nein.

„Ist Ihnen irgendetwas Ungewöhnliches aufgefallen?"

Nein.

„War Melanie zu irgendeinem Zeitpunkt aufgebracht?"

Keine Ahnung.

Die ersten Gäste kamen herein und ein Kellner mit dem Namensschild „Mike" auf seiner Schürze wurde durch Vinces Anwesenheit unruhig. „Wenn Sie keinen Tisch nehmen und bestellen wollen, müssen Sie gehen, mein Herr."

„Wenn ich das tue, werden Sie dann ehrlich zu mir sein?"

„Sind Sie von der Polizei?", fragte Mike und winkte einem anderen Mitarbeiter, sich um ein Paar zu kümmern, das in der Tür stand. „Ich habe denen schon gesagt, dass nichts passiert ist."

„Jemand hat meiner Ex-Partnerin erzählt, dass ein anderes Mitglied des Personals hier ein hitziges Gespräch an jenem Abend mitgehört hat. Sind Sie einer von denen, mit denen sie gesprochen hat?"

Mikes Gesicht verhärtete sich. „Bitte gehen Sie, mein Herr."

„Ich benutze zuerst Ihre Toilette."

„Die ist nur für Gäste."

„Ich habe hier in der Vergangenheit gegessen. Das muss doch etwas zählen."

Kopfschüttelnd ging Mike weg.

Vince benutzte die Toilette und wartete innerhalb der Tür. Die Damentoilette war gleich nebenan, also hätte Melanie ihren Vater mit Pickering reden hören können, wenn sie in der Nähe waren.

Er trat in den Flur. Das Licht war nicht an, und selbst wenn, bezweifelte er, dass es viel zu dem düsteren Raum beitragen würde, der nur zwei nackte Glühbirnen für die gesamte Länge hatte. Links von ihm und um die Ecke war der Speisesaal.

Schräg gegenüber war die Tür zur Küche, aus der laute Stimmen und klappernde Töpfe zu hören waren. Rechts war der Ausgang. Wenn er mit jemandem hätte streiten wollen, ohne neugierige Ohren, wäre er zwischen hier und dem Ausgang gewesen. Vince postierte sich dort.

Wäre jemand aus der Küche gekommen, hätte er ihn gesehen.

Das Gleiche galt für die Toiletten.

„Worauf bist du gestoßen, Melly?", murmelte er.

Stimmen näherten sich aus dem Speisebereich, und er schlüpfte durch den Ausgang, wobei er kurz stehen blieb, damit sich seine Augen an die relative Helligkeit draußen gewöhnen konnten. Er befand sich in einer schmalen Gasse, die durch Müllcontainer und eine Reihe hintereinander geparkter Autos noch enger wirkte. An die Wand gelehnt stand ein junger Mann mit der Schürze von Spironis, der mit gesenktem Blick konzentriert auf sein Handy starrte.

Er sprach, ohne aufzublicken. „Ist er weg, Mike?"

Vince ging ganz nah an ihn heran, bevor er antwortete. „Ob er das Restaurant verlassen hat? Jap. Ich möchte ein Wörtchen mit dir reden, Junge."

EINUNDVIERZIG

„Marco? Du musst es sein." Vince legte seine Handfläche an die Wand neben dem Kopf des Kellners und blockierte ihm so effektiv den Fluchtweg, da auf der anderen Seite ein Müllcontainer stand.

Der Junge wich zurück. „Ich bin nicht Marco."

„Die Schürze sagt was anderes."

„Ähm... nicht meine. Geliehen."

„Deine Kollegen drinnen waren sehr hilfsbereit, Marco", sagte Vince. „Sie haben die Ereignisse des Abends durchgegangen, an dem David Weaver, Bradley Pickering und ihre Familien zum letzten Mal zusammen hier waren."

„Ich hab nicht gearbeitet."

In den Augen des Jungen lag Panik. Jemand hatte ihn bedroht. Oder erpresst.

„Doch, hast du. Mike hat es bestätigt."

Marco drückte seine Gefühle dazu in einer Reihe von Kraftausdrücken aus. Sogar einen, den Vince noch nie gehört hatte.

„Fühlst du dich jetzt besser? Gut. Hör zu, ich bin nicht hier, um dich zu verhaften. Nicht dieses Mal. Und wir können dieses Gespräch unter uns lassen, okay?"

Vielleicht war seine Serie, Leute zu bluffen, am Ende. Marcos

Lippen waren fest zusammengepresst. War es Angst? Oder Angst, etwas zu verlieren, wenn er redete?

„Wir wissen beide, dass du einen Streit zwischen David und Bradley mitgehört hast. Ich interessiere mich nicht für dich... es sei denn, du weigerst dich, mir zu helfen."

„Was willst du?"

„Das kleine Mädchen. Melanie? Hat sie gehört, was sie gesagt haben?"

Marcos Augen zuckten nach links und rechts und dann zurück zu Vince. „Woher soll ich wissen, was sie gehört hat?"

„Hast du sie in ihrer Nähe gesehen?"

Schweißperlen bildeten sich auf Marcos Stirn.

Gib mir irgendetwas.

„Sie ist ein kleines Mädchen, Kumpel. Hat ihr ganzes Leben noch vor sich. Wusstest du, dass sie auf dem Rücksitz des Autos saß, als ein Van es rammte und gegen einen Baum drängte? Sie hat ihre Eltern sterben sehen. Wusstest du, dass sie ganz allein auf der Welt ist, abgesehen von ihrem Großvater? Sie wird ihre Mutter nie wieder sehen. Sie nie wieder umarmen. Oder ihren Vater."

„Dann solltest du sie besser beschützen." Marco duckte sich unter Vinces Arm hindurch und rannte los.

„Heilige Scheiße." Vince nahm die Verfolgung auf.

Marco war verschwunden, als er das Ende der Gasse erreichte. Während er sich vornüber beugte und verzweifelt nach Luft schnappte, gingen ihm die Worte immer wieder durch den Kopf.

Du solltest sie besser beschützen.

———

Abgesehen von einer Fahrt nach Gippsland konnte Liz nicht viel mehr tun, als sich durch jahrelange Nachrichtenberichte aus Abel Farrellys Heimatstadt Moe zu wühlen. Sie war ein paar Mal auf dem Weg zu anderen Zielen dort gewesen und erinnerte sich an wenig mehr als den Eindruck einer Stadt, die trotz ihres hübschen Aussehens nicht gut alterte. Viele leere Geschäfte.

Statistisch gesehen hatte die Stadt im Vergleich zum Landesdurchschnitt eine hohe Kriminalitätsrate. Fast doppelt so hoch. Das Einkommen war niedriger. Nicht unähnlich vielen kleinen Städten, die einst florierten, aber über die Jahrzehnte hinweg nicht wachsen und gedeihen konnten.

Beginnend mit dem Geburtsjahr von Farrelly suchte sie nach seinem Nachnamen. Es gab eine Erwähnung seiner Geburt als erstes Kind seiner Eltern. Keine späteren Kinder tauchten auf. Sein Vater besaß einen Eisenwarenladen, der bis auf die Grundmauern niederbrannte, als Farrelly ein junger Teenager war. Der Zeitungsartikel beschrieb es als einen Verlust für die Stadt und dass es ein Glück war, dass niemand verletzt wurde.

Sie fand den Nachruf seiner Eltern nur zwei Jahre später... bei einem Hausbrand getötet.

„Ist das dein Ernst?"

Dies hatte es auf die Titelseite der lokalen Zeitung geschafft, mit einem verstörenden Bild des zerstörten Hauses und einer Leiche in einem Sack, die herausgetragen wurde. Abel wurde als Waise ohne verbliebene Familie beschrieben. Er war fünfzehn. Spätere Berichte gaben an, dass der Brand als Unfall eingestuft wurde, nachdem es Probleme mit einem Kamin gegeben hatte. Sechs Monate später gab es einen Sportartikel darüber, dass die vielversprechenden AFL-Spieler Abel Farrelly und Richard Roscoe wegen nicht offengelegter Vereinsverstöße vom örtlichen Football-Endspiel suspendiert wurden.

Liz schnitt alle Referenzen aus und druckte ein Dokument mit allen Links aus. Als Minderjährige wären disziplinarische Maßnahmen gegen Farrelly oder Roscoe geheim gehalten worden, aber jemand würde es wissen. Es brauchte mehrere Telefonate, um den Mann ausfindig zu machen, der in jenem Jahr die Mannschaft trainiert hatte.

„Meine Güte, das ist ein halbes Leben her, Beamtin." Bob Kirk lebte jetzt im Ruhestand in Queensland. „Das Team hat unter dem Verlust dieser beiden Jungs gelitten, aber ich hatte keine Wahl. Wer die Regeln bricht, verliert seinen Platz."

„Welche Regeln im Besonderen?"

„Darf ich darüber sprechen? Muss ich keine offizielle Aussage machen?"

„Überhaupt nicht. Es geht nur darum, mir zu helfen, die frühen Jahre von Abel und Richard zusammenzusetzen. Alles, woran Sie sich erinnern, wird einen Unterschied machen."

„Nun, in diesem Fall erinnere ich mich, wie enttäuscht ich von Richard war. Er kam aus einer guten Familie, einer stabilen Familie. Beide Jungs waren intelligent, aber Richard hatte die Fähigkeit, alles aus seinem Leben zu machen. Abel... nun, sein Hintergrund war anders."

„Wegen des Todes seiner Eltern?" Liz machte sich Notizen.

„Schon vorher. Ich spreche normalerweise nicht schlecht über die Toten, aber sein Vater war ein übler Bursche. Der Junge arbeitete von klein auf in diesem Eisenwarenladen und wurde mehr als einmal vor Kunden zu Boden geschlagen. Als sie starben, zog Abel bei Richards Familie ein, und ich dachte, es würde helfen, aber wenn überhaupt, führte er Richard auf einen schlechten Weg."

„Mr. Kirk, erinnern Sie sich, warum sie suspendiert wurden?"

„Nach dem Aufstand, den Richard Roscoe Senior gemacht hat, als ich diese Entscheidung traf?" Er schnaubte. „Ich blieb standhaft, obwohl er mir sagte, Jungs seien eben Jungs. Unsinn. Jungs sind nicht anders als alle anderen, und wenn sie ein Mannschaftsmitglied erpressen, dann bekommen sie, was sie verdienen. Ein Glück, dass es nicht an die Polizei weitergegeben wurde."

„Erpressung?"

„Sie hatten Fotos von einem anderen Jungen, der ein Mädchen küsste – heute bedeutet das nichts, aber der Junge kam aus einer streng religiösen Familie und wäre in gewaltige Schwierigkeiten geraten. Ich habe nie herausgefunden, wie weit es ging, aber die beiden hatten den Jungen verängstigt und ließen ihn wöchentlich zahlen. Solchen Unsinn duldete ich nicht in meinem Team."

Nach Beendigung des Anrufs kehrte Liz zum Whiteboard zurück.

Farrelly und Roscoe auf dem Pier in jener Nacht schienen ein seltsames Paar zu sein. Der Streit, der Stoß und dann das Händeschütteln. Waren sie überhaupt Freunde oder hing diese Beziehung als Erwachsene mit ihrem früheren Verhalten zusammen? Ein Anwalt und ein Lagervorarbeiter an entgegengesetzten Enden der beruflichen und finanziellen Welt. Zumindest oberflächlich betrachtet.

„Was hat der Trainer gesagt?"

Pete gesellte sich zu ihr, um ein gedrucktes Bild anzuheften.

„Dass Farrelly und Roscoe nicht nur als Teenager im selben Haus gewohnt haben, sondern auch eine Weile ein anderes Kind erpresst haben. Farrelly wurde zu Hause missbraucht. Das Familienunternehmen brannte nieder, als er dreizehn war, und das Familienhaus zwei Jahre später, wobei beide Eltern darin umkamen."

„Scheiße. Das ist eine Menge Hintergrundgeschichte aus einem einzigen Telefonat." Er zeigte auf das Bild. „Alles, was ich habe, ist diese schattenhafte Gestalt am Bahnhof Talbot."

Liz beugte sich näher heran. Ein Mann wartete auf dem dunklen Bahnsteig, die Hände in den Taschen eines Mantels und einen Hut tief ins Gesicht gezogen. „Ist das die beste Aufnahme?"

„Bis jetzt. Ich habe die örtliche Polizei gebeten, mit den lokalen Händlern zu sprechen, die Kameras an den Straßen haben, die er vielleicht genommen hat, aber ich denke, er wird sich an Nebenstraßen gehalten haben."

Liz klopfte ihm auf die Schulter. „Okay, ich behalte dich noch ein bisschen länger. Gute Arbeit."

„Bevor ihr zwei zu turtelig werdet, Vince hat gerade angerufen. Er ist bei Spironis und ist dabei, sich in Schwierigkeiten zu bringen." Terry winkte sie hinaus. „Erinnert ihn bitte daran, dass er kein Polizist ist."

———

„Er hat sich als Polizist ausgegeben! Ist das nicht illegal?" Mikes Gesicht war rot und er fuchtelte mit den Armen herum.

Pete nickte feierlich und genoss offensichtlich die Situation, in die sie hineingeraten waren. Er würde die Vorstellung lieben, dass er den Spieß umdrehen und Vince in Schwierigkeiten bringen könnte, als Rache für die Untersuchung gegen Pete, die vor all den Jahren fast seine Karriere beendet hatte. Er war zwar entlastet worden, aber Vince hatte damals das Richtige getan, als er Petes verdächtiges Verhalten meldete. Nicht dass Pete das so sah.

Sie waren in der Gasse hinter Spironis mit Mike und Vince, die sich angeschrien hatten, als sie ankamen. Liz schickte Vince sofort auf die andere Seite mit einem „Ich komme gleich zu dir", bevor sie versuchte, den Kellner zu beschwichtigen. Er regte sich immer mehr auf und sie hatte genug davon.

„Mike, erinnerst du dich, dass ich kürzlich hier gegessen habe? Ich habe nach dem Abend gefragt, an dem die Weavers hier waren."

„Nein."

„Doch, sicher. Du hast mir erzählt, dass sie nette Leute waren. Gute Kunden. Du hast dich an ihr kleines Mädchen erinnert."

Er starrte zu Vince hinüber, der breitbeinig und mit verschränkten Armen zurückstarrte. „Er hat meinen Kellner verjagt."

„Der sich hier draußen versteckt hat und darauf wartete, dass du ihm Entwarnung gibst."

„Vince, halt die Klappe." Liz drehte ihm den Rücken zu. „Mike, ignorier ihn bitte für den Moment. Du hast mir erzählt, dass Marco ihren Tisch bedient hat und dass er erwähnte, einen

Streit mitgehört zu haben. Oben an den Toiletten vorbei, hast du mir gesagt."

Endlich sah Mike ihr in die Augen und nickte. „Das habe ich gesagt."

Oh Gott sei Dank!

„Als ich ein anderes Mal wiederkam und mit Marco sprach, stritt er es ab. Er sagte, du hättest dich geirrt, also wenn du ihn hier rausgeschickt hast, während Vince drinnen Fragen über ihn stellte, muss es dafür einen Grund geben."

„Er hatte Angst."

„Wovor?"

„Frag Marco", sagte Mike.

„Ich brauche seine Adresse und Telefonnummer. Hat ihn jemand bedroht? Denn wir können Schutz anbieten."

Mikes Mund öffnete und schloss sich wieder.

„In deinem Restaurant ist etwas passiert, Mike. Wir glauben, es führte zu dem Autounfall, bei dem Vinces Tochter ums Leben kam."

„Das hättet ihr sagen sollen." Mike blickte zu Vince. „Ich wusste nicht, dass du ihr Vater bist."

Vince hielt ausnahmsweise einmal den Mund.

„Marco wurde gesagt, er solle über das, was er gehört oder gesehen hat, schweigen, und ich habe keine weiteren Details. Ich hole seine Adresse." Mike machte sich auf den Weg zur Hintertür, Pete dicht auf seinen Fersen.

Liz atmete tief durch. Das war ein Fortschritt.

„Ich wusste, dass er etwas verheimlicht."

„Das ist Zeit, die ich woanders hätte nutzen müssen, Vince."

Er sah nicht im Geringsten beschämt aus, und warum sollte er auch?

„Lizzie, bevor dein Idiot von Partner zurückkommt, Marco hat etwas gesagt, das mich beunruhigt. Er sagte mir, ich solle besser auf Melanie aufpassen."

„In welchem Zusammenhang?"

„Ich hatte gesagt, dass sie jetzt nur noch ihren Großvater auf der Welt hat."

„Er hat nicht *dir* gesagt, du sollst vorsichtig sein?"

„Nein. Ich soll auf sie aufpassen." Er blickte für einen Moment nach unten und murmelte etwas, das sie nicht verstand.

„Vince?"

„Vielleicht... okay, du kannst mit ihr reden. Über diese Nacht." Sein Gesichtsausdruck, als er den Kopf hob, tat ihr weh. Das war schmerzhaft für ihn.

„Willst du, dass ich zu dir komme... oder sie zur Wache bringe?"

„Ist es okay, wenn ich gehe? Ich muss noch einiges erledigen, bevor ich sie abhole."

„Klar. Lässt du es mich wissen?"

Er nickte und drehte sich auf dem Absatz um. Im nächsten Moment war er außer Sicht. Er war heute auf einer Art Mission, fokussiert. Entschlossen.

Bleib einfach aus Schwierigkeiten raus.

———

Marco war nicht in seiner Wohnung und ein Anklopfen bei seinen unmittelbaren Nachbarn half auch nicht. Niemand wusste etwas.

„Wir können nicht hier sitzen und auf ihn warten, Liz." Für jemanden, der sich über das Warten im Auto beschwerte, sah Pete ziemlich bequem aus. Er nahm einen großen Bissen von dem Burger, den er gerade gekauft hatte.

„Wir bleiben, bis du fertig gegessen hast. Was übrigens widerlich riecht." Sie kurbelte ein Fenster herunter. „Ich würde wirklich gerne mit dem jungen Marco sprechen und herausfinden, mit wem er sich getroffen hat."

„Pickering."

„Die offensichtlichste Wahl. Aber was, wenn Pickering in etwas Kriminelles verwickelt ist? Etwas Größeres, als wir wissen. Alles, was er tun müsste, wäre, diesen Streit zu erwähnen, und einer seiner Kumpane könnte eingreifen. Ich sehe nicht, wo Hardy hineinpasst. Auch nicht Roscoe, und jetzt ist er und sein schickes Auto ohne Beweise davongekommen."

Ihr Handy piepte mit einer Nachricht. Vince.

Nach dem Abendessen ist in Ordnung, wenn du möchtest.

Es würde wieder ein langer Tag werden.

Ich werde mein Bestes geben. Ansonsten morgen früh?

„Pete, du hast einiges mit kindlichen Zeugen zu tun gehabt... Ich habe die Erlaubnis, mit Melanie Weaver über das Restaurant zu sprechen, vielleicht sogar über den Autounfall."

Er kaute eine Weile und dachte nach. Petes Erfahrung war breiter als ihre, dank Undercover-Einsätzen und der Zeit, in der er eng mit Terry in der organisierten Kriminalität zusammengearbeitet hatte. Sie vertraute ihm immer in ernsten Angelegenheiten. Es waren die peripheren Dinge, die sie nervten.

„Sie ist ein schlaues kleines Kerlchen, was bedeutet, dass sie auch sensibel ist. Aus welchem Grund auch immer – Schock, Angst, Unglaube – hat sie die normalen Kommunikationskanäle geschlossen. Trauma. Solange sie sich erinnert, wirst du einen Weg finden, wenn du behutsam vorgehst. Aber unterschätze sie nicht. Wenn du mit deinen Fragen auf sanfte Weise direkt bist, wird sie mehr Vertrauen fassen."

Mist. Wie bist du nur so weise geworden?

„Ich glaube, sie mag mich, das ist schon mal ein Anfang. Die andere Sache ist, dass sie viel zeichnet. Also wirklich alles."

„Bring sie dazu, das Geschehene zu zeichnen." Pete schob sich den Rest des Burgers in den Mund.

Nach einem weiteren Blick die Straße hinunter und auf die andere Seite, ohne ein Zeichen von Marco, startete Liz das Auto. Sie würde jemanden bitten, nach ihm Ausschau zu halten. Früher oder später würde er zu Spironis oder nach Hause zurückkehren. Es war ja nicht so, als ob sonst jemand nach ihm suchen würde.

ZWEIUNDVIERZIG

Fehler Nummer eins: Zu glauben, dass Geld bei allen Menschen zieht.

Fehler Nummer zwei: Einen Zeugen sich selbst zu überlassen.

Fehler Nummer drei? Der geht auf seine Kappe. Was für ein Idiot sagt mir, er denkt, er müsse mit der Polizei reden? Welchen Teil von „Ich bezahle für deine Beerdigung" hat er nicht verstanden?

Der kleine Mann will mehr Geld fürs Schweigen, und das hat mich wirklich zum Lachen gebracht.

Ich mag diese Gasse.

Keine Kameras.

Fast kein Fußgängerverkehr.

Er will wieder zur Arbeit gehen, also passt es uns beiden, uns hier zu treffen.

Er denkt, er wird das Innere dieses Restaurants wiedersehen.

Er ist ein wandelnder toter Narr.

DREIUNDVIERZIG

Er hätte nicht zustimmen sollen, dass Liz später vorbeikommen würde. Melanie brauchte keinen Druck, über die Nacht des Unfalls zu sprechen. Vince saß in seinem Auto ein Stück die Straße runter von Pickerings Lagerhaus, wo er schon seit zwanzig Minuten wartete. Er sah auf die Uhr. Wieder. Kein Anzeichen von Pickering oder Farrelly, ihren Autos oder überhaupt irgendwelcher Bewegung drinnen. Es war ein Wochentag und es ergab keinen Sinn, dass der Ort geschlossen war.

Es sei denn, du gehst wirklich pleite.

Irgendwie bezweifelte er das. Pickering war heute Morgen bei ihm zu Hause zu selbstsicher gewesen. Zumindest bis er herausfand, warum Vince da war.

Der Umschlag lag auf dem Beifahrersitz. Er konnte mehrere Dinge gleichzeitig erledigen.

Er schob einen Schlüssel unter die Lasche und öffnete ihn, dann schüttete er den Inhalt auf den Sitz.

Zwei weiße, versiegelte Umschläge waren drin, zusammen mit einem Schlüsselbund, einem Handy und mehr Bargeld in knackigen Hundert-Dollar-Scheinen. Weitere zehntausend oder so. Das Handy war leer, aber sein Ladegerät passte, also schloss er es an. Die Schlüssel waren gemischt, darunter ein Postfach-schlüssel und was ein Hausschlüssel sein könnte.

Der erste Umschlag war an Mrs. McCoy in Melanies Schule adressiert.

Unsicher, ob er ihn öffnen sollte, legte er ihn weg.

Lyndalls Nummer erschien, als sein Telefon klingelte, und er griff danach.

„Das ging ja schnell. Bevor du fragst, Melanie geht es gut. Mir auch." In ihrem Ton lag Humor und Vinces Herz begann wieder zu schlagen.

„Was gibts?"

„Mein Hufschmied hat angerufen. Er kommt morgen früh vorbei, um die Hufe der Esel zu machen, also bring dein Pony mit, wenn du nach Hause kommst, und er wird ihre auch beschneiden. Sie kann die Nacht bei ihnen verbringen. Ein biss-chen Gesellschaft wird ihr nicht schaden."

„Sie ist nicht einsam, könnte aber einen Schnitt gebrauchen. Ich sollte in ein paar Stunden zu Hause sein."

„Na ja, wir sind gerade dabei, den Teig für selbstgemachte Würstchen im Schlafrock auszurollen, also beeil dich nicht. Wir planen auch, einen Apfeltarte zu machen, also liegt es in deinem Interesse, Melanie für weitere drei Stunden oder mehr bleiben zu lassen."

„Danke, Lyndall."

„Gerne geschehen, Schätzchen."

Sie legte auf.

Ohne sie wäre das schwieriger. Unmöglich, weil er Melanie nie der Polizeistation oder Spironis ausgesetzt hätte. Hoffentlich würde er Lyndall bald nicht mehr um so viel Hilfe bitten müssen. Er musste nur das Puzzle zusammensetzen.

Der andere Umschlag war an niemanden adressiert. Darin befanden sich zwei Dokumente. Ein Brief und eine Kopie eines Testaments. Es war auf Susies und Davids Namen ausgestellt und erst drei Monate alt.

Seine Augen schlossen sich. Wie konnte er das lesen, wissend, dass es jede Chance zerstören könnte, Melanie zu adoptieren oder auch nur das Sorgerecht für sie zu bekommen? Wenn Susie entschieden hatte, dass sie lange genug darauf gewartet hatte, dass ihr Vater ein besserer Mensch würde...

Melanie braucht mich.

Gab es eine weitere Kopie? Sicherlich hatten sie es bei jemandem hinterlegt, aber ihr Anwalt sprach nur von dem Original von vor Jahren.

„Ich werde dich nicht gehen lassen, Mel. Ich verspreche es dir."

Er öffnete seine Augen. Angenommen, dies wäre die einzige Kopie, könnte er sie versteckt halten. Sie nie das Tageslicht sehen lassen. Die bereits eingeleiteten Schritte zur Sicherung ihrer Zukunft durchführen.

Das Schlimmste befürchtend, hob er es hoch zum Lesen.

Ein Auto bog in die Straße ein und dann in die Einfahrt des Lagerhauses, hielt an den verschlossenen Toren. Ein Mann stieg aus, überprüfte sein Telefon und stieg wieder ein. Vince stopfte alles ins Handschuhfach.

Was machte Richard Roscoe hier?

Der Lexus setzte zurück und fuhr den Weg zurück, den er gekommen war.

Vince startete den Motor und folgte.

Es war eine gedämpfte Gruppe von Detektiven im Büro, als Terry ein Treffen am späten Nachmittag einberief. Viele waren in der vergangenen Nacht in Talbot gewesen, während andere von zu langen Arbeitsstunden an anderen Aspekten des Hardy-Falls müde waren. Liz dachte, sie hätte es besser als manche, mit ihren etwa fünf Stunden Schlaf, auch wenn er unruhig war.

Eine Platte mit Delikatessen – Käse, Fleisch, Cracker und

dergleichen – stand in der Mitte von vier zusammengeschobenen Tischen, und alle knabberten daran. Terry war ein anständiger Chef. Einer, der wusste, wie man ermattete Geister wiederbelebt.

Er ging langsam im Raum zwischen den Tischen und der Tafel hin und her, hielt gelegentlich an, wenn einer der Detektive sprach. Wie jetzt.

Pete hatte etwas aus zwei Crackern mit einem großen Stück Hartkäse, getrockneten Tomaten, Salami und Relish dazwischen gebaut und wedelte damit herum, während er sprach. Liz konnte ihre Augen nicht davon abwenden, während sie darauf wartete, dass es über ihm explodierte.

„Lass mich das klarstellen, Terry. Von der ganzen Aktion gestern Nacht haben wir nichts. Keine Beweise, dass Hardy jemals Roscoes Grundstück besucht hat. Keine Fingerabdrücke von dem Van, den wir sichergestellt haben. Und nichts von Roscoes Auto oder unserem Gespräch mit ihm."

Terry nickte. „Jap. Jap. Jap, und ... jap."

„Hättest mich ihn verhören lassen sollen." Pete biss endlich in seine Kreation.

„Es ist keine verlorene Sache. Was wir wissen, ist, dass jemand diesen Van nahe genug an Roscoes Grundstück abgestellt hat – vielleicht um ihn zu einem Verdächtigen bei dem Unfall zu machen, der die Weavers getötet hat. Und ein anderer jemand – wahrscheinlich dieselbe Person – hat dafür gesorgt, dass wir wussten, dass er dort war."

„Ja, aber welcher Verrückte würde auf diese Weise die Aufmerksamkeit auf sich ziehen?", fragte einer der Detektive, und mehrere andere nickten.

Liz stand auf und ging zur Tafel, griff nach einem Marker.

Terry warf ihr einen Blick zu, sprach aber weiter. „Es gibt keinen Grund zu glauben, dass Roscoe irgendetwas damit zu tun hatte. Wer auch immer ihn dort abgestellt hat, könnte das sehr wohl getan haben, um ihn zu kontrollieren."

Sie zog eine Linie zwischen einzelnen Bildern von Farrelly

und Roscoe und schrieb darüber „Vorgeschichte der Erpressung anderer". Dann darunter: „Wer wird jetzt erpresst?".

„Möchten Sie Ihre Gedanken teilen, Lizzie?"

Bin mir nicht sicher, was sie sind.

Trotzdem wandte sie sich dem Raum zu und alle, sogar Pete, schenkten ihr ihre Aufmerksamkeit.

„Vor Kurzem habe ich mit einem ehemaligen Trainer des Moe Fußballclubs über diese Männer gesprochen. Damals waren sie Teenager, und Farrelly lebte nach dem Tod seiner Eltern bei einem Hausbrand bei der Familie Roscoe. Laut dem Trainer erpressten die beiden einen anderen Teamkollegen, und er suspendierte sie von den Endspielen. Da muss es viel Wut und Groll gegeben haben, und manchmal reicht das aus, um Menschen zusammenzuschweißen."

„Wer hat das Feuer gelegt?", fragte jemand.

„Es wurde als Unfall eingestuft. Allerdings ...", sie tippte auf Farrellys Bild, „brannte der Eisenwarenladen seines Vaters zwei Jahre zuvor *auch* bis auf die Grundmauern nieder, *und* er wurde als Kind von seinem Vater misshandelt."

Pete begann, ein weiteres Cracker-Sandwich zu machen. „Wenn die zuständigen Behörden, die Anwaltskanzleien regulieren, Wind von Roscoes Vergangenheit bekommen, könnte das einige Probleme für ihn verursachen." Er blickte grinsend auf. „Ich würde gerne mit ihm reden, jetzt wo ich das weiß. Mal sehen, ob Farrelly ihre gemeinsame Geschichte nutzt, um etwas von ihm zu bekommen."

„Und gleichzeitig könnte ein Gespräch mit Farrelly, in dem wir diese Jugendsünden ansprechen, ihn zur Abwechslung mal aus der Fassung bringen", sagte Liz. „Aber worum geht es hier eigentlich? Malcolm Hardy muss hier irgendwo reinpassen, aber ich verstehe beim besten Willen nicht, wo."

Und warum wurden wir letzte Nacht losgeschickt, um den Van zu finden?

„Liz und Pete, ihr kümmert euch um Farrelly. Ich nehme mir Roscoe vor." Terry blickte mit einem leichten Lächeln in die

Runde. „Wer seit gestern Nacht nicht geschlafen hat, geht nach Hause. Der Rest von euch geht zurück und sichtet weiter das Filmmaterial der Überwachungskameras aus den Gegenden um die beiden Morde und Talbot."

„Ja ... aber dieses Essen wird sich nicht von selbst essen." Pete begann, eine Serviette mit Leckereien zu beladen.

Zu Vinces Enttäuschung tat Roscoe nichts weiter, als zurück zu seinem Büro zu fahren.

Die Fahrt quer durch die Stadt hatte seine Pläne durchkreuzt – er hatte gehofft, sich das Geschäft anzusehen, für das David die Anzahlung geleistet hatte, aber die Zeit war gegen ihn, und so fuhr er nach Hause.

Nach einem Zwischenstopp im Supermarkt kam er zum Cottage zurück, als das Licht sich zu verändern begann. Er ließ die Sachen aus Susies Haus für später liegen, brachte die Einkäufe ins Haus und zog sich schnell Stiefel an, um Apple zu holen.

„Ich hoffe, du bist nicht einsam, Mädchen", sagte er, als er eine Leine an ihr Halfter klippste. Sie stupste seine Taschen an und schnaubte dann, als kein Leckerli zum Vorschein kam. „Lyndall meint, du brauchst etwas Gesellschaft."

Er schloss das Seitentor auf, und sie folgte ihm fröhlich hinaus. Das Tor war vor Jahren Lyndalls Idee gewesen, als Susie noch jung war und oft heraufgeritten kam, um sie zu besuchen. Es ersparte den Weg runter zur Straße und wieder hoch, und es gab einen Pfad, den sie ein Stück weiter erreichen konnte und der zu unzähligen Hektar Reitwegen führte. Nicht weit von dort hatten er und Susie diese Obstbäume gepflanzt. Das Land gehörte ihm, war aber aufgrund der Steilheit an der Rückseite seines Grundstücks besser von Lyndalls langer Auffahrt aus zugänglich.

Er und Apple brauchten länger als erwartet, da das Pony

immer wieder anhielt, um einen Mundvoll Gras zu fressen, das offenbar ausreichend anders war als das in ihrer Koppel, um ihre Aufmerksamkeit zu erregen. Als er um die Rückseite des Hauses herumkam, schritt Lyndall gerade von einer kleineren Koppel mit mehreren dreiseitigen Unterständen herüber, wo ein halbes Dutzend Esel an einem Haufen frischen Heus knabberte.

„Komm schon, Apple, sie werden dir nichts übrig lassen, wenn wir dich nicht da reinbringen."

„Hi Opa!", rief Melanie von einer geräumigen offenen Terrasse.

Er winkte zurück. „Alles gepackt?"

„Fast." Sie lief zurück ins Haus.

„Sie wird gut schlafen", sagte Lyndall. Sie öffnete das Tor und schob sanft einen der Esel zurück, der Apple begrüßen wollte. „Es gibt nicht viel, was sie heute nicht gemacht hat, außer mir beim Umsetzen dieser Bande zu helfen, aber als ich das tat, blieb sie die ganze Zeit in Sichtweite."

Mit abgenommener Leine trabte Apple zur Hauptgruppe und wieherte leise, als sie aufblickten. Sie verbrachte gelegentlich Zeit mit ihnen und schien sich zu freuen, wieder hier zu sein.

„Alles erledigt?", fragte Lyndall, als sie das Tor schloss und sicherte.

„Nicht ganz. Wurde ein paarmal abgelenkt, aber es war produktiv. Mehr Informationen zum Durchsehen, aber ich denke, es wird in Melanies bestem Interesse sein."

Sie warf ihm einen dieser langen, nachdenklichen Blicke zu, bei denen er immer das Gefühl hatte, sie könne seine Gedanken lesen. „Dich als ihren Vormund zu haben, ist das Beste, was ihr passieren konnte. Melanie braucht nichts Ausgefallenes. Sie braucht Authentizität. Apropos, es gibt einen selbstgemachten Apfelkuchen und jede Menge Wurstbrötchen zum Mitnehmen, und sie hat bei jeder Phase der Zubereitung geholfen." Sie erreichten die Stufen zur Terrasse. „Möchtest du reinkommen?"

Melanie stieß die Hintertür auf und versuchte, mit ihrem gesunden Arm eine übergroße Tasche zu tragen.

„Oder vielleicht doch nicht diesmal." Lyndall lachte, als Vince eilig die Tasche nahm.

„Wir haben die beste Pastete aller Zeiten gemacht!"

„In dem Fall sollten wir sie mit nach Hause nehmen und probieren."

„Opa, erst nach dem Abendessen." Melanie versuchte, ernst zu sein, aber ihre Augen leuchteten vor Freude. Sie schlang ihre Arme um Lyndalls Taille. „Du bist die Beste, Lyndall."

Falls sich da Tränen in ihren Augen bildeten, machte Lyndall deutlich, dass sie nicht gesehen werden sollten, indem sie ihren Kopf wegdrehte und Melanie den Rücken tätschelte. „Bring deinen Großvater nach Hause, Schätzchen, und denk dran, das Gebäck in den Kühlschrank zu stellen, damit es frisch bleibt."

Ich hoffe, eines Tages wirst du mir deine Geschichte erzählen.

„Zeit zu gehen, also sag danke", sagte Vince.

Melanie trat einen Schritt zurück. „Danke, dass ich hier sein durfte."

„Du bist jederzeit willkommen."

„Auch von mir vielen Dank." Vince griff mit seiner freien Hand nach Melanies Hand. „Ich komme morgen früh rauf, um den Hufschmied zu bezahlen und Apple nach Hause zu bringen."

„Keine Eile. Sie kann gerne zu Besuch bleiben. Genau wie ihr zwei." Lyndall ging mit einem Winken zurück zur Koppel.

Als sie den Weg zu den Obstbäumen erreichten, zeigte Vince darauf. „Was hältst du davon, wenn wir morgen dort spazieren gehen? Schauen, ob diese Bäume etwas zum Pflücken haben. Vielleicht ist ja etwas übrig, was die Vögel nicht erwischt haben."

„Wohin führt der Weg?", fragte Melanie und spähte in die aufkommende Dunkelheit. „Ich kann nicht weit genug sehen."

„Er schlängelt sich entlang der Rückseite des Blocks und dann ein bisschen höher, sodass du auf unser Cottage hinabschauen kannst. Dahinter gibt es ein Tal hinter dem Bergrücken, wo deine Mutter früher Apple geritten hat. Manchmal nahm sie ein kleines Picknick mit und blieb stundenlang weg."

„Auf dem Pony?"

„Auf dem Pony."

„Apple, das Pony. Und jetzt haben wir sie gegen Apple, den Apfelkuchen, eingetauscht." Sie begann zu kichern, und Vince lachte mit ihr, während sie nach Hause gingen.

VIERUNDVIERZIG

Carla konnte nicht glauben, was sie an einem Tag geschafft hatten. Melanies neues Schlafzimmer nahm Gestalt an, und obwohl es noch viel zu tun gab, war das ein großartiger Anfang. Die alten Möbel waren weg und auf dem Teppich lagen Abdeckplanen bereit, damit die Wände gestrichen werden konnten. Sie waren grundiert, damit sie am Morgen anfangen konnte. Sie war gar nicht so schlecht im Malen und Dekorieren, und das hier war eine reine Herzensangelegenheit.

Was auch immer Vince Carter zu Bradley gesagt hatte, als er heute Morgen zu Besuch kam, es hatte ihren Mann dazu gebracht, positiv zu handeln. Er wollte ihr nichts über das Gespräch erzählen, aber als er vorschlug, Möbel einkaufen zu gehen... nun, es war offensichtlich.

Vince hatte es sich anders überlegt.

Ob Melanie nun ein dauerhafter Teil ihrer Familie wurde oder eine regelmäßige Besucherin, spielte in diesem Moment keine Rolle. Nach und nach würde Carla an Vince arbeiten. Sie würde ihm beweisen, wie glücklich sie Melanie machte und wie viel einfacher sein Leben war, wenn er die wichtige Rolle des Großvaters spielte – aber nur an den Wochenenden. Oder jedes zweite Wochenende.

Bradley hatte ihr geholfen, ein neues Bett, einen Nachttisch und einen hübschen Sessel auszusuchen, der sich in ein Einzelbett verwandeln ließ, wenn ihre Freunde übernachteten. All das würde erst in ein paar Wochen geliefert werden, was ihr Zeit gab, alle anderen Details zu erledigen. Melanie konnte ihre eigene Bettwäsche und alles andere aussuchen, was sie wollte. Vielleicht ein kleines Bücherregal. Und ein Aquarium.

Als sie nach Hause kamen, war sie in Hochstimmung und verlor keine Zeit, ihrem Mann zu zeigen, wie sehr sie ihn dafür liebte, dass er so unterstützend war. Aber während er den Rest des Tages im Bett geblieben wäre, hatte sie ihn angestupst und ihn dazu gebracht, ihr hier zu helfen.

Und jetzt wird es zu einem Zimmer, das für ein kleines Mädchen geeignet ist.

„Unser kleines Mädchen."

Für heute Abend gab es hier nichts mehr zu tun, also schloss sie die Tür und ging in die Küche, um mit dem Abendessen zu beginnen. Sie würde eines von Brads Lieblingsgerichten zubereiten, und sie könnten eine Flasche Wein teilen und früh zu Bett gehen.

Rot oder weiß?

Er war nicht im Wohnzimmer, aber von dort konnte sie hören, wie er mit jemandem sprach, und folgte dem Geräusch. Die Haustür stand einen Spalt offen, und nachdem sie hindurchgespäht und sich vergewissert hatte, dass er am Telefon war und keinen Besuch hatte, machte sie sich auf den Rückweg.

„Nicht im Lagerhaus. Zu viele Augen darauf."

Carla erstarrte am Eingang zum Wohnzimmer. Wer beobachtete das Geschäft? Und warum?

„Nein. Niemals in meinem Haus. Niemals. Carla weiß nichts von all dem, und ich werde verdammt sein, wenn sie je davon erfährt."

Eine plötzliche Kälte durchfuhr sie, und ihr Körper versteifte sich.

Bradley lachte kurz. „Das ist nicht dein Ernst, aber ja, ich treffe dich dort. Aber wir müssen sowohl über Carter als auch über die anderen Angelegenheiten reden."

Vince? Was ist mit Vince?

„Ich breche jetzt auf."

Sie durfte hier nicht erwischt werden, wie sie lauschte. Carla bewegte sich schnell und leise, als die Haustür geschlossen wurde.

„Schatz? Ich gehe für eine Stunde aus."

Ihre Kehle war wie zugeschnürt, und sie musste ein quietschendes „Bis dann" herauspressen.

„Alles in Ordnung bei dir?"

Mit hinter dem Rücken gekreuzten Fingern holte sie tief Luft. „Ich gehe duschen. Dann mache ich das Abendessen."

„Alles klar. Bin bald zurück."

In dem Moment, als die Haustür ins Schloss fiel, rannte sie zu ihrer Handtasche und ihren Schlüsseln.

————

„Pete hat Schluss gemacht?", fragte Terry, als er an Liz Schreibtisch vorbeiging, um seine Schlüssel in sein Büro zu werfen, und dann zurückschlenderte. Es waren nur noch ein paar andere Detectives da, die beide an örtlichen Videoaufnahmen aus den Gegenden der beiden unterschiedlichen Morde arbeiteten.

„Nein. Er trifft sich mit einem seiner alten Informanten. Etwas über Ginny."

„Ein Durchbruch wäre schön." Terry zog einen Stuhl herüber und setzte sich ihr gegenüber. „Bisher zeigten alle Aufnahmen um ihr Gebäude herum absolut nichts von Wert. Das Problem ist, es hat mehr als hundert Wohnungen. Seltsam, dass es keine internen Kameras gibt."

„Ich schätze, deshalb hat sie dort gewohnt. Der durchschnittliche Freier würde nicht dabei erwischt werden wollen, wie er zu ihr geht. Wir gehen ein paar Lieferungen nach, die seltsam aussahen, außerhalb der normalen Geschäftszeiten, aber wenn Petes Informationen helfen können, umso besser." Liz streckte sich. „Was ist mit Roscoe passiert?"

Terry grunzte. „Er sagte, wenn ich ihn nicht verhaften würde, käme er nicht zu einem weiteren Verhör. Sehr verlockend, aber ich will den Fall wasserdicht haben, bevor wir diesen Schritt gehen. Wir brauchen nur eine Sache. Nur eine."

„Also hast du ihn nicht nach seinen Teenagerjahren gefragt?"

„Noch nicht. Wolltest du nicht Farrelly herbringen?"

„Werde ich, Boss, sobald wir ihn finden. Nicht zu Hause und das Lagerhaus ist geschlossen. Es hängt jetzt ein kleines Schild am Fenster, etwas darüber, dass sie einen freien Tag haben und morgen wie gewohnt öffnen. Ich würde zu gern wissen, ob dort letzte Nacht etwas passiert ist. Es fühlt sich einfach so an, als wäre dem so."

Terry erhob sich. „Geh nach Hause, Liz. Wir fangen morgen früh von vorne an, und ich werde eine Einheit auf Roscoe ansetzen, die ihn über Nacht beobachtet. Vielleicht sehe ich auch, ob eine für Farrellys Haus übrig ist." Er ging in sein Büro.

Sie wollte nicht nach Hause gehen. Wollte nicht aufhören, den Berg von Papieren durchzusehen, den sie auf ihrem Schreibtisch gesammelt hatte, um alles Verfügbare seit dem Moment von Malcolm Hardys Flucht abzugleichen. Und da der Van nun als derjenige bestätigt war, der in Susies Tod verwickelt war – und PickerPack Holdings gehörte –, schrie ihr Bauchgefühl, dass mehr dahintersteckte als ein gestohlenes Fahrzeug und ein Unfall.

Der ermittelnde Teil des Detektivseins funktioniert nicht.

Liz schloss Ordner und stapelte Papiere. Terry hatte Recht. Nach Hause gehen, essen, schlafen.

Terry kam aus seinem Büro und zog sich einen Mantel über. Der Ausdruck auf seinem Gesicht ließ Liz in einer Sekunde aufspringen.

„Es gibt eine Leiche."

„Also doch nicht nach Hause?", fragte sie und griff nach ihren Schlüsseln.

„Hinter Spironis."

Er war schon aus der Tür.

„Also nicht nach Hause."

———

Pete war bereits am Tatort in der Gasse hinter dem Restaurant. Jemand hatte einen Krankenwagen gerufen, aber ein Blick auf die Leiche hätte dem Anrufer sagen müssen, dass das nicht nötig war.

„Genau wie bei Ginny. Erwürgt. Wieder Hardy", sagte Pete.

Nicht überzeugt stand Liz zurück, während ein Tatortbeamter Fotos machte. Es war Marco, seine Augen waren offen und die Schnüre seiner Schürze um seinen Hals gewickelt. Es war nicht überraschend, dass ihn bis jetzt niemand gefunden hatte, da sein Körper der Länge nach an der Gassenwand lag und er auf der Seite lag. Von ein paar Metern Entfernung hätte er im Dunkeln schlafend aussehen können, wenn er überhaupt bemerkt worden wäre.

„Er ist nicht in dieser Position gestorben, oder?"

„Anzeichen eines Kampfes in der Nähe des Containers. Er hat einen Schnitt am Arm und da ist Blut auf dem Metall. Die Rückseite seiner Schuhe zeigt Abschürfungen. Könnte davon stammen, dass er hierher geschleift wurde, also nein, dies ist ein arrangierter Tatort."

Sie ging weg und nickte Pete zu, ihr zu folgen. Terry stand in der Nähe der Hintertür des Restaurants und sprach mit einer aufgelösten Frau, die eine Spironis-Schürze trug, also blieb Liz weit genug entfernt stehen, um ein privates Gespräch zu führen.

„Was hat dein Informant gesagt?"

„Er meint, Ginny hätte alle Verbindungen zu Hardy abgebrochen, als er ins Gefängnis kam, oder kurz danach. Und dass sie eine Art Freund hatte. So ein Typ, dem die Freier egal waren, solange sie verfügbar war, wenn er vorbeikam", sagte Pete.

„Jemand, den wir kennen?"

„Er hat ihn nie getroffen. Das Einzige, was er weiß, ist, dass der Typ alles reparieren kann. So eine Art Handwerker."

Mike stürmte durch die Hintertür und begann, Terry anzuschreien.

„Handwerker... jemand, der vielleicht einen Bolzenschneider besitzt?"

Pete nickte. „Wie den, den wir in Ginnys Wäsche gefunden haben."

„Nützlich, um Handschellen zu entfernen und Vorhängeschlösser an Toren aufzuschneiden."

Seine Augen weiteten sich. „Wir könnten den Bolzenschneider noch mal untersuchen lassen. Und Ginnys Wohnung nochmal komplett durchsuchen. Glaubst du, das reicht für einen Durchsuchungsbefehl für das Lagerhaus? Um zu sehen, ob das Vorhängeschloss noch dort ist?"

„Ich schätze, wir könnten Pickering einfach fragen... aber wo bliebe da der Spaß?"

Das Geschrei wurde lauter. „Dieser Mann hat das getan! Er hat so getan, als wäre er einer von euch und hat eine Rechnung zu begleichen."

Pete beugte sich etwas vor. „Vielleicht *war* es Vince."

Liz verdrehte die Augen.

Warum um alles in der Welt bist du hier?

Nachdem Carla sich selbst in Frage gestellt hatte, weil sie Bradley gefolgt war, wusste sie nicht, ob sie schockiert oder neugierig sein sollte, als er auf dem Friedhof parkte. Sie hatte in einem anderen Teil des Parkplatzes geparkt.

Jetzt wartete er in der Nähe von Davids Grab und trat von einem Fuß auf den anderen. Der Friedhof war verlassen - wie es nachts sein sollte. Sie war in einiger Entfernung stehen geblieben, da sie seinen privaten Besuch am Grab seines Freundes nicht stören wollte.

„Da sind Sie ja, Boss."

Der Klang einer Männerstimme erschreckte Carla und sie duckte sich hinter einen Baumstamm, ihr Herz raste. Nach einer Sekunde spähte sie herum. Kein Wunder, dass Brad am Telefon gesagt hatte, er wolle nicht, dass seine Frau wisse, mit wem er sich traf. Der schreckliche Abel Farrelly war mit einem anderen Mann da... sie konnte nicht erkennen, wer es war. Vorsichtig, um nicht gesehen zu werden, huschte Carla von Baum zu Baum, bis sie einen besseren Blickwinkel fand. War das der Anwalt? Der aus dem Fernsehen mit dem entflohenen Mörder?

Die beiden anderen Männer blieben zwischen Davids und Susies Grabsteinen stehen, und Abel lehnte sich gegen den ersteren.

So respektlos.

„Warum der Friedhof?", fragte Brad.

Abel grinste. „Ich mag es hier, es erinnert mich daran, warum es wichtig ist, Befehlen zu folgen."

Roscoe - so hieß er - war still, seine Augen wanderten von den Grabsteinen zu Bradley und dann zu Abel. Er sah nervös aus.

„Ihr beiden seid hoffentlich nicht verfolgt worden", sagte Brad.

„Niemals. Nicht bei mir. Wie siehts bei dir aus, Richard?" Dieser Abel war Carla zu selbstsicher. Er war schon immer einer gewesen, der gerne provozierte.

„Lass uns das schnell erledigen", sagte Brad. „Erstens, Hardy ist in Sicherheit. Innerhalb von zwei Tagen wird er sein neues Leben in einem tropischen Paradies beginnen. Es war etwas aufwendig, das zu arrangieren, aber mit der Glaubwürdigkeit, die Duncan Chandler mitbringt, und der Kontrolle über die Speditionsfirma wissen wir, dass unser neues Unternehmen funktioniert. Die Strafverfolgungsbehörden werden kaum Spielzeugtransporte verdächtigen."

„Ich entspanne mich erst, wenn Malcolm dort ist. Lasst uns nicht den Tag vor dem Abend loben." Roscoe blickte über seine Schulter. „Was, wenn der Lkw aus irgendeinem Grund angehalten wird?"

„Es besteht kein Risiko", sagte Abel. „Dieser Container ist undurchdringlich, es sei denn, jemand weiß, wo er suchen muss. Der Fahrer muss nur die Lieferung abliefern, und mein Kontakt wird sich um alles andere kümmern."

Hardy? Malcolm Hardy, der Mörder?

Carla konnte kaum atmen. Ihr wurde übel bei dem Gedanken, dass ihr Mann irgendetwas über diese böse Person wissen könnte.

Roscoe räusperte sich. „Ich habe zwei weitere Lieferungen, die gebucht werden müssen. Eine in einer Woche und die andere in drei. Aber ich bekomme viel Druck von der Polizei, und das meiste davon ist Jerrys Tod zu verdanken." Er starrte Abel an. „Er tat, was wir wollten. Das tat er immer."

„Er hatte endlich ausgedient. Jeder ist entbehrlich." Abels Lachen klang wie Kreide auf einer Tafel.

Brad sah sich um. Carla drückte sich so nah wie möglich an den Baum.

„Wir müssen über Vince Carter reden."

„Hast du ihm nicht die Fotos und den Brief gezeigt?" Abel verschränkte die Arme. „Es sollte nichts weiter zu tun geben, als den Jungen in deinem Haus willkommen zu heißen."

„Nur dass er es mir ins Gesicht geschleudert hat. Er ist nicht der Schwächling, für den ihn alle halten, und er wird Melanie bis zu seinem letzten Atemzug beschützen."

„Da hast du deine Antwort."

Bevor ein Keuchen entkommen konnte, bedeckte Carla ihren Mund mit beiden Händen.

„Ich bin mir da nicht so sicher, Abel. Es gibt noch einige legale Wege-"

„Du bist wirklich bereit, das Risiko einzugehen, dass er hinter dir her ist? Er hat das Ohr der Bullen. Er ist ein Mann ohne Seele, der nicht aufhören wird, bis er einen Weg gefunden hat, dich in den Boden zu stampfen und zu verhindern, dass der Kleine dich und deine Frau wiedersieht", sagte Abel.

„Melanie muss da rausgehalten werden."

„Man kann Kollateralschäden nicht immer verhindern."

Brad stürzte sich auf Abel und packte ihn am Kragen seiner Jacke. Roscoe schlang seinen Arm um Brads Hals.

Abels Grinsen war zurück. „Oh, ich wäre sehr vorsichtig."

Brad ließ ihn los, aber Roscoe behielt den Griff um seinen Hals. „Denk dran, Brad, du konntest David nicht kontrollieren. Er wollte dich verlassen und sein Wissen über unsere Operation mitnehmen", zischte er.

Roscoe nahm seinen Arm weg und stieß Brad von sich. Er krümmte sich und rang nach Luft.

„Ich wollte nie, dass er stirbt, geschweige denn die arme Susie", keuchte Brad.

Abel zuckte mit den Schultern. „Nun, es hat dir in die Karten gespielt." Er wandte sich an Roscoe. „Misch dich nie wieder so ein. Dein einziger Zweck für mich ist es, Kriminelle als Fracht für viel Geld zu liefern. Wenn das versiegt, werde ich dich erledigen."

Roscoe wich zurück und Abels Lachen schnitt durch die Nacht.

Endlich gingen sie.

Sie zählte bis hundert, um sicherzugehen, dass die drei Männer wirklich weg waren, bevor sie hinter dem Baumstamm hervortaumelte, der sie irgendwie die letzten Minuten aufrecht gehalten hatte, als ihre Beine nachgeben wollten.

Mein Mann...

Mit all ihrer Willenskraft schaffte es Carla zu der Stelle, an der die Männer gestanden hatten.

Susie ist gestorben, weil du ein Verbrecher bist?

Hatte Vince all die Jahre recht gehabt? Er hatte Susie gesagt, sie solle Brad im Auge behalten. Er hatte sie gewarnt, dass David zu tief in eine gefährliche Situation geraten würde. Aber in den Mord an einem Mann verwickelt zu sein, der nichts mit kriminellen Machenschaften zu tun haben wollte?

„Aber ich wollte nie, dass er stirbt, geschweige denn die arme Susie." Das waren Bradleys Worte gewesen.

Wusstest du davon? Hast du es geschehen lassen?

Die Welt drehte sich, und Carla sank auf die Knie. Dann, als Schluchzer ihren Körper erschütterten, kroch sie zu Susies Grab und legte sich daneben.

FÜNFUNDVIERZIG

Vinces Telefon klingelte, als seine Hände in einem Waschbecken voller Seifenwasser steckten.

„Soll ich für dich rangehen?", fragte Melanie, die gerade abtrocknete.

„Äh, ja, okay. Ich bin gleich da."

Sie schoss ins Wohnzimmer, während er sich die Hände abtrocknete. Das Abendessen war vorbei und seine nächste Aufgabe war es, mit Melanie zu sprechen, bevor Liz ankam.

Melanie erschien wieder mit einem Lächeln und sprach mit dem Anrufer. „Das wird schön sein. Opa ist jetzt hier. Tschüss, Liz." Sie hielt ihm das Telefon mit einem ernsten „Liz, die Detektivin, ist am Telefon für dich" entgegen.

„Nun, danke. Macht es dir was aus, den Abwasch fertig zu machen? Ich bin gleich zurück."

„Ich werde *alles* erledigen."

Das würde sie wahrscheinlich auch. Vince wartete, bis er im Wohnzimmer war, bevor er sprach. „Tut mir leid, ich hatte die Hände im Wasser."

„Melanie ist so süß. Sie hat gefragt, wann ich zum Abendessen vorbeikomme."

„Hat sie das?"

„Ich habe vorgeschlagen, dass ihr beide das nächste Mal zu mir nach Hause kommt."

Er konnte sich nicht erinnern, wann er sie das letzte Mal zu Hause besucht hatte. Muss Jahre her sein.

Sie fuhr fort. „Ich habe angerufen, um dir zu sagen, dass ich heute Abend bei der Arbeit aufgehalten werde. Es tut mir wirklich leid, weil ich weiß, dass das eine große Sache für dich ist ..."

Es war Erleichterung, die er fühlte. Keine Enttäuschung.

Nenn mich egoistisch.

„Was ist passiert?"

Es gab eine Pause. Im Hintergrund war Geschrei. Eine vage bekannte Stimme. „Bist du wieder bei Spironis?"

Liz seufzte. „Ja. Wir haben Marco gefunden. Nur nicht lebendig."

„Scheiße. Kein Unfall?"

„Nicht, wenn er sich nicht zufällig seine Schürzenbänder um den Hals gewickelt und dann zufällig seinen Körper zehn Meter bewegt hat. Mike gibt dir die Schuld."

Er sah auf seine Uhr. „Wann wurde er getötet?"

„Vor ein paar Stunden. Hast du ein Alibi?" In ihrer Stimme lag ein Hauch von Humor.

„Wahrscheinlich bin ich da gerade mit dem Pony zu Lyndalls Haus gelaufen."

„Cool. Ich hole mir morgen Apples Aussage."

Jemand rief ihren Namen. McNamara.

„Ich muss los, aber Vince? Ich will dich nicht beunruhigen, aber ich habe das Gefühl, das war nicht Hardy. Pete sieht das anders, aber irgendetwas stimmt nicht. Wirklich nicht. Wir warten auf einen Durchsuchungsbefehl für Pickerings Lagerhaus, also pass bitte besonders auf dich auf, okay?"

„Immer. Du auch. Aber warum das Lagerhaus?"

„Muss los."

„Lizzie ... verdammt."

Sie hatte aufgelegt.

Warum würden sie einen Durchsuchungsbefehl beantragen?

Was war in dem Lagerhaus, das irgendetwas mit Hardy zu tun hatte ... oder verstand er etwas falsch?

Es geht um David.

Vince setzte sich auf das Sofa und drehte das Telefon in seinen Fingern. Laut Susie wollte ihr Mann weiter raus in ein neues Haus ziehen. Ohne ihr Wissen hatte er auch einen Karrierewechsel geplant, einen großen. Wusste Pickering davon? War das der Grund, warum sie an jenem Abend stritten?

Und die Nachricht auf dem Anrufbeantworter. Die Drohung.

Ich habs satt, dass du mich ignorierst. Die Zeit ist um, Weaver.

Nicht Pickering – das wäre überflüssig gewesen, da sie kurz darauf zusammen essen wollten. Aber Pickering hatte einen Anteil an etwas, das wichtig genug war, um in einem Restaurant darüber zu streiten. Vor einem kleinen Mädchen.

„Opa? Geht es dir gut?" Melanie bewegte ihren Sitzsack, sodass sie ihn sehen konnte, als sie sich hineinfallen ließ. Sie trug eines ihrer Kunstbücher und einige Bleistifte bei sich.

„Sicher doch. Ich habe nur nachgedacht."

Sie neigte den Kopf, neugierig.

„Nichts Wichtiges. Hast du deinen Tag mit Lyndall genossen?"

Ihr Lächeln war Antwort genug. „Sie ist so lustig. Wusstest du, dass sie früher eine berühmte Künstlerin war? Einige ihrer Gemälde hängen in großen Kunstgalerien auf der ganzen Welt. Aber sie benutzte einen anderen Namen und jetzt habe ich ihn vergessen."

Ist das wahr? Wer ist meine Nachbarin?

„Das wusste ich nicht. Na ja, ich weiß, dass sie malt und sehr gut ist. Aber den Rest nicht. Hat sie dir den Namen von einem der Gemälde genannt?"

„Eines heißt *Die Einsame*."

„*Die Einsame*? Das ist irgendwie ein seltsamer Name."

Melanie runzelte die Stirn. „Sie hat es gemalt, nachdem ihre Familie gestorben ist. Alle von ihnen. Wenigstens habe ich dich, Opa."

Ihre Hand streckte sich nach seiner aus und er hielt sie, zwang sich zu einem Lächeln, auch wenn sein Herz pochte. „Ich gehe nirgendwo hin, Melly-Bauch. Du bedeutest mir alles auf der Welt, und ich werde dich immer beschützen und für dich da sein."

Sie schien mit seiner Antwort zufrieden zu sein und zog ihre Hand zurück, um das Kunstbuch zu öffnen. „Ich habe Lyndall gezeichnet, möchtest du es sehen?"

„Setz dich hier her und zeig es mir."

Es gab so viele Zeichnungen. Lyndall muss Melanie mit der Technik helfen, da die Qualität auf den letzten Seiten besser wurde.

„Hier ist die, die ich von Lyndall gemacht habe, während sie mich gezeichnet hat. Ist das nicht die lustigste Idee?"

„Es ist sehr clever. Und du hast viel Talent."

„Oh! Das hat Lyndall auch gesagt. Sie meinte, wenn ich weiter übe, sollte ich in ein paar Jahren eine Schule finden, die sich auf ... ähm, spezi ... äh ..."

„Spezialisiert?"

„Spezialisiert, ja. Danke. Auf Kunst."

„Hm. Das klingt teuer."

Melanie warf ihm einen leicht ungeduldigen Blick zu. „Sie sagt, ich könnte ein Stipendium bekommen."

„Ich verstehe. Und was ist das? Hast du einen Esel gezeichnet?"

Sie kicherte. „Sie sind irgendwie süß von Weitem. Ich könnte als Nächstes Apple zeichnen."

„Was ist mit Robbie? Übrigens, wo ist Robbie?"

Melanie sprang auf und rannte aus dem Zimmer. Vince nahm das Zeichenbuch und blätterte zum Anfang zurück. Seite für Seite waren die Bilder traurig. Zufällige Zeichnungen von Tränen und Herzen, die in zwei Teile gebrochen waren. Sie war wirklich talentiert. Ein Bild ihrer Mutter, lächelnd, aber mit Engelsflügeln. Ein leises Stöhnen entfuhr seinen Lippen.

Eins von Vince. Das Cottage – viel schöner, als es in Wirklichkeit war.

Dann eine Reihe von Gesichtern. Carla, lächelnd. Pickering, wütend. Und noch ein Mann... ein hageres Gesicht war alles, was er erkennen konnte, weil sie darüber gekritzelt hatte und nur noch seine Augen übrig waren.

„Er ist wütend."

Vince schloss das Buch.

„Du hast Robbie gefunden."

„Er hat mit dem Kreisel gespielt." Sie setzte ihn vorsichtig auf den Sitzsack, und er miaute Vince an. „Es ist okay, wenn du dir die Bilder ansiehst."

„Wer ist der wütende Mann? Nur wenn du es mir sagen möchtest."

„Ich kenne seinen Namen nicht. Ich könnte eine Weile zeichnen. Robbie, willst du auf meinem Schoß sitzen?"

Vince gab ihr das Zeichenbuch und kraulte Robbies Kopf. „Macht es dir was aus, wenn ich noch ein bisschen langweiligen Papierkram erledige? Du bleibst hier am Kamin und hältst dich warm, und ich könnte den Apfelkuchen zum Aufwärmen in den Ofen schieben."

Sie grinste. „Beeil dich!"

„Aber was, wenn er nicht gut schmeckt?"

„Unmöglich. Er wurde mit Liebe gemacht."

Er biss sich auf die Lippe, um sich zu beruhigen. Dieses kleine Mädchen war seine ganze Welt. Es gab nichts, was er nicht für sie tun würde, einschließlich herauszufinden, wer der „wütende Mann" war.

———

Carla war nicht zu Hause.

Nachdem Bradley eine halbe Stunde lang herumgefahren war und verarbeitet hatte, was auf dem Friedhof passiert war, wusste er, dass er nach Hause kommen musste. Sie würde sich Sorgen machen.

Er hielt beim örtlichen Spirituosenladen an, plauderte eine Weile mit dem Verkäufer in voller Sicht der Kamera und ging dann nach Hause in ein dunkles Haus.

„Schatz? Wo bist du?"

Als keine Antwort kam, rannte er nach oben. Dann wieder nach unten.

„Carla, ich bin zu Hause."

Hatte sie nicht gesagt, sie würde duschen und dann mit dem Abendessen anfangen? Aber die Dusche war nicht benutzt worden... sie ließ den Lüfter immer ewig laufen. Und in der Küche gab es keine Anzeichen von Vorbereitungen.

Ist sie einkaufen gegangen?

Das musste es sein. Den ganzen Tag über war sie liebevoll und dankbar für seine kleine Geste gewesen, bei den Möbeln für Melanies Zimmer zu helfen, und sie musste beschlossen haben, Zutaten für ein besonderes Abendessen zu kaufen.

Sein Magen drehte sich um. Was, wenn dieses Schlafzimmer am Ende zu einem Denkmal für ein Kind würde, das in der Mitte eines Krieges gefangen war, den es nicht verursacht hatte?

Er schüttelte den Gedanken ab und wählte Carlas Nummer. Es ging auf ihre Mailbox. „Hi Schatz, ich bin jetzt zu Hause. Bist du einkaufen gegangen? Ich kann auch was bestellen, wenn du magst. Jedenfalls, ruf mich zurück."

Das war ärgerlich. Sie ging nie weg, ohne eine Nachricht zu hinterlassen. Er goss sich einen Gin Tonic ein und starrte durch das Wohnzimmerfenster nach ihrem Auto, während er sich den Nacken rieb.

Roscoe war ein Spinner, dass er ihn so gepackt hatte.

Und Abels Drohung gegen den Mann, seinen sogenannten Freund, der nichts anderes getan hatte, als einzugreifen? Es zeigte eine ganz andere Seite seines Angestellten. Bradley war unter dem Eindruck gewesen, die beiden seien alte Schulfreunde, die ihre Positionen zum gegenseitigen Nutzen ausnutzten. Aber heute Abend zeigte sich ein anderes Bild. Roscoe verhielt sich, als hätte er Angst vor Abel. Er war mehr als einmal während des Gesprächs zurückgewichen.

Eine Nachricht von Carla kam an.

Im Supermarkt. Wurde aufgehalten. Bin bald zurück.

„Beeil dich, Carla, ich habe Hunger."

Eine weitere Nachricht… aber nicht von seiner Frau – signalisierte eine Einzahlung auf sein geheimes Konto in schwindelerregender Höhe. Roscoe hatte die Vorauszahlung für ihren nächsten Kunden durchgebracht, was bedeutete, dass sie im Geschäft waren.

Der vorzeitige Ruhestand mit seiner eigenen Yacht und einem Haus in Europa war zum Greifen nah.

———

Die Eingänge des Lagerhauses boten wenig Widerstand gegen Bolzenschneider und einen Rammbock. Liz und Pete führten eine kleine Gruppe uniformierter Beamter an, die sich auf verschiedene Teile des Geländes verteilten.

Pete sammelte die Kette ein, die er durchgeschnitten hatte. Alles, was zum Diebstahl des Transporters führen könnte, würde an die Spurensicherung gehen.

„Du weißt, dass er nicht gestohlen wurde, Liz?", Pete holte sie an der Seitentür ein. „Die Frage ist, wer ihn in der Nacht des Unfalls gefahren hat."

„Stimmt. Und so sehr sie auch versuchen werden, es jemand anderem anzuhängen, nur Farrelly und Pickering hatten annähernd ein Motiv." Sie fand die Deckenbeleuchtung. „Wenn Vinces Informationen stimmen und David aussteigen wollte wegen krimineller Aktivitäten, dann war er eine Gefahr."

„Also, wen rufen wir an, um mitzuteilen, dass wir hier sind?"

„Pickering. Er ist der Besitzer." Liz ging zum hinteren Teil des Lagerhauses. „Wie viele Schiffscontainer waren hier, als du neulich reingeschaut hast?"

„Vier."

„Jetzt sind es drei. Lass uns mal sein Büro durchsuchen. Herausfinden, wo er hingegangen ist."

Eine Durchsuchung von Pickerings Schreibtisch brachte eine Art Antwort. Pickering hatte einen Vertrag mit Duncan Chandler unterzeichnet, um Platz für neue Zielorte zur Verfügung zu stellen. In derselben Woche hatte er eine Vereinbarung mit einem lokalen Frachtunternehmen getroffen, regelmäßig Container vom Lagerhaus abzuholen.

„Sieht alles legitim aus", sagte Liz. „Aber hier ist eine interessante Quittung." Sie reichte sie Pete. „Drei Monate Zahlung als Kaution. Ist das normal?"

„Bezweifle ich. Entweder waren sie sich seiner Zusage oder Zahlungsfähigkeit nicht sicher, oder er brauchte schnell etwas erledigt. Hast du die Spezifikationen für diesen Container?" Er machte ein Foto von der Quittung.

„Scheiße."

„Was?"

„Laut diesem hier sollte die erste Lieferung vorgestern losgehen, wurde aber bis gestern Nacht verzögert." Liz wurde übel. „Terry und ich sind an einem Lastwagen mit einem Container vorbeigekommen, als wir von Roscoes Haus zurückkamen. Wir haben uns nichts dabei gedacht, da er in Richtung Hafen fuhr... aber auch zur Autobahn."

„Das konntest du nicht wissen. Ich helfe dir, die Nummer herauszufinden und bei der Spedition nachzuhaken. Ich habe Pickering eine Nachricht hinterlassen."

„Dann gib mir mal eine Hand beim Durchsuchen dieses Aktenschranks, bevor er uns in die Quere kommt."

SECHSUNDVIERZIG

Wer auch immer anständig genug war, das Vieh von dieser unteren Koppel wegzubringen, verdient ein Dankeschön. Wenn sie nicht hier sind, werden sie weder neugierig noch laut. Und dieser Unterstand ist in der perfekten Position zum Beobachten.

Der Regen wird nicht lange anhalten.

Ich hab zwei Trips zum Auto gemacht und alles dabei.

Gewehr. Nur für Notfälle.

Munition.

Brandbeschleuniger... kann nicht glauben, dass ich diese Sorte wieder benutzen darf. Fast keine Spuren für irgendjemanden zu finden.

Im Cottage ist immer noch Bewegung. Es ist noch nicht spät.

Ich kann warten.

Das andere Haus oben auf dem Hügel ist aber dunkel. Sie ist alt. Macht wahrscheinlich Oma-Nickerchen und geht auch früh ins Bett.

Ich setze mich auf einen umgedrehten Futtereimer. Jetzt hab ich Zeit zu essen und meinen Kopf vorzubereiten.

Leb wohl, Carter.

SIEBENUNDVIERZIG

Melanie schlief, das Kätzchen wieder in seinem Bettchen eingekuschelt. So ein braves kleines Wesen, voll und ganz dank Melanies Bindung und Aufmerksamkeit. Vince schloss lächelnd die Tür. Er hätte sich nie vorstellen können, eine Katze im Haus zu haben, aber Robbie war bereits Teil der Familie.

Jetzt, da sie für die Nacht zur Ruhe gekommen war, kehrte er in die Küche zurück, wo der Laptop auf dem Tisch geöffnet war. Ebenso der gelbe Umschlag. Er zog das Handy heraus, das aufgeladen und eingeschaltet war, aber ein Passwort benötigte. Er würde bald Hilfe damit brauchen, denn dieses Handy könnte das sein, auf das sich der Anrufer bezogen hatte. Der Anrufer, der David bedroht hatte. Auf weder Davids noch Susies Handys vom Unfall gab es verdächtige Nachrichten oder Anrufe.

Der erste Brief war zwar an Mrs. McCoy adressiert, könnte aber wichtige Informationen enthalten.

Er war von David an die Schulleiterin und voller Entschuldigungen.

„Als ich Ihnen sagte, dass die Firma, an der ich beteiligt bin, in Schwierigkeiten steckt, war ich nicht ganz ehrlich. Sie steckt in Schwierigkeiten, aber nicht finanziell. Ich hoffe, ich habe Ihnen diesen Brief persönlich übergeben, wenn nicht, akzeptieren Sie bitte meine tiefste Entschuldigung dafür, dass ich Sie irregeführt und Ihre Freundlichkeit ausgenutzt habe.

Seit ich von den Plänen meines Geschäftspartners erfahren habe, zukünftig kriminelle Aktivitäten zu unternehmen, hatte ich keine andere Wahl, als so viel Geld wie möglich anzuhäufen, um mein eigenes Geschäft zu kaufen und ein neues Leben mit meiner Familie zu beginnen, die, wie Sie verstehen werden, alles für mich bedeutet. Alle geschuldeten Gelder werden vor Beginn des nächsten Schulhalbjahres auf das Schulkonto eingezahlt; allerdings wird Melanie nicht zurückkehren, da unser neues Zuhause zu weit entfernt sein wird, um zu pendeln."

Und so weiter.

Vince starrte auf das Papier, ohne die Worte zu sehen.

Warum hatte David nicht mit ihm darüber gesprochen? Sicher hätte er gewusst, dass ein ehemaliger Polizist Kontakte hätte, die helfen könnten?

Außer, ich hatte es ihm unmöglich gemacht.

Der Kloß in seinem Hals wollte nicht weichen. Er hatte David jahrelang von sich gestoßen – seit er Pickerings Partner geworden war, während er ihn hätte unterstützen sollen. David muss sich so allein gefühlt haben.

Draußen war ein dumpfer Schlag zu hören, und sein Kopf schnellte hoch, lauschend.

Es wiederholte sich nicht.

Auf den Beinen überprüfte er, ob die Hintertür verschlossen war, dann öffnete er die Haustür und trat hinaus.

Einige Minuten stand er still in der Dunkelheit, beobachtend und lauschend. Ein vorüberziehender Regenschauer klarte auf, und die Wolken huschten davon. In der Ferne schrie ein Esel, und näher ließ sich ein Nachtvogel vernehmen, vielleicht gestört von einem kleinen Raubtier. Als die Kälte seine Finger zu sehr biss, zog er sich in die Wärme des Cottages zurück, verschloss die Tür und rüttelte daran, um sicher zu gehen. Im Wohnzimmer überprüfte er die Fenster und löschte dann die Reste des Feuers mit Wasser aus einem Eimer. Am Morgen würde er den Bereich säubern und von vorne beginnen.

Er machte eine Kanne Tee und starrte dabei auf das zusammengefaltete Testament auf dem Tisch, während der Wasserkocher heiß wurde.

Das zuerst oder den Brief, der es begleitete?

Mit fertigem Tee setzte er sich an den Tisch.

Es gab vieles, was er an Davids Plan nicht verstand. Susie und Carla waren beste Freundinnen, also hatte er vermutlich seine Bedenken nicht mit seiner Frau geteilt. Erwartete er, dass sie die Verbindungen kappte, sobald sie umzogen? Wenn Susie den Grund nicht kannte, würde sie sich nie von jemandem abwenden, den sie liebte. Oder wusste Susie von den Aktivitäten, in die Pickering verwickelt war?

Es war eine Kopie eines Testaments, das von einem anderen Anwalt als dem, mit dem Vince bisher zu tun hatte, vorbereitet worden war und für David bestimmt war. Er war eindeutig darin, alles Susie zu hinterlassen und im Falle ihres vorzeitigen Todes, Melanie. Es gab Anweisungen, dass, sollten beide sterben, bevor Melanie volljährig war, sie in Vinces Obhut und Vormundschaft kommen sollte.

Um seine Brust herum machte ein Druckgefühl das Atmen schwer. Es war kein Herzinfarkt, sondern eine andere Art von Kummer. Einer für all die verlorene Zeit und Missverständnisse.

Ich hätte sie beide retten können.

Der Brief war handgeschrieben von Susie und auf den Tag vor dem Unfall datiert.

Lieber Papa,

Hoffentlich haben wir uns kürzlich persönlich getroffen und über all das gesprochen, aber wenn nicht, musst du wissen, dass ich nie aufgehört habe, dich zu lieben. Niemals.

Er blinzelte schnell.

Du gehst härter mit dir ins Gericht, als es irgendjemand

jemals sollte. Bis du dir selbst Mums Tod vergibst, fürchte ich um deine geistige Gesundheit. Die Realität ist, dass sie eine Krankheit hatte und starb. Wärst du dort gewesen, wäre sie trotzdem gestorben, Papa. Frag dich selbst, ob sie gewollt hätte, dass du dir nach all dieser Zeit noch Vorwürfe machst?

Marion war der vergebungsvollste Mensch, den er kannte.

Das Band um seine Brust lockerte sich.

Aber ich bin nicht hier, um dich zum millionsten Mal deswegen zu tadeln. Es geht um Melanie. David verlässt Picker-Pack. Ich kenne nicht alle Details, aber ich habe das Gefühl, Brad weiß es nicht und dass etwas vorgefallen ist, was ihre Arbeitsbeziehung getrübt hat. Entgegen deiner Meinung ist David ethisch, und ich habe dir immer still zugestimmt, dass Bradley es nicht ist. Er nutzt Carlas Kinderwunsch aus, indem er sie davon abhält, wieder zu arbeiten, was bedeutet, dass ich, obwohl sie Mels Paten sind, nicht möchte, dass sie das Sorgerecht für Melanie bekommen.

Ein langer Seufzer entfuhr Vinces Lippen.

David bestand darauf, dass ich dies schriftlich festhalte, damit es keinen Zweifel gibt. Er hat ein neues Testament gemacht, und du kennst mich ... hasse diese Dinge, also habe ich es nicht gelesen oder meines noch nicht geändert. David möchte Melanie und mich am Wochenende irgendwohin mitnehmen, um etwas zu sehen. Ich denke, es hat etwas mit dem Landkauf zu tun, den ich vor einiger Zeit erwähnt habe.

Sobald wir zurück sind, komme ich dich besuchen, ob es dir gefällt oder nicht. Ich würde dir lieber persönlich sagen, dass nichts wichtiger ist, als zu wissen, dass Melanie zu dir kommen und bei dir leben wird, sollte uns etwas zustoßen. So, jetzt habe ich das Unheimliche gesagt!

Jedenfalls wird nichts Schlimmes passieren, aber ich fühle mich so viel besser, wenn etwas schriftlich festgehalten ist. Melanie ist unsere Welt, und sie könnte in keinen sichereren Händen sein als in deinen.

Ich liebe dich, Papa,

Susie

„Sie könnte in keinen sichereren Händen sein." Vince drückte den Brief an seine Brust. „Ich werde sie mit meinem Leben beschützen, Susie."

———

„Wir haben den letzten Standort des Lastwagens mit dem Schiffscontainer." Liz eilte in Terrys Büro. „Er hat erst vor einer Stunde zum Tanken angehalten, also rüstet sich die Polizei in New South Wales, um ihn anzuhalten. Er wird gerade innerhalb der Grenze zu Queensland sein."

„Hardy sollte besser in diesem Container sein."

„Pickerings Mitarbeiter wenden sich gegen ihn. Der dritte in Folge hat bestätigt, dass der Container für alle außer ihm und Farrelly tabu war. Ganz hinten in der Einfahrt steht eine große Tonne für Karton, und ganz unten drin war eine Schachtel von einem tragbaren Luftfiltergerät. Keine Spur davon auf dem Gelände, also wenn es nicht jemand mit nach Hause genommen hat, sind die Chancen gut, dass es Hardys Luft atembar hält."

Jegliches Gefühl von Erschöpfung wurde durch einen leichten Adrenalinschub ersetzt. Liz konnte die Jagd riechen.

Terry nahm sein Telefon ab und hob die Hand, damit sie wartete. Nach ein oder zwei Minuten legte er auf, mit einem amüsierten Gesichtsausdruck.

„Mrs. Hardy hat anscheinend gerade den Uniformierten, die sie bewachen, Muffins gebracht und gesagt, dass sie von ihrem Sohn gehört hat. Er wollte, dass sie weiß, dass er an einen sicheren Ort geht und dass Roscoe Anweisungen bezüglich ihrer zukünftigen finanziellen Sicherheit hat."

Das Bild der älteren Dame, mit einem Stock in der einen Hand und Muffins in der anderen, die darauf wartet, dass ein Polizist sein Fenster herunterkurbelt, war unbezahlbar. „Ich weiß wirklich nicht, was ich dazu sagen soll."

Terry lachte. „Dann warte, bis du das hörst. Sie hat Malcolm gesagt, dass sie ein besseres Angebot angenommen hat, eines von einem Bauträger, und dass sie sein schmutziges Geld nicht braucht."

„Gut für sie. Sie wusste nicht zufällig, von wo er angerufen hat?"

„Noch nicht. Es war auf ihrem Handy, also verfolgt jemand das gerade mit ihrem Telefonanbieter."

Pete steckte seinen Kopf herein. „Hab Durchsuchungsbefehle für Pickerings und Farrellys Häuser. Da er sich nicht die Mühe gemacht hat, im Lagerhaus aufzutauchen, wie hoch stehen die Chancen, dass Pickering die Stadt verlassen hat?"

„Hast du es nochmal versucht anzurufen?", fragte Liz.

„Gerade eben. Telefon ist aus."

Sie ging zur Tür.

„Ich habe auch Mike von Spironis in Raum drei gebracht. Er hat sich beruhigt und möchte mit dir sprechen, Liz", sagte Pete.

„Hat er noch etwas zu sagen? Wo gehst du hin?"

„Zu Farrellys Haus."

Terry folgte ihnen. „Pete, ich kümmere mich um Pickerings Haus. Liz, sprich mit Mike und aktualisiere dann das Whiteboard mit all unseren neuesten Informationen. Und ruf mich an, wenn etwas auftaucht."

Etwas von dem früheren Adrenalin ließ nach. „Bist du sicher, dass er nach mir gefragt hat, Pete?"

Beide Männer lachten, als sie hinausgingen.

„Schön. Lasst mich einfach hier mit dem Kellner, der Vince für alles die Schuld gibt." Sie murmelte. „Aber wenn er mich anschreit ..."

Einer der anderen Detectives grinste sie an, als sie vorbeistolzierte.

Mike schrie nicht mehr. Er war besonnen, als er sich dafür entschuldigte, nicht offener gewesen zu sein, als sie zuerst zu Spironis gekommen war. „Ich wollte nur meine Kunden und mein Personal schützen."

„Das verstehe ich. Aber wenn du irgendetwas über diese Nacht weißt, dann halte bitte nichts zurück", sagte Liz.

„Armer Marco. Ein bisschen dumm, Geld anzunehmen, aber er war kein schlechter Junge oder so."

„Weißt du, wer ihm Geld gegeben hat?"

„Jemand war vor ein paar Tagen in der Gasse und sagte ihm, er solle den Mund über den Streit halten. Gab ihm tausend und sagte, es würde mehr geben ... aber warnte ihn, dass das Geld für seine Beerdigung verwendet würde, wenn er etwas sagen würde."

„Hat er diese Person beschrieben?"

„Er sagte, er kannte sie."

Er kannte Pickering.

„Jetzt ist es zu spät, aber ich werde Überwachungskameras hinten und überall, wo es legal erlaubt ist, installieren lassen." Sein Gesicht war grimmig. „Ich habe es nicht ernst genommen und Marco hat dafür bezahlt."

„Marcos Tod ist nicht deine Schuld. Als ich dich das erste Mal besuchte, hast du erwähnt, dass du die Weavers und Pickerings zu ihrem Tisch gebracht hast. Erinnerst du dich an irgendetwas, egal wie klein das Detail war, das dir seltsam vorkam?"

Er nickte. „Deshalb bin ich jetzt hier. Mr. Pickering kam eine Weile nach allen anderen an. Vielleicht zwanzig Minuten später. Und er ging vor ihnen."

„Um wie viel Zeit?"

„Mindestens eine halbe Stunde. Mrs. Pickering bat mich, ein Taxi zu rufen, aber Mr. Weaver bestand darauf, dass sie sie nach Hause bringen würden."

David war auf dieser Straße, weil es die direkteste Route vom Haus der Pickerings zu ihrem war. Pickering hätte gewusst, dass sie Carla kein Taxi nehmen lassen würden. Er wollte sie auf diesem Streckenabschnitt haben. Das war ein kaltblütiger, kalkulierter Mord.

„Mike, du warst sehr hilfreich. Gibt es noch etwas, das du mir sagen möchtest?"

Er schüttelte den Kopf und sie entschuldigte sich.

Sie hatte mit Pickering gesprochen. Vince hatte es. Pete hatte es. Der Mann hatte nie ein Wort darüber verloren, dass Carla abgesetzt wurde. Warum würde jemand das verheimlichen? Und wo war er gewesen?

ACHTUNDVIERZIG

Vince hatte sich nie für besonders technikaffin gehalten, aber in letzter Zeit überraschte er sich selbst damit, was er alles herausfinden konnte. Als Polizist gehörte der Umgang mit Computersystemen zum Alltag, aber neuere Technologien wie die Navigation auf Mobiltelefonen gab es damals noch nicht.

Er war gut in Mathematik, und sein Vater war Tischler, sodass er von klein auf gelernt hatte, Maße zu berechnen. Was er jetzt tat, war einfach eine Mischung aus verschiedenen Fähigkeiten.

Auf dem Küchentisch hatte er einen Stadtplan ausgebreitet, der die westlichen Vororte bis zu seinem Haus und zurück bis zur Lygon Street in Carlton zeigte. Er hatte seinen Reiseverlauf auf seinen Computer heruntergeladen und die Daten in eine Tabelle übertragen, die Start- und Endpunkte, Entfernung und Zeit anzeigte. Mit einem schwarzen Marker und einem Lineal zeichnete er nach, wo er gewesen war.

Pickerings Haus zu Susies Haus.

Susies zum Polizeirevier.

Polizeirevier zur Lygon Street.

Lygon St zum Lagerhaus.

Lagerhaus nach Balwyn North.

Balwyn North nach Hause.

Er berechnete die Route von den Pickerings zu Susie und dann von der Lygon Street zu Susie. Er wusste, wann die Rechnung bei Spironis bezahlt wurde, dank Davids Kreditkartenabrechnung, die heute Morgen in Susies Briefkasten angekommen war.

„Und es passt nicht zusammen."

Nachdem er seine Notizen überprüft hatte, lehnte er sich beunruhigt zurück. Wenn David nicht irgendwo zwischen dem Restaurant und zu Hause angehalten hatte, ergab der Zeitpunkt des Unfalls keinen Sinn. Es fehlte mehr als eine halbe Stunde. Bradley hatte ihm in die Augen gesehen, als er ihn nach dem Moment gefragt hatte, als seine Familie Spironis verließ. „Sie fuhren mit einem Winken davon. Melanie war schläfrig. Nichts Ungewöhnliches, Vince."

Warum hat es dann so lange gedauert und warum sollten sie diese Straße nehmen?

Er schrieb eine Nachricht an Liz Handy.

Arbeitest du noch?

Innerhalb einer Minute klingelte sein Telefon.

„Ich wollte dir gerade die gleiche Frage stellen", begann sie. „Ich habe auf die Uhr geschaut und dachte, es könnte etwas spät sein."

„Wieso?"

Er stand auf, um Melanie nicht zu stören. Das Wohnzimmer fühlte sich ohne das Feuer kalt an.

„Es ist heute Abend viel passiert, Vince. Zum einen denken wir... wir sind uns ziemlich sicher, dass Malcolm Hardy in einem Schiffscontainer versteckt auf dem Weg nach Far North Queensland ist. Er und eine Ladung Spielzeug."

„Pickering."

David muss etwas gewusst haben.

„Ja. Den wir im Moment nicht finden können. Das andere ist, dass wir neue Informationen über die Nacht des Unfalls haben."

Vince sank in den Sessel. „Erzähl weiter."

„Ein Kellner von Spironis hat sich gemeldet. Pickering kam spät und ging früh an diesem Abend. Nach seinem Verständnis wollten Susie und David Carla nach Hause bringen."

Seine Augen schlossen sich und sein Körper sackte zurück. „Deshalb also."

„Deshalb was?"

„Es fehlte eine halbe Stunde in dieser Nacht. Und warum sonst sollte David diese Straße nehmen?"

„Ich hatte mich das selbst gefragt, aber hatte keine Chance, die Berechnungen mit dem ganzen Schlamassel um Hardy zu machen", sagte Liz. „Ich kann nicht glauben, dass das alles zusammenhängt."

„Er hat mich angelogen." Er rieb sich mit der freien Hand die Augen und öffnete sie dann. „Der kleine Scheißer hat mir erzählt, er hätte zum Abschied gewinkt, als sie alle zusammen das Restaurant verließen. Lizzie, er müsste ihre Route kennen."

„Du denkst, er steckt hinter dem Unfall."

„Du etwa nicht?"

Es folgte eine lange Stille, dann sprach Liz sanft. „Ich komme zu dir. Ist das Cottage abgeschlossen?"

„Warum? Was verschweigst du mir?"

„Du hast mir erzählt, dass Melanie etwas darüber gesagt hat, dass David mit Pickering gestritten hat."

„Nur weiß er das nicht."

„Ja. Ich glaube doch."

Du hast ihm gesagt, dass jemand etwas mitgehört hat. Er dachte, es wäre der Kellner und hat ihn getötet.

„Hast du einen Mörder zu meinem Enkelkind-"

„Hab ich nicht. Soweit wir wissen, liebt er sie. Er liebt auf jeden Fall seine Frau und möchte, dass Melanie in ihrer Obhut ist, also mache ich mir Sorgen um dich, weil du das Hindernis für ihr perfektes Leben bist. Du hast uns erzählt, dass er versucht hat, dich zu erpressen, und jemand macht die Runde und beseitigt Leute, die im Weg stehen. Wenn er sich vorstellt, dass

Melanie dir irgendetwas erzählt hat, dann bist du natürlich in seinem Visier."

Vince ging, um die Fenster zu überprüfen. Es gab keine Anzeichen von Bewegung draußen, nicht einmal Verkehr. Nur ein typischer später Abend. In weiter Ferne zuckte ein Blitz durch den Himmel.

„Hör zu, entweder du packst Melanie ein und bringst euch beide her, oder ich komme gleich rauf." Es lag eine Schärfe in Liz Stimme. Sorge.

„Möchte sie lieber nicht erschrecken. Okay, wenn es dich beruhigt, komm her. Ich kann dir zeigen, woran ich gearbeitet habe."

„Bis gleich."

Niemand würde ins Cottage kommen. Nicht ohne einen Höllenlärm zu machen und Fenster einzuschlagen, und bis dahin hätte Vince Melanie hier rausgebracht. Er hatte hundertmal über Fluchtpläne nachgedacht, nicht nur für Mel, sondern auch für Susie, nachdem er den Anzac-Day-Schützen getötet hatte. Jahrelang hatte er in Angst gelebt, dass irgendein Verwandter oder Freund kommen würde, um ihn zu holen.

Nichts und niemand würde Melanie etwas antun.

———

Liz war gerade auf dem Weg nach draußen, als der diensthabende Beamte sie rief. Jemand wollte eine vermisste Frau melden - Carla Pickering.

Das kann doch nicht wahr sein.

Bradley Pickering wartete dort, wo man ihn hingesetzt hatte.

Hier, auf der Wache, konnten wir eine aktuell gesuchte Person nicht identifizieren, als sie auftauchte?

Als sie am Beamten vorbeiging, flüsterte er: „Ich dachte, es wäre das Beste, ihn nicht über seinen Status zu informieren."

Ich nehme alles zurück.

Pickering schaute auf, als sie sich näherte, ein finsterer Blick huschte über sein bereits wütendes Gesicht. „Sie?"

„Wollen Sie Hilfe dabei, Carla zu finden?"

Er stand auf und folgte ihr. Bis sie ihn in einen Verhörraum gebracht hatte, wollte sie ihn nicht verschrecken. Da er ihr sozusagen in den Schoß gefallen war, hatte er offensichtlich keine Ahnung, dass es eine stadtweite Fahndung nach ihm gab.

„Nehmen Sie Platz, Herr Pickering."

Sie ging die üblichen Worte zum Verhör durch und setzte sich ihm gegenüber.

Pete wird sauer sein, dass er das verpasst hat.

„Wann haben Sie Carla zuletzt gesehen?"

„Ähm... vor dem Abendessen. Also, sie sagte, sie würde duschen und dann mit dem Kochen anfangen. Ich hatte ein Meeting."

„Aber um wie viel Uhr?"

„Sechs? Etwas später."

„War das das letzte Mal, dass Sie mit ihr gesprochen haben?"

Er warf ihr einen ungeduldigen Blick zu.

„Herr Pickering, wird Carla vermisst? Oder ist sie einfach nicht zu Hause?"

„Vermisst. Sie geht nie einfach so weg. Nie. Und sie schickte mir um 19:45 Uhr eine SMS, dass sie einkaufen sei. Etwas Schönes für unser Abendessen besorgen würde. Wir haben viel zu feiern."

„Etwas Besonderes?"

„Ja. Aber sie ist immer noch nicht nach Hause gekommen, und ich habe sie dutzende Male angerufen."

Natürlich hast du das.

Der Mann war nicht ganz dicht.

„Wo waren Sie in den letzten sechs Stunden oder so?"

„Ich? Was spielt das für eine Rolle?"

„Um ein Gesamtbild zu bekommen."

„Gut. Ich hatte ein kurzes Meeting, ging nach Hause, wartete auf Carla und machte mich dann auf die Suche nach ihr. Lokale

Geschäfte, dann etwas weiter weg zu einigen, die sie gerne besucht, wenn sie spezielle Zutaten sucht. Es gibt ein paar Läden, die spät geöffnet haben und die sie mag."

„Wo war das Meeting?"

Den Mund zum Antworten geöffnet, schnappte Pickering ihn zu.

„Allgemeine Gegend?"

„Das hat nichts damit zu tun, dass Carla vermisst wird."

„In diesem Fall erzählen Sie mir von Ihrer Abmachung mit Richard Roscoe, Malcolm Hardy nach Far North Queensland zu transportieren."

Und da war es.

Wenn jemand im Boden hätte versinken können, wäre es Pickering gewesen. Ein Ausdruck von Unglauben, dann Entsetzen huschte über sein Gesicht. Liz war geduldig genug zu warten. Es dauerte nicht lange.

„Ich möchte meinen Anwalt sprechen."

„Warum haben Sie gelogen, dass Sie Spironis früh am Abend des Unfalls verlassen haben und dass Ihre Frau von David Weaver nach Hause gefahren wurde?"

„Ich sagte, ich will einen Anwalt."

„Das glaube ich Ihnen gern."

Sobald sie den Raum verlassen hatte, schrieb Liz Vince eine Nachricht.

Wir haben Pickering in Gewahrsam. Lass mich wissen, ob du immer noch möchtest, dass ich hochkomme.

———

Die Nachricht von Liz half. Er war in höchster Alarmbereitschaft gewesen und jetzt konnte er aufatmen - Pickerings Leute würden sich ruhig verhalten, bis sie von ihrem Boss hörten.

Für einen schnellen Aufbruch waren sein Laptop und wichtige Gegenstände in einem Rucksack zusammen mit Ladegeräten und Wasserflaschen gepackt. Wenn er sie ohne Zeit zum

Packen aus dem Häuschen hätte bringen müssen, hätten sie wenigstens etwas zu trinken gehabt, bis sie an einen sichereren Ort gekommen wären.

Aber jetzt kann ich mich ausruhen.

Oder zumindest bis zum Morgengrauen hinlegen.

Er tippte eine Nachricht zurück, um Liz wissen zu lassen, dass sie sich nicht die Mühe machen sollte hochzufahren, und schaltete dann das Küchenlicht aus und ging in sein Schlafzimmer. Regen begann in einem sanften Stakkato auf das Dach zu fallen.

NEUNUNDVIERZIG

Ich erwache aus dem Halbschlaf, den ich mir erlaubt habe. Mit nichts zu tun außer zu beobachten und zu warten, wurde mein Gehirn müde.

Das Cottage ist still.

Er wird mich nicht kommen sehen.

Das zunehmende Prasseln auf dem Metalldach über mir kommt wie ein Fluch für meine Pläne. Oder vielleicht ein Geschenk. Der Regen wird meine Arbeit erschweren, aber auch Schutz bieten.

Und wenn jemand zufällig das Haus verlässt, wird er nicht die Fähigkeiten haben, mit dem Wetter umzugehen ... und mit mir.

Wann werden die Leute lernen, mir aus dem Weg zu gehen?

Wann werden sie lernen, dass ich immer gewinnen werde, egal welchen Preis sie dafür zahlen müssen?

FÜNFZIG

„Welchen Anwalt ruft ein Anwalt an?", fragte Pete lächerlich fröhlich, als er Liz einen Kaffee reichte. „Dachte, du könntest den gebrauchen."

„Kann ich. Danke. Was meinst du damit?"

„Oh. Richard Roscoe wurde beim Versuch, ein Flugzeug nach Perth zu besteigen, festgenommen. Sagt, es sei eine Geschäftsreise gewesen, aber anscheinend jammert er seitdem über Schikane und plärrt nach einem Rechtsbeistand."

„Noch einer erledigt! Wir müssen nur etwas finden, das hängen bleibt. Was hast du bei Farrelly gefunden?"

Er rollte mit seinem Stuhl zu ihr herüber.

„Der Mann hat einen ausgezeichneten Geschmack bei der Inneneinrichtung. In diesem Haus steckt eine Menge Geld, von High-End-Geräten bis zu teuren Kunstwerken. Wir werden prüfen, ob die Kunst gestohlen ist, aber mein Instinkt sagt mir, dass er sie legal besitzt. Jemand durchsucht gerade sein Arbeitszimmer, mal sehen, was dabei herauskommt. Keine Spur von Waffen. Nichts Auffälliges."

„Warum bist du dann so glücklich?"

Vielleicht könnte ich bald nach Hause gehen. Schlaf klingt gut.

Pete hob die Augenbrauen. „Du hast es noch nicht gehört? In

der abgehängten Decke in Pickerings Büro im Lagerhaus waren hinten mehrere Sporttaschen versteckt. Eine gefüllt mit Bargeld. Eine andere mit Waffen. Unser Freund wird für lange Zeit hinter Gittern wandern."

Sie konnte nicht anders. Sie lachte laut auf und endete mit einem kurzen „Juchhu!"

Als sein Handy piepste, las Pete die Nachricht und schob seinen Stuhl zurück. „Keine Ruhe für mich. Terry kehrt zum Lagerhaus zurück und ich übernehme die Durchsuchung von Pickerings Haus. Ich sehe dich vielleicht morgen früh, oder ich schlafe dann."

„Ich auch. Pass auf in diesem Sturm."

„Welcher Sturm?" Er grinste, als Donner um das Gebäude grollte.

Liz trank den Kaffee aus und ließ ihren Körper für ein paar Minuten entspannen, während sie auf das Whiteboard starrte. Zwei Bösewichte in Gewahrsam. Der andere, der vielleicht nicht mehr als Pickerings Helfer mit den Containern war, würde nicht weit von der Verhaftung entfernt sein. Hardy würde innerhalb von Stunden gefunden werden.

Warum habe ich dann das Gefühl, dass etwas nicht stimmt?

Sie warf den Becher weg und begann, das Whiteboard neu zu ordnen.

Pickering betrieb einen Schmuggel, um Kriminelle zu bewegen. War Malcolm Hardy der erste? Oder hatte es eine Reihe von Containern gegeben? Sie dachte Ersteres. David Weaver hatte versucht, sich aus dem Geschäft zurückzuziehen, also hatte er möglicherweise eine Ahnung, was bevorstand, und wollte nichts damit zu tun haben. Die Änderung der Pläne im Lagerhaus für eine Abholung von einer Nacht auf die andere könnte erklären, warum Roscoe ein Lockvogel war. Der Druck von Hardy, ihn aus der Stadt zu bringen, war offensichtlich gestiegen, da er für drei Todesfälle verantwortlich war...

Zwei Todesfälle.

Sie hängte Ginnys Foto auf und darunter das von Jerry Black.

Beide hatten starke Verbindungen zu Hardy. Ginny war höchstwahrscheinlich diejenige gewesen, die seine Handschellen entfernt und ihm möglicherweise Zuflucht geboten hatte, und Black war daran beteiligt, die Polizei in die Irre zu führen und dem Kriminellen Spielraum zu verschaffen.

Ginny wurde erdrosselt.

Blacks Kehle durchgeschnitten.

Aber dann war da noch Marco.

Sein Foto kam als nächstes. Erdrosselt.

„Es kann nicht Hardy gewesen sein."

Er war – bis das Gegenteil bewiesen wurde – in einem Schiffscontainer in einem anderen Bundesstaat, als Marco starb. Pickering hatte ebenfalls ein Alibi. Roscoe war ein Feigling, kein Mörder, der zu einer Erdrosselung fähig wäre.

Liz rief Pete an.

„Sag mir nicht, dass ich umkehren muss?"

„Nee. Kannst du mich daran erinnern, was dein Informant über Ginny gesagt hat? Über einen Freund?" Sie platzierte ein Foto des Bolzenschneiders, den sie in der Wohnung gefunden hatte, neben Ginny.

„Nicht viel zu erzählen. Er war so etwas wie ein Handwerker. Ach ja, richtig, Ginny sagte, der Freund hätte eine Küchenschublade repariert. Neue Schienen oder so. Er nahm sie sogar mit in den Baumarkt in der Stadt, wo sie noch nie gewesen war."

„Baumarkt?"

„Viele Kerle gehen in Baumärkte. Viele Frauen auch."

„Aber nur einige sind darin aufgewachsen, in einem zu arbeiten. Hast du eine Ahnung, wie lange es her ist, dass er sie zum Einkaufen mitgenommen hat?"

„Lizzie", seufzte er laut. „Nein. Lass uns ein Problem nach dem anderen angehen, und wenn wir aus den Durchsuchungen und den Idioten in Gewahrsam nichts herausbekommen, dann fangen wir an, nach Aufnahmen zu suchen. Okay?"

„Ja. Ich mache mir ein bisschen Sorgen um Vince."

„Er hat wahrscheinlich eine Waffe, und kein selbstrespektierender Krimineller würde sich mit ihm anlegen. Ernsthaft."

Er hatte Recht. Vince war einfallsreich und straßenschlau. Aber trotzdem.

Einer der Detectives winkte, um ihre Aufmerksamkeit zu erregen.

„Muss los."

Sie legte auf und folgte dem Detective, joggte, um ihn einzuholen. „Wo gehen wir hin?"

„Der Sergeant sagt, es sei wie am Hauptbahnhof, was eine Familie betrifft."

„Okay, ich gehe. Kannst du Bradley Pickering ganz nett fragen, ob er sich erinnert, wo Farrelly am Tag von Hardys Flucht war? Bring ihm einen Kaffee und lass ihn wissen, dass wir seinen Anwalt angerufen haben."

Zurück am Empfang verdrehte der diensthabende Beamte die Augen zu Liz. „*Mrs.* Pickering für Sie."

Oh Gott, ist sie hier, um ihren Mann als vermisst zu melden?

Die Erschöpfung spielte ihrem Verstand einen Streich.

„Carla? Möchten Sie mitkommen?"

Die Frau war klatschnass, ihr Haar tropfte Wasser, als sie aufstand. Ihre Kleidung war auf einer Seite mit etwas verschmutzt, das wie Schlamm aussah.

„Lassen Sie uns Ihnen einen Kaffee und ein Handtuch holen."

Die Frau, die ihr gegenübersaß, war keine Freundin. Aber Carla hatte sowieso keine Freunde mehr. Keine Liebe in ihrem Leben. Keinen Ehemann. Nicht nach dieser schrecklichen Nacht. Nur indem sie sich meldete, könnte sie vielleicht ihre Beziehung zu Melanie retten, denn wenn Vince sie aus dem Leben des kleinen Mädchens ausschloss, gäbe es nichts mehr, wofür es sich zu leben lohnte.

„Carla? Warum waren Sie so durchnässt? Und so schmutzig? Sind Sie gestürzt?"

Die Detektivin hatte ihr eine Trainingshose und ein langärmeliges Oberteil mitgebracht, zusammen mit Handtüchern und einigen Feuchttüchern. Dann hatte sie ihr für ein paar Minuten Privatsphäre gelassen, um sich umzuziehen, und kehrte mit heißem Kaffee zurück.

„Warum sind Sie so freundlich, Officer?"

„Liz. Nenn mich einfach Liz, okay? Hat dich jemand angegriffen?"

„Oh. Nicht körperlich. Nein." Sie berührte ihr Gesicht, das trocken war, aber schrecklich aussehen musste. Sie hatte versucht, den Schlamm und die verschmierte Schminke abzuwischen. „Werden Sie bitte meinen Mann verhaften?"

Das Gesicht der anderen Frau veränderte sich kaum, aber ihre Hand, die einen Stift über einem Notizbuch hielt, hob sich ein wenig. „Warum?"

Warum? Oh mein Gott, er hat getötet...

Panik ergriff sie. Wenn sie die Worte laut aussprechen würde, wären sie real. Kein Zurück mehr davon. Keine Möglichkeit, die Wahrheit ungeschehen zu machen. All die Jahre, in denen sie ihn so tief geliebt hatte, dass sie ihr Leben für ihn verändert hatte. Sich Stück für Stück in die Frau verwandelt hatte, die er immer wollte.

Nicht die Frau, die ich sein wollte.

Ihr Herz schmerzte.

„Sie haben gefragt, warum ich so nass und schlammig hereingekommen bin. Ich lag stundenlang neben Susies Grab. Selbst als der Regen begann, konnte ich mich nicht bewegen. Ich war wie erstarrt von dem, was ich mitgehört hatte."

„Was hast du mitgehört? Was hat dich dazu gebracht, nachts auf den Friedhof zu gehen?"

Carlas Finger drehten ihren Ehering immer wieder herum, bis sie es bemerkte und abrupt aufhörte.

„Brad sprach mit jemandem am Telefon. Zu Hause. Ich

wollte ihn fragen, ob er Weiß- oder Rotwein zum Abendessen bevorzugt, und hörte zufällig, wie er dieser Person sagte, dass... nun, dass er besprechen müsse, was mit Vince zu tun sei. Es war die Art, wie er es sagte, die mich so erschreckte, dass ich ihm folgte, als er ging. Das Letzte, was ich erwartet hatte, war, dass er zum Friedhof gehen würde."

„Fahr fort."

„Er traf sich mit diesem Anwalt, Richard Roscoe und Abel. Ich kann Abel nicht ausstehen. Zuerst konnte ich nichts hören, aber es gelang mir, nah genug heranzukommen, indem ich mich hinter den Bäumen versteckte."

„Das war mutig von dir. Sie haben dich überhaupt nicht gesehen?"

„Nein, sie dachten definitiv, sie könnten frei sprechen. Abel sagte etwas darüber, dass Brad Vince einige Fotos gezeigt hatte - ich glaube, um ihn zu erpressen, und Brad sagte, Vince habe sie ihm zurückgeworfen. Du bist Vince Freundin. Weißt du, was er damit meinte?"

Das tat sie. Ihre Augen verrieten sie. „Ich kann nichts sagen."

Carlas Herz raste so schnell, dass sie dachte, sie könnte ohnmächtig werden. Aber Melanies süßes Gesicht war immer in ihren Gedanken und war das Einzige, wofür es sich zu kämpfen lohnte.

„Ich bin ziemlich sicher, dass Brad etwas mit dem Autounfall zu tun hatte. Er gab sogar zu, dass er nicht gewollt hatte, dass David stirbt, geschweige denn... Susie." Es wurde immer schwieriger zu sprechen, als sich ihre Kehle zuschnürte. „Ich denke, er hat es geschehen lassen. Aber er hat es nicht selbst getan. Ich glaube, Abel hat es getan. Er packte Richard Roscoe und war sehr wütend auf ihn und, am schlimmsten von allem, sagte, dass manchmal Kollateralschäden nicht zu vermeiden seien."

Liz lehnte sich über den Tisch. „Kollateralschäden? Was meinte er damit, Carla?"

„Es tut mir so leid. Ich hätte früher herkommen sollen, aber ich konnte... wusste nicht, was ich tun sollte. Ich glaube, Abel wird versuchen, Vince zu töten."

———

Liz stürmte in den Verhörraum und erschreckte Pickering, dessen Kopf auf dem Tisch in seinen Armen lag. Als seine Augen sich auf sie fokussierten, zuckte er zurück.

„Wo ist mein Anwalt?"

Gefangen zwischen Verzweiflung und Regeln, ließ sie beide Handflächen mit einem Knall auf den Tisch fallen und lehnte sich so nah zu ihm, wie sie konnte, ohne seinen dürren Hals zu packen.

„Eine Chance, Bradley, also hör zu. Carla ist gerade in die Station gekommen und hat mir erzählt, dass Abel Farrelly plant, Vince Carter zu töten. Sie ist bereit, eine vollständige Aussage zu machen, basierend auf dem, was sie heute Abend auf dem Friedhof mitgehört hat."

Sein Mund klappte auf.

„Wenn Vince oder Melanie etwas zustößt, werde ich dafür sorgen, dass du für sehr lange Zeit ins Gefängnis gehst. Dies ist deine einzige Chance, mir Informationen zu geben, die dir vielleicht - *vielleicht* - helfen könnten. Hat sie Recht? Ist Abel Farrelly hinter Vince und Mel her?"

Er zog sich so weit zurück, wie der Stuhl es zuließ.

„Carla ist hier?"

„Ich habe keine Zeit für sowas." Liz drehte sich zum Gehen.

„Nein, warte. Ist sie in Schwierigkeiten?"

Das sollte sie verdammt nochmal sein.

Liz drehte sich zurück. „Ich werde mein Bestes tun, ihr zu helfen, aber wenn ich ohne eine Antwort gehe-"

„Ja. Abel ist wahrscheinlich jetzt schon dort. Ich habe Informationen über ihn. Über das, was er seinen Eltern angetan hat. Ich kann helfen-"

Liz knallte die Tür hinter sich zu und wählte, während sie zum Aufzug rannte.

EINUNDFÜNFZIG

Mit dem Gewehr über die Schulter geschnallt, rannte Abel Farrelly entlang des Zauns der Einfahrt und kletterte nach etwa zwölf Metern auf das kahle Gelände um das Cottage. In einer Hand trug er den Kanister mit dem Brandbeschleuniger.

Das Gewitter war direkt über ihm, und er bewegte sich vorsichtig über offene Flächen, um die Blitze zu meiden.

Der Regen hatte den Boden stellenweise bereits schlammig gemacht, was ihm in die Hände spielte. Jahre regelmäßigen Laufens in den Bergen hatten seinen Körper auf Unerwartetes vorbereitet. Sollten sie aus dem Haus fliehen, würde er sie binnen Sekunden zur Strecke bringen.

Sein Geist war frei von allem außer der bevorstehenden Aufgabe.

Hochgefühl beflügelte seine Stimmung.

Diese Momente machten sein Leben erträglich.

ZWEIUNDFÜNFZIG

„Opa?"

Vince schreckte aus dem Schlaf hoch, halb vom Bett, bevor er Melanie an der Tür sah. Er lag auf der Bettdecke und war noch angezogen, abgesehen von seinen Stiefeln.

Ich bin eingeschlafen.

Ein Blitz erhellte den Raum. Melanie war in ihren Bademantel gewickelt und hielt Robbie an ihre Brust gedrückt, die beiden Teddybären in ihrem Ausschnitt verstaut. Als der Donner über das Cottage rollte, rannte sie zu ihm.

„Komm her, Schätzchen." Er hob sie auf seinen Schoß. „Nur ein lauter Sturm. Was hältst du davon, wenn wir in die Küche gehen und heiße Schokolade machen?"

Sie nickte und er stellte sie wieder auf ihre nackten Füße.

„Zieh zuerst deine Hausschuhe an. Der Boden ist zu kalt. Vielleicht auch Socken."

„Kannst du Raymond Bear und Topsy Bear nehmen?" Sie ließ sie in seine Hände fallen. „Für den armen Robbie ist nicht genug Platz."

„Äh, klar. Schaffst du das alleine?"

„Ich beeil mich und denk an die heiße Schokolade." Sie zuckte ein wenig bei einem weiteren Blitz zusammen. „Heiße

Schokolade. Heiße Schokolade." Ihre Stimme verklang, als sie in ihr Zimmer rannte.

Braves Mädchen.

Er zog seine Stiefel an und schnappte sich die Teddys. „Kommt schon, ihr zwei."

In der Küche stellte er sie auf den Tisch und füllte den Wasserkocher. Als der aufgesetzt war, holte er Tassen und Teelöffel hervor und warf einen Blick durch das Fenster, als ein Blitz die Dunkelheit draußen für einen Moment taghell erleuchtete.

Etwas bewegte sich in der Nähe der Wäscheleine.

Er trat näher ans Fenster und wartete.

Ein Blitz.

Nichts.

Sein Bauchgefühl rumorte.

Da draußen war etwas gewesen. Jemand.

Im Wohnzimmer schob er vorsichtig einen Vorhang gerade so weit zur Seite, dass er hinaussehen konnte. Durch den prasselnden Regen näherte sich eine Gestalt. Es war kein Auto da. Es war weder Liz noch sonst jemand von der Polizei. Die Person trug einen Benzinkanister und ein Gewehr.

Vince zog seinen schweren Mantel an, der neben der Tür hing, und rannte in die Küche. Melanie saß am Tisch, ein Malbuch vor sich aufgeschlagen.

„Hast du Robbie?"

„Ja. Was ist los?"

„Hausschuhe?"

Er öffnete den Rucksack und stopfte die Teddys hinein.

„Schuhe. Warum machst du das?" Sie stand auf, Angst füllte ihr Gesicht.

„Ich muss, dass du mir jetzt gut zuhörst, Schätzchen. Wir müssen sofort das Cottage verlassen. Wir gehen durch die Hintertür und direkt zu Lyndalls Haus, okay?"

Ihre Worte waren über dem Regen kaum zu hören. „Ist es der wütende Mann?"

„Ich glaube schon. Aber wir werden in Sicherheit sein. Du, ich und Robbie." Er schob ihr Malbuch in den Rucksack und zog den Reißverschluss zu. Sein Handy lag auf dem Tisch und wanderte in seine Manteltasche. „Versprichst du mir, alles zu tun, was ich sage?"

Melanie nickte, Tränen glitzerten in ihren Augen.

„Kommst du mit dem Kätzchen klar?"

Sie hob den Kopf und bewegte ihren gebrochenen Arm, sodass ihre Hand den oberen Teil ihres Bademantels bedeckte. Er musste darin sein, wie es oft der Fall war.

Vince warf sich den Rucksack über. Am liebsten hätte er Melanie getragen, aber sie wären vielleicht schneller, wenn sie neben ihm bliebe.

„Also los. Durch die Hintertür."

DREIUNDFÜNFZIG

Abel stieg die Stufen zur Haustür hinauf. Er hielt inne und genoss den Moment.

Das war die reinste Wonne.

Überhaupt nicht vergleichbar mit dem hässlichen Akt des Mordes durch Strangulation. Ginny starb, weil er die Kontrolle verlor. Das war ein Fehler. Niemals mit Emotionen töten. Das Risiko, Fehler zu machen, war zu groß.

Wie bei dem Bolzenschneider, den er benutzt hatte, um Hardys Handgelenke von den Handschellen zu befreien.

Nicht dass seine Fingerabdrücke darauf waren.

Die Bullen würden vor seiner Tür stehen, wenn sie ihn damit in Verbindung gebracht hätten.

Oder vielleicht waren sie das. Sein Handy würde ausgeschaltet bleiben, bis er zu seinem Auto zurückkehrte.

Nein, es gab keinen Grund für die Polizei, ihn oder Bradley genauer unter die Lupe zu nehmen.

Alles hatte sich gefügt.

Nur ein Hindernis blieb.

Melanie Weaver.

Sie hatte ihn im Restaurant gesehen.

Wie sie den Unfall überlebt hatte, war ein Wunder. Sie hätte mit ihren Eltern sterben sollen.

Im Inneren des Häuschens klingelte ein Telefon.

Er schwang das Gewehr in seine Hände und trat die Tür auf.

Der Kamin war erloschen. Klitschnass. Abel fluchte und bahnte sich seinen Weg durch das Häuschen zu Vinces Schlafzimmer.

Leer.

Die Hintertür schlug im Wind zu.

Das Gewehr wieder weg, öffnete er die Dose und goss Brandbeschleuniger über das Bett.

VIERUNDFÜNFZIG

„Geh ran, geh ran." Mit heulender Sirene und eingeschaltetem Blaulicht raste Liz durch die äußeren Vororte. Das Telefon wählte ständig die Nummer des Häuschens. Vinces Handy hatte auch nicht abgehoben.

Sie verlangsamte, um den Verkehr zu umfahren, und die Wahlwiederholung brach ab.

Als ihr Telefon klingelte, drückte sie hastig den Knopf. „Vince?"

„Nur Pete. Hast du ihn erreicht?"

„Nein, verdammt nochmal."

„Ich werde vor dir da sein. Terry ist unterwegs. Die halbe Truppe ist unterwegs."

Abel Farrelly hatte seine eigenen Eltern getötet. Das war es, was Pickering ihr zu erzählen begann.

„Kannst du Feuerwehrwagen dorthin schicken? Wo er wohnt, wird es die Freiwillige Feuerwehr sein."

„Und Rettungswagen. Werden alles abdecken."

„Das CIRT wird nicht vor uns da sein. Lass dich bloß nicht erschießen, Pete."

Er lachte. „Ich hab dich auch lieb." Er legte auf.

Sie konnte kein Lächeln zustande bringen. Zu viele Stunden

waren vergangen, seit Carla den Plan, Vince zu töten, mitgehört hatte. Alles, worauf sie hoffen konnte, war, dass Farrelly gewartet hatte, bis die Bedingungen für einen Angriff optimal waren.

Ich komme, Vince. Bitte sei nicht mehr dort.

Sie drückte auf Wahlwiederholung.

FÜNFUNDFÜNFZIG

Innerhalb von Sekunden nach Verlassen des Häuschens klebten Vinces und Melanies Haare an ihren Schädeln. Hätte er eine weitere Minute gehabt, hätte er sie in eine dicke Jacke gesteckt. Alles, was sie tun konnten, war in Richtung Apples Koppel zu rennen.

Zur Auffahrt gelangen.

Lyndalls Haus erreichen.

Das Gewehr ausleihen, von dem er wusste, dass Lyndall es weggeschlossen hatte.

Melanie sicher bei ihr lassen.

Denjenigen finden, der hinter ihnen her war.

Ihn aufhalten.

Er hatte beide Tore offen gelassen, nachdem er Apple zu Lyndall gebracht und Melanie abgeholt hatte. Sie sprinteten durch das erste Tor in die Koppel, Melanies Hand rutschte vom Regen ab. Er musste sie fest halten, damit sie bei dem Tempo, das er vorgab, nicht fiel. Sie beschwerte sich nicht, sah nicht zurück und reagierte nicht auf den Sturm, der direkt über ihnen tobte und donnernd grollte.

Am zweiten Tor kamen sie plötzlich zum Stehen. Zwischen der Koppel und der Auffahrt war es verschlossen. Eine Kette und ein Vorhängeschloss, die er noch nie gesehen hatte, umschlangen den Pfosten und das Tor.

„Ich helfe dir rüber. Halt das Kätzchen fest."

Sie umklammerte die Vorderseite des Bademantels, als er sie hochhob und hinüberhob, wobei er sie mit einem Stöhnen absetzte. Sie war leicht, aber der Winkel war schwierig.

„Komm schon, Opa. Klettre rüber."

„Mach ich. Aber du gehst jetzt. Lauf so schnell du kannst. Sag Lyndall, dass ich komme und ihr Gewehr brauche."

„Aber ich hab Angst-"

„Du bist die mutigste Person, die ich je getroffen habe. Lauf, Schätzchen. *Lauf.*"

Er würde den Schrecken in ihrem Gesicht nie vergessen, als sie zur Auffahrt stolperte. Sie wollte warten; das konnte er sehen. Sie wusste, dass der wütende Mann kam und wollte Vince nicht allein lassen. Dann drehte sie sich um und rannte in die Nacht hinaus.

Er trat auf die unterste Schiene des Zauns und zog sich hoch. Es war zu schwer und er rutschte zurück. Er zog den Rucksack ab, warf ihn über den Zaun und begann erneut. Diesmal kam er bis nach oben und als er sich auf die andere Seite schwang, erhellte sich der Himmel.

Nicht der Himmel.

Das war kein Blitz.

„Nein, nein, nein!"

Das Häuschen stand in Flammen.

———

Abel warf den Kanister aufs Bett und wich zurück, als die Flammen erneut aufloderten.

Es war wunderschön... die Kraft des Feuers, der aufwallende Rauch.

Die Dinge mochten nicht so gelaufen sein, wie er es beabsichtigt hatte, aber dafür hatte er das Gewehr.

Ein alter, unfitter Mann und ein kleines Kind würden nicht weit kommen.

Wahrscheinlich versuchten sie immer noch, das Tor aufzuschließen.

Die Flammen erfassten die dünnen Vorhänge und das war sein Signal zum Aufbruch. Die Holzverkleidung würde nicht lange brauchen, um zu folgen, und dann wäre dieser Haufen Scheiße nur noch Asche.

Er konnte nicht widerstehen. Er betrat das Schlafzimmer des Kindes.

Auf ihrem Nachttisch stand ein gerahmtes Foto von ihr mit David und Susie. Er nahm das Foto heraus und schob es in eine Tasche. Schön, als Erinnerung zu behalten.

Draußen ließ er den Regen den Geruch des Rauchs von seiner Haut waschen, während er das Grundstück absuchte und darauf wartete, dass ein Blitz ihm zeigte, wo sich seine Beute versteckte. So viele Möglichkeiten.

Hatten sie einen Spurt zur Straße gemacht? Unwahrscheinlich bei einem Ex-Polizisten. Er würde nicht riskieren wollen, seinem Jäger zu begegnen, und es gab fast keine Deckung zwischen der Vorderseite des Häuschens und der Straße.

Versteckten sie sich in einem der Schuppen oder unter dem Unterstand? Wenn sie zum Tor gekommen wären, das er abgeschlossen hatte, hätten sie vielleicht Schutz gesucht. Der alte Mann war zu dick, um über Zäune zu klettern.

Gerade als er sich auf den Weg zum Stall des Ponys machte, um nachzusehen, durchschnitt ein Schrei den Donner.

„Nein. Nein. Nein!"

Und da war er. Vince Carter, der sich mühsam die Auffahrt hochkämpfte.

Ausgezeichnet.

SECHSUNDFÜNFZIG

Beweg dich, Vince. Geh zu Lyndall. Hol die Waffe.

Seine Beine waren wie Blei.

Sein Herz war aus Stein.

Ein Leben voller Erinnerungen verbrannte zu Nichts.

Vince stolperte, sein Herz machte einen Satz, als er es gerade so schaffte, auf den Beinen zu bleiben. Der Boden war matschig und rutschig. Er bewegte sich zum äußersten Rand der Einfahrt, wo Gras war und der Untergrund etwas fester.

Er sog die Luft ein und zwang sich, schneller zu gehen, wobei seine Muskeln gegen diese Behandlung protestierten. Die Sicht war in der Dunkelheit und dem Regen schlecht, abgesehen von den Sekunden des Blitzlichts. Er musste vermeiden, gesehen zu werden, und gleichzeitig versuchen, diesen Wahnsinnigen zu orten.

Denk es durch.

Fast am Weg zu Susies kleinem Obstgarten angekommen, hielt Vince an, dicht an einem dicken Busch, der fast so groß war wie er. Von hier aus war die Sicht auf die Einfahrt ungehindert. Er zwang sich, seine Aufmerksamkeit darauf zu richten, aber in seinem peripheren Blickfeld wuchsen rote und orange Flammen in die Höhe.

Melanie musste bei Lyndall sein, wenn nicht, dann sehr nah dran. Sie müsste einen Weg finden, sie von außen zu wecken, und bei all dem Donner, was wenn Lyndall sie nicht hörte? Das half nicht weiter. Er streifte den Rucksack ab. Er konnte hier hinter den Büschen gelassen werden. Sein Handy vibrierte. Es war das erste Mal, dass er es bemerkte. Wenn er um Hilfe rufen könnte...

Zickzackförmig über den Himmel schießend, traf ein Blitz etwas nicht weit entfernt mit einem lauten Knall. Genauso schnell wurde es wieder dunkel, aber Vince hatte den Mann gesehen, der in der Mitte der Einfahrt joggte, mit einem Gewehr in der Hand. Pickerings rechte Hand.

Mit einem Blick auf Lyndalls Haus schätzte er seine Chancen ein, dorthin zu gelangen, bevor Farrelly ihn erwischte. Er war bereits in Schussreichweite.

Ich würde ihn zu Melanie und Lyndall führen.

Wenn er hier außer Sichtweite bliebe, hätte er vielleicht den Überraschungseffekt auf seiner Seite. Ein schneller Blick um sich herum bot keine potenziellen Waffen. Keine losen Äste oder schweren Steine. Der Rucksack könnte den Mann vielleicht zu Boden werfen, wenn Vince hart genug schwingen würde, aber würde ihn wahrscheinlich nicht unten halten. Trotzdem hob Vince ihn auf.

Sicherlich würde Lyndall sofort die Polizei rufen. Hilfe würde kommen. Alles, was er tun musste, war, Farrelly bis dahin vom Haus fernzuhalten.

Ich werde sie beschützen, Susie. Ich werde sie mit meinem Leben beschützen.

Vince rannte zum Weg und als er ihn erreichte, wartete er.

Mit dem nächsten Blitzschlag hatte Farrelly die Distanz um die Hälfte verkürzt. Sich bewusst, dass er sichtbar war, schrie Vince in Richtung des Obstgartens.

„Melanie! Komm zurück."

Und damit warf er den Rucksack hin und rannte um sein Leben.

„Psst, Kleines. Wir müssen Lyndall finden."

Melanie war am Haus, auf der hinteren Veranda. Sie hatte keine Ahnung, wie sie Lyndall finden sollte, und das Hämmern an der Vordertür tat nur ihrer Hand weh. Robbie war unruhig. Tränen liefen ihr Gesicht hinunter und Schluchzer blieben ihr im Hals stecken, aber sie würde nicht aufgeben.

Opa brauchte sie, um Lyndall aufzuwecken und nach dem Gewehr zu fragen.

Er würde bald hier sein.

Sie stopfte Robbie noch etwas fester hinein. Er war fast so nass wie sie, aber das spielte keine Rolle. Sie musste ihn vor dem wütenden Mann in Sicherheit bringen.

Die Hintertür war ein großes Schiebefenster aus Glas. Sie war tagsüber ein paar Mal ein- und ausgegangen, Lyndall bis zu den Stufen gefolgt und dann zum Geländer zurückgekehrt, um ihr beim Versorgen der Esel zuzusehen.

Sie versuchte, es aufzuschieben, aber es war verriegelt. Sie klopfte an die Tür. „Lyndall! Lyndall, mach die Tür auf!"

Auf dem Mauerwerk neben dem Schloss war ein Knopf und sie drückte ihn. Eine laute Glocke ertönte, und sie schrie auf und sprang. Robbie kratzte an ihrer Haut, und sie begann ernsthaft zu weinen. Ihre gesunde Hand ging zu seinem Kopf, um ihn zu streicheln, und er beruhigte sich, aber sie hatte Schmerzen und sie hatte solche Angst.

Das Licht über ihr ging an und die Tür schob sich auf.

„Mein armes kleines Kind…"

Plötzlich wurde Melanie in Lyndalls Arme gehoben. Die Welt drehte sich ein bisschen und die Tür schloss sich mit einem Klicken. Sie waren drinnen.

„Melanie, was ist passiert?"

„Opa…"

Jetzt saß sie auf einem Stuhl und Lyndall kniete vor ihr und öffnete ihren Morgenmantel. Robbie sprang heraus und rannte davon.

„Robbie."

„Ihm gehts gut. Er wird seine Mama suchen, also lass uns dich aus diesem nassen Ding herausholen."

Melanie stand auf und half mit.

„Liebes, du bist völlig durchnässt. Wo ist Vince?"

„Er war hinter mir. Der wütende Mann kam. Der wütende Mann ist hinter uns her."

„Ich werde die Polizei rufen. Komm mit mir." Lyndall nahm Melanies Hand und sie liefen in die Küche. Melanie mochte es hier mit den großen Arbeitsflächen und Fenstern, die auf das Cottage hinunterschauten, aber jetzt schrie sie auf und zeigte auf das Feuer.

„Oh, mein süßer Herr, schau nicht dorthin, Melly. Komm her, während ich telefoniere."

An Lyndalls nach Rosen duftenden Morgenmantel gedrückt, versuchte Melanie sich zu erinnern, was Opa brauchte. Sie zitterte und die Tränen wollten nicht aufhören, aber Lyndall sprach mit jemandem und nannte ihre Adresse und bat um Polizei und Feuerwehr und Krankenwagen.

„Hör mir zu, Melanie, alles wird gut. Ich bringe dich in einen speziellen Raum, den ich habe, wo niemand, und ich meine niemand, dich finden kann. Du wirst nach draußen sehen können und wenn du dich sicher fühlst, gibt es einen Knopf, den ich dir zeigen werde, und du kannst ihn drücken, um die richtigen Leute reinzulassen."

Wieder bewegten sie sich. Melanie schaute überall hin, konnte aber Robbie nicht sehen.

„Es wird ihm gut gehen, das verspreche ich."

„Lyndall, Opa muss sich dein Gewehr ausleihen."

Sie hielten vor einer Tür an. „Ist das so? Nun, kleine Miss, ich sollte dich besser unterbringen und sicherstellen, dass er bekommt, was er braucht."

Die Tür schob sich auf und Melanie lugte hinein. Es gab ein

Bett und einen Tisch mit Stühlen und ein Waschbecken und eine weitere Tür zu einem Badezimmer. Ein Bücherregal stand an einer Wand neben einem Kühlschrank und es gab drei Fernseher an einer anderen Wand.

„Lass uns das schnell durchgehen und die Monitore einschalten, dann gehe ich deinen Opa suchen."

Einen Moment später küsste Lyndall sie und als sie hinaustrat, sprangen Robbie und seine Mutter und Geschwister herein. Erleichtert nahm Melanie ihn hoch und schaute auf den ersten Bildschirm. Lyndall öffnete einen hohen Schrank, der in die Wand gegenüber diesem Raum eingebaut war. Sie zog etwas Langes heraus. Ein Gewehr. Und eine kleine Schachtel. Und dann bewegte sie sich durch das Haus. Der nächste Monitor zeigte sie an der Hintertür, wie sie ihren großen Mantel und Hut überwarf.

Sobald sie nach draußen ging, konnte Melanie sie auf dem letzten Monitor, der einen Teil des Gartens zeigte, nicht mehr finden. Sie umarmte Robbie. „Lass uns ein Handtuch für dich finden."

SIEBENUNDFÜNFZIG

Er war seit Jahren nicht mehr diesen Weg gegangen, aber seine Füße erinnerten sich an den Weg. Ein schmaler Erdpfad, fast überwuchert vom weichen, langen Gras, das diesen Teil des Grundstücks bevorzugte, folgte einem Grat für etwa hundert Meter, bevor er von dem Abhang abwich. Es gab eine Senke, wo Bäume begannen, etwas Schutz zu bieten, und dann eine Anhöhe.

Zur Sicherheit rief er noch einmal: „Melanie! Warte auf mich."

Wenn Farrelly ihm nicht auf den Fersen war, hatte er keinen Backup-Plan.

Vinces Kopf drehte sich vor Anstrengung und seine Beine gaben nach. Jeder Atemzug war keuchend und schmerzhaft. Aber er fand das Wäldchen mit einem Dutzend ausgewachsener Bäume – weit entfernt von den winzigen Setzlingen, die er vor so langer Zeit mit Susie gepflanzt hatte.

Taumelnd warf er sich hinter den nächsten Baum und sog die Luft ein. Er hatte nichts mehr im Tank. Farrelly würde ihn finden und töten, aber er hatte Melanie Zeit verschafft, um in Sicherheit zu kommen. Das war alles, was zählte. Er hatte sie beschützt.

Seine Hand drückte gegen den Baum.

Susie hat diesen gepflanzt.

Sie hatten endlose Stunden hier oben verbracht, den Boden vorbereitet, gepflanzt, Wasser den ganzen Weg hochgeschleppt.

„Schau, was wir gemacht haben, Papa."

Erschrocken blickte er um den Stamm, aber da war nichts außer den anderen Bäumen.

„Eines Tages werden diese uns ernähren und Schutz bieten. Ist das nicht cool?"

Ich habe den Verstand verloren.

Sonnenlicht strömte durch die halbgewachsenen Bäume, als die fünfzehnjährige Susie um sie herumtanzte.

„Komm und sieh dir den hier an. Schau auf den Ast am Boden hier. Und wo er abgebrochen ist. Komm schon, Papa. Benutze deine Augen."

Er folgte ihr zu dem Baum, aber als er die Hand ausstreckte, um ihren Arm zu berühren, war da nur die dunkle Luft.

Zu seinen Füßen lag ein dicker Ast, etwa so lang wie ein Baseballschläger. Und auf Schulterhöhe bildeten seine zackigen Überreste einen Haken am Baum.

Vince riss sich die Jacke vom Leib und hängte sie auf.

Er packte den Ast und zog sich in die Nacht zurück.

ACHTUNDFÜNFZIG

Der Sturm zog vorüber und der Regen ließ genug nach, damit andere Geräusche die Nacht durchdringen konnten. Knistern und Knacken aus der armseligen Hütte. Eine ferne Sirene. Ein Knacken, als ein Zweig unter einem Fuß zerbrach.

Vince hielt den Atem an und verstärkte seinen Griff.

Ein Schatten bewegte sich an seinem Versteck vorbei und blieb stehen.

Das bedrohliche Klick-Klack, als das Gewehr bereit gemacht wurde, und dann hob Farrelly es und schoss auf Vinces Mantel am Baum.

Mit dem Ast in beiden Händen schlug Vince mit all seiner Kraft zu und traf Farrelly mit einem befriedigenden Knall am Hinterkopf. Der Mann brach mit dem Gesicht nach unten zusammen und das Gewehr flog aus seinem Griff.

Bist du tot?

Er suchte nach dem Gewehr im Gras, wo er dachte, dass es hingefallen war. Nicht da. Er ging zurück, die Augen auf den Boden gerichtet. Es hier zu lassen war keine Option.

„Jetzt hab ich noch einen Grund, dich umzubringen."

Vince wirbelte herum. Farrelly kniete, das Gewehr im Anschlag, Blut strömte an den Seiten seines Kopfes herunter.

„Und dann schnapp ich mir das Kind. Und zur Sicherheit auch noch den Nachbarn."

Die Sirenen kamen näher. Farrelly blickte für einen Augenblick in die Richtung und Vince warf sich zum nächsten Baum.

PENG.

Stechender Schmerz.

Sein rechtes Bein wollte nicht funktionieren, und er fiel zu Boden, vor Qual und Verzweiflung schreiend. Es war vorbei. Farrelly stand auf und ging auf Vince zu, während er nachlud. Es sollte nicht so enden. Hier, in Susies Obstgarten.

Die Polizei war nah. Er hatte die Autos die Auffahrt hochrasen sehen. Melanie wäre in Sicherheit.

Ich habe sie beschützt, Susie.

Farrelly hob das Gewehr und zielte direkt auf Vince.

PENG.

PENG.

Mit vor Schock geöffnetem Mund sank Farrelly zu Boden und griff sich an die Brust.

Es ergab keinen Sinn. *Er* war angeschossen worden, nicht der Killer. Aber in den Augen des anderen Mannes war kein Leben mehr.

Die Welt wurde still.

NEUNUNDFÜNFZIG

Dunkel... kalt... Tod...

Seine Augenlider waren zu schwer, um sie zu öffnen.

„Wo bleibt der Krankenwagen? Könnt ihr sie nicht schneller herbringen?"

„Das ist Lyndall, oder? Hör mal, er ist ein zäher alter Hund. Wahrscheinlich ist er gar nicht wirklich verletzt und liegt nur da, um Aufmerksamkeit zu bekommen."

„Warum musste ich deinen Job für dich erledigen, Herr Wachtmeister?"

„Das hast du nicht. Wir haben beide meinen Job gemacht. Und nenn mich Pete."

Eine sanfte Hand berührte Vinces Gesicht. „Gib mir deine Jacke, Pete."

„Er braucht sie wirklich nicht... okay, okay."

Die Jacke roch nach Junkfood. Aber ihre Wärme sickerte in Vinces Körper. Die Stimmen waren ein Traum. Ein makabrer Scherz aus dem Jenseits, wo McNamara ihn für immer heimsuchen würde.

„Vince! Oh mein Gott, Vince..."

Warum ist Liz auch hier?

Noch wichtiger, warum weinte sie?

Diesmal öffneten sich seine Augen und blickten direkt in ihre. „Hey, Lizzie. Wein nicht um mich."

„Gott sei Dank. Und ich weine nicht." Sie wischte sich mit dem Handrücken über die Augen. „Wo bist du verletzt?"

„Er wurde ins rechte Bein geschossen, Liz. Ich glaube, die Kugel ist durchgegangen." Jetzt tauchte Lyndalls Gesicht neben Liz auf. „Ein bisschen Flickarbeit und er ist wieder wie neu."

„Das werde ich." Er stemmte sich auf einen Ellbogen hoch und Schmerz schoss sein Bein hinauf, mehr ein intensives Pochen als die Schärfe der Kugel. „Ist Farrelly tot?"

„Allerdings." Pete trat in sein Blickfeld und trug drei Gewehre. „Zwei große Löcher in seiner Brust. Und einen Schlag auf den Hinterkopf. War ein wandelnder Toter, würde ich sagen."

„Zwei Löcher?"

Lyndall zuckte mit den Schultern.

„Wo ist Melanie? Hat sie euch gefunden? Ist sie-"

„Völlig in Sicherheit. Sie ist ein mutiges junges Mädchen, das sich wahrscheinlich gerade abtrocknet, genauso wie ihr Kätzchen. Ich gehe jetzt zu ihr zurück. Wir treffen euch später im Krankenhaus, wenn du präsentabel aussiehst und das arme Kind nicht erschreckst."

Sanitäter näherten sich und Liz stand auf. „Kommst du eine Weile ohne mich klar?"

„Warum lässt du mich allein mit McNamara?"

„Nett." McNamara schnaubte.

„Ich muss eine Aussage von Lyndall aufnehmen, und ich denke, es wird Melanie beruhigen, ein weiteres vertrautes Gesicht zu sehen. Und bevor du noch mehr Fragen stellst, ich muss sprinten, um Lyndall einzuholen."

Ich kenne dieses Gefühl.

Es waren nur noch er und McNamara und die Leiche. Rauch legte sich um sie herum.

„Die Feuerwehrleute arbeiten hart daran, zu retten, was sie

können. Hätte nichts dagegen, meine Jacke zurückzubekommen, Vince. Wird kalt."

„Bediene dich. Sie riecht widerlich."

„Danke. Du kannst dich später bei mir bedanken." Zum ersten Mal seit Jahren zeigte McNamaras Gesicht weder Spott noch Hass gegenüber Vince. Er hockte sich in der Nähe hin und ging vorsichtig mit den Gewehren um. „Du hast Melanies Leben gerettet. Daran besteht kein Zweifel."

Er nahm die Jacke mit und richtete sich mit einem breiten Lächeln auf. „Und ich war einer der beiden Leute, die deinen jämmerlichen Arsch gerettet haben. Werde es noch lange bereuen."

SECHZIG

Vince schlief, als Liz zu Besuch kam. Er war innerhalb weniger Stunden nach seiner Ankunft im Krankenhaus operiert worden und ruhte sich laut der Person, mit der sie gesprochen hatte, bequem aus. Sie selbst hatte die Hälfte des Tages geschlafen, erschöpft auf einem Niveau, das sie selten erreichte. Nach ein paar Stunden auf der Wache musste sie selbst kommen, um zu sehen, ob es ihm gut ging. Sie hatte die richtige Entscheidung getroffen, in jener Nacht zuerst zu Melanie zu gehen. Oder etwa nicht?

„Warum so besorgt, Lizzie?"

Seine Augen waren auf sie gerichtet, und sie lächelte und setzte sich neben das Bett. „Wie geht es dir?"

„Besser als dir. Ist jemand gestorben? Ich hab ein paar angenehme Schmerzmittel und bin am Leben."

„Und du wunderst dich, warum ich mir Sorgen mache?" Sie nahm seine Hand. „Ich dachte, wir kämen zu spät und als ich ankam und das Cottage sah... und es tut mir so leid deswegen. Und dann du, wie du da lagst..."

Er drückte ihre Finger. „Aber du musst doch Lyndall und den Scheißkerl gesehen haben und keiner von beiden hat geweint. Sicher konntest du erkennen, dass ich zu retten war."

„Dieser Scheißkerl hat dir das Leben gerettet. Er und Lyndall."

„Ja... nun, Pete und ich haben Frieden geschlossen. Vorerst."

„Gott sei Dank dafür."

„Was ist passiert, Liz?"

Sie ließ seine Hand los und lehnte sich zurück. „Kurzversion? Farrelly hatte dich für einen tödlichen Schuss im Visier. Du warst schon am Boden von dem Schuss ins Bein und konntest keine Deckung finden. Es gab keine Zeit, mit dem Kerl zu verhandeln, also bekam er ein paar Kugeln in die Brust."

„Ja. Diesen Teil verstehe ich. Aber Pete hatte drei Gewehre. Farrellys und seins erkannte ich, aber das andere... oh. Lyndall?"

„Volltreffer. Pete sagt, sie hätte zuerst geschossen, aber er will das nicht in einer Aussage festhalten, falls es ihr später Probleme bereitet. Und er meint, sie war weit weg von Farrelly, oben am Hügel. Sie schoss, entlud das Gewehr und übergab es ihm ohne ein Wort."

Da steckt eine Geschichte hinter Lyndall. Menschen werden nicht ohne spezielles Training zu Scharfschützen.

„Geht es Melanie gut?" Vince stöhnte, als er sich in eine aufrechtere Position schob. „Sie war unglaublich, Lizzie. Tat alles, was ich sagte, und mehr, obwohl sie zu Tode erschrocken war."

Sie konnte sich ein kleines Lächeln nicht verkneifen. „Ich bekam auf jeden Fall viele Umarmungen. Aber sobald sie wusste, dass es dir gut gehen würde, kümmerte sie sich nur noch um das Cottage. Nicht wegen ihrer eigenen Sachen, die sie gerade verloren hatte, sondern für dich. Wegen deiner Fotos und geschnitzten Vögel und weil es Susies Zuhause war."

Vince sah weg und blinzelte schnell.

„Wir haben deinen Rucksack geborgen und alles darin ist trocken. Nichts ist kaputt. Möchtest du, dass ich ihn dir bringe?"

Er nickte, immer noch ohne ihren Blick zu erwidern.

Sie sah sich um und entdeckte einen Wasserkrug. „Du musst

hydratisiert bleiben. Weißt du, wie lange du hier bleiben musst?" Sie goss ihm ein Glas ein und brachte es ihm.

„Äh, danke. Nicht lange."

„Du und Melanie seid bei mir willkommen, wenn es hilft."

Jetzt grinste er. „Es sei denn, du bist kürzlich umgezogen, ich bin mir nicht sicher, wo wir Platz finden würden."

Stimmt. Ihre Wohnung hatte ein Schlafzimmer und ein Badezimmer und lag im dritten Stock.

„Eigentlich, vergiss das. Der Aufzug funktioniert seit Wochen nicht, und ich bezweifle, dass du dich fit genug fühlst, diese Treppen mit Krücken zu erklimmen."

„Du solltest den Vermieter melden. Eigentlich solltest du in etwas Schöneres umziehen."

Sie hatten dieses Gespräch schon einmal geführt und er hatte Recht, aber sie hatte keine Zeit, nach einer neuen Wohnung zu suchen. Und hatte ihre eigenen Gründe, dort zu bleiben.

„Wusstest du, dass Lyndall einen Panikraum hat?"

Seine Augen weiteten sich. „Das wusste ich nicht."

„Melanie hat mir alles darüber erzählt. Bett, Bad, jede Menge Essen und Wasser. Monitore, die ihr zeigten, wer außerhalb des Raumes war. Sie fand es, Zitat, sehr cool. Also würde ich irgendwann gerne ein Gespräch über deine Nachbarin führen."

„Vielleicht." Er blickte zu Liz und sein Gesicht hellte sich auf. „Sie sind da!"

Liz küsste seine Wange. „Benimm dich und ruf an, wenn du mich brauchst. Ich bringe dir den Rucksack etwas später."

„Opa!" Ein verschwommenes Kind rauschte vorbei.

Liz ging an Lyndall vorbei, die in der Nähe der Tür stand. Die andere Frau ergriff ihre Hände und obwohl sie nichts sagte, lag Wärme und Dankbarkeit in ihren Augen.

„Er wird sich freuen, dass du hier bist."

Mit einem Nicken ließ Lyndall ihre Hände los und trat ein.

Als ihr Handy summte und eine Nachricht anzeigte, blieb Liz vor dem Fenster stehen, um sie zu lesen. Als sie in den Raum blickte, konnte sie nur Liebe und Erleichterung bei allen dreien sehen.

EINUNDSECHZIG

Vince kam mit den Krücken immer besser zurecht und hatte keine Mühe, seinen Weg zu Terrys Büro zu finden.

Einige Köpfe hoben sich von ihrer Arbeit, als er vorbeiging, und es gab Gemurmel wie „Hey Vince" und „Schön, dich zu sehen". Ein großer Unterschied zu dem Tag, an dem er vor ein paar Wochen ins Büro gestürmt war.

Terry stand auf und zog einen Stuhl für Vince heraus. „Kaffee?"

„Erst versucht jemand, mich zu erschießen, und jetzt bietest du mir Gift an?"

„Fairer Einwand." Terry lachte und kehrte zu seinem Platz zurück. „Hab gehört, du und Melanie wohnt bei eurer Nachbarin."

„Ja. Nur für eine Weile, bis ich die Versicherung und den Kram für das Cottage geklärt habe. Wir könnten zu Susies Haus gehen, aber die Stufen werden mich besiegen, bis ich diese los bin. Keine Ahnung noch, ob ich das als Chance nutze umzuziehen, weißt du, näher an Melanies altes Leben."

„Was sagt Melanie dazu?"

„Sie hat mir eine Reihe von Bildern gezeichnet, wie unser neues Cottage aussehen soll, wenn wir es bauen."

„Ich verstehe."

Liz steckte ihren Kopf herein. „Na sieh mal einer an!"

„Komm rein, Liz." Terry nickte zu einem anderen Stuhl. „Willst du Vince über unsere Ermittlungen auf den neuesten Stand bringen?"

„Gerne. Wir haben festgestellt, dass Farrelly für den Tod von Ginny und Marco verantwortlich war. Roscoe war hilfreich, sobald er wusste, dass seine Karriere vorbei war und seine einzige Chance, einer langen Haftstrafe zu entgehen, die Kooperation war. Farrelly schikanierte Roscoe, seit er mit fünfzehn in Roscoes Haus gezogen war, bis zu dem Punkt, dass er ihn dazu brachte, seine eigene Drecksarbeit zu machen. Er spürte Roscoe vor ein paar Jahren auf und begann einen langfristigen Plan, um seinen Reichtum aufzubauen."

„Indem er PickerPak benutzte, um Kriminelle zu transportieren?", fragte Vince.

„Das war das Neueste. Pickering gibt immer noch nicht viel zu, aber wir haben zusammengesetzt – dank dem, was du auch beigetragen hast –, dass David Wind von dieser neuen Richtung bekommen hat, und als er versuchte, seinen Anteil zu verkaufen, wurde er von Farrelly so sehr bedroht, dass er um seine Familie fürchtete."

Wenn ich nur für ihn da gewesen wäre.

„Er versuchte, auszusteigen, ohne Aufmerksamkeit auf seine Pläne zu lenken. Als es darum ging, diesen Frachtvertrag zu unterschreiben, stellte er sich quer." Liz schüttelte den Kopf. „Ich schätze, Farrelly sah ihn als Hindernis."

„Habt ihr Beweise, dass Farrelly den Van fuhr? Oder war es Pickering?" Mit einem Knoten im Magen ballte Vince die Fäuste. „Leicht zu lügen jetzt, wo Farrelly tot ist."

Liz streckte die Hand aus und legte sie für einen Moment auf eine von seinen.

„Es war Farrelly. Forensische Beweise platzieren ihn am Unfallort dank seiner widerlichen Angewohnheit, halb gerauchte Zigaretten wegzuwerfen. Pickering wusste es, aber ich kann es noch nicht beweisen."

Das Gefühl im Magen ließ nach. Es war vorbei. Wirklich vorbei.

„Carla?"

Terry grinste. „Sie kann nicht aufhören zu reden. Sie ist am Boden zerstört wegen seiner Taten, und sie hatte Zugang zu allen Konten und versteckten Daten von Pickering, wusste nur nicht, dass sie existierten, aber der Idiot benutzte nur ein Passwort, das sie erriet."

„Sie wird nicht wegen irgendetwas angeklagt werden", sagte Liz. „Ich glaube, sie ist unschuldig an allen Aktivitäten von Pickering, und sie gibt sich selbst die Schuld für den Unfall. Wir wissen nicht, wohin Pickering immer verschwand, aber wir werden es herausfinden. Aber Vince? Sie möchte dich sehen. Um zu fragen, ob Melanie noch in ihrem Leben sein kann."

„Das muss Melanie entscheiden. Später. Wenn sich der Staub gelegt hat. Melanie hat jetzt viel mehr zu bewältigen, und ich kann nur sagen, Gott sei Dank für Doktor Raju." Er richtete die Krücken. „Wenn ihr mich jetzt entschuldigt, ich habe ein Dinner-Date mit meinem Enkelkind."

———

„Kannst du dein Enkelkind finden und ihr sagen, dass das Essen fast fertig ist?", rief Lyndall aus der Küche. Was auch immer sie da kochte, ließ Vinces Magen knurren. Er rieb sich den Bauch. Noch ein paar mehr von Lyndalls Mahlzeiten, ganz zu schweigen von den Leckereien, die sie und Melanie machten, und er müsste anfangen zu joggen.

Sobald dieses Bein wieder funktioniert.

Zuletzt gesehen wurde Melanie auf der hinteren Terrasse, wo sie in der späten Nachmittagssonne mit Robbie spielte. Aber keiner von beiden war hier, und sie war nicht an ihm vorbeigekommen.

Er ging vorsichtig die wenigen Stufen zum Garten hinunter. Sie liebte den weitläufigen Gemüsegarten in der Nähe der Koppeln, war aber auch dort nicht.

„Mel?"

Wo sonst könnte sie sein? Sein Herz pochte, als er zurück zum Haus ging und auf den Weg abbog, um mit den Krücken schneller voranzukommen. Es war nicht ihre Art, sich ohne ihn oder Lyndall weit vom Haus zu entfernen.

Es war nicht mehr viel Licht übrig.

Ich muss Lyndall und ein paar Taschenlampen holen.

Ein freundliches Wiehern von Apple kam von der nächsten Koppel.

Es bestand keine Chance, dass sie Melanie begrüßte, die sich immer noch weigerte, in ihre Nähe zu kommen. Es sei denn, Robbie war dorthin gelaufen. Er bewegte sich auf das Gras und bahnte sich seinen Weg an den Beeten vorbei, wobei er mit den Krücken auf dem weichen Boden zu kämpfen hatte.

Er war bereit, erneut zu rufen, aber dann sah er Apple am Zaun und hielt inne.

Melanie war nur ein paar Schritte vom Zaun entfernt, Robbie auf ihrem eingegipsten Arm sitzend, aus der Schlinge lugend. Typisch freundlich schob Apple ihren Kopf über das Tor, die Lippen flatternd, als sie untersuchte, aber Melanie war gerade außer Reichweite.

Apples Kopf bewegte sich ein paar Mal auf und ab, und dann beruhigte sie sich und senkte ihren Hals ein wenig, um den Kopf zu senken. Melanie streckte ihre Hand aus... und streichelte Apples Stirnschopf.

„Oooh...", Vince bedeckte seinen Mund, als sich die Haare auf seinen Armen aufstellten.

Mit einem fröhlichen Wiehern drückte Apple gegen den Zaun, um sich mehr Chancen zu geben, Melanies Hosentaschen zu erreichen.

Mel kicherte. „Nein, ich habe keine Leckereien."

Ich werde nicht weinen. Nein, das werde ich nicht.

Als Melanie das Kätzchen hochhob, um es Apple zu zeigen, wurde alles verschwommen. Robbie tätschelte die Schnauze des Ponys, und Apple schnaubte, was Melanie in einen Kicheranfall versetzte.

Vince hob sein Gesicht zum Himmel und formte lautlos ein „Danke" mit den Lippen.

———

Der Abwasch war erledigt. Melanie hatte ihr neues Zeichenbuch und ihre Stifte geholt und saß mit Robbie in der Nähe an ihrem Lieblingsplatz in der Küche.

Lyndall schenkte zwei Gläser Whiskey ein und gesellte sich zu Vince im Wohnzimmer, von wo aus er Melanie im Auge behalten konnte, aber auf einem bequemeren Sitzplatz. „Danke", sagte er. „Und für ein weiteres wunderbares Abendessen."

„Gern geschehen. Ich mag die Gesellschaft. Hätte nicht gedacht, dass ich das nach so langer Zeit tun würde." Lyndall nahm einen kleinen Schluck aus ihrem Glas, den Blick auf Melanie gerichtet. „Sie haucht mir neues Leben ein."

„Mir auch."

„Das tut sie wirklich." Jetzt beobachtete Lyndall ihn mit einem leichten Lächeln. „Ich hab das Gefühl, dass ein Teil der Last von dir abgefallen ist. Hab nie verstanden, warum du all diese Schuld mit dir herumgetragen hast, aber wir haben alle unser Päckchen zu tragen."

Melanie kicherte über etwas, das sie gezeichnet hatte, zeigte es dem Kätzchen und wandte sich dann einer neuen Seite zu.

„Ich weiß nicht, wie ich dir das jemals zurückzahlen kann, was du für sie getan hast. Sie in dieser Nacht zu beschützen." Vince sah Lyndall an. „Und dass du mein Leben gerettet hast."

„Sie war leicht zu beschützen. Die perfekte Ausrede, um diesen Raum auszuprobieren, den ich hatte bauen lassen. Bei dir? Dachte, ich wäre zu spät dran. Aber am Ende haben wir es geschafft." Lyndalls Augen verengten sich. „Was willst du fragen? Ich kanns in deinem Gesicht sehen. Gehts um meine Weltklasse-Schießkünste oder meinen Panikraum?"

„Beides. Wir leben seit Jahrzehnten Seite an Seite, aber ich frage mich, ob du eine pensionierte Auftragsmörderin oder so was bist."

Sie lachte kurz auf. „Nichts so Aufregendes. Ich werde dir die ganze Geschichte eines Tages erzählen, aber für jetzt lass uns einfach sagen, ich verstehe was von bösen Menschen mit finsteren Absichten. Ich weiß, wie es ist, geliebte Menschen zu verlieren und sein echtes Leben hinter sich lassen zu müssen."

Vince folgte ihrem Blick zu einem der Originalgemälde an der Wand. Er hatte gewusst, dass sie talentiert war, und erinnerte sich, dass Melanie davon gesprochen hatte, dass Lyndall eine berühmte Künstlerin sei. Ob Marion ihre Geschichte kannte? Es gab plötzlich so viel, was er fragen wollte.

Aber ihr Gesichtsausdruck sagte etwas anderes, und sie hielt das Glas fest umklammert.

Er würde sie nicht nach Antworten drängen.

„Können wir bald Mami und Papi besuchen, bitte?" Melanie plumpste neben Lyndall auf den Sitz, die einen Arm um die Schultern des kleinen Mädchens legte.

„Lass mich erst mal dieses Bein in Ordnung bringen-"

„Kein Grund zu warten", sagte Lyndall. „Ich fahr euch beide gern hin. Würde den Ort selbst gern mal besuchen."

———

Strahlender Sonnenschein wärmte Vinces Gesicht, und zum ersten Mal seit langem fühlte er sich wirklich lebendig. Es war seltsam, hier am Grab seiner Tochter zu sein und Hoffnung im Herzen zu haben. Aber sie wäre glücklich für ihn gewesen. Stolz auf ihn.

Melanie plauderte munter mit dem Grabstein, erzählte Susie von Robbie und wie sehr sie ihr Zimmer in Lyndalls Haus mochte, von wo aus sie die Esel und Apple in ihren Koppeln sehen konnte. Dann sprach sie über ihre neue Schule, wo sie gerade das Schuljahr begonnen hatte.

„Ich vermisse meine alte Schule, Mami, aber ich hab schon zwei Freunde gefunden, die gleich die Straße runter von Opas Haus wohnen. Und sie haben Fahrräder, also muss ich Radfahren lernen, aber Opa sagt, dein altes Fahrrad ist ein bisschen rostig, also krieg ich bald auch ein Fahrrad..." Sie blickte mit einem breiten Lächeln zu Vince auf. „Darf ich eins haben?"

„Du hast bald Geburtstag, also lass uns eins auf deinen Wunschzettel setzen."

Sie stieß einen leisen Freudenschrei aus und wandte sich dann wieder ihrem Gespräch zu.

Er legte Blumen auf Susies Grab und dann weitere auf Davids. Er berührte Davids Grabstein. „Sie wurden gestoppt. Es tut mir nur leid, dass es so lange gedauert hat."

Nach einer Weile schlenderten er und Melanie weiter zu einem anderen, viel älteren Grab.

„Oh, hallo Oma!"

„Mel?"

„Mami und ich sind ständig hergekommen, um mit Oma zu reden. Ich bin gleich wieder da." Sie flitzte in die Richtung zurück, aus der sie gekommen waren.

„Natürlich habt ihr das." Er wusste nicht, was er zu Marions Ruhestätte sagen sollte. Sie hatte in all den Jahren nie sein Herz verlassen, aber jetzt hatte er die Schuld losgelassen. An ihrer Stelle war eine Ruhe, die wieder Farbe in sein Leben brachte. Das und Melanie.

„Hier sind wir!"

Sie kam mit einer der Lilien von Susies Grab zurück und legte sie ganz vorsichtig in die Nähe des Grabsteins. Sie flüsterte etwas und kam dann zurück, um Vinces Hand zu nehmen.

„Danke, Schätzchen. Für die Blume."

„Mami hat nichts dagegen zu teilen. Und ich hab Oma gesagt, dass ich auf dich aufpassen werde, weil du so gut auf mich aufpasst."

„Wir werden aufeinander aufpassen, Melly-Bäuchlein. Immer."

Du hast mich wieder atmen gelehrt, Kleine. Ich werde deinem Vertrauen und deiner Liebe jeden einzelnen Tag gerecht werden.

Sie hatten so viel verloren.

In der Ferne richtete sich Lyndall auf, nachdem sie Blumen auf ein Grab gelegt hatte.

Sie hatte ihm einmal gesagt, dass sie nicht zu Beerdigungen ginge, und doch war sie hier. Vielleicht hatte Melanie auch ihr Hoffnung gegeben.

„Komm, Opa. Ich glaube, Lyndall ist bereit, nach Hause zu fahren. Und Robbie wird sich freuen, uns zu sehen. Sogar Apple. Vielleicht. Und ich will noch mehr zeichnen, weil ich eines Tages eine berühmte Künstlerin sein werde."

„Du kannst alles werden, was du dir aussuchst."

Das Lächeln, das Melanie ihm schenkte, erfüllte Vinces Herz mit Wärme. „Du auch, Opa. Oma möchte, dass du Freude in deinem Leben hast."

Als Lyndall näher kam, trafen sich ihre Blicke. Jeder mit seinem eigenen tiefsitzenden Kummer. Und möglicherweise einem Hauch neu gefundener Hoffnung.

AUCH IN DER DETECTIVE LIZ MOORLAND-SERIE

Damit Brücken nicht brennen

Damit die Gezeiten nicht drehen

Damit niemand überlebt

ÜBER DEN AUTOR

Phillipa lebt etwas außerhalb einer wunderschönen Stadt im australischen Victoria. Sie lebt auch in den vielen Welten ihrer Fantasie und hortet Geschichten neben ihrem Laptop.

Sie schreibt aus tiefstem Herzen über Liebe, Träume, Geheimnisse, Entdeckungen, das Meer, die Welt, wie sie sie kennt … oder sich wünscht, sie wäre. Sie liebt Happy Ends, mitreißende Spannung und Charaktere, die einem noch lange nach der letzten Seite in Erinnerung bleiben.

Mit einer Leidenschaft für Musik, das Meer, Tiere, die Natur, Lesen und Schreiben findet man sie oft im Gemüsegarten, wo sie über eine neue Geschichte nachdenkt.

Phillipa's website is www.phillipaclark.com

ENGLISCHSPRACHIGE BÜCHER VON PHILLIPA NEFRI CLARK

Detective Liz Moorland

Lest We Forgive

Lest Bridges Burn

Lest Tides Turn

Lest Nobody Lives

Connected to this series through several characters is

Last Known Contact

Rivers End Romantic Women's Fiction

The Stationmaster's Cottage

Jasmine Sea

The Secrets of Palmerston House

The Christmas Key

Taming the Wind

Temple River Romantic Women's Fiction

The Cottage at Whisper Lake

The Bookstore at Rivers End

The House at Angel's Beach

Charlotte Dean Mysteries

Christmas Crime in Kingfisher Falls

Book Club Murder in Kingfisher Falls

Cold Case Murder in Kingfisher Falls

Plan to Murder in Kingfisher Falls

Festive Felony in Kingfisher Falls

Daphne Jones Mysteries

Daph on the Beach

Time of Daph

Till Daph Do Us Part

The Shadow of Daph

Tales of Life and Daph

Bindarra Creek Rural Fiction

A Perfect Danger

Tangled by Tinsel

Maple Gardens Matchmakers

The Heart Match

The Christmas Match

The Menu Match

The Cookie Match

Doctor Grok's Peculiar Shop Short Story Collection

Simple Words for Troubled Times

(Short non-fiction happiness and comfort book)

———

Prefer Audiobooks?

The Stationmaster's Cottage

Jasmine Sea

The Secrets of Palmerston House

Simple Words for Troubled Times

Till Daph Do Us Part

Lest We Forgive

The Cottage at Whisper Lake